Sarah Kleck
Weil du die Liebe meines Lebens bist

AF184984

Das Buch

Woran erkennt man die Liebe seines Lebens? Daran, dass man ständig Schmetterlinge im Bauch hat, an Funkenregen und Feuerwerk, sobald er den Raum betritt? Oder sind es eher die leisen Töne, die die große Liebe ausmachen?

Annie wünscht sich in ihrem Leben nichts sehnlicher als jemanden, der sie von ganzem Herzen liebt. Als sie Holden begegnet, scheint dieser Wunsch in Erfüllung zu gehen, und die beiden bauen sich ihre eigene kleine Welt auf. Doch wie viel Schmerz ist das Glück imstande aufzuwiegen? Als plötzlich etwas völlig Unvorhergesehenes geschieht, gerät Annies Leben ins Wanken, und nichts ist mehr wie zuvor. Dass ihr dann noch ihre Jugendliebe Seth unverhofft über den Weg läuft, bringt alles aus dem Gleichgewicht. Vor allem, wenn das Schicksal seine eigene tragische Geschichte vorgesehen hat.

Die Autorin

Sarah Kleck, geboren 1984 in Baden-Württemberg, studierte Diplompädagogik, Psychologie und Soziologie an der Universität Augsburg.

Heute ist sie als Personalreferentin tätig und lebt mit ihrem Mann und ihren beiden kleinen Töchtern in Bad Saulgau in Oberschwaben.

Mit ihrem Debütroman »Die Verborgene« und dessen Fortsetzung »Die Macht der Verborgenen« konnte Sarah Kleck weltweit bereits über 100 000 Leser begeistern.

In »Weil du die Liebe meines Lebens bist« wagt sie sich nach der erfolgreichen Jugendbuch-Fantasy-Serie nun auf neues Terrain.

Sarah Kleck

Weil du die Liebe meines Lebens bist

ROMAN

Deutsche Erstveröffentlichung bei
Montlake Romance, Amazon Media EU S.à r.l.
5 Rue Plaetis, L-2338, Luxembourg
Dezember 2016
Copyright © der deutschsprachigen Ausgabe 2016
By Sarah Kleck

Umschlaggestaltung: semper smile, München, www.sempersmile.de
Umschlagmotiv: © Allgusak /Shutterstock; © Elovich /Shutterstock;
© echo3005 /Shutterstock; © iralu /Shutterstock
Lektorat und Korrektorat:
Verlag Lutz Garnies, Haar bei München, www.vlg.de
Printed in Germany
By Amazon Distribution GmbH
Amazonstraße 1
04347 Leipzig, Germany

ISBN: 978-1-503-94329-2

www.amazon.de/montlakeromance

Für Anna und Eva.
Das Wort Liebe beschreibt nicht annähernd, was ich
für euch empfinde.

PS: Ihr dürft das hier frühestens lesen, wenn ihr dreißig seid!

Das Folgende ist Fiktion … mit einer Prise Wahrheit.

Prolog

Das Prinzip der erlernten Hilflosigkeit ist eines der interessantesten Phänomene der klinischen Psychologie.

Ihr wisst nicht, was das ist?

Na, dann erkläre ich es euch:

Man nehme eine Katze – oder alternativ, für die Katzenfreunde unter euch, einen Hund. Ja, bleiben wir bei dem Hund. Den sperrt man in eine handelsübliche Metallbox – so einen Gitterkäfig, ihr wisst schon – und verabreicht ihm in regelmäßigen Abständen mittelstarke bis starke Stromstöße. Allesamt schmerzhaft. Manche etwas weniger, die anderen dafür umso mehr.

Nun die Preisfrage: Was, glaubt ihr, wird dieser Hund tun?

Na ja, nach dem ersten Stromschlag wird er selbstverständlich aufspringen und versuchen, irgendwie aus diesem Ding herauszukommen. Doch das ist gar nicht so einfach. Der Hund hat nämlich keine Daumen und ist ohne Daumen eben nicht in der Lage, den Käfig zu öffnen. Er merkt also recht schnell, dass er in seiner kleinen vergitterten Folterkammer gefangen ist. Sobald der Hund das akzeptiert hat, wird er mit anderen Strategien versuchen, dem Schmerz zu entkommen: Er wird sich zuerst in die rechte Ecke des Käfigs zurückziehen, dann in die linke Ecke, er wird bellen, winseln, knurren, Zähne fletschen, Ohren anlegen – sein ganzes Hunderepertoire wird er auffahren. Dieses traurige Schauspiel geht dann eine ganze Weile so weiter. Die einen halten etwas länger durch als die anderen, doch irgendwann ist der Punkt erreicht, an dem selbst dem entschlossensten Hund klar wird, dass es keinen Sinn hat. Dass keine seiner Strategien aufgeht. Dass, was immer er auch tut, es nicht in seiner Macht steht, den schmerzhaften Stromschlägen zu entkommen.

Was, glaubt ihr, wird der Hund dann wohl tun?

Ganz einfach: nichts!

Er wird sich hinlegen und den Schmerz stumm über sich ergehen lassen.

Das, meine lieben Freunde, ist erlernte Hilflosigkeit – und ich bin wie dieser Hund.

Aber fangen wir von vorne an.

Mein Name ist Annie Crane, ich bin zweiunddreißig Jahre alt, Mutter einer dreijährigen Tochter, und dies ist die Geschichte über die Liebe meines Lebens.

KAPITEL 1

»Wie seh ich aus?«, fragte mich Corinne, mit der ich mich seit Stunden für Seths Abschlussball zurechtmache. Ich war verdammt froh, dass sie mit zum Ball gehen würde. Auch sie hatte einen ein Jahr älteren Freund, der nun die Highschool beenden würde. Corinne und ich verstanden uns super, doch obwohl wir schon seit der Junior-High demselben Jahrgang angehörten, waren wir erst durch meinen Freund Seth und ihren Freund Taylor Freundinnen geworden. Die beiden Jungs dagegen waren schon seit Kindertagen beste Kumpels.

»Gut, aber du könntest deine Dinger einen Mü weiter ins Kleid reindrücken, wenn ich ehrlich sein soll.«

»Spinnst du?«, gab sie empört zurück, zupfte ihr Dekolleté zurecht und entblößte ihr bis an die Grenzen der Lächerlichkeit gepushtes A-Körbchen noch ein bisschen mehr.

»Dieser BH ist spitze«, fügte sie hinzu, während sie sich vor dem Spiegel erst von rechts und dann von links betrachtete. »Der war die siebzig Dollar echt wert.«

»Wenn du meinst«, gab ich schulterzuckend zurück.

»Du könntest deine Titten aber auch mal ein bisschen an die frische Luft lassen«, bestimmte Corinne, drehte sich zu mir um und zog den V-förmigen Ausschnitt meines dunkelgrünen

Abendkleides so ruckartig nach unten und zur Seite, dass ich schon befürchtete, etwas wäre gerissen.

»Hör auf damit!«, protestierte ich und brachte alles wieder in die ursprüngliche Position, mit der ich mich zumindest einigermaßen wohlfühlte. Normalerweise trug ich weder Kleider noch einen tiefen Ausschnitt noch Schuhe mit derart mörderischen Absätzen wie die, die Corinne mir für diesen Anlass aufgeschwatzt hatte. An diesem Abend gab ich mir also die volle Dröhnung.

»Du bist unmöglich, Annie«, wandte Corinne ein. »Was ich mir mit einem siebzig Dollar teuren Wonderbra hinschummeln muss, hast du schon von Natur aus, und jetzt willst du die Dinger nicht mal in Szene setzen. Hallo?! Wie oft geht man denn schon auf einen Abschlussball und hat die Gelegenheit, ein so schönes Kleid zu tragen.« Zärtlich strich sie über den zartrosa Plisseestoff, der an ihrem schmalen Körper entlangfloss. »Außerdem sind die anderen Tussis dort alle ein Jahr älter als wir, da müssen wir uns schon ins Zeug legen, um ein bisschen aufzufallen«, ergänzte sie gedankenverloren, während sie erneut versuchte, ihre Brüste in die optimale Hallo-hier-sind-wir-Position zu bugsieren.

Ich verdrehte die Augen. »Bist du fertig? Die beiden werden jeden Moment da sein.«

»Jep, muss nur noch meine Tasche packen.« Hektisch versuchte sie in ihrem pinken Mädchenzimmer, in dem es mittlerweile aussah, als hätte eine Bombe eingeschlagen, all ihre für diesen Abend überlebenswichtigen Utensilien zu finden. Lipgloss, Puder, ein Minihaarspray, Haarklammern, Taschentücher, Handy, Kondome und …

»Klebeband?« Verdutzt hielt ich die kleine Rolle hoch. »Wozu brauchst du das denn?«

»Glaubst du, meine Hüften sind von Natur aus so schmal«, antwortete sie, als würde das alles erklären, und schnappte mir die Rolle aus der Hand. Ich brauchte einen Moment, um zu kapieren, dass sie sich ihren nicht vorhandenen Hüftspeck mithilfe des Klebebandes in Richtung Rücken gestrafft und dort fixiert hatte. Dann überkam mich ein minutenlanger Lachanfall.

Corinne warf mir einen wütenden Blick zu und wuselte dann weiter in ihrem Zimmer herum, als es schließlich klingelte.

»Machst du bitte die Tür auf, Mom?«, brüllte sie in Richtung Flur.

»Bin auf dem Klo!«, brüllte ihre Mom zurück.

»Ich geh schon«, hallte eine lautstarke Männerstimme durch das Haus. Corinnes Dad.

Plötzlich wurde ich nervös. Seth würde mich gleich zum ersten Mal in einem Kleid sehen, noch dazu ziemlich stark geschminkt – Corinne und ich hatten tagelang nach einem Lidschatten in exakt dem Emeraldgrün meines Kleides gesucht – und mit zehn Zentimeter hohen Absätzen. Obwohl wir schon sechs Monate ein Paar waren, kannte er mich eigentlich nur in Jeans und T-Shirt. Das höchste der Gefühle waren Wimperntusche, Lipgloss und vielleicht Ohrringe, wenn wir mal ins Kino gingen.

Ich hörte Seths und Taylors Stimmen, als sie Corinnes Dad begrüßten, und ging mit pochendem Herzen nach unten.

»Hi«, sagte ich unsicher, als der geweitete Blick meines Freundes an mir hängen blieb. Auch Taylors Augen waren auf mich gerichtet.

»Anna-Marie Blazon«, begann Seth, nachdem er mich von oben bis unten betrachtet hatte, »du bist umwerfend schön.«

Verlegen blickte ich auf meine Hände – was eigentlich gar nicht meine Art war – und wäre fast über die letzten beiden Stufen gestolpert, als Corinne an mir vorbei die Treppe hinunterstürmte und sich in Taylors Arme warf. Ihr Dad schüttelte nur den Kopf, wünschte uns nuschelnd viel Spaß und begab sich wieder ins Wohnzimmer.

»Viel Spaß«, ertönte es auch hinter der Badezimmertür. »Aufpassen!«

Corinnes Mom sagte das jedes Mal zum Abschied. Nicht etwa »Pass auf dich auf«, »Sei pünktlich zu Hause«, »Trink keinen Alkohol« oder »Mach keinen Unsinn«. Sie sagte einfach nur »Aufpassen!«, was aber, wenn ich so darüber nachdenke, eigentlich alle Eventualitäten einschloss.

Den ganzen Weg bis zum Auto sah Seth mich an. Kein Wunder, in diesem Aufzug erkannte er mich wohl kaum wieder und wollte vielleicht einfach nur sichergehen, dass er wirklich seine Freundin und nicht irgendeine Wildfremde zum Ball mitnahm. Dass er die Augen nicht von mir lassen konnte, wusste ich daher, weil auch ich von seinem Anblick geradezu gefesselt war. Auch ich kannte Seth eigentlich nur in Jeans und Shirt. Nun trug er einen perfekt geschnittenen schmalen Anzug in dunklem Grau, das super zu seinen graugrünen Augen passte, mit einem akkurat gebügelten blütenweißen Hemd und perfekt gebundener Krawatte. Zu perfekt, als dass er es selbst gemacht haben konnte. Außerdem war er beim Friseur gewesen, und die leicht gelockten dunkelblonden Haare, die ihm in den letzten Tagen schon fast über die Ohren gereicht hatten, waren kürzer und gekonnt gestylt. Ich hatte Seth schon immer außergewöhnlich hübsch gefunden, aber an diesem Tag sah er aus wie ein Model.

»Ich kann gar nicht glauben, wie schön du bist«, sagte er, einen ungläubigen Ausdruck im Gesicht, als wir auf der Rückbank des Minivans von Taylors Mom geklettert waren.

»Dito«, erwiderte ich nur und beugte mich vor, um ihn zu küssen. Wie immer schmeckte er nach frischem Pfefferminzkaugummi.

»Dein Lippenstift«, ermahnte mich Corinne vom Beifahrersitz aus, sodass ich mich lächelnd von Seths weichen Lippen löste und den Hauch Farbe, den ich dort hinterlassen hatte, mit dem Daumen sanft wegwischte.

Im Küssen waren Seth und ich Weltmeister. Wir taten es bei jeder Gelegenheit. Vor der Schule, in den Pausen, nach der Schule, bei ihm zu Hause, bei mir zu Hause, wenn niemand da war, im Kino, auf Partys; im Stehen, im Liegen, im Sitzen. Wir küssten uns zu jeder Zeit, an jedem Ort und in jeder erdenklichen Position. Seth war nicht der erste Junge, den ich geküsst hatte, aber mit ihm war es mit Abstand am schönsten. Ich war bis über beide Ohren in ihn verliebt.

Umso schlimmer war es, dass er nun die Highschool abschließen und dann aufs College gehen würde. Ich hatte mir fest vorgenommen, an diesem Abend nicht daran zu denken, aber nun war es zu spät. Beklemmung breitete sich in meiner Brust aus. Mein Kleid fühlte sich plötzlich viel zu eng an.

»Ich kann einfach nicht glauben, dass du nach Bellingham ziehst«, sagte ich leise. Seth hatte sich extra an Unis in der Nähe beworben, und die Western Washington University hatte ihn schließlich genommen. Er hatte sogar ein Basketballstipendium. Im Herbst würde er dort Wirtschaft studieren und bei den WWU Vikings spielen.

Zärtlich nahm er mein Gesicht in seine Hände.

»Das ist doch nicht die Welt. Zweieinhalb Stunden Autofahrt. Ich werde so oft hier sein, dass ich dir wahrscheinlich auf die Nerven gehe.«

»Trotzdem. Bellingham ist fast schon Kanada«, wandte ich ein. »Und Kanada ist ein anderes Land. Das heißt also, dass du fast in einem anderen Land wohnst.« Wir hatten alles schon ganz genau besprochen. Seth hatte Zusagen von zwei weiteren Unis, sich aber für die WWU entschieden, da sie eben nur knappe zweieinhalb Autostunden von Lakewood entfernt war.

»Zweieinhalb Stunden«, wiederholte er. »Zwei, wenn ich ein bisschen Gas gebe.« Er grinste, und auch ich brachte ein Lächeln zustande.

»Und bis es so weit ist, haben wir noch den ganzen Sommer«, fügte er aufmunternd hinzu.

Ja, das stimmte. Dieser Sommer gehörte uns. Ich verschränkte meine Hand mit seiner und küsste ihn. »Du wirst mir so fehlen, Seth«, sagte ich leise.

»Du mir auch.« Behutsam strich er mir mit dem Daumen die Wange entlang. »Aber es ist nur ein Jahr, und wenn alles klappt und die UW dich nimmt – und sie wird dich nehmen –, ziehst du nach Seattle, und dann sind es nur noch eineinhalb Stunden Fahrt.«

Ich kniff die Lippen zusammen und nickte langsam. Für meine Bewerbung an der University of Washington in Seattle hatte ich schon alles vorbereitet. Ich wollte dort Biologie studieren – mein Lieblingsfach seit der ersten Stunde. Man hätte es vielleicht sogar als eine Art Leidenschaft bezeichnen können. Und da ich im letzten Jahr einen landesweiten Wettbewerb gewonnen hatte, rechnete ich mir gute Chancen aus, genommen zu werden. Seth war noch optimistischer und meinte, dass sie blöd wären, wenn sie mich nicht nähmen. Einzig die Finanzierung war noch nicht geklärt. Meine Eltern konnten mich nicht unterstützen. Oder besser gesagt: sie wollten es nicht.

»Luxus muss man selber finanzieren«, war die endgültige Antwort meiner Mutter. Seltsame Definition von Luxus, wie ich fand. Ihr wäre es am liebsten gewesen, ich hätte mir gleich nach der Schule einen Job gesucht, um ihr nicht weiter »auf der Tasche zu liegen«, wie sie es so treffend formulierte. Doch meinen Lebenstraum, zumindest in beruflicher Hinsicht, wollte ich mir davon nicht kaputt machen lassen. Da ich mich aber auch nicht mit einem Studienkredit verschulden wollte, ehe ich den ersten Dollar verdient hatte, war ich die letzten zwei Monate damit beschäftigt, Recherchen über Stipendien anzustellen. Es waren einige dabei, deren Voraussetzungen ich erfüllte. Unter anderem hatte ich mich auf ein Vollstipendium in Harvard beworben. Aber das war utopisch. Ich tat es mehr aus Spaß an der Freude und auf gut Glück, als dass ich mir realistische Chancen ausrechnete. Ganz abgesehen davon, war und blieb die UW meine erste Wahl, da ich so in Seths Nähe sein konnte.

»Hört ihr gefälligst auf, Trübsal zu blasen«, schimpfte Corinne. »Wir gehen jetzt auf den Abschlussball. Also: Rücken straffen, Bauch rein, Brust raus – und lächeln! Es werden überall Fotos gemacht.«

Ich holte tief Luft und atmete die Traurigkeit aus. Sie hatte recht. Heute Abend würden wir Spaß haben.

Taylor steuerte den Minivan auf das eintönige Gelände der Clover Park High. Bereits auf dem Parkplatz herrschte reges Getümmel. Die Mädchen überschütteten sich mit Komplimenten über Kleider und Frisuren und machten dabei doch stark den Eindruck, als hofften sie insgeheim, die Schönste an jenem Abend zu sein. Die Jungs klopften sich gegenseitig auf die Schulter und rückten George-Clooney-like ihre Revers zurecht. Was für ein Zirkus.

»Du siehst echt mega aus, Annie!« Claudelle, ein Mädchen aus Seths Stufe, mit dem er früher mal für knapp zwei Monate zusammen gewesen war, tippelte eilig auf uns zu. Das gefährlich hoch aufgetürmte wasserstoffblonde Konstrukt, das man kaum mehr als Frisur bezeichnen konnte, wippte bei jedem Schritt.

»Und dein Kleid erst! Das passt perfekt zu deinen Augen. Hast du extra nach einem Kleid in deiner Augenfarbe gesucht? Das muss ja ewig gedauert haben. Also ich hab meins direkt aus Italien kommen lassen. Maßgeschneidert. Allein der Stoff kostet über vierzig Dollar pro Meter, aber meine Mom hat das natürlich gerne bezahlt. Den Qualitätsunterschied merkt man deutlich. Fühl mal. Wie teuer war denn dein Kleid?«, plapperte sie wie ein Maschinengewehr, dann legte sie Seth die Hand auf die Schulter. »Ist es nicht irre, dass wir unseren Abschluss gemacht haben? Kaum zu glauben, dass die Highschool schon vorbei ist, oder? Ab jetzt beginnt das richtige Leben. O mein Gott, ich bin so aufgeregt. Ich ziehe echt nach New York!« Sie kreischte kurz und tippelte dabei mit ihren Pfennigabsätzen auf der Stelle, bevor sie einen Schritt auf mich zukam und meinen schlichten Dutt beäugte. »Bei welchem Friseur warst du? Also meine Frisur hat ja über drei Stunden gedauert, und dann noch die Nägel und das Make-up. Insgesamt saß ich fast fünf Stunden beim Friseur. Furchtbar, sag ich dir. Zu dritt haben sie an mir rumgefummelt. Irgendwann hats mir echt gereicht. Die waren gar nicht mehr zu bremsen. So ein schönes Mädchen hätten sie schon lange nicht mehr da gehabt, haben sie gesagt.« Sie kicherte und schenkte Seth ihren verführerischsten Falsche-Wimpern-Augenaufschlag.

»Corinne«, sagte ich.

»Was?« Verdutzt sah sie mich an, während ich mich kaum vom Anblick des auf ihrem Kopf schwankenden Barockgebildes losreißen konnte.

»Corinne hat mir die Haare gemacht.« Ich mochte meine langen braunen Haare. Am liebsten trug ich sie offen. Aber Corinne hatte sie mir heute zu einem eleganten Knoten hochgesteckt, und ich war mit dem Ergebnis mehr als zufrieden.

»Ach so, dann … warst du gar nicht beim Friseur?«, fragte Claudelle, als hätte ich gerade gebeichtet, dass ich seit zwei Wochen dieselbe Unterhose trug.

Ich lächelte nur. »Wir sehen uns drin, Claudelle.«

»Ich wünsch euch viel Spaß!«, rief sie uns nach und tippelte zurück zu ihren Freundinnen.

16

Ich hob eine Augenbraue und sah Seth von der Seite an. »Bitte sag nichts.« Beschämt wandte er den Blick ab.

»Wozu soll ich nichts sagen? Dass du mal mit Miss Dumpfbacke höchstpersönlich zusammen warst? Würde ich nie tun.«

»Habt ihr Claudelle gesehen?«, fragte Corinne, als sie und Taylor zu uns aufschlossen. »Ihre Frisur sieht aus, als hätte es ein explodiertes Schaf mit einem Vogelnest getrieben.«

Taylor lachte laut auf. »Ich bin sicher, Seth vermisst sie ganz furchtbar«, sagte er und hob dann die Stimme, um Claudelles piepsigen Paris-Hilton-Tonfall zu imitieren. »Gehen wir heute zur Mall, Seth? Kannst du mich mal von hinten fotografieren, Seth? Wie findest du meinen Nagellack, Seth? Warum stellst du mich nicht deinen Eltern vor, Seth?«

Genervt rollte das Mobbingopfer mit den Augen. »Das ist jetzt fast zwei Jahre her. Könnt ihr nicht endlich mal damit aufhören?«

In diesem Moment betraten wir die Turnhalle. Ich befürchtete schon, vor lauter Kitsch die Augen abschirmen zu müssen. Die gute Claudelle war nämlich die Vorsitzende des Dekorationskomitees und in jeder Hinsicht nicht gerade für Dezenz bekannt. Doch zu meiner Überraschung fand ich es wirklich schön. Mehr hätte man aus der schnöden Turnhalle wohl nicht herausholen können. Der Abend stand unter dem Motto *Stardust*, und ich musste zugeben, das Dekorationsteam hatte ganze Arbeit geleistet. Der wallende dunkelblaue Stoff, der in breiten Bahnen wie ein Baldachin von der Decke hing und auf dem unzählige gold- und silberglänzende Pappsterne befestigt waren, wirkte mit ein bisschen Fantasie tatsächlich wie ein nächtlicher Sternenhimmel. Die gedimmte Beleuchtung samt der funkelnden Discokugel tat ihr Übriges, um dem Motto gerecht zu werden. Höchstens der Glitzerstaub, der überall haftete, war ein wenig zu dick aufgetragen. Welcher arme Tropf das wohl morgen alles wieder abwischen musste …

Der DJ hatte die Musik bereits voll aufgedreht, als wir eintrafen, und nachdem das obligatorische Pärchenfoto geschossen war, zog Corinne mich auch gleich zur Tanzfläche.

»Jetzt doch noch nicht!«, protestierte ich. »Es tanzt noch kaum jemand. Alle werden uns anstarren.«

»Ja, genau«, erwiderte Corinne, »Und darum tanzen wir jetzt. Ich hab vor dem Spiegel geübt.«

»Lass uns erst mal was zu trinken holen«, sagte Seth und befreite meinen Arm aus Corinnes zerrendem Griff. Taylor hatte weniger Glück und stand einen Augenblick später etwas bedröppelt mitten auf der Tanzfläche, als Corinne hemmungslos anfing zu twerken.

»Sie kanns echt nicht lassen«, bemerkte ich und schüttelte den Kopf. Die Leute hinter uns fingen schon an zu lästern. Corinne stand gerne im Mittelpunkt. Ganz im Gegensatz zu mir. Nicht, dass ich furchtbar schüchtern gewesen wäre oder so. Ich hielt mich einfach lieber ein wenig im Hintergrund, um den Überblick zu behalten, anstatt mittendrin zu stehen. Ich war eher eine Beobachterin. Ich liebte es, die Menschen zu studieren. Schon immer. Und ich kann von mir behaupten, dass es nicht viel gibt, das mir entgeht. Ich bin wahrscheinlich der aufmerksamste Mensch, den ich kenne. Corinne war immer wieder beeindruckt davon, wie viel ich über unsere Mitschüler wusste. Aber nicht, weil ich eine gerüchtegeile Tratschtante war oder die Leute gar selbst ausfragte, nein. Ich beobachtete sie einfach. Und so wusste ich, wer mit wem was am Laufen hatte, wer wen leiden konnte und wann jemand log. Es ist nicht einfach, mich zu belügen. Meist enttarnen sich Lügner ganz von selbst – durch winzige Gesten. Ein gesenkter Blick, ein Räuspern, eine bestimmte Stimmlage, angespannte Gesichtsmuskeln … Die Zeichen sind da, manchmal ganz offensichtlich, manchmal subtiler, aber sie sind immer da. Man muss sie nur sehen. Dessen ungeachtet war ich selbst eine miserable Lügnerin. Ich hielt es mit der Wahrheit. Nicht aus Angst, man könne mich bei einer Lüge ertappen. Ich hielt die Wahrheit einfach für den besten, vielleicht sogar den einzigen Weg, durchs Leben zu gehen.

Um neun wurde, wer hätte es gedacht, Claudelle dann zur Ballkönigin gekürt. Sie bedankte sich tränenreich für die Ehre, die ihr zuteilwürde, und beteuerte, dass sie sich der Verantwortung, die diese Krone mit sich brachte, wohl bewusst sei. *Du bist nur die Homecoming Queen einer Provinzhighschool, Claudelle, und nicht die neue Außenministerin,* hätte ich am liebsten Richtung Bühne gebrüllt. Und wieder sah ich Seth mit hochgezogener Augenbraue an. Kaum zu glauben, dass er mit der sein erstes Mal hatte.

Später, als es etwas voller wurde, gesellten wir uns doch noch zu Corinne und Taylor auf die Tanzfläche. Tanzten eng umschlungen zu den langsamen Songs, ausgelassen zu den schnelleren und hatten viel Spaß. Über den bevorstehenden Abschied verloren wir an diesem Abend kein Wort mehr.

KAPITEL 2

Der Sommer war großartig. Fast jeden Tag schien die Sonne, was wirklich außergewöhnlich war für die Gegend um Tacoma, wo es sonst fast das ganze Jahr über regnete. Fast hätte man meinen können, eine höhere Macht wollte uns unsere letzten gemeinsamen Tage in Lakewood versüßen. Hätte ich damals gewusst, was mir bevorstand, hätte ich versucht, das alles noch viel mehr zu genießen.

»Worauf hast du Lust?«, fragte mich Seth strahlend, als er an jenem Morgen vor meiner Haustür stand. Wir wechselten uns ab. An einem Tag durfte er entscheiden, was wir unternahmen, am nächsten war ich dran.

»Lass uns einfach schwimmen gehen und ein bisschen abhängen. Es soll heute richtig warm werden.«

Wie so oft in diesem Sommer fuhren wir zu unserem geheimen Fleckchen am Gravelly Lake und breiteten die Picknickdecke unter den tief hängenden Ästen einer uralten Weide aus. Hier waren wir ungestört. Inmitten dichter Bäume und Sträucher, ganz in der Nähe des Bootsstegs, konnte uns niemand sehen. Es war erst kurz nach zehn und noch zu kalt, um ins Wasser zu springen. Also legten wir uns Schulter an Schulter auf den Rücken, quatschten und deuteten Figuren in den vorbeiziehenden Wolken.

»Das ist ein Segelschiff, siehst du?«, sagte ich. »Da ist der Bug, da der Mast, und das Bauchige darüber ist das Segel. Erkennst du es?«

Seth runzelte angestrengt die Stirn. »Könnte aber auch ein Dinosaurier sein. So ein großer mit einem langen Hals. Wie heißen die noch?«

»Sauropoden. Glaub ich.«

»Ja genau, die mein ich. Siehst du es? Rumpf, Hals und ein winzig kleiner Schädel.« Seth zeichnete die Umrisse seines Dinosauriers mit dem Finger in der Luft nach.

Ich nickte. »Apropos winzig kleiner Schädel.«

Seth drehte sich zu mir um und seufzte. »Ich ahne, worauf das hinausläuft.«

»Geht Claudelle echt nach New York?«

»Ich denke schon. Zumindest redet sie von nichts anderem.«

»Und was genau macht sie da?«

»Ich glaube, sie besucht eine Schauspiel- oder Modelschule oder etwas Ähnliches.« Er stützte sich auf die Ellbogen und sah mich an. »Warum interessierst du dich so für sie?«

»Das tue ich doch gar nicht«, gab ich sofort zurück. Ein wenig zu abwehrend, wie Seths Blick verriet.

Er lächelte und kam näher. »Ach ja?«

»Ja.« Das klang fast so überzeugt, wie es sollte.

»Und warum fängst du dann immer wieder von ihr an?« Er beugte sich über mich und stupste mich mit der Nasenspitze an. Dann streifte er meine Lippen mit seinen.

»Bist du etwa eifersüchtig?«, neckte er mich.

»Ja, klar!« Meine tiefste Sarkasmus-Stimmlage schien mir gerade angemessen. »Ich wollte immer schon so sein wie sie. Jetzt hast du mich erwischt.«

Seth biss mir leicht in die Unterlippe. »Diese Art Eifersucht hab ich nicht gemeint.«

Ich setzte mich auf und brachte etwas Abstand zwischen uns. »Du hattest etwas mit ihr, das wir noch nicht hatten«, kam ich schließlich raus mit der Sprache. »Und das stört mich.« Bockig verschränkte ich die Arme vor der Brust.

»Das liegt aber sicher nicht an mir«, erwiderte er sofort und rückte an mich heran. »Das weißt du.«

»Ja«, gab ich zu.

Er rückte noch ein Stück näher, drückte mich sanft zu Boden, beugte sich über mich und senkte die Stimme.

»Wenn es nach mir ginge …« Er schob einen Arm unter mich und krallte seine Finger in meine Pobacke. Ich glaubte ein leises Seufzen zu hören. Seine Augen funkelten. Blitzschnell stemmte ich mich gegen ihn und rollte uns herum, sodass Seth unter mir lag. Ich setzte mich auf ihn und drückte seine Hände zu Boden. Einen Moment sahen wir einander mit glühenden Augen an, dann sprang ich auf.

»Wer schneller im Wasser ist!«, rief ich über meine Schulter und rannte den Bootssteg entlang. In dem Moment, als ich zum Sprung ansetzte, hatte Seth mich erreicht, schlang seinen Arm um meine Mitte, stieß sich ab und riss mich mit sich ins Wasser. Ich japste nach Luft, als ich wieder auftauchte.

»Fuck, ist das kalt!« Ich hatte kaum Zeit, zu Atem zu kommen, da war er schon wieder bei mir. Er zog mich in seine Arme und küsste mich so heftig, dass mir schwindlig wurde. Seine Erektion streifte mein Bein. Wild knutschend retteten wir uns ans Ufer. Er wartete nur auf mein Einverständnis. Auf ein Zeichen, dass er sich nicht zurückhalten musste. Dass wir diesmal bis zum Ende gehen würden.

»Nicht, Seth«, sagte ich leise.

Er atmete tief und nickte dann langsam.

Ich nahm sein Gesicht in meine Hände und küsste ihn.

»Bald«, versprach ich flüsternd.

Und wieder nickte er. Er war enttäuscht. Respektierte mein Nein aber, wie er es immer tat. Denn obwohl wir seit einem halben Jahr miteinander gingen, waren wir bis jetzt noch nicht über Knutschen und ein bisschen Fummeln hinausgekommen. Zwar hatten wir schon zig Nächte gemeinsam in einem Bett verbracht, dennoch hielt er sich zurück und akzeptierte, dass ich einfach noch nicht so weit war. Obwohl wir – wie ich zugeben muss – schon oft kurz davor gewesen waren, es zu tun. Und ich nur deshalb im letzten Moment die Notbremse gezogen hatte, weil ich wollte, dass mein, dass *unser* erstes Mal etwas ganz Besonderes wird. Ich hatte einen Plan.

»Deine Lippen sind ja ganz blau«, bemerkte er, während er mich mit dem Handtuch trocken rubbelte.

»Das Wasser ist auch arschkalt«, gab ich zitternd zurück.

»Komm her.« Seth zog mich fest an sich, rieb meine Arme und wärmte mich.

»Nicht mal mehr eine Woche«, sagte ich leise, als wir Nasenspitze an Nasenspitze dalagen und uns in die Augen sahen.

Seth nickte, erwiderte aber nichts und drückte stattdessen seinen Mund fest auf meinen.

»Ich komme an den Wochenenden nach Hause«, beteuerte er zum wahrscheinlich tausendsten Mal.

Ja, das sagte er jetzt. Aber ich hatte meine Zweifel, dass er es lange durchhielt, jeden Freitagnachmittag zweieinhalb Stunden durch den halben Staat zu fahren, um dann am Sonntagabend dieselbe Strecke wieder zurückzugurken. Außerdem würde er in Bellingham wohl kaum richtig Fuß fassen können, wenn er an den Wochenenden nie da war. Und dann fanden da manchmal auch noch die Basketballspiele an Samstagen statt. All das ließ mich schon lange zweifeln, dass es so funktionierte, wie wir uns das vorstellten. Ausgesprochen hatte ich es jedoch noch nie.

»Und bei dem, was du dir für dieses Jahr alles vorgenommen hast«, fuhr er lächelnd fort, »hättest du unter der Woche sowieso keine Zeit für mich.« Seth hatte genauso wenig Lust, darüber zu reden, wie ich, dennoch kamen diese Gedanken immer wieder. Ich machte mir einfach Sorgen. Um ihn. Um mich. Um uns. Am liebsten wäre es mir gewesen, auch an die WWU zu gehen, sobald ich meinen Abschluss hatte, aber das Department of Biology an der UW in Seattle hatte den weitaus besseren Ruf. Deshalb hatte er mir die Sache schnell wieder ausgeredet. Vielleicht klingt es lächerlich, wenn eine Siebzehnjährige bereit ist, alles aufzugeben, um mit ihrem Freund zusammen sein zu können. Aber Seth war meine erste große Liebe. Auch wenn wir die berühmten drei Worte noch nicht zueinander gesagt hatten. Wir wussten beide, dass es so war. Ich liebte ihn und er liebte mich.

Die Erwachsenen wollen einen immer glauben machen, dass man in diesem Alter noch gar nicht zu *richtiger* Liebe fähig ist. Dass es sich lediglich um die Verliebtheit eines Teenagers handelt, die innerhalb von ein paar Tagen überwunden ist. Zumindest meine Mutter hatte meine Beziehung zu Seth nie wirklich ernst genommen und sich sogar darüber lustig gemacht, wenn ich traurig am Tisch saß, weil ich ihn vermisste. Ich sehe das anders. Ich bin fest davon überzeugt, dass man die wahre Liebe auch sehr früh im Leben finden kann und sie nicht weniger intensiv ist als die Liebe eines dreißig- oder vierzigjährigen Ehepaares. Vielleicht sogar noch intensiver, weil man all diese Gefühle zum ersten Mal erlebt. Und so war es bei Seth und mir. Wir waren Hals über Kopf, rettungslos, allen Widerständen zum Trotz und ohne jeden Verstand ineinander verliebt. Damals hätte ich mir nie vorstellen können, diese Gefühle je für einen anderen empfinden zu können als für ihn.

Nicht mal mehr eine Woche …

Rückblickend war es vielleicht sogar der beste Sommer meines Lebens. Sooft es ging, fuhren wir zu unserem geheimen Plätzchen, wo wir ungestört reden und knutschen konnten. Abends trafen wir uns mit Taylor und Corinne, gingen aus, machten Ausflüge nach Ketron Island oder saßen einfach mit ein paar Leuten um ein Lagerfeuer am Ufer des Steilacoom Lake. Doch der Tag X rückte unaufhaltsam näher, und schließlich war er da.

»Hast du auch wirklich an alles gedacht?« Seths Mom Holly lehnte sich traurig gegen den Türrahmen.

Er kniff konzentriert die Augen zusammen und zählte leise murmelnd mit den Fingern. »Glaub schon.«

Ich hockte im Schneidersitz auf seinem Bett und kämpfte mit den Tränen. Holly setzte sich zu mir und legte den Arm um meine Schultern. Ihr glasiger Blick verriet, dass ich nicht die Einzige war, die mit der Situation nicht besonders gut umgehen konnte.

»Du bist hier immer herzlich willkommen, Annie«, sagte sie. »Auch wenn Seth nicht da ist. Wenn du also zu Hause mal wieder Ärger hast, kommst du einfach vorbei, ja?«

Ich nickte, obwohl ich schon jetzt wusste, dass ich das nicht tun würde, und schluckte gegen den Kloß in meinem Hals an. Holly war mir, in dem halben Jahr, in dem ich bei Seths Familie ein und aus ging, mehr eine Mutter geworden, als meine eigene es je gewesen war. Neben ihr war mir ganz besonders Seths kleine Schwester Lynn ans Herz gewachsen. Und das war der andere Grund, warum es mir so schwerfiel, ihn gehen zu lassen. Ich verlor nicht nur meinen Freund, sondern auch ein Zuhause. Mit meiner Familie war es schon immer schwierig gewesen. Es war ... ehrlich gesagt, weiß ich gar nicht, wie ich es ausdrücken soll.

Obwohl ich ein Wunschkind war, konnte sich meine Mom mit dem Muttersein wohl nie so richtig anfreunden. Wahrscheinlich hatte sie sich das alles einfach anders vorgestellt.

Daher blieb es bei einem Kind, obwohl mein Dad sicher gerne noch ein Geschwisterchen für mich gehabt hätte. Zu ihm hatte ich schon immer einen besseren Draht gehabt. Leider war er so gut wie nie zu Hause. Er hatte eine kleine Autowerkstatt in Tacoma und arbeitete Tag und Nacht, um uns über Wasser zu halten. Und wenn er spätabends nach Hause kam, beschwerte sich meine Mom oft lautstark, dass er sie hier mit mir ganz alleine lasse. Er versuchte sie dann immer zu beruhigen, doch sie wurde nicht müde, sich darüber auszulassen, wie anstrengend es sei, Mutter zu sein, und dass sie mal wieder Zeit für sich brauche. So ging das Abend für Abend – und ich saß auf der Treppe und hörte alles mit an. Wenn ich sie darauf ansprach, warum sie so genervt und manchmal sogar richtig gemein zu mir war, sagte sie nur, dass ich es, wenn ich mal erwachsen wäre und selbst ein Kind hätte, schon verstehen würde. Heute bin ich erwachsen, habe selbst ein Kind und verstehe es immer noch nicht – so viel dazu.

Als Erwachsene stellte ich ihr diese Frage noch einmal. Da sah sie mich aus verkniffenen Augen heraus an, biss die Zähne zusammen und sagte: »Du hast mich vom ersten Tag an angeschrien!« Als Säugling habe ich wohl viel geweint, und das warf sie mir, als ich fast schon dreißig war, immer noch vor. Ich kann mich nicht erinnern, dass sie mich mal in den Arm genommen oder getröstet hätte, wenn ich traurig war. Aber meistens war ich ja auch ihretwegen traurig. Vor allem, wenn ich bei einer Freundin zu Besuch war und sah, wie andere Mütter mit ihren Kindern umgingen. Ich kann mich an eine Situation erinnern, als ich beim Einkaufen unbedingt etwas haben wollte – irgendeine Süßigkeit, ich weiß nicht mehr genau, was es war. Ich war bockig, weil ich es nicht bekam, also zerrte sie mich aus dem Laden, und als wir wieder im Wagen saßen, drehte sie sich zu mir in meinem Kindersitz um und sagte trocken: »Du bist zwar mein Kind, aber ich muss dich nicht mögen.«

Sätze wie diesen vergisst man sein ganzes Leben nicht mehr. Lange Zeit hatte ich damit gehadert. Hatte traurig auf die Lunchpakete meiner Mitschüler gestarrt, während ich auf dem trockenen Marmeladensandwich herumkaute, das ich mir am Morgen selbst geschmiert hatte. Manche hatten sogar kleine Zettelchen mit Botschaften wie *Ich hab dich lieb* oder *Viel Spaß in der Schule* in ihren Tupperdosen. Worte, die ich von meiner Mutter nie zu hören bekam. Meine Kindheit war ein einziger verzweifelter Versuch, geliebt zu werden. Mehr gibt es dazu wohl nicht zu sagen.

Aber zurück zu meinem siebzehnjährigen Ich. Für Seths letzten Abend hatten wir uns etwas ganz Besonderes vorgenommen. Das heißt, *ich* hatte mir etwas Besonderes vorgenommen. Heute sollte es geschehen. Der Abschlussball wäre sicher auch eine passende Gelegenheit gewesen, aber das kam mir viel zu klischeehaft vor. In jedem Highschool-Teeniefilm verloren die Mädchen ihre Unschuld am Ballabend. Nein. Zwischen Seth und mir sollte es anders sein. Er war der Richtige. Dessen war ich mir schon lange sicher, und jetzt war ich auch bereit dazu.

Um sieben holte er mich ab. Zusammen mit Corinne und Taylor gingen wir in unser Lieblingsdiner. Wir aßen Burger, schlürften Milchshakes, und Taylor riss einen Witz nach dem anderen. Das war einfach seine Art, mit diesen Dingen umzugehen. Auch er würde Seth vermissen. Die beiden waren seit der Junior-High beste Freunde. Es gab an diesem Abend also nicht nur eine Trennung zu verschmerzen. Taylor würde hierbleiben und direkt als stellvertretender Geschäftsführer in die Firma seines Dads einsteigen. Die stellten dort Tauchpumpen für Gartenteiche her, und da Taylor den Laden sowieso mal übernehmen sollte, hielt er ein Studium für Zeit- und Geldverschwendung. Sein Dad sei da ähnlicher Ansicht, sagte Taylor.

Wobei ich mein letztes Hemd darauf verwettet hätte, dass das überhaupt erst dessen Idee war.

»Okay.« Taylor klatschte ausgelassen in die Hände. »Was treiben wir jetzt noch?«

Treiben – das war mein Stichwort. Irgendwie musste ich es hinbekommen, mit Seth zu mir nach Hause zu fahren. Allein. Und zwar, ohne dass die beiden anderen Verdacht schöpften, was ich vorhatte. Das wäre zu peinlich gewesen. Meine Eltern waren übers Wochenende in einem Wellnesshotel. Meine Mutter hatte meinem Dad ein schlechtes Gewissen gemacht, weil er so selten zu Hause war … na ja, egal. Jedenfalls waren sie nicht da. Ich hatte in meinem Zimmer schon alles vorbereitet. Hatte das Bett frisch bezogen und Kerzen aufgestellt. Ich hatte sogar ein nach Zimt duftendes Massageöl besorgt und besondere Unterwäsche gekauft. Sie war aus schwarzer Spitze und zwickte schon den ganzen Abend. Jetzt musste ich Seth nur noch zu mir nach Hause bekommen. Noch während ich überlegte, wie ich das anstellen sollte, bemerkte ich, dass Corinne mich musterte. Sie kniff die Augen zusammen, dann breitete sich ein verschwörerisches Grinsen auf ihrem Gesicht aus.

Plötzlich gähnte sie ein falsches Gähnen. »Es ist schon spät, Taylor. Lass uns lieber nach Hause gehen.«

»Nach Hause?«, gab er empört zurück. »Doch nicht heute. Das ist Seths letzter Abend.«

»Ebendeshalb«, zischte sie und trat ihn unter dem Tisch.

Er sah sie verdutzt an, dann schien er zu kapieren und grinste dämlich.

Oh Mann!

»Äh … ja. Ich bin auch ziemlich müde«, log er. »Sehen wir uns morgen früh noch?«

»Wenn ihr wollt. Ich fahre um neun«, gab Seth zurück, etwas verwundert über das abrupte Ende seiner Abschiedsparty.

»Gut. Dann kommen wir um halb neun zu dir.«

Als Seth die beiden bei Corinne abgesetzt hatte und wir allein im Auto zurückblieben, nahm ich seine Hand.

»Kommst du noch mit zu mir? Meine Eltern sind nicht da.«

Der Blick, mit dem er mich musterte, wirkte zuerst skeptisch, dann lächelte er unwillkürlich. Er hatte verstanden.

Fünf Minuten später standen wir vor meiner Tür.

»Warte kurz«, sagte ich, nachdem ich aufgeschlossen hatte. »Zähl bis hundert, und dann kommst du nach oben, okay?«

»Okay.« Sein Grinsen wurde noch breiter.

Als ich die Treppe hochging, spürte ich seinen Blick auf mir ruhen. Ich bemühte mich um einen langsamen Gang, um den Eindruck von Selbstsicherheit und Sexyness zu erwecken, aber sobald ich in meinem Zimmer war, packte mich die Hektik. Hektik gemischt mit Nervosität. Meine Hände zitterten, als ich die Kerzen anzündete und ein Kondom auf dem Nachttisch bereitlegte. Dann zog ich mich bis auf die zwickende Spitzenunterwäsche aus und setzte mich aufs Bett. Stellte mich wieder hin, setzte mich wieder, schlug die Beine übereinander und wieder auseinander. Als es leise klopfte, war ich immer noch damit beschäftigt, die richtige Verführungsposition zu finden.

»K-komm rein«, sagte ich mit brüchiger Stimme und stellte mich schließlich hin.

Seth öffnete langsam die Tür und sah sich im Zimmer um. Als sein Blick an mir hängen blieb, wurden seine Augen immer größer. Er schluckte hörbar, schloss die Tür hinter sich und kam auf mich zu. Den letzten Schritt ging ich ihm entgegen. Direkt voreinander blieben wir stehen und sahen uns tief in die Augen. Keiner von uns sagte ein Wort. Ich reckte das Kinn vor, ging auf die Zehenspitzen und küsste ihn. Zuerst ganz sanft. Mit geschlossenen Lippen. Dann, als er meinen Kuss erwiderte, öffnete ich den Mund. Der Kuss wurde schneller. Fester. Fordernder. Er krallte seine Finger in meinen Po und hob mich hoch. Ich schlang die Beine um seine Hüften und die Arme um seinen

Nacken. Gierig wanderte sein Mund über mein Gesicht, als er den letzten Schritt zum Bett machte und sich mit mir darauf sinken ließ. Er beugte sich über mich, küsste meinen Hals, ließ seinen Mund über mein Schlüsselbein wandern, meine Brüste, meinen Bauch entlang und weiter über die empfindsame Haut meiner Innenschenkel. Er nahm sich Zeit. Meine Atmung beschleunigte sich, und auch Seth schien nach Luft zu ringen.

»Zieh dich aus«, flüsterte ich. Sofort zerrte er sich das Shirt über den Kopf. Sein ganzer Körper schien unter Strom zu stehen. So lange hatte er, hatten wir beide auf diesen Moment gewartet. Er war nicht mehr zu halten. Leckte, küsste, streichelte mich überall. Ließ seinen glühenden Blick über meine nackte Haut gleiten und schluckte dabei immer wieder. Er wollte mich. Und ich wollte ihn.

Für einen Moment ließ er von mir ab, riss die Knopfleiste seiner Jeans auf und begann hektisch, sie abzustreifen. Zu hektisch. Er kämpfte mit den Hosenbeinen, verfing sich in einem und hüpfte stolpernd vor dem Bett herum. Was sollte das denn jetzt? Gerade noch war alles genau so gelaufen, wie ich es mir vorgestellt hatte. Seths Ungeschicklichkeit passte so ganz und gar nicht ins Konzept. Als er es nicht schaffte, sich aus seiner Hose zu befreien, und dann auch noch hinfiel, versetzte das der Stimmung einen gewaltigen Dämpfer. Es war mir unangenehm. Aber wahrscheinlich hatte ich einfach viel zu hohe Erwartungen. Ich versuchte, das aufkommende Unbehagen zu verdrängen. Es war Seth, mit dem ich gleich schlafen würde. Und da war es doch egal, dass er etwas unsicher und tollpatschig war. Das war mir allemal lieber als ein routinierter Profi, der schon mit etlichen Mädchen Sex gehabt hatte. Sicher war es nur die Aufregung. Wir hatten beide lange darauf gewartet – er wahrscheinlich noch länger als ich. Als Seth wieder auftauchte, hatte er einen roten Kopf und blickte mich verlegen an. Zaghaft legte er sich zu mir. Es dauerte noch einen Moment, aber als er dann anfing, mich zu küssen, spürte ich, wie er von Sekunde zu Sekunde wieder sicherer wurde. Wir waren wieder im Spiel. Er küsste meinen Hals und wälzte sich mit mir herum. Unglücklicherweise übersah er dabei meine langen Haare, die zwischen seinem Unterarm und der Matratze eingeklemmt waren.

»Au!« Beinahe hätte er mich skalpiert.

»Oh, verdammt! Das tut mir leid. Hat das wehgetan?«

Ich rieb mir die Kopfhaut. »Geht schon.«

Wieder lief er knallrot an. Es wäre mir lieber gewesen, er hätte sich etwas selbstsicherer gegeben. Meine eigene Aufregung reichte mir nämlich schon. Ich hatte gehofft, er würde mich einfach … führen. Wie beim Tanzen auf dem Ball. Da konnte ich mich fallen lassen – hier dagegen bekam ich eher das Gefühl abzustürzen. Als ich dann schließlich auf ihm lag, strich er mit den Händen an meinem Rücken entlang bis zum Verschluss meines BHs. Doch da lauerte auch schon die nächste Herausforderung. Hochkonzentriert zerrte er an den kleinen Metallhäkchen herum und streckte dabei die Zunge heraus wie ein Kind beim Schreiben.

»Wie geht das Ding denn …«, murmelte er angespannt. Und als er auch eine ganze Weile später nicht den Eindruck machte, als sei er den kleinen Häkchen gewachsen, griff ich auf meinen Rücken und ließ den Verschluss aufschnappen. Spätestens jetzt war die Hitze, die sich in meinem ganzen Körper ausgebreitet hatte, dem Gefühl klammer Kälte auf nackter Haut gewichen. Und ich begann tatsächlich zu frieren. Am liebsten hätte ich mich einfach wieder angezogen.

»Können wir uns zudecken?«, fragte ich leise.

»Ist dir kalt?«

»Ein bisschen.«

Umständlich zerrte er die Bettdecke unter unseren Körpern hervor und warf sie über mich, wobei mich ein Knopf des Bezuges genau ins Auge traf.

»Au.«

»Sorry.«

Ich schnaufte kurz, dann zog ich ihn an mich und küsste ihn. Darin waren wir gut, das konnten wir. Und es half. Die Hitze, nun ja, im Moment eher ein zartes Flämmchen, breitete sich wieder aus und wärmte mich. Wir küssten uns so lange, bis wir uns wieder gut und sicher fühlten und die Missgeschicke vergessen waren. Als wir uns schließlich ganz ausgezogen hatten und nackt nebeneinanderlagen, griff ich nach dem Kondom auf dem Nachttisch und reichte es ihm. Seth riss die Verpackung auf, hielt das Kondom mit zusammengekniffenen Augen gegen das Kerzenlicht, drehte es ein paarmal und rollte es ein Stück ab, bis er sicher war, dass er es richtig herum hielt. Dann setzte er sich auf die Fersen und streifte sich den Gummi über. Dabei rutschte er zweimal ab und musste von vorne anfangen. Am liebsten hätte ich ihn gefragt, ob er schon wisse, was er da tat, doch stattdessen schloss ich für einen Moment die Augen und atmete tief durch. Als ich sie wieder öffnete, hatte er es endlich geschafft.

»Ist eine Weile her ...«, entschuldigte er sich nuschelnd. Na toll, jetzt hatte ich auch noch das Bild von ihm mit Claudelle im Kopf. Sehr förderlich ...

Verkrampft ließ ich mich aufs Bett sinken. Er legte sich zuerst einfach neben mich und nahm mich in den Arm. Das fühlte sich gut an, und ich entspannte mich etwas. Als Seths feuchte Hand jedoch über meine Beine bis hoch zu meiner Hüfte strich und dann meine Taille umfasste, kehrte die Nervosität zurück. Plötzlich rauschten alle Horrorgeschichten, die ich je über das erste Mal gehört hatte, durch meine Gedanken. Von unerträglichen Schmerzen über vollgeblutete Bettlaken bis hin zu geplatzten Kondomen, Schwangerschaft und Geschlechtskrankheiten sämtlicher Variationen.

»Ist alles okay?«, fragte er, als er bemerkte, wie unwohl ich mich fühlte.

Ich nickte schnell. Fast hätte ich gesagt: *Bringen wir es hinter uns.*

Während Seth mich weiterküsste, verkrampfte ich mich immer mehr. Ich zwang mich, die Beine zu öffnen. Vorsichtig brachte er sich in Position, strich mir übers Haar. Das hatte mir sonst immer sehr gefallen, doch seine feuchte, nasskalte Hand bewirkte nun eher das Gegenteil. Seth war mindestens so nervös wie ich. Wenn ich es nicht besser gewusst hätte, hätte ich alles darauf verwettet, dass es auch für ihn das erste Mal war. Ich glaube, wir hatten die Sache so lange hinausgezögert, dass ein enormer Erfolgsdruck entstanden war. Es sollte perfekt werden. Doch nun lagen wir da, nackt, verletzlich, unheimlich nervös, und wären wahrscheinlich beide viel lieber woanders gewesen. Im Kino oder auf unserer Picknickdecke. Ach, verdammt! Ich wünschte, wir hätten es schon früher getan. Ich hätte den Dingen einfach ihren Lauf lassen sollen, anstatt die Sache zu planen. Ausgerechnet an Seths letztem Abend.

Ich spürte den Druck zwischen meinen Beinen, und Seth schob sich langsam vorwärts. Ein reißendes Stechen folgte. Ich biss die Zähne zusammen und unterdrückte ein Keuchen. Schon jetzt tat es fürchterlich weh. Und dabei konnte er erst zwei oder drei Zentimeter in mich eingedrungen sein. Und da hatte ich endgültig genug.

»Stopp! Hör auf«, hörte ich mich selbst sagen.

Sofort zog er sich zurück, setzte sich auf die Fersen und sah mich an.

Ich setzte mich auf, zog die Beine an meinen Oberkörper und vergrub das Gesicht in den Händen.

»Ich kann nicht«, sagte ich schließlich und begann zu heulen. Das hätte alles ganz anders laufen sollen.

Seth schwieg lange. »Ist schon okay«, sagte er nach einer Ewigkeit, und seine Stimme klang unheimlich sanft, aber auch sehr traurig. »Das macht nichts.« So hatte er es sich sicher auch nicht vorgestellt. Ich spürte, wie er das Gewicht auf der Matratze verlagerte, dann setzte er sich neben mich und nahm mich in den Arm. Ich legte den Kopf auf seine Brust.

»Es tut mir leid«, flüsterte ich und ließ meine Tränen auf seine nackte Haut tropfen.

»Ist schon gut.« Er strich mir übers Haar.

»Können wir einfach kuscheln?«

»Ja, natürlich.«

Und als er mich in den Arm nahm, waren wir endlich wieder wir selbst.

KAPITEL 3

Wir haben in dieser Nacht nicht miteinander geschlafen. Und nachdem Seth am nächsten Morgen hupend davongefahren war, hatte ich mich in meinem Zimmer verbarrikadiert und den ganzen Tag geheult. Am Abend rief Corinne an und lud mich zu sich nach Hause zum Essen ein. Ich hatte zwar überhaupt keinen Hunger, beschloss aber, dass es mir guttun würde, etwas rauszukommen.

Corinnes Dad öffnete die Tür.

»Hey, Annie«, begrüßte er mich und grinste breit. »Welcher Fisch ist der nervigste von allen?« Carl hatte ein unerschöpfliches Repertoire an Flachwitzen. Jedes Mal, wenn ich zu Besuch kam, hatte er einen neuen auf Lager.

Und ich antwortete, wie ich es immer tat, mit einem interessierten: »Ich weiß nicht, Carl, welcher?«

»Der Stör«, polterte er lachend heraus. »Der Stör, verstehst du, Annie?«

Ich lachte höflich. »Der war gut, Carl.«

»Ist das Annie?«, brüllte Corinne die Treppe herunter.

»Ja-a!«, brüllte Carl zurück.

»Ich komme.« Eine Sekunde später stürmte sie schon die Treppe herunter und drückte mich. »Wie gehts dir?«

»Geht so«, gab ich zu und hoffte, dass ich nicht mehr ganz so verheult aussah.

»Essen ist fertig!«, brüllte Corinnes Mom Charlotte aus der Küche – in diesem Haus wurde ständig gebrüllt –, da tauchte auch schon Corinnes älterer Bruder Colin auf. Ja, ganz recht: Sie hatten alle einen Namen mit C. Charlotte war der Meinung, diese Gemeinsamkeit würde eine ganz besondere Verbundenheit innerhalb der Familie zum Ausdruck bringen, und vielleicht hatte sie damit ja auch recht.

»Na, alte Heulsuse«, begrüßte mich Colin und klopfte mir auf die Schulter. Er war über ein Jahr älter als Corinne und ich, aber da er in der Achten sitzen geblieben war, gehörte er nun unserer Stufe an. Der Trainer des Footballteams war darüber alles andere als unglücklich. Colin sei der beste Quarterback in der Geschichte der Clover Park High, betonte er bei jeder Gelegenheit. Umso besser also, wenn er ein Jahr länger da war.

»Wie siehts aus?«, fuhr er ungerührt fort. »Jetzt, da Seth nicht mehr da ist, kannst du endlich mit mir ausgehen. Hast du morgen schon was vor?« Er zuckte mit den Augenbrauen, um die Intention seiner Einladung zu unterstreichen.

»Halt die Klappe!«, fuhr Corinne ihren Bruder an und boxte ihn.

»Hi, Annie.« Charlotte wischte sich gerade die Hände an einem Küchentuch ab, als wir ins Esszimmer kamen. »Es gibt Lasagne. Corinne sagt, das ist dein Lieblingsessen.«

»Oh, super.« Ich rang mir ein Lächeln ab. Das stimmte zwar, allerdings war Charlotte eine miserable Köchin. Meist gab es bei den Maisons deshalb Fertiggerichte, oder Charlotte brachte auf dem Heimweg von der Arbeit etwas mit. Leider hatte sie an diesem Tag beschlossen, selbst zu kochen.

»Du hast dich mal wieder selbst übertroffen, Mom«, bemerkte Colin in unverhohlenem Sarkasmus und kaute mit offenem Mund.

Ich konnte ein Grinsen nicht unterdrücken, senkte den Kopf und stocherte weiter in der sogenannten Lasagne herum. Der Einzige, dem Charlottes Selbstgekochtes zu schmecken schien, war Carl. Für mich der Beweis, dass Liebe nicht nur blind macht, sondern auch geschmacklos.

»Was gibts Neues?«, fragte Carl in die Runde. Mutmaßlich, um von den nicht vorhandenen Kochkünsten seiner Frau abzulenken.

»Colin hat sich gestern einen Lockenstab gekauft«, eröffnete Corinne und schenkte ihrem Bruder, der gerade rot anlief, ein honigsüßes Lächeln.

»Das ist kein Lockenstab«, rechtfertigte er sich auf der Stelle. »Es ist nur ein Kamm mit weichen Borsten, der …«

»Ist der Kamm rund und dreht sich?«, fragte ich trocken.

»Ja, aber …«

»Dann ist es ein Lockenstab.«

»Es ist KEIN Lockenstab«, beharrte er, während sein Vater den Blick über Colins Frisur wandern ließ.

»Stimmt. Jetzt, wo du es sagst, Corinne. Er hat deutlich mehr Volumen als sonst.«

Schnell fuhr sich Colin mit den Fingern durch die Haare und versuchte sie glatt zu streichen.

»Nicht doch«, sagte Charlotte kichernd, »du hast dafür doch sicher Stunden im Bad verbracht, Liebling.«

»Wie könnt ihr es wagen, vor meiner zukünftigen Ehefrau so mit mir zu reden«, erwiderte Colin in gespielter Empörung. »Das verbitte ich mir!«

Corinnes Bruder machte keinen Hehl daraus, dass er mich hübsch fand, und baggerte mich bei jeder Gelegenheit an. Aber das war nichts als Show. Und er tat es nur vor Publikum. Ich war bisher ein einziges Mal mit ihm alleine gewesen, als mir in der Schule schlecht geworden war und er mich nach Hause gefahren hatte, weil er gerade nichts Besseres zu tun hatte. Da hatte er nicht den kleinsten Spruch losgelassen.

»Und wie war dein Abend gestern noch?«, fragte Corinne flüsternd, woraufhin sich natürlich alle Köpfe zu mir drehten. So ist das mit dem Flüstern. Je leiser und heimlicher man etwas sagt, desto größer die Aufmerksamkeit, die man damit erregt.

»Alles beim Alten«, lautete meine knappe Antwort.

»Oh.« Corinnes Blick fragte, was passiert war. Und auf mein *Dumm-gelaufen-Gesicht* hin sagte sie nur: »Verstehe.«

»Ich aber nicht«, mischte sich Colin ein und sah mich abschätzend an.

Ehe ich in die Verlegenheit kam, ihm antworten zu müssen, rettete mich Carl, indem er sich mit der flachen Hand auf den Bauch klatschte. »Ich sollte dringend mal wieder ein bisschen Sport machen.«

»Da muss ich dir recht geben«, bestätigte Charlotte grinsend.

»Du kannst morgen früh vor der Schule mit mir laufen gehen«, bot Colin seinem Dad an. »Aber ich starte um Punkt sieben. Sieh zu, dass du dann auch fertig bist.«

»Mach dir darüber mal keine Sorgen«, gab Carl postwendend zurück, »ich werde längst fertig sein, wenn du noch den Lockenstab in den Haaren hast.«

Da bei den Maisons eine strikte Kein-Handy-beim-Essen-Regel galt, hatte ich erst jetzt die Gelegenheit, nachzusehen, ob Seth schon angerufen hatte. Er hatte versprochen, sich zu melden, sobald er sich in seinem Wohnheimzimmer eingerichtet hatte. Und tatsächlich wurde ein unbeantworteter Anruf auf dem Display angezeigt. Ich bedankte mich für die Einladung und machte mich dann schnell auf den Heimweg. Für den Fall, dass ich wieder anfangen würde zu heulen, wollte ich lieber alleine sein, wenn ich mit Seth telefonierte. Meine Hände waren ganz feucht vor Aufregung, als ich ihn zurückrief. Es klingelte ein paarmal, dann sprang die Mailbox an. *Na toll!*

»Äh … hi«, sprach ich aufs Band. »Ich bins. Ich hab deinen Anruf leider verpasst. Ich war bei Corinne zum Abendessen eingeladen. Ich … äh … hoffe, du bist gut angekommen, und es ist alles okay bei dir …? Also, ruf mich zurück, wenn du Zeit hast. Ich bin jetzt zu Hause … Bye.«

Ich habe es schon immer gehasst, mit Maschinen zu sprechen. Und dementsprechend bescheuert fiel meine Mailboxnachricht auch diesmal aus. Hatte ich überhaupt gesagt, wer dran ist?

Ich wartete die halbe Nacht auf Seths Anruf. Irgendwann, erst lange nachdem meine Eltern von ihrem Wellnesswochenende nach Hause gekommen waren, fielen mir die Augen zu. Und das machte sich am nächsten Morgen in der Schule bemerkbar. Ausgerechnet am ersten Schultag meines Abschlussjahres war ich hundemüde. Und dabei war mein Stundenplan mehr als voll. Um meine Chancen, von der UW genommen zu werden, zu erhöhen, hatte ich mich zu zahlreichen zusätzlichen Kursen angemeldet. Außerdem gab ich einmal die Woche an der Junior-High kostenlos Nachhilfe in Bio und Chemie. Meine Lehrer hatten im Gegenzug versprochen, mir makellose Empfehlungsschreiben auszustellen.

Kurz vor Ende der Mittagspause klingelte mein Handy. Es war Seth. Endlich. Ich rannte aus dem Speisesaal und zog mich in eine ruhige Ecke zwischen den Schließfächern zurück.

»Seth!«, begrüßte ich ihn viel zu überschwänglich. Oh, Mann. Ich hatte vor, cool und gelassen zu klingen. Zweiter Versuch: »Wie gehts dir?« Schon besser.

»Hi, Annie. Gut. Hat alles geklappt gestern. Sorry, dass ich mich jetzt erst melde. Ich wollte gestern noch anrufen, aber es war schon spät, als ich nach Hause kam, und ich wollte dich nicht wecken.«

Nach Hause hatte er gesagt. Nicht etwa *ins Wohnheim* oder *in mein Zimmer*. Na, das ging ja schnell.

Ich räusperte mich kurz, da ich fürchtete, meine Stimme klänge ganz belegt. »Und wie gefällt es dir?«

»Bisher echt gut, muss ich sagen. Mein Mitbewohner spielt auch bei den Vikings. Wir waren gestern Abend noch was trinken, und er hat mich ein paar anderen aus dem Team vorgestellt.«

»Super, das freut mich.« Wie blöd hörte sich das denn an?

»Danke …«, erwiderte er etwas verwundert, dann blieb es einen Moment lang still zwischen uns. »Und wie gehts dir?«, fragte er, kurz bevor das Schweigen unangenehm geworden wäre.

»Ich … ich vermisse dich«, gestand ich.

Er seufzte. »Ich dich auch.«

Und wieder schwiegen wir eine Weile. Ließen all das unausgesprochen, was in der Nacht vor seiner Abreise vorgefallen war.

Ich räusperte mich erneut. Der Kloß in meinem Hals nahm schon bedenkliche Ausmaße an. »Dann sehen wir uns am Wochenende?«

»Jaa«, antwortete er gedehnt. »Darüber wollte ich auch noch mit dir reden.«

»Ach ja?«

»Am Samstag findet eine Freshman Party in der Mensa statt. Da gehen alle hin …«

»Ach so.« Es gelang mir nicht, meine Enttäuschung zu verbergen.

»Aber wenn es dir wichtig ist, komme ich natürlich.«

»Nein, nein«, erwiderte ich schnell. »Geh nur hin. Dann sehen wir uns eben nächstes Wochenende.«

»Ist das auch wirklich okay für dich?«

»Ja, natürlich.« Ich winkte mit der Hand durch die Luft, was blödsinnig war, da er es ja nicht sehen konnte. »Klar.«

»Ich freu mich auf dich.« Er klang erleichtert. »Skypen wir später noch?«

Ich nickte nur, da ich kurz davor war, loszuheulen. Dann merkte ich, dass er noch immer auf eine Antwort wartete. »Ja«, presste ich hervor. »Ich bin um sieben zu Hause.«

»Da bin ich noch unterwegs. Passt halb neun bei dir?«

»Ja, das passt. Ich muss jetzt los. Bis später.«

Jetzt liefen mir die Tränen übers Gesicht, und ich schlug die Hand vor den Mund, um das Schluchzen zu ersticken.

»Ist alles okay, Annie?«, fragte Seth besorgt.

Ich spürte, dass ich es nicht mehr aufhalten konnte, also legte ich einfach auf und tat so, als hätte ich seine letzte Frage schon nicht mehr gehört. Ich schämte mich für meine Art zu weinen. In Filmen weinen Frauen immer so würdevoll. Mit stolzem Gesichtsausdruck, während ihnen stumm die Tränen über die Wangen rinnen. Bei mir ist das anders. Wenn ich einen bestimmten Punkt überschritten habe, kann ich es nicht mehr aufhalten. Dann heule ich mit allem Drum und Dran. Verziehe das Gesicht zu einer ganz und gar nicht würdevollen Grimasse und schluchze, während mir der Rotz aus der Nase läuft. Zwischendurch schnäuze ich mich dann so heftig, dass es sich anhört, als würde gleich mein halbes Gehirn mit im Taschentuch landen.

Ich wollte nicht, dass er das hörte. Und ganz abgesehen davon, befand ich mich in der Schule, und die Mittagspause war jeden Moment zu Ende, was bedeutete, dass mich gleich Hunderte Schüler buchstäblich Rotz und Wasser heulen sehen würden. Ich verschwand in der nächsten Mädchentoilette und blieb dort, bis es endlich aufhörte.

Als ich um sieben nach Hause kam, stand meine Mutter in der Küche und machte das Abendessen. Sie wusste, dass Seth jetzt auf dem College war, hatte mich aber nicht darauf angesprochen, geschweige denn gefragt, wie es mir dabei ging.

»Du kommst spät«, sagte sie nur.

»Ich hab doch montags diese Nachhilfesache.«

Sie zog die Augenbrauen hoch. »Hältst du es nicht für besser, dich auf deine eigenen Noten zu konzentrieren, anstatt anderen Nachhilfe zu geben?«

»So was gibt Extrapunkte für die Collegebewerbung. Und das erhöht meine Chancen, an der UW genommen zu werden«, erklärte ich. »Außerdem ist es eine gute Wiederholung.«

»Wird es wenigstens bezahlt?«

»Nein.«

»Und wie willst du dein Studium dann finanzieren, wenn du genommen wirst?«

Einen langen Moment starrte ich sie an. Warum fragte sie mich das? Da sie mich ohnehin nicht unterstützen wollte, konnte es ihr doch egal sein, wie ich es machte, oder? So, wie ich meine Mutter kannte, wäre sie wahrscheinlich sogar froh gewesen, wenn ich es nicht auf die Reihe bekam und gezwungen war, mir gleich einen Job zu suchen.

»Das lass mal meine Sorge sein«, sagte ich und verschwand in mein Zimmer.

Als ich meinen Dad heimkommen hörte, ging ich wieder nach unten und setzte mich an den Tisch. Es gab Sloppy Joes. Ich hasse Sloppy Joes. Jeder weiß das. Manchmal glaubte ich, meine Mutter machte das mit Absicht. Einmal hatte es diesen fettigen, vitaminfreien, nach Hundekacke im Brötchen aussehenden Mist sogar an meinem Geburtstag gegeben.

»Das ist am einfachsten zu machen für so viele Leute«, hatte sie gesagt. Und mit *so viele Leute* meine Grandma und Tante Jane gemeint, die zu meinem achten Geburtstag gekommen waren. Damals hatte ich kaum etwas gegessen, und das tat ich auch an diesem Abend. Als wir fertig waren, räumte ich den Tisch ab und das Geschirr in die Spülmaschine. Meine Mutter war der Meinung, dass, wenn sie schon kochte, jemand anderes die Küche saubermachen sollte. Aber das war offenbar eine Ausnahmeregel, die nur für sie galt. Denn wenn ich kochte, was an drei von sieben Tagen die Woche der Fall war, dann hieß es, ich sollte die Sauerei, die ich in der Küche veranstaltet hatte, gefälligst wieder aufräumen. Was dazu führte, dass ich immer die Küche aufräumte.

»Gute Nacht«, sagte ich, als ich fertig war, und ging nach oben.

»Gehst du schon ins Bett?«, fragte mein Dad verwundert.

»Ich will noch mit Seth skypen.«

»Ach ja, stimmt«, fiel es ihm ein. »Er ist jetzt am College, oder?«

»Ja.«

»Dann richte ihm Grüße aus.«

»Mach ich.«

»Gute Nacht, Mäuschen.«

»Gute Nacht, Dad.«

Es war schließlich schon fast neun, als Seth mich anklingelte. Ich klickte auf *Annehmen* und lächelte automatisch, als sein Gesicht auf dem Bildschirm auftauchte.

»Hi«, sagte er und lächelte ebenso.

»Hi.«

»Sorry, ist wieder später geworden, als ich dachte.«

»Das macht nichts«, sagte ich und ertappte mich bei der zweiten Lüge an diesem Tag. Ich schob schnell eine Frage hinterher, ehe er es bemerkte. »Und, wie war dein erster Tag?«

»Ganz gut«, antwortete er, lehnte sich zurück und dehnte seinen Nacken. »Aber auch ziemlich anstrengend. Das erste Training war hart. Mit Highschool-Basketball nicht zu vergleichen.«

»Das dachte ich mir schon. Wann ist das erste Spiel?«

»Donnerstag. Ich sitze erst mal nur auf der Bank. Der Coach sagt aber, dass ich vielleicht nächste oder übernächste Woche schon spielen kann, wenn ich im Training Gas gebe.«

»Das ist doch super.« Und wieder, genau wie bei unserem Telefonat am Mittag, kam ein unangenehmes Schweigen auf.

»Wie ist das Wetter bei euch?«, fragte Seth dann. »Mom sagt, es hat über Nacht stark abgekühlt.«

War das sein Ernst? Sport und das Wetter. Wir unterhielten uns wie zwei Fremde, die sich zufällig an der Bushaltestelle trafen.

»Äh, ja«, gab ich zurück, um den Gesprächsfaden nicht abreißen zu lassen. Immer noch besser, wir sprachen über das Wetter, als dass wir uns anschwiegen. »Ist ziemlich kalt geworden.«

»Hm.« Und damit war auch dieses Thema erschöpft.

Ich fasste mir ein Herz. »Willst du darüber reden?«

Seth senkte den Blick. Er wusste sofort, was ich meinte. »Nein«, antwortete er nach einer Weile.

»Es war nicht deine Schuld«, führte ich leise an.

»Es ist echt nicht nötig, dass wir darüber reden, Annie.« Da er mich mit Namen ansprach, wusste ich, dass er es ernst meinte. Er schloss einen Moment die Augen und sog schnell Luft ein. »Wie war die Nachhilfe?«, fragte er und schlug plötzlich einen unbekümmerten Ton an.

Zuerst etwas irritiert, griff ich das Thema dann aber dankbar auf. »Gut. Gut.« Ich grinste. »Ein Junge aus der Sechsten hat mich doch tatsächlich gefragt, was Bakter*i*en sind, mit einem langen *i* statt einem *ie*.«

Seth lachte.

»Als ich ihm erklärte, dass es Bak-te-ri-en heißt und nicht Bakte-r*ie*n, konnte man richtig sehen, wie ihm ein Licht aufging. Mit Bakterien konnte er was anfangen, er hatte das Wort nur jahrelang falsch gelesen und sich nicht getraut zu fragen, weil er vor der Klasse nicht wie ein Idiot dastehen wollte.«

Seth lachte laut. »Kluge Entscheidung.«

»Na ja«, wand ich lachend ein, »hätte er eher nachgefragt, bräuchte er vielleicht jetzt gar keine Nachhilfe.«

Wir skypten noch bis kurz vor elf. Ich erzählte ihm von meinem Tag und er mir von seinem. Wir lachten viel, und es tat gut, mit ihm zu reden. Und das machten wir von da an jeden Abend, meistens zur gleichen Zeit. Das Seth-lose Wochenende nutzte ich, um meinen Essay für die Collegebewerbung fertigzuschreiben. Ich war sehr zufrieden damit. Irgendwie hatte ich es geschafft, die Gefühle der letzten Tage und die Gedanken, die in meinem Kopf umherschwirrten, zu Papier zu bringen. Es ging um das Erwachsenwerden, die verzweifelte Suche nach mütterlicher Anerkennung und verpasste Chancen.

Am darauf folgenden Wochenende war es dann endlich so weit. Ich freute mich so sehr auf Seth, dass ich vor Aufregung ganz feuchte Hände bekam. Ich hatte mich dreimal umgezogen, bis ich mit meiner Kleiderwahl zufrieden war. Das war die längste Zeitspanne, die wir je voneinander getrennt gewesen waren. Denn obwohl wir uns jeden Abend auf dem Bildschirm gesehen und miteinander gesprochen hatten, vermisste ich Seth ganz furchtbar. Mir fehlten sein Geruch, seine Wärme und das Gefühl, das er in mir auslöste, wenn er mich fest in seine Arme schloss.

»Hi, Baby.« Lächelnd öffnete er mir die Tür und riss mich stürmisch an sich. »Ich hab dich vermisst.«

»Und ich dich erst.«

»Hi, Annie«, meldete sich Seths vierzehnjährige Schwester Lynn aus dem Flur.

»Hi, Lynnie, alles klar?«

»Immer«, antwortete sie mit der unvergleichlichen Coolness einer Pubertierenden. Die halbe Verwandtschaft war zum Essen gekommen. Seths Grandma, seine Tante und sein Onkel mit den zweijährigen Zwillingen, die immer im Mittelpunkt standen, weil sie einfach so unheimlich süß waren. Holly tischte ein für einen gewöhnlichen Freitagabend außergewöhnlich üppiges

Festmahl auf. Nach dem Essen half ich Holly und Lynn beim Abräumen, und dann zogen Seth und ich uns in sein Zimmer zurück und waren endlich allein. Obwohl wir jeden Abend miteinander geskyped hatten, gab es viel zu erzählen. Während er redete, hielten wir uns an den Händen, und als es nichts mehr zu erzählen gab, küssten wir uns so lange, bis wir schließlich eng umschlungen einschliefen. Den Samstag verbrachten wir mit Corinne und Taylor in Tacoma, und am Abend sahen wir uns zusammen einen Film an. Viel zu schnell war das Wochenende vorbei, und Seth fuhr zurück nach Bellingham. Der Abschied fiel mir fast noch schwerer als beim letzten Mal. Seth hatte am kommenden Samstag ein Spiel, daher würden wir uns erst am übernächsten Wochenende wiedersehen.

Diesen Rhythmus behielten wir bei. An einem Wochenende blieb Seth in Bellingham, am nächsten kam er nach Hause. Aber da ich nicht die Einzige war, die Zeit mit ihm verbringen wollte, war unsere Zweisamkeit begrenzt. Und an manchen Wochenenden, wenn er seine Grandma besuchte oder seinen Eltern beim Ausmisten der Garage helfen musste oder mit Taylor Sport guckte, sahen wir uns fast gar nicht. Dass es anders werden würde, wenn Seth aufs College ging, war uns beiden klar gewesen. Aber ich hatte mir das doch etwas einfacher vorgestellt. Hinzu kam, dass er, selbst wenn wir alleine waren, keine Anstalten machte, mit mir schlafen zu wollen. Ich konnte es ihm nicht verübeln. Schließlich war der erste Versuch ein Desaster gewesen. Doch zumindest ich hoffte auf eine zweite Chance.

KAPITEL 4

Meine Mutter war besonders anfällig für, ich nenne es mal vorsichtig: spirituelle Lebensberatung. Im Klartext heißt das, dass sie ständig auf der Suche nach irgendwelchen Gurus war, die versprachen, den Weg in ein besseres, zufriedeneres Leben aufzuzeigen. Spirituelle Lichtgestalten, die ihr Geld mit der Verheißung verdienten, die Menschen, die an ihren Seminaren, Meditationen oder Transformations-Workshops teilnahmen, wieder in Einklang mit der Natur, ihrem inneren Kind oder sonst irgendwas zu bringen. Das trieb meine Mutter dann immer eine Weile, fuhr von Wochenendseminar zu Wochenendseminar, bis die Stimmung irgendwann von einem Tag auf den anderen umschlug und sie verteufelte, wem sie eine Zeit lang blind gefolgt und völlig ergeben war. Das geschah zuverlässig, wenn sie an dem Punkt angelangt war, das Gelernte ins *real life* zu übertragen. Dann entpuppte sich der hochgelobte Guru plötzlich als Scharlatan, und seine Seminare waren ausschließlich Geldmacherei. Meine Mutter war bereit, alles und jeden zu ändern – nur sich selbst nicht. Ganz nach dem Motto: Vielleicht schaffen wir es, ohne aufzustehen. Und so führte sie ihre spirituelle Reise vom Kartenlegen über eine Urschreitherapie bis hin zu systemischen Familienaufstellungen, in denen irgendwelche Verstrickungen aus früheren Generationen aufgelöst werden, um Frieden mit den Ahnen und deren Verfehlungen zu schließen. Oder wie mein Vater es hinter ihrem Rücken nannte: Teufelsaustreibung.

Das Neueste war das *Die-Kraft-aus-deiner-Mitte*-Seminar einer Puyallup-Stammesältesten, das an jedem ersten Wochenende im Monat in den Wäldern westlich von Tacoma abgehalten wurde. Abgeschieden von der modernen Zivilisation sollte durch Meditation und Gesprächsrunden der Zugang zur inneren Kraft und Vollkommenheit freigelegt werden – oder so ähnlich. Nach dem ersten Wochenende war meine Mutter Feuer und Flamme. Sie war überzeugt, dass sie nun endlich den heiligen Gral gefunden hatte und nur noch ein paar Wochenenden vom Seelenheil entfernt war. Mein Dad und ich kannten diese Anfangseuphorie zur Genüge und schlossen heimlich Wetten darüber ab, wie lange sie wohl diesmal anhalten würde. Ich für meinen Teil hoffte, es wäre bald wieder vorüber. Der penetrante Raucherstäbchenmief, wenn sie ihre Meditationsübungen machte, war kaum auszuhalten. Im ganzen Haus stank es wie in einer Esoterikbuchhandlung.

Jedenfalls war es an diesem Wochenende wieder so weit, und meine Mutter fuhr zu ihrem Selbstfindungs-*Tiki-Vodoo-finde-dein-inneres-Kind*-Seminar. Was für mich in erster Linie sturmfreie Bude bedeutete, da mein Vater dann immer bis spät in die Nacht in der Werkstatt war, um an seiner 1966er Stingray-Corvette zu schrauben. Da lag es nahe, dass ich Seth zu mir nach Hause einlud.

An diesem Samstagmittag regnete es in Strömen, also kochten wir zusammen, aßen vor dem Fernseher und zogen uns einen Tarantino-Film nach dem anderen rein. Während Seth *Four Rooms* aus dem DVD-Player nahm und *Pulp Fiction* einlegte, beschloss ich, die Sache einfach selbst in die Hand zu nehmen. Als er sich wieder zu mir auf das Sofa setzte, breitete ich eine

Wolldecke über uns aus und kuschelte mich an ihn. Ich legte den Kopf an seine Brust, nahm seine Hand und küsste sie. Dann sah ich zu ihm auf, küsste ihn seitlich auf den Hals und ließ meinen Mund an seiner Wange entlang bis zu seinen Lippen wandern.

»Was tust du da?«, fragte er und grinste. Als Antwort schwang ich ein Bein über ihn und setzte mich rücklings auf seinen Schoß. Und diesmal küssten wir uns richtig. Er umfasste meine Hüften mit beiden Händen, und ich legte die Arme um seinen Hals, während unsere Zungen miteinander spielten. Plötzlich verzog er den Mund zu einem breiten Grinsen.

»Hör auf. Wir verpassen Pumpkin und Honey Bunny«, sagte er und sah an mir vorbei zum Fernseher.

Echt jetzt?!

»Was ist los, Seth?«, fragte ich mit überraschend fester Stimme und sah ihn direkt an. Ich saß noch immer auf ihm. Nicht gerade die ideale Position für ein klärendes Gespräch. Also rutschte ich von seinem Schoß.

»Wieso? Was meinst du?«, gab er arglos zurück.

Ich holte tief Luft. Okay, Zeit, das Kind beim Namen zu nennen.

»Warum willst du nicht mit mir schlafen?«, presste ich heraus, und meine Stimme klang plötzlich alles andere als fest.

Seths Miene wurde hart, und sein Körper versteifte sich. Er ließ den Kopf sinken und blickte auf seine Hände, dann sah er mich an, sagte aber nichts. Ich rückte ein Stück von ihm ab und brachte etwas Abstand zwischen uns.

»Warum nicht?«, fragte ich noch einmal.

Er nahm einen tiefen Atemzug. »Weil ich glaube, dass du gar nicht mit mir schlafen möchtest.« Im Hintergrund zitierte Samuel L. Jackson gerade den vermeintlichen Bibelvers über den Pfad der Gerechten.

Verdutzt sah ich ihn an. »Doch, Seth. Das möchte ich«, erwiderte ich in aller Offenheit und Verletzbarkeit. Hatte ich ihm das nicht schon längst mit meiner Körpersprache zu verstehen gegeben? Meinem Empfinden nach hatte ich mich ihm ja geradezu an den Hals geworfen.

Plötzlich hob er den Kopf und sah mich an. Tausend Emotionen spiegelten sich auf seinem Gesicht.

»Hast du eine Ahnung, wie ich mich deswegen fühle?« Die Art und Weise, wie er das Wort *deswegen* aussprach, ließ keinen Zweifel, dass er unseren missglückten Sexversuch meinte.

Er fuhr hoch. »Wie ein Loser!«, beantwortete er seine Frage selbst.

»Nicht, Seth«, sagte ich, stand ebenfalls vom Sofa auf und schlang die Arme um ihn. Er wehrte sich nicht, erwiderte die Umarmung aber auch nicht. Er stand nur steif da und ließ meine Berührung über sich ergehen.

»Bitte sag das nicht«, flüsterte ich.

»Nur weil ich es nicht ausspreche, heißt das nicht, dass es nicht so ist.«

»Hör auf damit. Es war nicht deine Schuld …«

»Echt jetzt?! Es liegt nicht an dir, es liegt an mir. Kommst du jetzt echt damit?« Sein Ton schwang in Sekundenbruchteilen von traurig in wütend um.

»Was willst du denn hören?«, fragte ich verzweifelt.

»Gar nichts, Annie. Einfach nur gar nichts.«

»Glaubst du, ich wollte das so?«, fuhr ich ihn an. »Glaubst du nicht, ich hab mir das anders vorgestellt? Glaubst du nicht, ich fühl mich *deswegen* auch beschissen?«

Seth schwieg eine Weile. »Du hast nichts falsch gemacht«, sagte er leise und sah mir in die Augen.

Und je länger wir uns ansahen, desto mehr wuchs in mir irgendetwas zwischen Wut und Entschlossenheit.

»Ich …«, begann er, doch da packte ich sein Gesicht schon mit beiden Händen.

»Halt den Mund«, befahl ich und ließ meine Lippen stürmisch auf seine prallen. Er blieb ohne jede Regung stehen, doch ich küsste ihn weiter und krallte meine Finger so fest in sein Haar, dass er einen unterdrückten Schmerzenslaut von sich gab. In diesem Moment sah ich das Funkeln in seinen Augen. Er packte mich an beiden Hüften und erwiderte den Kuss heftig. Stolpernd bugsierte er mich hinüber zur Couch. Jetzt musste es klappen. Wenn jetzt wieder etwas schieflief …

Mitten in der Bewegung erstarrte Seth und sah mich mit zusammengekniffenen Augen an. Er war noch ganz außer Atem. Ebenso wie ich.

»Was ist?«, wollte ich wissen.

Ich folgte seinem Blick, sah an mir hinunter und stellte verblüfft fest, dass ich die Arme gegen seine Brust stemmte und ihn unbewusst auf Abstand hielt. Seth trat einen Schritt zurück und brachte eine schier unerträgliche Distanz zwischen uns.

Er starrte mich an, dann schluckte er angestrengt.

»Siehst du? Du willst überhaupt nicht mit mir schlafen«, sagte er, traurig und tonlos, und war zur Tür hinaus, ehe ich mich aus meiner Schockstarre befreien konnte.

Er ging nicht ans Handy, also rief ich bei ihm zu Hause an, wo ich von Holly erfuhr, dass Seth direkt zurück ans College gefahren war. Am Samstagnachmittag. Den ganzen Abend und die halbe Nacht versuchte ich ihn zu erreichen. Hinterließ unzählige Nachrichten auf seiner Mailbox und bat, nein flehte, er solle mich zurückrufen. Er tat es nicht. Und wenn ich ehrlich war, konnte ich es ihm nicht mal verübeln. Ich konnte mir keinen Reim auf mein Verhalten machen. Es war mir ein Rätsel, wieso ich eine so abwehrende Körperhaltung eingenommen hatte. War es die Nervosität? Der Erfolgsdruck, dass es diesmal einfach klappen *musste*? War ich vielleicht innerlich noch immer nicht bereit dazu? Oder hatte Seth am Ende recht, und ich wollte es gar nicht? Das Gedankenkarussell hörte nicht auf, sich zu drehen, und so bekam ich die ganze Nacht kein Auge zu.

Es war einer dieser nebligen, nasskalten Sonntagmorgen, wie ich sie in Lakewood schon hundertfach erlebt hatte. Und wie so oft, spiegelte die Stimmung draußen die Gefühle in meinem Inneren eins zu eins wieder. Trübsal. Trauer. Einsamkeit.

Während ich unter der Dusche stand, beschloss ich, Seth nicht mehr anzurufen. Ich hatte gestern schon genug gebettelt. Wenn er mit mir reden wollte, würde er sich schon melden. Und tatsächlich las ich am späten Nachmittag seinen Namen auf dem Display. Es kostete mich all meine Willenskraft, nicht gleich nach dem ersten Klingeln dranzugehen. Ich starrte auf mein Handy und zählte bis zehn, dann erst drückte ich auf *Annehmen*.

»Hallo?«, fragte ich, als wüsste ich nicht, wer dran ist.

»Hi, Annie.«

»Hi, Seth.« Die Sehnsucht in meiner Stimme war nicht zu überhören.

»Tut mir leid, dass ich gestern nicht rangegangen bin. Ich war nur so … durcheinander.«

Durcheinander? Ganz plötzlich und ohne jede Vorwarnung packte mich die Wut. Ich spürte das heiße Pochen an meinen Schläfen, und dann brach es aus mir heraus, ohne dass ich es hätte aufhalten können.

»Ach, *du* warst durcheinander? Was glaubst du, was ich war? Lässt mich einfach stehen wie eine Vollidiotin, nachdem ich mich dir praktisch an den Hals geworfen hab, und haust dann ab nach Bellingham, ohne was zu sagen. Ich musste bei deiner Mutter anrufen, um rauszufinden, wo du bist.«

Seth schwieg einen Moment. »Ich weiß«, war alles, was er darauf erwiderte. Der traurige Klang seiner Stimme nahm mir für den Moment den Wind aus den Segeln.

»Ich hab mir Sorgen gemacht«, sagte ich schließlich.

»Es tut mir leid.«

»Was tut dir leid?«

»Dass du dir Sorgen gemacht hast.«

Ich schnaubte. »Ist das das Einzige, das dir leidtut?«

»Natürlich nicht! Glaubst du, ich wollte, dass es so läuft?«

»Keine Ahnung, was du willst. Du redest ja nicht mit mir.«

»Hör auf damit, Annie.«

»Womit?«

»So eingeschnappt zu sein.«

»Ach, jetzt bin ich eingeschnappt? Du bist doch abgehauen!«

»Ich … ich brauche jetzt einfach ein bisschen Zeit für mich«, sagte er.

Seine Worte versetzten mir einen Stich in die Brust. Mir blieb der Mund offen stehen. »Und was soll das heißen?«

Seth atmete hörbar aus. »Dass ich erst mal in Bellingham bleibe.«

»Machst du Schluss mit mir?«

»Nein«, erwiderte er schnell. »Ich muss nur ein bisschen nachdenken.«

Ich schwieg.

»Annie?«

»Was willst du denn jetzt hören?«

»Ich – ach, keine Ahnung.« Ich konnte förmlich vor mir sehen, wie er sich mit den Fingern über das Gesicht rieb. »Ich rufe wieder an, okay?«

»Mach das«, gab ich kurz angebunden zurück und legte auf. Es kostete mich all meine Selbstbeherrschung, das Handy nicht gegen die Wand zu schmettern.

Da ich nicht wusste, wohin mit meiner Wut, kramte ich meine alten Laufschuhe aus der Abstellkammer und ging joggen. Oder besser gesagt: ich rannte, bis ich nicht mehr konnte, und trottete dann zurück nach Hause. Den Rest dieses beschissenen Sonntags verbrachte ich im Bett. Wenigstens war ich alleine zu Hause, und so störte sich niemand daran, dass ich abwechselnd heulte und meine Wut ins Kissen hineinbrüllte.

Am nächsten Morgen war der Zorn verraucht. Alles, was blieb, war eine drückende Melancholie, die mich einhüllte wie ein Wattebausch. Der Schultag zog sich endlos hin, und die Nachhilfe am Nachmittag raubte mir den letzten Nerv. Als ich auch das endlich überstanden hatte, setzte ich mich seufzend in meinen schrottreifen Toyota Corolla und tuckerte nach Hause. Ich wollte einfach nur schlafen.

Hätte ich geahnt, dass mein Tag, in Anbetracht dessen, was drin auf mich wartete, bis jetzt ein reiner Spaziergang gewesen war, wäre ich einfach weitergefahren.

Der beißende Gestank der Jasminräucherstäbchen brannte mir schon an der Haustür in der Nase. Das Nächste, das sich mir aufdrängte, war die Musik, wenn man es überhaupt so bezeichnen konnte. Aus der Soundbar drangen seltsame Naturgeräusche, gemischt mit dem dröhnenden Summen einer tiefen, indianisch klingenden Männerstimme. Meine Mutter saß am Küchentisch. Das tat sie sonst nie.

»Hi«, sagte ich, und es hörte sich beinahe wie eine Frage an. Was ich eigentlich meinte war: *Bist du ansprechbar?*

Sie reckte das Kinn vor, wie sie es immer tat, kurz bevor sie mir eine vorbereitete Rede um die Ohren schlug. Ich stieß einen tiefen Seufzer aus. Worum ging es diesmal? Machte ich nicht genug im Haushalt? Waren ihr meine Noten nicht gut genug? Hielt sie eine meiner Freundinnen für schlechten Umgang? Keines davon machte Sinn. Und das Gespräch, in dem sie mir eröffnet hatte, dass meine Eltern mich im Studium nicht unterstützen würden, hatten wir bereits geführt. Was also hatte sie diesmal im Köcher?

»Setz dich«, sagte meine Mutter kühl.

Langsam ging ich um den Stuhl herum und ließ sie dabei nicht aus den Augen. Sie schaffte es nicht, meinem Blick standzuhalten. Offenbar fühlte sie sich nicht wohl in ihrer Haut. Meine Mutter wird gerne angegriffen, damit sie hemmungslos zurückschießen kann. Ein klärendes Gespräch auf sachlicher Ebene gehört nicht gerade zu ihren Stärken. Doch wie immer, wenn ich sie so sah, wenn ich sah, wie unwohl sie sich fühlte, spürte ich den spontanen Impuls, etwas zu sagen, um ihr die Situation etwas angenehmer zu gestalten und ihr einen Gesprächseinstieg zu bieten. Etwa: *Wie war dein Wochenende?* Oder irgendetwas anderes, das mich im Grunde nicht interessierte. Zumindest im Moment nicht, denn nach der Sache mit Seth hatte ich weder die Kraft noch die Lust dazu. Ehrlich gesagt, war es mir sogar schon zu viel, jetzt hier mit ihr am Tisch zu hocken. Also schwieg ich und sah sie unbeirrt an.

Plötzlich nahm meine Mutter einen schnellen, tiefen Jetzt-sage-ich-es-einfach-Atemzug.

»Das muss jetzt einfach raus«, begann sie schmallippig. »Ich kann und werde nicht so weitermachen wie bisher.«

Sie sah mich an, als wartete sie auf eine Erwiderung meinerseits, damit sie mich unterbrechen und dann so richtig loslegen konnte. Ich sagte nichts. Da biss sie die Zähne zusammen und nahm erneut einen dieser Ich-bin-ja-so-entschlossen-Atemzüge.

»Du bist eine Energieräuberin, Anna-Marie, und ich bin nicht mehr bereit, mich weiter von dir aussaugen zu lassen.«

»Eine was?« Zuerst begriff ich überhaupt nicht, was sie da gesagt hatte. Es klang wie eine Absurdität. Wie etwas, das man im Traum von sich gibt und das nach dem Aufwachen überhaupt keinen Sinn ergibt. So etwas wie: *Die blauen Grashüpfer sitzen im Bus immer hinten.* Doch dann sah ich in ihre eiskalten grünen Augen, und mir wurde klar, dass sie tatsächlich glaubte, was sie sagte.

55

»Du bist eine Energieräuberin, und ich bin nicht mehr bereit, mich von dir aussaugen zu lassen«, wiederholte sie und betonte dabei jedes einzelne Wort.

Der Schmerz kam heftig und unerwartet. Wie eine eiserne Klammer schloss er sich um mein Herz.

»Was?«

»Du hast lange genug von mir heruntergelebt. Such dir jemand anderen, den du aussaugen kannst.«

»Was?«, fragte ich noch einmal. Meine Augen brannten.

»Es tut weh, wenn man mit der Wahrheit konfrontiert wird«, kommentierte sie meine Tränen. »Aber um sich weiterzuentwickeln, muss man zuerst der Realität ins Auge sehen.« Ihre Worte klangen hohl. Wie ein eingeübtes Mantra. Es war nicht authentisch, nicht ehrlich. Es war einfach nur tief verletzend.

Ich brauchte eine Weile, bis ich meine Stimme wiedergefunden hatte.

»Und w-wann bitte habe ich dir Energie a-abgezapft?«, fragte ich schluchzend.

»Wann?« Sie zog die Brauen hoch, als wäre allein meine Frage eine einzige Anmaßung. »Dein ganzes Leben schon. Du warst schon als Baby so. Du lebst auf Kosten anderer.«

Ich öffnete den Mund, wusste aber nicht, was ich sagen sollte. Ein weiteres ungläubiges »Was?« war alles, was ich hervorbrachte.

Sie schloss die Augen und atmete lange aus, fast als würde sie meditieren. »Vielleicht verstehst du es jetzt noch nicht, aber wenn du darüber nachdenkst, wirst du die Wahrheit erkennen. Du musst lernen, deine Kraft aus dir selbst zu schöpfen.«

Ich schaffte es nicht, die Tränen zum Versiegen zu bringen, dennoch hob ich den Blick und sah sie an.

»Warum tust du das?«

»Eines Tages wirst du mir dafür dank…«

»Warum tust du mir das an?«, schrie ich. »Warum – *liebst* du mich nicht?« Ich schluchzte, dass mir der Rotz nur so aus der Nase lief.

Wie eine Therapeutin reichte sie mir ein Taschentuch. »Du musst lernen, deine Kraft aus dir s…«, wiederholte sie ihr Mantra, da schlug ich ihre Taschentuchhand beiseite, schoss hoch, dass mein Stuhl hintenüberkippte, rannte zur Tür und knallte sie hinter mir zu.

Ich hatte keine Ahnung, wohin ich fuhr, und durch den Schleier aus Tränen und Dunkelheit sah ich es auch nicht wirklich. Zu allem Überfluss regnete es in Strömen. Ich bog von einer Straße in die nächste. Ziellos. Alles, was mich erfüllte, war das Gefühl, ganz allein auf der Welt zu sein. Das Gefühl, von niemandem geliebt zu werden. Kurz überlegte ich, zu meinem Dad in die Werkstatt zu fahren. Aber wie immer würde er mir sagen, dass ich doch wisse, wie meine Mutter sei, und sie sich schon wieder beruhigen würde. Er behandelte sie wie eine Bombe, die kurz davor war zu explodieren und die zu entschärfen Aufgabe aller anderen sei. Was so viel heißt wie: Klappe halten, wegducken, abwarten.

»Natürlich liebt sie dich, sie kann es nur nicht so richtig zeigen«, hörte ich seine Stimme in meinem Kopf. Nein, heute würde ich es nicht ertragen, wie er sie immer in Schutz nahm. Im nächsten Moment kam mir der Gedanke, zu Seth nach Bellingham zu fahren, aber auch den verwarf ich recht schnell wieder. Ich wusste im Moment nicht mal, ob wir überhaupt noch zusammen waren. Und noch ehe ich registriert hatte, wohin ich fuhr, bog ich schon in Corinnes Einfahrt. Ich stellte den Motor ab, legte den Kopf auf das Lenkrad und lauschte dem Regen, der in dicken, schweren Tropfen auf das Autodach prasselte. Das gleichmäßige Geräusch hüllte mich ein wie ein schützender

Mantel und gab mir das tröstliche Gefühl, unsichtbar zu sein. Ich weiß nicht, wie lange ich dort schon saß. Als jemand an die Scheibe klopfte, zuckte ich zusammen. Hastig wischte ich mir mit der Hand übers Gesicht, bevor ich aufsah. Corinnes Bruder Colin sah, völlig durchnässt in Jogginghose und Kapuzensweatshirt, durch die Fensterscheibe. Er öffnete die Tür, griff nach meiner Hand und zog mich ins Freie. Einen Moment standen wir einfach so im Regen. Sein besorgter Blick ruhte auf meinem verweinten Gesicht. Dann schob er mich unter das Vordach des Hauses.

»Was ist los?«

Ich sah ihn an, fing wieder an zu weinen.

»Mein Leben ist beschissen!« Etwas melodramatisch, ich weiß. Aber genauso empfand ich es in diesem Moment. Es war einfach alles beschissen.

Wortlos nahm er mich in den Arm und drückte mich ganz fest an seine harte Brust. Ein leises Seufzen entfuhr mir. Ich wusste nicht, wann ich zuletzt so gehalten worden war. Ich legte meine Arme um seine Hüften, schmiegte mich an ihn und atmete tief. Sicherheit. Trost. Freundschaft. Es fühlte sich unheimlich gut an. Ich schloss die Augen, als er einen Finger unter mein Kinn legte und mein Gesicht sanft anhob. Dann küsste er mich, und ich ließ es geschehen.

KAPITEL 5

Ich war gerade an meinem Schließfach, als ich Colin in meine Richtung kommen sah – zwei Cheerleader im Schlepptau. Ich tauchte hinter der Spindtür ab und tat so, als hätte ich ihn nicht gesehen. Den ganzen Vormittag über hatte ich mir alle Mühe gegeben, ihm aus dem Weg zu gehen. Erst als es zur nächsten Stunde läutete, wagte ich mich aus meiner Deckung. Hastig schnappte ich meine Bücher und eilte den Flur entlang.

»Annie, warte!«, rief Colin mir hinterher.

Mist! Ich blieb stehen, drehte mich aber nicht um. Eine Sekunde später war er bei mir.

»Das mit gestern«, er kratzte sich am Hinterkopf. »Also, ich möchte nicht, dass du dich zu irgendwas gedrängt fühlst oder so. Es war nur … du sahst so traurig aus und hilflos und … süß. Da hab ich mich ein bisschen hinreißen lassen. Ich wollte dich einfach nur trösten. Es … es … hätte genauso gut ein Kuss auf die Wange sein können. Sorry. Ich – ich hätte das nicht tun sollen. Es tut mir leid.«

Ich blickte auf. »Dann sind wir noch Freunde?«

»Ja, natürlich.« Er lächelte, und mir fiel ein Stein vom Herzen.

»Danke«, sagte ich erleichtert, beugte mich automatisch vor und legte die Arme um ihn. Eine freundschaftliche Umarmung, wie wir sie schon hundert Mal hatten. Doch Colin reagierte anders als sonst. Er machte sich steif und löste sich schnell von mir. Ich stutzte kurz, fing mich aber schnell wieder.

»Sehen wir uns heute Abend bei euch?«, fragte ich. »Corinne und ich müssen unser Englischreferat fertigkriegen.«

»Äh, ja, sicher. Bis dann.«

»Bis dann.« Ich drehte mich um.

»Annie?«

»Ja?«

»Geht's dir denn besser?«

Ich kniff die Lippen zusammen. »Ich komm klar.«

Als ich den Flur entlangging, spürte ich seinen Blick in meinem Rücken.

Da ich wirklich keine Lust hatte, meiner Mutter zu begegnen, ging ich nach der Schule in die Stadt, um die Zeit totzuschlagen. Und von dort aus fuhr ich direkt zu Corinne.

»Hey, Annie.« Carl grinste schon, als er mir die Tür öffnete. »Was macht man mit einem Hund ohne Beine?«

»Ich weiß nicht, Carl. Was?«

»Um die Häuser ziehen!« Er lachte schallend. »Verstehst du, Annie? Um die Häuser ziehen!«

»Der war gut, Carl.« Ich versuchte, ein Lächeln zustande zu bringen.

»Annie ist da!«, brüllte Carl die Treppe hoch.

»Sie soll hochkommen!«, brüllte Corinne aus ihrem Zimmer.

»Corinne ist in ihrem Zimmer. Geh nur hoch«, sagte Carl, als hätte das nicht auch schon der Letzte im Umkreis von zwei Meilen mitbekommen.

Ich ging nach oben.

»Hi.«

Sie saß am Schreibtisch über einem Bücherberg. »Hi, Annie. Ich bin mit meinem Teil gleich fertig.«

»Oh, gut. Ich bin auch fast durch. Lass mal sehen.«

Gemeinsam gingen wir die Präsentation durch, fügten unsere Teile zusammen und erstellten ein paar hübsch animierte Folien mit PowerPoint.

»Sag mal«, fragte ich nach einer Weile, »ist Colin gar nicht da?«

»Ne, ich glaub, der hat ein Date. Warum fragst du?«

»Ach, nur so«, erwiderte ich beiläufig.

War das ein Zufall? Oder ging er mir aus dem Weg? Eigentlich konnte es mir egal sein. Schließlich war ich nicht in ihn verliebt, und wenn er ein Date hatte, konnte mir das nur recht sein. Wir waren Freunde, und so konnten wir es auch bleiben.

Corinne nahm ihren Stift zwischen die Zähne und sah mich aufmerksam an. »Ist irgendwas?«

»Wie kommst du darauf?« Es sollte unbefangen klingen, aber ich spürte, wie ich rot anlief.

»Ich weiß nicht. Du bist so ruhig.«

»Ach so. Na ja.« Ich zuckte mit den Schultern. »Das ist wohl wegen Seth.«

»Er fehlt dir, oder?«

Ich nickte. Das war nicht mal gelogen.

»Komm, lass dich drücken.« Sie nahm mich in den Arm.

Viele Freunde hatte ich nie gehabt. Was sicher an mir lag, aber zu einem guten Teil auch daran, dass meine Mutter an jedem Mädchen, das ich mit nach Hause brachte, etwas auszusetzen hatte. Daher wusste ich es nun umso mehr zu schätzen, jemanden wie Corinne in meinem Leben und an meiner Seite zu haben. Zu gerne hätte ich mit ihr darüber gesprochen, was alles passiert war. Zwischen Seth und mir. Zwischen meiner Mutter und mir. Zwischen mir und Colin … Ich tat es nicht. Viel wichtiger war es, die Dinge zu klären. Mit Colin hatte ich das schon getan. Auch wenn es sich noch komisch anfühlte, stand nichts zwischen uns. Die Sache mit meiner Mutter, so hatte die Erfahrung gezeigt, konnte ich einfach nur aussitzen. Sie hatte ein Bild von mir, das nichts mit dem Menschen zu tun hatte, der ich wirklich war. Und davon konnte sie niemand abbringen. Sie drehte die Dinge so, dass sie in ihre Weltanschauung passten. Ich hatte nicht vor, mit ihr zu reden. Diese Sache konnte ich nur lösen, indem ich meinen Schulabschluss machte und endlich auszog. Blieb noch Seth.

Mittlerweile lag ich seit vierzig Minuten wach und grübelte. Mein Wecker würde erst in einer knappen Stunde läuten. Ich blickte zur Decke, und plötzlich packte mich die Entschlossenheit. Seth hatte zwar gesagt, er würde sich bei mir melden, aber so lange konnte ich nicht warten. Also rief ich ihn an. Ich musste es hinter mich bringen, ehe ich den Mut verlor, ihm zu gestehen, was ich getan hatte.

»Hallo?«, hörte ich ihn mit verschlafener Stimme fragen.

»Ich bins.«

»Annie? Ist alles okay?« Er klang besorgt. Klar, wenn mich um fünf Uhr morgens jemand aus dem Bett klingeln würde, dächte ich auch, es wäre was passiert.

»Wir müssen reden, Seth«, kam ich ohne Umschweife zum Punkt und präzisierte: »Ich muss dir etwas sagen.«

»Ich muss dir auch etwas sagen«, erwiderte er und schien mit einem Mal hellwach.

Ich staunte. »Ach ja?«

»Ja.«

»Und was?«

Er holte tief Luft. »Ich habe eine andere geküsst.«

Schlief ich etwa noch? *Er* hatte eine andere geküsst? War es nicht das, was ich ihm gerade hatte beichten wollen? Der Stich in meinem Herzen kam so unerwartet, dass ich keuchte.

»Wen?«

»Ein Mädchen aus meinem Ökonomiekurs. Du kennst sie nicht.«

»Hast du mit ihr geschlafen?«

»Nein, wir haben uns nur geküsst.«

Was immer ich hatte sagen wollen, es blieb mir im Hals stecken.

Seth seufzte. »Es war am Samstag. Auf einer Party. Ich hab zu viel getrunken, wir haben getanzt, und … dann haben wir rumgeknutscht.«

»Rumgeknutscht?«, wiederholte ich und rang um Fassung. Das hörte sich doch noch mal ganz anders an als *geküsst*. Das Kopfkino sprang an. In meiner Vorstellung war die andere hellblond und trug ein eng anliegendes rotes Kleid. Rücklings saß sie auf Seths Schoß und streckte ihm ihre Zunge in den Hals, während sie sich gleichzeitig an seiner Hose zu schaffen machte. Er stöhnte und riss ihr das Kleid vom Leib. Ihre prallen Brüste hüpften aus dem BH … Schnell schüttelte ich den Kopf, um die Bilder zu vertreiben.

Eine ganze Weile blieb es still zwischen uns, dann fing mein Mund wie von alleine an zu sprechen.

»Ich hab Colin geküsst.« Ich weiß nicht, ob ich es so geradeheraus sagte, weil ich es endlich loswerden wollte oder weil ich wollte, dass Seth ebenso litt wie ich. Wahrscheinlich beides.

Er sagte kein Wort. Nur seine tiefen, schweren Atemzüge waren zu hören. Panik machte sich breit. Ich spürte, wie er mir entglitt.

»Willst du denn gar nichts dazu sagen?«

»Hast du mit ihm geschlafen?« Die gleiche Frage, die ich ihm eben noch gestellt hatte. Doch bei ihm klang sie noch sehr viel schärfer. Als hätte eine unbändige, hilflose Wut ihn fest im Griff. Fast tat er mir ein bisschen leid. Zumindest tat es mir leid, dass ich es ihm so vor den Latz geknallt hatte.

»Natürlich nicht! Es hatte gar nichts zu bedeuten. Meine Mutter – wir haben uns gestritten. Deswegen bin ich zu Corinne gefahren, und da stand Colin – im Regen. Er hat mich in den Arm genommen, mich getröstet, und dann … haben wir uns geküsst.« Ich schluckte. »Es war nur ganz kurz, und ich bin dann sofort wieder gegangen.«

»Colin? Echt jetzt?!« Seth atmete in schnellen Stößen. Seine Stimme klang ungewöhnlich tief. »Ich hab immer gewusst, dass da was läuft!«

»Spinnst du? Da läuft gar nichts. Es war nur der eine Kuss! Und tu jetzt bloß nicht, als wärst du die Unschuld vom Lande. Du hast schließlich auch eine andere geküsst! Oh, entschuldige – mit einer anderen *rumgeknutscht*. Im Gegensatz zu dir war es bei mir nämlich wirklich nur ein Kuss.«

»Das ist etwas vollkommen anderes.«

»Wie bitte?«, brüllte ich. »Und wieso sollte das etwas anderes sein?«

»Weil ich sie nicht kenne und sie mich null Komma null interessiert!«, schrie er zurück.

»Du hast sie doch nicht alle! Nur weil ich nicht irgendeinen Wildfremden geküsst habe, ist das, was ich getan habe, schlimmer als das, was du getan hast? Das kannst du nicht ernst meinen.«

»Und ob ich das ernst meine! Du siehst ihn jeden Tag in der Schule. Wie könnte ich dir je wieder vertrauen?«

Ich traute meinen eigenen Ohren kaum. »Und was ist mit der Schlampe aus deinem Ökonomiekurs?«

»Gar nichts ist mit ihr!«, brüllte er und schnaufte. Dann, mit ruhigerer Stimme: »Das hat keinen Sinn.«

»Da hast du allerdings recht«, gab ich zornig zurück.

Für eine Sekunde herrschte vollkommene Stille zwischen uns. Man hätte eine Stecknadel fallen hören können.

»Vielleicht sollten wir eine Pause einlegen.« Seth klang eiskalt.

Ich riss die Augen auf, entsetzt über seine Worte, war ich einen Moment sprachlos. Dann ergriff die Wut Besitz von mir.

»Vielleicht sollten wir *für immer* eine Pause einlegen!«

»Ganz wie du willst«, konterte er sofort.

»Ach, weißt du was, Seth? FICK DICH!«

Mein Handy flog quer durchs Zimmer. Einen Moment blieb ich wie angewurzelt stehen. Jeder Muskel in meinem Körper war zum Zerreißen gespannt. Ich presste die Faust gegen meinen Mund, um den Schrei zu unterdrücken, der in meinem Inneren tobte. Ich musste hier raus. Sofort. Wohin, war mir egal. Hauptsache weg. Den Kopf freikriegen. Ich zog mich rasch an, setzte mich ins Auto und raste davon. Ziellos. Der Wald rauschte nur so an mir vorbei. Die Bäume verschwammen zu einer grünen Einheitskulisse. Ich krallte meine Fingernägel so tief ins Lenkrad, dass kleine Kerben zurückblieben. Die Wut brachte mich beinahe um den Verstand. Ich trat das Gaspedal durch und ließ den Motor aufheulen. Jagte den alten Corolla über die morgendlichen Straßen, dass er nur so ächzte. Ich schrie mir die Seele aus dem Leib, umklammerte das Lenkrad so fest, dass meine Fingerknöchel weiß hervortraten. Ich schrie und schrie und schrie. Und es half. Gott sei Dank, es half. Hätte ich meine Wut nicht hinausgeschrien, wäre ich daran erstickt. Ich schaffte es, gleichmäßig zu atmen. Und drosselte das Tempo. Bis jetzt waren die Straßen menschenleer gewesen, doch allmählich begann sich der Berufsverkehr zu regen. Hätte ich mich nicht unter Kontrolle gebracht, hätte ich mit meiner hirnlosen Raserei vielleicht noch jemanden verletzt. Meine Sinne, eben noch beherrscht von brennendem Zorn, kehrten nach und nach zurück. Und wenig später war ich wieder in der Lage, klar zu denken. Ich keuchte vor Erschöpfung. Ausgelaugt von meinem Wutanfall, ließ ich mich tiefer in den Sitz sinken. Entspannte meine verkrampften Muskeln und versuchte, zu mir selbst zu finden. Es war vorbei. Seth und ich waren kein Paar mehr. Seth, von dem ich dachte, er wäre eines Tages der Vater meiner Kinder, und ich waren kein Paar mehr. Die Erkenntnis hüllte mich ein wie ein Schleier. Und so schnell, wie die Wut verflogen war, kam der Kummer. Drückend beklemmende Trauer. Beinahe fühlte es sich an, als wäre jemand gestorben. Als müsste ich für immer Abschied nehmen. Abschied von der gemeinsamen Zukunft, die wir niemals haben würden. Abschied von den Kindern, die es niemals geben würde. Abschied von dem schrulligen alten, sich Insiderwitze erzählenden, Enten fütternden, Händchen haltenden Ehepaar, das wir niemals sein würden.

»Spinnst du?! Ich wär dir fast hinten reingefahren, du blöde Kuh!« Ich schreckte zusammen. Ein Anzugtyp stand mit seinem Mercedes neben mir, hatte die Scheibe heruntergelassen und brüllte mich aus dem Fenster heraus an. *Fuck!* Ich hatte angehalten. Mitten auf der Straße. Unter Schock murmelte ich eine Entschuldigung, legte so hastig den ersten Gang ein, dass das Getriebe um Gnade winselte, und fuhr weiter. Dann kam mir ein Gedanke. Und ich wendete mitten auf der Straße.

Es war eine Art Abschiedsgeste. Hier, am Gravelly Lake, unserem geheimen Plätzchen zwischen den Bäumen unweit des Bootsstegs, hatten Seth und ich fast den ganzen Sommer verbracht. Nun, im Spätherbst, hatte sich hier alles so sehr verändert, dass ich es kaum wiedererkannte. Die Schutz bietenden und Schatten spendenden Blätter waren verwelkt, und man hatte schon fast von der Straße aus Einblick in unser kleines Refugium. Es war derselbe Ort … dasselbe vertraute Fleckchen Erde, an dem wir einander in den Armen gelegen und Pläne für unsere gemeinsame Zukunft geschmiedet hatten. Derselbe Ort – und doch schien er wie aus einem anderen Leben. Ich sackte zusammen und ging neben der uralten Weide mit den tief hängenden Ästen in die Knie.

Fast den ganzen Tag verbrachte ich dort. Zerfloss in Trauer und Selbstmitleid und dachte darüber nach, welche Richtung ich im Leben nun einschlagen sollte. Alles hatte sich geändert. All die Pläne, die wir geschmiedet hatten. All die Hoffnungen, die ich in unsere gemeinsame Zukunft gesteckt hatte ... Zerschlagen. Tot. Was wollte ich noch hier? Dieser Ort hielt nichts als Schmerz für mich bereit. Ohne Seth hatte er rein gar nichts Besonderes. Ohne ihn hatte er seine Magie verloren. Ich hatte das Gefühl, in tausend Stücke zu zerbrechen und niemanden zu haben, der die Scherben auflesen und mich wieder zusammensetzen konnte.

Als ich völlig durchgefroren war, setzte ich mich ins Auto, ließ den Motor laufen und drehte die Heizung auf. Die Schule war mittlerweile aus, und Corinne dürfte zu Hause sein. Ich beschloss, sie anzurufen.

»Annie, wo warst du denn heute?«

»Hab blaugemacht. Mir gehts nicht so gut.« Schwänzen war nicht meine Art, aber den Schultag hätte ich nicht überstanden.

»Was hast du denn? Bist du krank?«

»Seth und ich haben Schluss gemacht«, eröffnete ich und schluckte gegen den Kloß in meinem Hals an.

»Was?!«

Ich versuchte, ihr zu erklären, was passiert war, ohne zu erwähnen, was zwischen ihrem Bruder und mir vorgefallen war. Doch ohne diese Information ergab es einfach keinen Sinn, also gestand ich ihr auch das.

»Den bring ich um!«, war ihre erste Reaktion. Ich befürchtete schon, sie würde auf der Stelle in Colins Zimmer stürmen und versuchen, ihn mit ihren kleinen Händen zu erwürgen. Also lenkte ich schnell ein.

»Er kann nichts dafür«, nahm ich ihn in Schutz. »Außerdem ist zwischen uns schon alles geklärt. Wir sind Freunde, mehr nicht. Und schließlich gehören immer zwei dazu. Wenn du also jemanden umbringen musst, dann uns beide.«

»Du hättest mich gleich anrufen sollen«, sagte sie nach einer kurzen Pause. »*Bevor* du meinem Charmebolzen von Bruder erlegen bist.«

»Ja, das hätte ich. Es hätte aber nichts daran geändert, dass Seth auch eine andere geküsst hat.«

»Weißt du, wer sie ist?«, hakte Corinne nach. »Wir könnten nach Bellingham fahren und ...«

Ich unterbrach sie, bevor sie ihren Racheplan näher ausführen konnte. »Lass gut sein, Corinne. Es ist vorbei. Soll er glücklich werden mit seiner Neuen.«

»Dass du das so locker wegsteckst«, wunderte sie sich. »Seth und du, ihr wart das absolute Traumpaar, und ihr hattet doch schon alles geplant mit Seattle und so.«

»Ich weiß.«

»Und was ist mit deiner Mom?«, fragte sie weiter. Die Energieraubgeschichte hatte ich ihr auch erzählt.

»Mit der würde ich auch am liebsten Schluss machen«, antwortete ich scherzhaft. Aber in Wahrheit graute mir davor, nach Hause zu fahren. Bis jetzt hatte ich es geschafft, ihr aus dem Weg zu gehen. Aber lange würde das nicht mehr gut gehen. Ich seufzte. Bald würde ich wegziehen. Der Winter stand schon vor der Tür, das erste Halbjahr war fast geschafft. Ich musste nur noch das zweite irgendwie hinter mich bringen.

»Ist das Annie?«, hörte ich plötzlich Corinnes Dad im Hintergrund fragen.

»Ja.«

»Frag sie, ob sie weiß, was am Strand liegt und schlecht zu verstehen ist.«

»Ich soll dich fragen ...«

»Habs gehört«, kürzte ich die Sache ab. »Sag ihm, ich weiß es nicht.«

»Sie weiß es nicht.«

»Eine Nuschel!« Sein polterndes Lachen entfernte sich in den Flur. »Eine Nuschel.«

Um kurz nach fünf sah ich ein, dass es keinen Sinn hatte, die Sache noch weiter aufzuschieben. Ich war müde, und mir war kalt. Ich sehnte mich nach einer warmen Dusche und meinem Bett. Auf der kurzen Fahrt malte ich mir aus, wie das Aufeinandertreffen mit meiner Mutter ablaufen könnte. Würde sie mich anschweigen, anschreien oder so tun, als wäre nichts gewesen? Alles war möglich. Doch was mich dann zu Hause erwartete, hätte ich mir in meinen wildesten Träumen nicht ausmalen können. Meine Mutter war nirgends zu sehen. Diesmal war es Dad, der mit mir reden wollte. Um diese Zeit war er für gewöhnlich noch in der Werkstatt. Dass er schon zu Hause war, verhieß nichts Gutes. Ich stieß einen tiefen Seufzer aus und setzte mich.

Offenbar hatte meine Mutter ihm erzählt, dass ich mit erhobener Faust vor ihr gestanden hätte und sie ins Gesicht schlagen wollte. Im allerletzten Moment sei ich dann allerdings noch zur Besinnung gekommen und wäre hinausgestürmt. Fix und fertig hatte mein Dad sie zu Hause vorgefunden. Den Anblick, wie ihre eigene Tochter die Hand gegen sie erhoben hatte, würde sie niemals, solange sie lebe, vergessen können, hatte sie zu ihm gesagt. Dieses Bild habe sich für alle Zeiten in ihr Gedächtnis gebrannt. Und sie könne mich nun, da ich mein wahres Gesicht gezeigt hatte, nie wieder mit denselben Augen sehen wie früher.

Es dauerte eine ganze Weile, bis ich begriff. Die einzige Erklärung, die ich mir zusammenschustern konnte, war die Situation, in der ich ihr das Taschentuch aus der Hand geschlagen hatte. Wie sie das Ganze jetzt darstellte, war dermaßen absurd und verdreht, dass ich überlegte, ob ich mir überhaupt die Mühe machen sollte, meinem Vater zu erzählen, was wirklich geschehen war. Ich tat es dann doch. War mir aber nicht sicher, ob er mir glaubte. Aber das spielte auch keine Rolle. Es würde ohnehin nichts ändern. Das Thema war durch. Alles, was ich tun konnte, war zu gehen.

Als ich fünfzehn war, hatte ich ernsthaft vorgehabt, mich umzubringen. Sicher spielte damals eine gehörige Portion Teenager-Melodramatik mit hinein, dennoch hätte ich es fast getan. Der Auslöser war, dass meine Eltern sich seit Wochen so benahmen, als wären sie wegen irgendetwas enttäuscht von mir. Als schämten sie sich regelrecht für mich. Ich wusste damals nichts damit anzufangen, fragte mich wochenlang, was ich wohl diesmal falsch gemacht hatte. Bis ich eines Tages den Mut besaß, meinen Dad darauf anzusprechen. Ich schnappte mir also mein Fahrrad und fuhr zu ihm in die Werkstatt. Zuerst druckste er herum und wich meinen Fragen aus, doch irgendwann rückte er schließlich damit heraus, dass meine Mutter und er etwas Pikantes über mich erfahren hatten, als sie bei den Fosters – Nachbarn und mal mehr, mal weniger enge Freunde meiner Eltern – eines Abends zum Essen eingeladen waren.

Aber dazu muss ich etwas weiter ausholen: Die Nachbarstochter Jenny, die ein Jahr älter war als ich, ging auf dieselbe Schule. Jenny und ich hatten als Kinder oft zusammen gespielt, doch irgendwann hatte sie das Interesse an mir verloren, weil sie nicht mit einer aus der Junior-High gesehen werden wollte, sobald sie an der Senior war. Das war wohl irgendwie uncool. Als sie dann in der Zehnten und ich in der Neunten war, war sie in einen Jungen aus ihrem Jahrgang verknallt, der offenbar heimlich in mich verliebt war. Gesagt hatte er mir das nie, aber er tauchte immer ganz zufällig auf, setzte sich in den Pausen in meine Nähe, und auch auf dem Heimweg kreuzten sich unsere Wege, obwohl er in der anderen Richtung wohnte. Jedenfalls war Jenny fürchterlich eifersüchtig, weil ihr Schwarm nicht ihr, sondern mir hinterherdackelte. Also hatte sie ihren Eltern und allen, die es sonst noch hören wollten, erzählt, dass ich eine Riesenschlampe sei, die es mit jedem Typen an der Schule getrieben hatte. Damals war ich gerade fünfzehn und hatte noch nicht mal einen Jungen geküsst – so viel dazu. Jennys Eltern hatten das dann bei besagtem Abendessen zur Sprache gebracht, und meine Eltern hatten ihnen aufs Wort geglaubt. Darauf angesprochen hatten sie mich nie, und erst jetzt, als ich meinen Vater zur Rede stellte, kam das Ganze ans Licht. Dass meine Eltern blind glaubten, was andere über mich sagten, ohne mich zu fragen, wie es wirklich war, und dass sie mich so wenig kannten und die Sache überhaupt für möglich hielten, machte mich dermaßen unglücklich, dass ich mich tatsächlich umbringen wollte. Aber egal, ich lebe noch.

Die erste Zeit, nachdem Seth und ich uns getrennt hatten, war hart. Ich fiel in ein so tiefes Loch, dass ich beinahe den Halt verloren hätte. Wir hatten keinen Kontakt. Er rief mich nicht an und ich ihn nicht. Und da er nun kaum noch an den Wochenenden nach Hause kam, liefen wir uns auch nicht zufällig über den Weg. In den ersten Wochen beauftragte ich Corinne, Taylor unauffällig über Seth auszuhorchen und mir Bericht zu erstatten. Wie es schien, hatte er recht schnell eine neue Freundin – ich erfuhr nie, ob es dieselbe war, mit der er rumgeknutscht hatte –, und im Studium lief es für ihn wohl auch ziemlich gut. Mittlerweile hatte er sogar einen Stammplatz im College-Basketballteam.

Der wöchentliche Seth-Bericht wurde zum festen Bestandteil der montäglichen Mittagspause. Als Corinne und Taylor jedoch Schluss machten, versiegte damit auch meine Informationsquelle. Obwohl es nun an mir war, Corinne über ihren Trennungsschmerz hinwegzutrösten, dachte ich noch immer oft an Seth, stellte ihn mir mit seiner neuen Freundin vor und fragte mich, ob er sie genauso hielt, wie er mich gehalten hatte. Ob er sie genauso küsste, wie er mich geküsst hatte. Ob er zu ihr die drei Worte sagte, die wir nie zueinander gesagt hatten.

In dieser Zeit saß ich viel in meinem Zimmer, hatte kaum Appetit und war ständig müde. Ich spürte regelrecht, wie ich nach und nach abstumpfte. So bescheuert es klingen mag, aber das Einzige, das mich einigermaßen aufrecht hielt, war die Biologie. Ich schaffte es erneut in die Endrunde des landesweiten Junior-Scientists-Wettbewerbs. Und auch wenn ich ihn diesmal nicht gewann, überschütteten mich meine Lehrer mit Komplimenten. Und so brachte ich das erste Halbjahr hinter mich. Da ich mich voll und ganz auf die Schule konzentrierte, gelang es mir sogar, meinen Notendurchschnitt noch einmal zu verbessern. In fast allen Fächern hatte ich es auf eine Eins geschafft.

Die Kommunikation mit meiner Mutter beschränkte sich auf das Nötigste. Ich erfüllte meine häuslichen Pflichten, ohne zu murren, und verbrachte die restliche Zeit in meinem Zimmer, wo ich lernte oder mir etwas auf Netflix ansah.

Als der Brief von der UW kam, schöpfte ich neuen Mut. Sie luden mich zum Aufnahmeinterview ein. Mein Traum, endlich von hier wegzukommen und an einer renommierten Universität Biologie zu studieren, rückte in greifbare Nähe. Halbe Sachen waren nie mein Ding gewesen. Ganz oder gar nicht – damit konnte ich am besten umgehen. Das galt sowohl für meine Mutter als auch für Seth. Ein klarer Schnitt. Sonst würde es nie aufhören wehzutun. Ich weiß nicht, warum meine Mutter mich nicht liebte. Vielleicht konnte sie es einfach nicht. Vielleicht wollte sie es nicht. Was auch immer der Grund war, es stand nicht in meiner Macht, das zu ändern. All meine Versuche waren fehlgeschlagen. Egal, was ich tat – es war nie genug. *Ich* war nie genug. Im Gegenteil. Sie legte meine Versuche, ihre Liebe für mich zu gewinnen und sie stolz auf mich zu machen, als Prahlerei und Herumstolzieren aus. Es gab nichts, das ich noch tun konnte. Ich konnte nur gehen. So weit weg wie möglich. Um all den Schmerz hinter mir zu lassen und ganz von vorne anzufangen.

Im Frühjahr fuhr ich also nach Seattle. Um mich auf den Termin vorzubereiten, hatte ich in den Wochen zuvor jeden Tag die Zeitung gelesen, um über die aktuellen Ereignisse auf dem Laufenden zu sein. Ich hatte die Namen sämtlicher Minister sowie europäischer Staatsoberhäupter auswendig gelernt, in einem Crashkurs meinen Biologiekenntnissen den letzten Schliff verpasst, Kopfrechnen geübt und mir eine neue Bluse gekauft. Sogar beim Friseur war ich gewesen.

Ich war vorbereitet. Gut vorbereitet – und versagte auf der ganzen Linie. Bis heute weiß ich nicht, was dort passiert ist. Erfolgsdruck? Prüfungsangst? Ich kann es euch wirklich nicht sagen. Zu fünft saßen sie mir gegenüber, einer steifer und elitärer als der andere. Und sobald ich auf diesem Stuhl saß, war ich nicht mehr ich selbst. Ich war dermaßen nervös, dass ich die einfachsten Fragen nicht beantworten konnte. Hatte sogar für mehrere Minuten einen kompletten Blackout. Eine der demütigendsten Erfahrungen meines Lebens – näher möchte ich darauf gar nicht eingehen. Noch auf der Heimfahrt stand ich völlig neben mir. Ein einziger Gedanke war alles, wozu mein Gehirn fähig war: *Ich habe versagt.* Immer wieder hallten diese drei Worte durch meinen Kopf: *Ich habe versagt.*

Irgendwie schaffte ich es nach Hause, schleppte mich mit letzter Kraft in mein Zimmer und brach zusammen.

Es dauerte drei Tage, bis ich darüber reden konnte. Mein Dad war der Erste, dem ich erzählte, was passiert war.

»Ich blöde Kuh hab mich so sehr auf Seattle versteift, dass ich mich nur dort beworben hab«, vertraute ich ihm an und verdrehte die Augen. »Mit Ausnahme meiner Juxbewerbungen an den Ivy-League Colleges der Ostküste.«

»Kannst du nicht …«, begann mein Dad, doch ich schüttelte den Kopf.

»Um es woanders zu versuchen, ist es zu spät. Die Bewerbungsfristen sind längst abgelaufen.«

Mitleidig kräuselte er die Mundwinkel.

»Dann versuchst du es eben einfach nächstes Jahr noch mal«, lautete sein Vorschlag. »Und bis dahin kannst du mir mit der Buchhaltung für die Werkstatt helfen. Viel bezahlen kann ich nicht, aber so hast du wenigstens keine Lücke im Lebenslauf.«

Ich nickte und verkniff mir einen Kommentar.

»Kopf hoch, das wird schon.«

»Meinst du?«

»Du wirst deinen Weg gehen, da bin ich sicher.«

Ich lächelte traurig. »Na, wenigstens einer von uns.«

Dad legte den Arm um mich und drückte mich an sich.

»Ich hab dich lieb«, sagte ich leise.

»Ich dich auch, mein Schatz.«

Die nächsten Wochen waren der reine Horror. Das Loch, aus dem ich es seit der Trennung von Seth noch immer nicht herausgeschafft hatte, wurde größer und tiefer. Und ich fiel und fiel und fiel und fiel.

Für die Schule hatte ich sämtliche Motivation verloren und ließ all meine zusätzlichen Kurse sausen. Dänisch, Capoeira, Bogenschießen – was hatte ich mir nur dabei gedacht? Obwohl, wer weiß, wenn der Supermarkt, an dessen Kasse ich wohl für den Rest meines jämmerlichen Lebens sitzen würde, mal überfallen würde, könnte es vielleicht nützlich sein zu wissen, wie man mit einem Bogen umgeht.

»Du hast Post«, sagte mein Dad, als ich am Samstagmorgen in die Küche kam. Er lächelte über seiner Kaffeetasse und hielt den schmalen Umschlag hoch.

»Warum lächelst du so?«, fragte ich skeptisch.

Da drehte er den Brief, damit ich das aufgedruckte Logo sehen konnte. Drei Bücher, die zusammen das Wort *Veritas* bildeten.

»Der ist aus Harvard!«, stieß ich hervor.

Mein Dad nickte und grinste noch breiter.

»Du hast dich in Harvard beworben?«, fragte meine Mutter mit einem Hauch Empörung. Sie zog die Augenbrauen zusammen. »Hast du eine Ahnung, was das kostet?«

»Eine ungefähre, ja«, antwortete ich geistesabwesend und griff nach dem Brief. Ich riss ihn auf und überflog die Zeilen.

»Sag schon, was schreiben sie?«, drängte Dad.

»Sie wollen mich kennenlernen«, sagte ich leise, dann lauter: »Sie laden mich zum Aufnahmeinterview ein.«

»Wow, das ist großartig!«, freute er sich.

Meine Mutter schnaubte abfällig.

»Ruby!« Mein Dad warf ihr einen strengen Blick zu.

»Ja, natürlich ist das großartig«, lenkte sie großmütig ein. »Aber du weißt, dass wir nicht länger für deinen Lebensunterhalt aufkommen können. Geschweige denn die Studiengebühren für *Harvard* bezahlen können.« Sie ließ es klingen, als hielt ich mich für etwas Besseres, mich dort beworben zu haben.

»Ja, das hast du unmissverständlich klargemacht«, erwiderte ich.

»Wann ist das Interview?«, fragte Dad.

»Du willst sie doch nicht auch noch ermutigen, dorthin zu gehen?«

»Sie wurde von Harvard eingeladen«, entgegnete er mit ruhiger Stimme. »Also ich kenne niemanden, der von Harvard eingeladen wurde. Du?«

»Aber es ist unbezahlbar. Schlag dir die Sache am besten gleich aus dem Kopf.«

»Ich hab mich dort für ein Vollstipendium beworben. Sie wissen, dass ich die Studiengebühren nicht bezahlen kann.«

»Und trotzdem haben sie dich eingeladen?« Mein Dad runzelte die Stirn. »Du gehst da auf jeden Fall hin.«

Wieder schnaubte meine Mutter. Ich gab mein Bestes, das abfällige Geräusch zu ignorieren, und las den Brief noch einmal.

»Es ist schon nächste Woche«, stellte ich schockiert fest. Denn nun stand ich vor dem nächsten Problem. Wie zum Teufel sollte ich nach Boston kommen?

Ich ging in mein Zimmer und setzte mich an den Computer. Von Lakewood bis Boston waren es über dreitausend Meilen. Mein Toyota würde die Strecke sicher nicht durchhalten – ganz zu schweigen davon, dass ich tagelang unterwegs wäre. Hinzu kamen Sprit- und Übernachtungskosten. Ganz zu schweigen von dem Risiko, mit meiner alten Karre mitten im Nirgendwo liegen zu bleiben. Was gab es also für Alternativen? Zug? Nein. Viel zu teuer und ebenso zeitaufwendig. Blieb noch das gute alte Flugzeug. Doch auch hier war meine Internetrecherche ernüchternd. Ein Ticket nach Boston und zurück plus eine Übernachtung würde mich locker zwischen drei- und vierhundert Dollar kosten. Meine Ersparnisse waren nahezu aufgebraucht. Allein die Vortests hatten ein Vermögen gekostet. Um mir einen Job zu suchen und etwas dazuzuverdienen, war es zu spät. Was konnte ich noch tun? Meine Klamotten auf eBay verkaufen? Und alles nur für ein Gespräch, das ich vielleicht ebenso verkackte wie das letzte? Andererseits, wie oft wurde man denn schon nach Harvard eingeladen? Zu verlieren hatte ich jedenfalls nichts. Ich nahm einen tiefen Atemzug, als es plötzlich klopfte.

»Ja?«

Mein Dad streckte den Kopf ins Zimmer. Ohne etwas zu sagen, kam er herein und legte mir einen länglichen Umschlag auf den Schreibtisch.

»Was ist das?« Mit fragendem Blick öffnete ich das Kuvert.

Zur Antwort grinste er nur. Obwohl er Mitte vierzig war, sah er aus wie ein kleiner Junge, wenn er so grinste wie jetzt. Leider kam das viel zu selten vor.

Verwundert runzelte ich die Stirn, und als ich den Inhalt hervorzog, stockte mir für einen Moment der Atem.

»Ein Flugticket?!«, stieß ich hervor. Genauer gesagt waren es zwei. Von Seattle nach Boston und von Boston zurück nach Seattle.

»Wirklich?« Ich konnte mein Glück kaum fassen. Er musste gleich nach dem Frühstück ins Reisebüro gegangen sein. Ich sprang auf und fiel ihm um den Hals. »Danke, Dad!«

»Gerne, mein Schatz.«

KAPITEL 6

»Annie, wir haben kein Klopapier mehr!«, rief Grace aus dem Badezimmer. »Kannst du mir Taschentücher bringen?«

Benommen rieb ich mir den Schlaf aus den Augen und setzte mich auf. Ich brauchte einen Moment, um wach zu werden. Und sobald ich es war, bereute ich es auch schon. Der dumpfe Schmerz in meinem Kopf kündigte einen heftigen Kater an. Ich hätte auf Grace hören und die letzten beiden Runden aussetzen sollen. Das hatte ich nun davon. Ich linste aus dem Augenwinkel auf meinen Wecker. Es war erst halb neun. Wann waren wir nach Hause gekommen? Vier? Halb fünf? Für mich war es jedenfalls eindeutig noch zu früh. Nach so einer Party stand mir ein bisschen Rekonvaleszenzzeit zu, wie ich fand. Außerdem war es Samstag. Das bedeutete: keine Vorlesungen. Und das wiederum bedeutete: ausschlafen. Doch auch wenn ich hundemüde war und mir höchstwahrscheinlich der Kater meines Lebens bevorstand, empfand ich tief in mir dieses Gefühl seliger Dankbarkeit. Das College war meine Welt. In Boston fühlte ich mich mehr zu Hause, als ich es in Lakewood je getan hatte. Hier war ich richtig. Hier gehörte ich hin. Und das alles hatte von einem einzigen Gespräch abgehangen. Der Ernst der Lage war mir mehr als bewusst gewesen. Dieser eine Termin würde darüber entscheiden, welche Richtung mein Leben einschlagen würde. Zur Sicherheit hatte ich aus dem Medizinschränkchen meiner Mutter sogar eine Tavor geklaut. Tavor enthält den Wirkstoff Lorazepam und wirkt stark angstlösend. Einen weiteren Blackout wie in Seattle hätte ich mir nicht leisten können. Ich weiß nicht, ob es an der Tablette lag oder ob ich einfach einen guten Tag hatte. Aber es lief großartig. Das Gegenteil meines Seattle-Gesprächs. Ich flog mit einem guten Gefühl zurück und malte mir in Gedanken bereits meine Zukunft als Harvard-Studentin aus. Vier Wochen, drei Tage und sechzehn Stunden später fischte ich den schweren Brief aus der Tagespost. Mein Herz hörte auf zu schlagen, als ich den Umschlag mit zitternden Händen aufriss. Hastig überflog ich die Zeilen auf der Suche nach Schlagworten wie *leider*, *wir bedauern* oder *es tut uns leid* – doch dort stand keines dieser Worte. Also begann ich leise murmelnd zu lesen.

»Sehr geehrte Miss Blazon, wir freuen uns sehr, Ihnen mitteilen zu können, dass Sie ab dem kommenden Wintersemester für das Biologiestudium in Harvard zugelassen sind.« Ich musste mich setzen. »Darüber hinaus ist es uns eine besondere Freude, Ihnen mitteilen zu können, dass Sie für das Gerentry-Vollstipendium ausgewählt wurden.«

»Taschentücher!«, wiederholte Grace ungeduldig.

Ich grinste unwillkürlich. »Komme schon!«, rief ich Richtung Badezimmer, kam auf die Beine und versuchte, das Gleichgewicht zu halten.

Grace studierte im dritten Semester mathematische Finanzökonomie und war mit Abstand meine beste Freundin während der Collegezeit und darüber hinaus. Wir hatten uns im ersten Semester auf einer Wohnheimparty kennengelernt und waren bereits kurz darauf zusammengezogen. Die Chemie stimmte einfach zwischen uns. Obwohl wir unterschiedlicher nicht sein konnten. Ich hatte damals sehr lange, glatte, dunkelbraune Haare und eine eher zierliche Figur. Grace war blondgelockt, leicht übergewichtig und umwerfend schön. Ihre schokoladenbraunen Augen hatten irgendwie immer einen verführerischen Ausdruck, selbst wenn sie wütend oder traurig war. Mit diesem unverwechselbaren Marilyn-Monroe-Charme wickelte sie jeden um den Finger. Grace war ein wahrer Männermagnet und nahm das reichhaltige Angebot, wie auch beim Essen, gerne ausgiebig in Anspruch. Aber obwohl sie häufig wechselnde Sexualpartner hatte, war sie keine Schlampe. Zumindest nicht, soweit ich das beurteilen konnte. Sie genoss das Leben nur einfach in vollen Zügen.

Ich öffnete die Badezimmertür und warf meiner auf der Toilette sitzenden Mitbewohnerin ein Päckchen Taschentücher zu.

»Danke. Bist ein Schatz.«

»Ich weiß.«

Da mit diesen mörderischen Kopfschmerzen an Schlaf ohnehin nicht mehr zu denken war, ging ich in die Küche. Ich schluckte eine Aspirin und setzte eine Kanne ultrastarken Kaffee auf.

»Kaffeeee«, lechzte Grace, als sie im Morgenmantel in die Küche kam.

Ich streckte ihr eine Tasse entgegen.

»Danke.« Sie schlürfte genüsslich. »Aah, genau richtig.« Dann hielt sie einen Moment inne und musterte mich skeptisch. »Mich wundert ja, dass du gerade stehen kannst bei dem, was du gestern alles gesoffen hast.«

»Normalerweise wäre ich auch noch im Bett«, gab ich mit hochgezogenen Augenbrauen zurück, nahm einen großen Schluck des braunen Lebenselixiers und stellte erleichtert fest, dass die Aspirin zu wirken begann.

Grace schwang sich auf die Arbeitsplatte.

»Ist dir eigentlich aufgefallen, dass der eine … wie heißt er noch? Du weißt schon, der heiße Typ aus meinem Informatikkurs.«

»Wer? Holden Crane?«, fragte ich unschuldig.

»Ja, der. Er konnte nicht die Augen von dir lassen.«

Natürlich war er mir aufgefallen. Und natürlich war mir auch nicht entgangen, dass er das eine oder andere Mal zu mir herübergesehen hatte. Ich hatte ihn nämlich auch beobachtet. Und das an diesem Abend nicht zum ersten Mal. Wir waren uns schon ein paarmal über den Weg gelaufen, und ich musste zugeben, dass ich nicht gerade abgeneigt war. Holden gefiel mir. Sehr sogar. Um ehrlich zu sein, spielte er sogar hin und wieder die Hauptrolle in meiner Masturbationsfantasie.

Grace zuckte mit den Augenbrauen und spitzte die Lippen. »Er steht auf dich.«

»Glaubst du?«, fragte ich arglos.

»Jep. Für so was hab ich einen sechsten Sinn.« Sie zwinkerte. »Er will dein Schmuckdöschen knacken.«

Ich verdrehte die Augen. »Was für eine geistreiche Metapher.«

»Nenn es, wie du willst. Er steht auf dich. Außerdem hattest du viel zu lange keinen Kerl.«

»Tom und ich haben uns erst vor zwei Monaten getrennt.«

»Eben.« Sie riss die Augen auf, als hätte ich etwas Offensichtliches nicht mitbekommen. »ZWEI Monate.«

»Du tust gerade so, als wären es zwei Jahre. Außerdem ist es ja nicht so, dass mein *Schmuckdöschen*«, ich zeichnete mit den Fingern Anführungszeichen in die Luft, »noch ungeöffnet wäre.«

Meine Jungfräulichkeit hatte ich im zweiten Semester an einen Typen aus meinem Spanischkurs verloren, der drei Monate später vom College flog, weil man einen Joint in seinem Wohnheimzimmer gefunden hatte. Heute ist er geschieden, hat zwei Kinder, die er so gut wie nie sieht, und arbeitet im Außendienst eines Reifengroßhandels. Damals dachte ich, ich wäre in ihn verliebt – heute schäme ich mich dafür. Aber Fehler sind bekanntlich dafür da, gemacht zu werden.

Wie auch immer …

Danach kam eine ganze Weile niemand. Und dann kam Tom – ein poloshirttragender Jurastudent, der laut Grace »einen Stock im Arsch« hatte. Vielleicht etwas übertrieben, aber ich musste zugeben, dass Humor nicht gerade seine herausragendste Eigenschaft war. Mit ihm war ich etwa ein halbes Jahr zusammen gewesen. Vor zwei Monaten hatte ich Schluss gemacht, weil ich merkte, dass ich einfach nicht in ihn verliebt war. Er nahm es nicht besonders schwer und hatte eine Woche später schon die Nächste am Start, was mir seltsamerweise nicht das Geringste ausmachte. Und, na ja, seitdem war ich Single. Die Nerds aus meinem Studiengang waren schlichtweg nicht datebar, und da ich wegen der Zwischenprüfungen bis zum vergangenen Abend auf keiner Party gewesen war, hatte ich auch niemanden kennengelernt. Ich runzelte die Stirn. Das erklärte wahrscheinlich auch, warum ich dermaßen eskaliert war – ich hatte wohl einfach ein bisschen was nachzuholen. Wie ein Cheatday nach einer wochenlangen Hungerkur. Nur eben mit Alkohol.

»Ja, aber das ist wie mit dem Fahrradfahren«, kam Grace auf mein Schmuckdöschen zurück, »wenn man sich nicht regelmäßig auf den Sattel schwingt, rostet es ein.«

Ich lachte. »Ich glaube, der Vergleich mit dem Fahrradfahren geht ein bisschen anders.«

»Frei interpretiert.« Sie wischte divenhaft mit der Hand durch die Luft. »Du weißt, was ich meine.« Plötzlich packte sie mich am Handgelenk und riss die Augen auf, als hätte sie eine Epiphanie. »Ich kann Holdens Nummer besorgen, wenn du willst.«

»So nötig hab ich es nun auch wieder nicht.«

Grace kniff die Augen zusammen und musterte mich von oben bis unten. »Na ja, ein bisschen ungebumst siehst du schon aus.«

Ich boxte ihr in die Seite, woraufhin sie schallend loslachte.

»Aah. Nicht so laut«, stöhnte ich und hielt mir den Kopf.

Sie schlug sich die Hand vor den Mund. »Oh, entschuldige.«

Eine heiße Dusche und zweieinhalb Stunden wohltuenden Schlaf später wurde ich vom unwiderstehlichen Duft von Graces berühmten Blaubeerpancakes geweckt.

»Ist es das, was ich denke, dass es ist?«, fragte ich, als ich den Kopf in die Küche streckte.

Grace grinste. »Setz dich, Schnapsdrossel.«

Sorgfältig stapelte sie vier Pancakes übereinander, bestäubte sie mit Puderzucker, drapierte ein paar Blaubeeren darauf und stellte das kleine Kunstwerk vor mir auf den Tisch.

»Wie gehts dem Brummschädel?«

»Besser.«

Grace hatte sich mittlerweile die Haare frisch eingedreht, einen makellosen Lidstrich gezogen und ihren roten Chanel-Lippenstift aufgelegt.

»Hast du ein Date?«, fragte ich. »Du siehst großartig aus.«

»*Wir* haben ein Date«, korrigierte sie. »Iss auf, zieh dir was Anständiges an, und dann gehen wir zum Spiel.«

»Zum Spiel? Football?«

»Nein, Soccer. Fußball.« Grace nickte grinsend. »Holden ist auch da.«

Ich verdrehte die Augen. »Echt jetzt? Ich hab noch nicht mal richtig meinen Rausch ausgeschlafen, da willst du mich schon verkuppeln?«

»Wer sagt denn was von verkuppeln. Wir … beobachten, checken die Lage, verstehst du? Ich will sehen, ob dieser Holden meiner Mitbewohnerin Schrägstrich besten Freundin überhaupt würdig ist.«

Ich zog die Augenbrauen hoch und sah sie an.

»Ach, komm schon«, bettelte sie. »Es ist nur ein Fußballspiel.« Sie beugte sich zu mir herunter und schob mir den köstlich duftenden Teller direkt unter die Nase. »Ich hab dir Pancakes gemacht«, erinnerte sie mich unnötigerweise. Und als ich nicht sofort reagierte, setzte sie ihre Geheimwaffe ein – den Rehaugen-Hunde-du-kannst-mir-keinen-Wunsch-abschlagen-Blick.

»Na gut«, willigte ich störrisch ein und versenkte meine Gabel im weichen Teig.

Es war warm draußen, also entschied ich mich für eine eng anliegende Jeans, meine hellgraue Lieblingsbluse und Chucks. Die Haare trug ich offen, und außer der obligatorischen Wimperntusche und ein bisschen Puder war ich ungeschminkt.

»Ich wusste gar nicht, dass er in einer Collegemannschaft spielt«, sagte ich, als wir uns einen Platz auf der Tribüne suchten. »Aber ehrlich gesagt, ist Soccer bisher an mir vorbeigegangen.«

»Er spielt im Sturm, soweit ich weiß – hab ich jedenfalls im Internet gelesen. Muss wohl irgendwas Gutes sein, aber ich kenn mich da auch nicht aus.«

Im selben Moment liefen beide Mannschaften ein. Sie reichten sich die Hände, und kurz darauf ließ der Schiedsrichter das Spiel mit einem schrillen Geräusch aus seiner kleinen Trillerpfeife auch schon beginnen.

»Wo ist er? Ich seh ihn nicht.« Grace schirmte mit der Hand die Augen vor der Sonne ab und ließ den Blick angestrengt über das Spielfeld wandern.

»Nummer sieben.« Ich hatte Holden längst entdeckt, hatte ihn im Visier, seitdem er den Rasen betreten hatte. Als das Spiel ein paar Minuten lief, stellte ich fest, dass er richtig gut war. Schnell, wendig, und was er mit dem Ball anstellen konnte, schien den Gesetzen der Physik zu trotzen. Ich wäre längst über meine eigenen Beine gestolpert und hätte mir sämtliche Knochen gebrochen. Zu Unrecht hatte ich diesem Sport bisher viel zu wenig Aufmerksamkeit geschenkt. Während der Schiri einen kleinen Disput zweier Spieler schlichten musste, hatten die anderen die Gelegenheit, kurz durchzuschnaufen. Holden kam zum Spielfeldrand, wo ihm jemand eine Wasserflasche reichte. Er trank gierig und spritzte sich zur Abkühlung noch ein paar Tropfen ins Gesicht. Dann ließ er seinen Blick ganz kurz über die Tribüne wandern. Grace reagierte sofort, als er in unsere Richtung blickte, und fuchtelte so wild mit den Armen in der Luft herum, dass er sie gar nicht übersehen konnte.

Holden stutzte amüsiert.

»Hör auf damit!«, zischte ich und duckte mich weg.

»Zu spät. Er hat dich schon gesehen.« Grace klang überaus zufrieden.

Einen Fluch auf den Lippen, richtete ich mich wieder auf. Er sah mich direkt an. Ein umwerfendes Lächeln breitete sich auf seinem Gesicht aus. Er wusste, dass wir, dass *ich* seinetwegen hier war.

»Hi«, formte er mit den Lippen.

»Hi.« Wie von selbst breitete sich ein dümmliches Grinsen auf meinem Gesicht aus.

Erst als ein Teamkollege lautstark seinen Namen rief, merkte Holden, dass das Spiel wieder in vollem Gange war. Erschrocken drehte er sich um, rannte über das Grün und nahm seine Position ein. Täuschte ich mich, oder lief er nun noch schneller?

»Er sieht die ganze Zeit zu dir rüber«, stellte Grace zufrieden fest.

Sie hatte recht. Immer wieder glitt sein Blick über die Zuschauertribüne, bis er an mir hängen blieb. Interpretierte ich da jetzt zu viel rein, oder versuchte er tatsächlich … mich zu beeindrucken? Ich wurde den Eindruck nicht los, dass Holdens Spiel irgendwie aggressiver, waghalsiger war, seitdem er mich gesehen hatte. Er setzte zum Spurt an – und dann passierte es. Holden nahm einem anderen Spieler den Ball ab und stürmte auf das Tor zu, als ein Abwehrspieler der gegnerischen Mannschaft ihn mit gestrecktem Bein seitlich grätschte. Holden schrie auf und ging zu Boden. Sein linkes Bein baumelte kraftlos unterhalb des Knies. Auch der Winkel schien nicht ganz zu stimmen.

»Ist ja eklig!« Grace verzog das Gesicht.

»Notbremse! Rot!«, verlangte es empört aus den Zuschauerreihen rund um uns herum. Und während der Schiri dem wild gestikulierenden Fouler die rote Karte zeigte, verschwand Holden zwischen seinen Mannschaftskollegen, die sich helfend über ihn beugten. Wenige Sekunden später halfen sie ihm auf. Mit schmerzverzerrtem Gesicht humpelte er, auf zwei Teamkollegen gestützt, vom Platz.

»Jep, das Bein ist ab«, bemerkte der bierbäuchige Typ neben mir.

»Na toll. Wir sind ja richtige Glücksbringer.« Meine Stimme triefte vor Sarkasmus. Der arme Holden. Hoffentlich war es nicht so schlimm, wie es aussah.

Grace war total enttäuscht. Sie hatte sich in Gedanken schon ausgemalt, wie ich Holden im Siegestaumel um den Hals falle, er mich in die Kabine zerrt und wir gleich zwischen miefigen Sportklamotten eine wilde Nummer schieben.

»Kann es sein, dass du untervögelt bist?«, fragte ich Grace, als sie mir von ihrer Sexfantasie, mit Holden und mir in den Hauptrollen, berichtete.

»Mach dir um mich mal keine Sorgen.«

Holdens Mannschaft verlor das Spiel nach anfänglicher Führung dann doch noch. Von ihm war nichts mehr zu sehen. Ich vermutete, dass man ihn gleich ins Krankenhaus gebracht hatte. Sollte das Bein tatsächlich gebrochen sein, musste er sicher operiert werden. Kurz spielte ich mit dem Gedanken, ihn im Krankenhaus zu besuchen, aber da wir uns praktisch nicht kannten und es irgendwie ziemlich schräg gewesen wäre, wenn ich einfach so dort auftauchte, verwarf ich den Gedanken schnell wieder. Vielleicht war seine Familie da, und ich brächte ihn damit nur in Erklärungsnot. Ich wusste ja nicht mal, ob er eine Freundin hatte.

Später am Abend überredete mich Grace, sie zu einer Wohnheimparty zu begleiten. Doch da allein der Gedanke an Alkohol bei mir einen Brechreiz auslöste und ich auch sonst nicht so recht in Stimmung war, stand ich etwas blöd in der Ecke und nippte an meinem Wasser, während Grace sich amüsierte. Als sie dann auf der Tanzfläche eine wilde Knutscherei mit einem etwas zu klein geratenen Tom-Hardy-Double anfing, verabschiedete ich mich.

»Bleib doch noch«, bat sie.

»Ach ne, ich hab noch genug von gestern. Wir sehen uns zu Hause.«

Das hieß, wir *hörten* uns zu Hause. Um drei Uhr morgens stolperte sie zusammen mit Mini-Hardy kichernd zur Tür herein. Was dann folgte, erspare ich an dieser Stelle.

Am Sonntag ließ ich es noch mal ruhig angehen, machte eine Gesichtsmaske, lackierte mir die Nägel, telefonierte mit meiner Grandma und schickte mit meinem Dad über WhatsApp ein paar lustige Katzenfotos hin und her – vor Kurzem hatte er sich nun doch ein Smartphone zugelegt, nachdem er sich jahrelang dagegen gesträubt hatte. Und am Montag hatte mich der Alltag wieder. Denn »nach der Prüfung ist vor der Prüfung«, wie meine Lieblingsprofessorin immer zu sagen pflegte. Ich hatte die Zwischenprüfungen zwar gut hinter mich gebracht, doch um mein

Stipendium zu behalten, konnte ich es mir nicht leisten, mich auf den Lorbeeren auszuruhen. Und so zog die Woche ohne große Besonderheiten an mir vorbei. Das heißt, nicht ganz. Eine Sache war da nämlich. Eine unangenehme Sache.

Ich wühlte gerade in unserer Medizinschublade, als Grace hinter mich trat.

»Was suchst du denn?«, fragte sie schmatzend und biss erneut in ihren Apfel, ohne zuvor den ersten Bissen runtergeschluckt zu haben.

»Ich war seit drei Tagen nicht auf dem Klo«, jammerte ich und zog angewidert die Nase kraus. »Haben wir Abführmittel da?«

Grace hatte eine beachtliche Medikamentensammlung. Schon beim leisesten Anzeichen von Kopfschmerzen griff sie zur Tablette.

»Was ist das?« Ich hielt ein weißes Schächtelchen hoch, auf dem eine Pflanze abgebildet war. Darunter standen die Worte: *Die schnelle und sanfte Hilfe bei Verstopfung.*

»Die kannst du vergessen«, erwiderte Grace kauend, »davon hab ich letztes Mal vier genommen und nicht mal gefurzt. Wenn du Verstopfung hast, geh in die Apotheke und hol dir ein richtiges Abführmittel – diesen pflanzlichen Mist kannst du vergessen.«

Ich zog die Nase kraus und rieb mir über den schmerzenden Bauch. Darum würde ich wohl nicht herumkommen. Mittlerweile sah ich nämlich schon aus, als wäre ich im vierten Monat schwanger.

»Wie spät ist es?«, wollte ich wissen.

Grace zog das Handy aus ihrer hinteren Hosentasche, biss gleichzeitig von dem Apfel ab und spritzte dabei Saft auf das Display.

»Halb elf«, antwortete sie mit vollem Mund, zog den Ärmel ihres Pullis über den Handballen und wischte damit über den Touchscreen. »CVS Pharmacy in der Cambridge Street hat bis elf geöffnet. Wenn du gleich lossprintest, schaffst du's noch.«

»Na gut«, erwiderte ich träge und ging in den Flur, um meine Jacke anzuziehen.

»Hallo«, grüßte ich die Apothekerin, die gerade damit beschäftigt war, an ihrem weißen Kittel herumzunesteln, als ich, vom Bimmeln der elektrischen Türglocke begleitet, eintrat.

»Guten Abend, was kann ich für Sie tun?«

»Ich … äh … brauche ein Abführmittel«, begann ich verlegen.

»Wie lange leiden Sie denn schon unter Verstopfung?«, fragte sie mich freundlich.

»Seit ungefähr drei Tagen«.

Sie nickte. »Haben Sie das öfter?«, fragte sie weiter.

»Nein.«

»Trinken Sie denn ausreichend? Machen Sie Sport und ernähren Sie sich gesund?«

»Ja«, mein Ton war nun ein bisschen schärfer geworden, »normalerweise funktioniert meine Verdauung prächtig.« Konnte sie nicht einfach nach hinten gehen und das Zeug holen? Ich hatte wirklich keine Lust, mich mit dieser Frau weiter über meinen Stuhlgang zu unterhalten.

»Nun«, fuhr sie ungerührt fort, »da gibt es verschiedene Präparate. Es gibt pflanzliche oder biochemisch wirkende. Dann unterscheidet man noch zwischen einer chronischen Darmträgheit – hierfür verabreicht man dann Präparate, die über einen längeren Zeitraum eingenommen werden können – und einer akuten Verstopfung. Die Medikamente gegen Letzteres sollte man allerdings nur über einen kurzen Zeitraum anwend…«

»Geben Sie mir einfach das, von dem Sie wissen, dass es funktioniert und ich spätestens morgen wieder aufs Klo kann«, unterbrach ich sie barsch. Diese Unterhaltung war so was von erniedrigend.

»Gut«, erwiderte die Apothekerin eingeschnappt und stapfte nach hinten. Im selben Moment ertönte das unheilverkündende *Ding Dong* der Türglocke. Das seltsam klackernde Geräusch, das darauf folgte, ließ mich stutzen. Ich drehte mich um. Es war Holden, der, den linken Fuß in einem dicken weißen Gipsverband, auf Krücken hereinhumpelte.

»Hi«, grüßte er mich grinsend und schwang sich direkt neben mich. Er schien sich wirklich zu freuen, mich zu sehen.

»Hi«, erwiderte ich und versuchte ein Lächeln zustande zu bringen. »Wie gehts deinem Bein? Sah ziemlich übel aus beim Spiel am Samstag.«

»Glatter Bruch«, antwortete er nickend und betrachtete sein eingegipstes Bein. »Aber die gute Nachricht ist«, fuhr er schelmisch grinsend fort und zog ein verknittertes Rezept aus der Tasche seiner Jeans, »dass mein Arzt mir eine echte Volldröhnung gegen die Schmerzen verschrieben hat.«

Das war genau der Moment, in dem die Apothekerin wieder zurück an den Tresen trat – mit einer Zehnerpackung Dulcolax in der Hand.

»Wissen Sie denn, wie es anzuwenden ist?«

Oh nein …

»Ja«, antwortete ich schnell, in der Hoffnung, sie würde nun endlich ihre gottverdammte Klappe halten und mich einfach schnell bezahlen lassen, bevor Holden merkte, weswegen ich hier war. Doch sie hatte bereits den Mund geöffnet.

»Sie nehmen heute Abend einfach eine Tablette, dann weicht sich der Stuhl über Nacht auf, und morgen früh, also nach sechs bis acht Stunden, ist die Verstopfung gelöst, und der Darm wird entleert.«

Oh Gott! Kann sich bitte einfach der Boden unter mir auftun?!

Während ich knallrot anlief, konnte ich aus dem Augenwinkel sehen, wie Holden mich anstarrte – mit dem breitesten Grinsen im Gesicht, das man sich nur vorstellen kann.

»Wenn es sich um eine besonders hartnäckige Verstopfung handelt«, fuhr die Apothekerin unerbittlich fort, »können Sie auch zwei Tabletten nehmen. Mehr sollte es aber auf keinen Fall sein, da es sonst zu schweren Durchfällen kommen kann.«

Ich sterbe!

Sie packte das Schächtelchen in eine kleine Plastiktüte, und als ich schon zu hoffen wagte, dass es endlich vorbei war, setzte sie noch einen drauf. »Ihr Darm ist nach der Einnahme vollständig entleert, Sie werden also erst wieder nach zwei bis drei Tagen einen erneuten Stuhldrang verspüren.«

Womit habe ich das nur verdient?!

Die Hitze wanderte über mein Gesicht, meinen Hals und mein Dekolleté und färbte mich in ein tiefes Krebsrot.

Da mir auf diese Demütigung – noch dazu vor *ihm* – nichts mehr einfiel, nickte ich nur stumm, während meine Ohren zu glühen begannen.

»Das macht dann fünf fünfundneunzig«, beendete die Apothekerin meine Tortur schließlich, reichte mir die kleine Tüte, nahm meinen Zehndollarschein, gab mir mein Wechselgeld, verabschiedete mich mit einem freundlichen »Auf Wiedersehen« und wandte sich dann Holden zu. »Was kann ich für Sie tun, junger Mann?«

Ich wagte es nicht, ihn anzusehen, murmelte nur ein heiseres »Bye« und drückte mich so schnell wie möglich an ihm vorbei Richtung Ausgang.

»Bye, wir sehen uns«, gab er zurück und war sichtlich darum bemüht, ein Lachen zu unterdrücken. »Ach, und Annie!«, rief er mir nach, als ich schon fast aus dieser Hölle entkommen war.

Ich blieb kurz stehen, drehte mich aber nicht um. »Ja?« Meine Stimme bebte vor Scham. Ich kniff die Augen zusammen.

»Viel Erfolg.«

KAPITEL 7

Als hätte ich nicht schon genug gelitten, schoss mir diese furchtbar peinliche Situation in den folgenden Tagen immer wieder durch den Kopf und ließ mich meine Qualen jedes Mal aufs Neue durchleben. Beschämt schlug ich mir die Hände vors Gesicht. Was für ein Albtraum! Dass Grace sich nicht mehr einkriegte vor Lachen, als ich es ihr erzählte, machte die Sache auch nicht gerade besser. Holden hatte ich glücklicherweise seit ein paar Tagen nicht mehr am College gesehen. Wahrscheinlich blieb er wegen seines Beins zu Hause.

Am Donnerstagabend saß ich mit Grace auf der Couch. Den Laptop auf dem Schoß und eine Tüte Salzbrezeln zwischen uns. Mit einem erleichterten Seufzer schrieb ich in Gedanken das Wort *Ende* unter mein Versuchsprotokoll, klickte ein letztes Mal auf *Speichern* und schloss die Datei. Dann öffnete ich meine Facebook-Seite, wo mir sofort die kleine 1 auf dem Freundschaftsanfragen-Symbol ins Auge stach. Darunter stand, als wollte mich Mark Zuckerberg persönlich verhöhnen: *Holden Crane hat dir eine Freundschaftsanfrage geschickt.* Voller Entsetzen riss ich die Augen auf.

»Was ist denn los?«, wollte Grace mit vollem Mund wissen, als sie meinen versteinerten Gesichtsausdruck bemerkte. Wortlos drehte ich den Bildschirm in ihre Richtung, damit sie es selbst sehen konnte, und sobald ihr Blick auf Holdens Freundschaftsanfrage fiel, musste sie so sehr lachen, dass sie ein besorgniserregender Hustenanfall überkam, weil sie sich an den vielen kleinen Brezelstückchen verschluckt hatte.

Augenrollend klopfte ich ihr auf den Rücken, bis sie sich erholt hatte und erneut schallend lachte.

»Vielleicht …«, begann sie, musste aber wieder so heftig lachen, dass es eine ganze Weile dauerte, bis sie weiterreden konnte, »vielleicht steht er ja auf so was«, brachte sie den Satz schließlich zu Ende und hielt sich den bebenden Bauch.

»Sehr witzig«, entgegnete ich trocken und drehte den Bildschirm so, dass die Ulknudel nichts mehr sehen konnte.

»Zeig doch mal her!«, protestierte sie, griff sich eine Ecke und drehte ihn zurück. Wieder zuckte es gefährlich um ihre Mundwinkel, bis sie – trotz aller Mühe, es zurückzuhalten – erneut losprustete.

»Oder …«, wieder eine Lachpause, »oder er wollte einfach warten …«, noch eine Pause, »… bis bei dir die Luft wieder rein ist.« Grace bepisste sich fast vor Lachen über ihren eigenen Witz.

»Letzte Warnung«, drohte ich. »Hör auf, oder ich hau dir eine rein.«

»Ist ja gut«, erwiderte sie und rieb sich, immer noch glucksend, die Tränen aus den Augen. »Nimmst du sie an?«

»Spinnst du?«, fragte ich empört. »Ich könnte ihn ja nicht mal anschauen, ohne daran zu denken.«

»Lass mal sehen«, sagte Grace, nun aber auffallend ernst, und zog blitzschnell den Laptop von meinem auf ihren Schoß.

»Nein! Was hast du vor?« Energisch griff ich nach meinem Laptop, der nun wie beim Tauziehen ein paarmal hin und her gezerrt wurde, bevor ich ihn schließlich zurückerobert hatte.

Als ich auf den Bildschirm sah, war die kleine 1 verschwunden.

Entgeistert sah ich Grace an, die nur breit grinsend in den Fernseher starrte.

»Das hast du nicht getan!« Hektisch klickte ich auf mein eigenes Profil, wo mir als Allererstes die Meldung ins Auge sprang: *Annie Blazon ist nun mit Holden Crane befreundet.*

»Ich bring dich um!«, schrie ich und ging auf Grace los, die bereits lachend zu Boden gegangen war. Ich setzte mich rittlings auf ihren Bauch und drückte ihre Arme mit meinen Knien fest auf den Boden. Sie strampelte wild mit den Beinen, um mich abzuwerfen. Doch nach dieser Aktion hatte sie keine Gnade verdient.

»Hör auf … hi hi hi hi hi«, flehte sie, doch ich kitzelte erbarmungslos weiter, »hi hi … hör auf … hi hi … ich mach mir gleich in die … hi hi … in die Hose!«

»Das geschieht dir auch recht«, gab ich zurück und nahm mir dann gründlich ihre Achselhöhlen vor. Erst das helle *Bing*, das mein Computer von sich gab, erlöste Grace. Rasch sprang ich auf, um nachzusehen, und meine dunkle Vorahnung bestätigte sich sofort. Holden hatte mir eine Nachricht geschickt. Während ich mich ordentlich hinsetzte, den Laptop wieder auf meinen Schoß, verließ Grace auffällig ruhig das Zimmer und kam nur wenige Augenblicke später zurück. In einer anderen Hose. Mit hochgezogenen Augenbrauen sah ich sie an und spürte, wie sich meine Mundwinkel unaufhaltsam nach oben schoben.

»Hast du echt …?«

»Ich will nicht darüber reden«, unterbrach mich Grace in hoheitlichem Tonfall und reckte das Kinn. Nun war ich es, die in schallendes Gelächter ausbrach.

»Jetzt zeig mal«, verlangte sie, als ich mich wieder einigermaßen beruhigt hatte, und kuschelte sich an mich. »Was schreibt er denn?«

»Hi«, sagte ich.

Sie legte die Stirn in Falten. »Nur *hi*?«

»Ja, nur hi.«

»Na, dann schreib ein Hi zurück.«

»Nein!«

»Wieso nicht?«, fragte sie voller Unverständnis. »Der Typ steht auf dich, falls du es immer noch nicht gecheckt hast! Warum stellst du dich so an? Gefällt er dir nicht?«

»Doch«, gab ich zu. »Es ist nur einfach viel zu peinlich. Ich bin so froh, dass ich ihm seitdem nicht mehr begegnet bin. Ich hoffe, er bleibt noch eine Weile zu Hause. Oder wechselt die Uni. Oder zieht am besten gleich weg.«

»Ähm«, warf Grace zögerlich ein. »Er war heute im Informatikkurs.«

»Echt? Ich dachte, er …«, ich stutzte, »warum guckst du so komisch?«

»Ich hab mit ihm geredet«, räumte sie kleinlaut ein.

»Über mich?«

Grace hob abwehrend die Hände. »Ich kann nichts dafür. Er hat mich nach dir gefragt.«

»Was?! Und warum sagst du mir das nicht?«

»Hab ich doch eben.« Sie klang ertappt.

»Was habt ihr geredet?«, verlangte ich zu wissen.

»Nicht viel. Er hat mich gefragt, wie es dir geht. Ich hab gesagt, es geht dir gut …«

»Was noch?«, drängte ich, als sie den Satz in der Luft hängen ließ.

»Vielleicht hab ich ihm gesagt, er soll sich bei dir melden.«

»Spinnst du? Du weißt doch, wie scheißpeinlich mir die Sache ist!« Ich rückte ein Stück von ihr ab und starrte sie an.

»Jetzt sei doch nicht so sauer.«

»Du bist echt unmöglich, Grace!« Ich schoss vom Sofa hoch und stapfte wütend davon.

Ich wagte es am nächsten Morgen kaum aufzustehen – Holden war also wieder am College. Ich schnaufte. Mich in meinem Zimmer zu verkriechen würde die Sache auch nicht besser machen. Früher oder später würde ich mich meinen Dämonen stellen müssen. Besser, ich brachte es einfach hinter mich. Schnell. Wie Pflaster abreißen. Außerdem musste ich mein Versuchsprotokoll abgeben. Seufzend schlug ich die Decke zur Seite und kam auf die Beine. Ich duschte lange, föhnte mir ausgiebig die Haare und versteckte mein beschämtes Ich hinter einer Ladung Wimperntusche und einem Hauch Lipgloss.

Irgendwann um die Mittagszeit packte mich die Entschlossenheit. *Tu es einfach!*, sagte ich mir und beschloss, mir bei *Finagle a bagel* in der Cambridge Street etwas zu essen zu holen. Grace war eine Zeit lang süchtig nach deren Vollkorn-Frischkäse-Thunfisch-Zwiebel-Bagel, weswegen wir für ein paar Wochen jeden Freitag dort aufkreuzten. Hier war mir Holden schon öfter aufgefallen, und wie sich herausstellte, aß er fast jeden Freitag dort. Was der eigentliche Grund gewesen war, weswegen ich Grace begleitete. Auch wenn das bedeutete, den Rest des Tages mit ihrem Vollkorn-Frischkäse-Thunfisch-Zwiebel-Atem leben zu müssen.

Gerade als ich die Tür öffnete, drückte sich eine Blondine mit einem halbherzig gemurmelten »'tschuldigung« an mir vorbei nach drinnen.

»Sorry«, wandte sie sich gleich an ihre Freundinnen, die offensichtlich schon auf die Nachzüglerin gewartet hatten. »Bin heute voll im Stress. Habt ihr schon bestellt?« Sie sah sich um. »Oh, da ist Holden. Ich sag kurz Hallo.«

Ich fuhr herum. Und tatsächlich. Da stand er. Auf Krücken gestützt, inmitten seiner Freunde. Jetzt wurde es interessant. Ich war noch keinen Meter von der Tür weggekommen und beschloss, mich erst mal weiter im Hintergrund zu halten.

96

Die Blondine ging direkt auf ihn zu, breitete die Arme aus und schlang sie um ihn. Zu meinem Entsetzen musste ich feststellen, dass er nicht nur die innige Umarmung erwiderte, sondern sie sogar auf die Wange küsste.

»Was machst du denn für Sachen?«, fragte sie und deutete auf sein eingegipstes Bein. »Du musst wirklich besser auf dich aufpassen, Holdie.«

Holdie? Ich traute meinen Ohren kaum. So vertraut, wie die beiden miteinander umgingen, waren sie eindeutig mehr als nur flüchtige Bekannte. Und während ich die beiden beobachtete, schnürte sich etwas seltsam Schweres um meine Brust und drückte zu. Ich schluckte angestrengt. Automatisch ging ich rückwärts und verließ unbemerkt den Laden. Da hatte ich mich wohl ordentlich getäuscht.

Vielen Dank auch, Grace! Ohne sie hätte ich mich in die Sache mit Holden niemals so hineingesteigert. Die halbe Nacht hatte ich überlegt, wie ich ihn ansprechen sollte. Hatte mir mordsmäßig was darauf eingebildet, dass er mir eine Freundschaftsanfrage geschickt und mich angeschrieben hatte. Bei Facebook – wo jeder so ungefähr zweihundert Freunde hat, mit denen er noch nie ein einziges Wort gewechselt hat. Hatte ich ernsthaft gedacht, Holden wäre in mich verliebt, nur weil er auf einer Party ein-, zweimal zu mir herübergesehen hat? Wie bescheuert!

Der Appetit war mir vergangen, deshalb ging ich auf direktem Weg nach Hause. Eigentlich hatte ich vor, ein Bad zu nehmen, doch Grace blockierte seit mittlerweile vierzig Minuten das Badezimmer, um sich die Haare zu machen.

Ich klopfte. »Hast du es bald? Ich müsste da auch mal rein.«

Grace öffnete die Tür und sah mich verwundert an. »Komm doch einfach rein«, sagte sie gekränkt und musterte mich. »Was hast du denn?«

»Nichts. Ich will nur mal ins Bad«, antwortete ich patzig.

Sonst hatte mir das nie viel ausgemacht, aber aus irgendeinem Grund konnte ich es heute nicht ertragen, dass Grace stundenlang das Bad belegte. Ihre Schmink-, Frisier- und Augenbrauenzupforgien gingen mir im Moment furchtbar auf die Nerven. Scheiß Oberflächlichkeiten!

»Okay«, sagte Grace leise und verließ das Badezimmer mit halb fertiger Frisur. Aber nicht ohne sich noch einmal verwundert nach mir umzusehen. Hatte sie etwa feuchte Augen?

Obwohl es mir schon jetzt leidtat, war ich noch viel zu wütend, um mich bei ihr zu entschuldigen. Dabei war ich nicht mal wütend auf sie. Ich war wütend auf mich selbst, auf Holden, auf die ganze Welt. Ich schloss die Tür, ließ die Badewanne volllaufen und tauchte unter. Wie meine Grandma immer gesagt hatte: »Nichts ist so schlimm, dass es eine heiße Dusche oder ein warmes Bad nicht wenigstens ein bisschen besser machen könnte.« Ich atmete tief durch, lehnte mich zurück und starrte aus dem Fenster. Für diese Uhrzeit war der Himmel ungewöhnlich dunkel. Ein Gewitter zog auf. Grüngraue Wolken türmten sich drohend auf. Man konnte die Luft beinahe knistern hören. Als passte sie den richtigen Moment ab, die Spannung mit einem gewaltigen Knall zu entladen. Ein Windstoß ließ die Blätter an den Bäumen tanzen. Ohrenbetäubender Donner folgte, und dann öffneten sich die Schleusen des Himmels. Es blitzte, krachte, hagelte und tobte. Und während ich beobachtete, wie draußen die Welt unterging, fühlte ich mich von Sekunde zu Sekunde besser. So, als würde sich mit dem Gewitter auch meine innere Anspannung entladen.

Ich wusste, dass Grace panische Angst vor Gewittern hatte, also stieg ich aus der Wanne, trocknete mich ab, schlüpfte in eine Jogginghose und einen Schlabberpulli und klopfte an ihre Zimmertür.

»Ja?«, piepste es gedämpft.

Sie lag im Bett und hatte sich die Decke über den Kopf gezogen.

»Ach, Grace«, mahnte ich mitleidig und schlüpfte zu ihr unter die Decke. Sie klammerte sich an mich. »Tut mir leid wegen vorhin«, sagte ich.

»Schon gut.« Sie traute sich nicht einmal, laut zu reden. Erst als es allmählich aufhörte und bereits blaue Fleckchen zwischen den dunklen Wolken zu sehen waren, kroch Grace aus ihrer Deckung. »Was war denn?«, fragte sie mich.

Ich seufzte. »Ich hab Holden mit einer anderen gesehen.«

»Ach ja?« Sie schien mehr als verwundert.

Ich nickte. »Sie haben sich umarmt, und er hat ihr einen Kuss auf die Wange gegeben.«

Grace setzte sich auf und legte die Stirn in Falten. Sie überlegte einen Moment, dann schnappte sie sich ihren Laptop, öffnete Holdens Facebook-Seite und scrollte durch seine Freundesliste. »Sag mir, wenn du sie erkennst.«

Ich stutzte. »Wieso?«

»Ich hab das gecheckt. Glaubst du ernsthaft, ich würde dich mit jemandem verkuppeln wollen, von dem ich nicht sicher wüsste, dass er erstens keine Freundin hat und zweitens so richtig auf dich steht?«

»Er muss ja nicht zwangsläufig alles auf Facebook posten, was er tut«, wand ich ein. »Vielleicht sind sie ja erst seit Kurzem zusammen. Oder es ist eine Ex, über die er noch nicht weg ist.«

Mit erhobenen Augenbrauen sah sie mich an und deutete auf den Bildschirm. »Glaubst du wirklich, das hier sei meine einzige Quelle? Ich habe meine Informanten überall.« Grace grinste verschwörerisch. »Also, sag Bescheid, wenn du sie erkennst.«

Zusammen scrollten wir durch die Liste, wobei Grace penibel darauf achtete, dass ich mir auch wirklich jedes einzelne Gesicht ganz genau ansah. Zumindest jedes weibliche.

»Stopp. Warte mal. Zurück.«

»Die da?«

»Ja, ich glaube, die war es. Klick mal auf ihr Profil. Vergrößere das Foto ein bisschen … ja, das ist sie.«

Grace machte sich hochkonzentriert auf Spurensuche. Plötzlich fing sie an zu lachen.

»Was?«, wollte ich wissen.

»Hier«, sie deutete mit dem Finger auf eine Zeile in den Informationen zur Person. Und dann entdeckte auch ich unter dem Reiter *Familie* den kleinen Vermerk *Holden Crane, Cousin.*

»Sie ist seine Cousine!«, lachte Grace und klopfte sich auf die Schenkel.

»Für jemanden, der sich eben noch vor einem Gewitter unter der Decke versteckt hat, hast du eine ganz schön große Klappe.« Ich schmollte, aber die Entwicklung der Ereignisse ließ es um meine Mundwinkel zucken.

»Jetzt hast du wirklich keine Ausrede mehr. Los, schreib ihm endlich zurück.«

Ich zog den linken Mundwinkel hoch. »Meinst du?«

»Ja-a!«

Ich kniff die Augen zusammen und schlug mir die Hand gegen die Stirn, als mir unsere letzte Begegnung zum wahrscheinlich tausendsten Mal durch den Kopf schoss.

»Ach, komm schon.« Grace klang aufmunternd und genervt zugleich. »Steigere dich da jetzt nicht so rein. In ein paar Wochen lachst du darüber.« Sie grinste. »Stell dir mal vor, wie geil es wäre, wenn du die Story irgendwann euern Enkeln erzählen kannst. Wer hat schon so eine schreiend komische Kennenlerngeschichte?«

Ich musste lächeln. »Da ist was dran.«

Ein paar Minuten später saßen wir zusammen im Wohnzimmer. Ich mit angespanntem Gesichtsausdruck und dem Laptop auf meinem Schoß, Grace mit zur Hälfte gelockten Haaren und einer Toasterpizza in der Hand.

Meine Augen ruhten auf dem Chatfenster, aus dem Holdens Hi mich anstarrte. Ich atmete ruckartig ein.

Hi

tippte ich zurück und drückte auf *Enter*. Keine zehn Sekunden später war er online.

Das *Holden schreibt etwas*, das gleich darauf in dem Kästchen erschien, ließ meinen Puls in die Höhe schnellen.

Hi. Wie gehts dir? ;-)

Ein Zwinkersmiley?! Na toll, er machte sich über mich lustig. Ich wollte gerade den Laptop zuklappen, als Grace mich davon abhielt.

»Was soll er denn sonst schreiben?«, gab sie zu bedenken. »*So* hat er es sicher nicht gemeint. Jetzt gib ihm doch eine Chance.«

Ich schnaufte und klappte den Bildschirm wieder auf.

Gut. Wie gehts deinem Bein?

»Zufrieden?«

Grace nickte.

Wird jeden Tag besser. Aber mit dem Gips muss ich noch drei Wochen leben.

Kannst du denn dann wieder Fußball spielen?

Mein Arzt sagt, dass es gut verheilt. Bei einem glatten Bruch geht das in der Regel problemlos. Wenn der Gips ab ist, muss ich die Muskeln wieder aufbauen –

das dauert eben seine Zeit. Der Coach ist natürlich nicht begeistert, aber was soll ich machen.

Ja, die Gesundheit geht vor.

Grace stöhnte auf. »Das hört sich ja an wie die *Apotheken Umschau*«, beschwerte sie sich. »Jetzt komm endlich zur Sache!«

Ohne den Blick vom Bildschirm zu lösen, stand ich samt Laptop auf, ging in mein Zimmer und zog die Tür hinter mir zu.

»Ach, komm schon!« Grace lief mir nach, blieb aber direkt vor der Tür stehen.

Seit ich sie in flagranti mit einem Dreitagebartträger zwischen ihren Beinen erwischt hatte, was mir wahrscheinlich noch sehr viel peinlicher war als ihr, galt zwischen uns das ungeschriebene Gesetz, dass geschlossene Zimmertüren nur nach eindeutiger Aufforderung geöffnet werden durften. Das hatte sie nun davon.

»Annie!«, schimpfte sie noch ein letztes Mal, bevor sie beleidigt davonstampfte. Ich machte es mir auf meinem Bett bequem.

Und dabei hatte ich mich schon so gefreut …

hatte Holden in der Zwischenzeit geschrieben. Ich stutzte.

Und worauf?

Dass du jetzt vielleicht öfter zu den Spielen kommst.

Die Hitze schoss mir ins Gesicht. *Oh mein Gott, er flirtet mit mir!*

Die Sekunden verstrichen. Ich hätte längst etwas zurückschreiben sollen, aber meine Finger schwebten nur ratlos über der Tastatur. Das plötzliche *Holden schreibt etwas* erlöste mich. Ich hielt die Luft an.

Wärst du denn öfter gekommen?

Beinah konnte ich die Zweifel in seinen Worten hören. Glaubte er, zu weit vorgeprescht zu sein?

Ja.

In dem Moment, als ich die Antwort eintippte, wusste ich, dass es stimmte.

Meinetwegen?

Ich schluckte. Wollte er damit nur sichergehen, oder war er schon wieder voll im Flirtmodus und ging in die Offensive?

Ja.

So, jetzt war es raus.

Das ist jetzt dumm gelaufen.

Wieso?

Ich werde noch mindestens zwei Monate nicht spielen können. Du wirst dir also was anderes einfallen lassen müssen, wie du mich stalken kannst ;-)

Ich lachte leise. Jep, er war im Flirtmodus, und langsam kam ich auch in Stimmung.

An was hast du gedacht?

Abendessen zum Beispiel. Du isst doch, oder?

Gelegentlich.

Das Grinsen in meinem Gesicht verselbstständigte sich.

Hast du morgen vor, etwas zu essen?

Ich denke schon, ja. ☺

Dann wäre jetzt der Punkt gekommen, an dem ich dir sage, dass ich dich um sieben abhole, aber wie du weißt, bin ich im Moment bewegungstechnisch etwas eingeschränkt und kann nicht Auto fahren, was einen Restaurantbesuch etwas erschwert. Deshalb frage ich dich einfach, ob du zu mir kommen möchtest und wir uns was bestellen.

Zu ihm? Nach Hause?

Keine Angst, meine Absichten sind ritterlich. Und ich bin auch kein Serienkiller, falls dir das Sorgen machen sollte.

Gruslig. Ich fand es etwas verstörend, dass bei der ersten Unterhaltung mit jemandem, den ich kaum kannte, der Begriff *Serienkiller* fiel. Aber so schnell, wie er es hinterhergeschoben hatte, befürchtete er bestimmt nur, ich könnte vorschnell absagen. Wahrscheinlich hatte er gar nicht richtig darüber nachgedacht.

Ist das nicht genau das, was ein Serienkiller sagen würde?

Wahrscheinlich, ja. Aber sieh es doch mal so: Wie schnell kann ich schon sein mit nur einem funktionierenden Bein? Ich hätte nicht die geringste Chance, dich zu fangen.

Mich zu fangen? Das macht mir jetzt wirklich Angst.

Keine Ahnung, wie man das nennt. Ich bin ja kein Serienkiller. Was ich von dir noch nicht mit Sicherheit sagen kann. Du hast mir mit keinem Wort deine Absichten mitgeteilt. Du hättest jedenfalls sehr viel bessere Chancen, mich zu fangen.

Ich grinste. Er redete sich um Kopf und Kragen und versuchte dabei auch noch witzig zu sein. Ich hatte ihn verunsichert. Das gefiel mir.

Absichten? Ich dachte, es geht ums Essen.

Aber natürlich! Nur ums Essen.

Wann soll ich bei dir sein?

Ich war von mir selbst überrascht, dass ich so schnell zusagte.

Passt sieben?

Er schickte seine Adresse hinterher, und ich spürte, dass es an der Zeit war aufzuhören. Ich wollte unseren kleinen Flirt nicht künstlich in die Länge ziehen.

Gut. Dann sehen wir uns morgen um sieben bei dir.

Okay

schrieb er schlicht. Ich hatte das Gefühl, dass er gerne noch ein bisschen weiter gechattet hätte.

Dann bis morgen, Holden. ☺

Diesen Smiley hatte er sich verdient.

Bis morgen, Annie. Schlaf gut. ;-)

Da war es wieder – das Zwinkern.

Du auch.

Schnell klickte ich auf *Schließen* und klappte den Laptop zu, ehe ich in Versuchung kam, noch etwas zu schreiben.

»Annie.« Vorsichtig klopfte es an der Tür.

Ich verdrehte die Augen. »Jetzt sag nicht, du hast die ganze Zeit da gestanden.«

»Nicht die *ganze* Zeit«, tönte es gedämpft durch die geschlossene Tür.

»Na, komm schon rein, du Spinnerin.«

Grinsend stürmte Grace mein Zimmer und hüpfte zu mir ins Bett. »Und?«, fragte sie aufgeregt.

»Ich hab ein Date«, platzte ich heraus.

»Echt? Wow, das ging ja schnell. Wann?«

»Schon morgen Abend. Er hat mich zu sich nach Hause eingeladen.«

Graces missbilligender Blick ließ mich innehalten. »Wegen seines Beins«, erklärte ich sofort. »Er kann nicht Auto fahren und ...«

»Hältst du das wirklich für eine gute Idee? Kann er nicht hierherkommen?«

»Er kann doch nicht fahren.«

»Na, dann hol ich ihn ab«, lautete Graces logische Konsequenz.

Ich runzelte die Stirn. »Echt? Wäre das nicht irgendwie komisch?«

»Besser *irgendwie komisch* als zerstückelt in einer Gefriertruhe zu landen.«

Ich verzog das Gesicht. »Danke für das Bild.« Aber zusammen mit dem Serienkiller von vorhin überzeugte mich, was sie sagte.

»Aber lieber nicht hier. Wie wärs mit Emmet's Pub in der Beacon Street?«

Das Emmet's war ein schnuckliges irisches Pub in der Nähe meiner Fakultät. Das Bier war gut, das Essen akzeptabel und die Preise unschlagbar.

»Warum fragst du mich da?«

»Du kannst ihn doch nicht nur abholen, dort hinbringen und ihn später wieder nach Hause fahren.«

»Willst du etwa, dass ich mitkomme? Zu deinem Date?«

Ich zuckte mit den Schultern. »Oder du leihst mir dein Auto.«

Mit verkniffener Miene sah sie mich an. Grace teilte alles mit mir – nur nicht ihren fast neuen Audi A3. Das Ding war ihr heilig. »Okay«, stimmte sie schließlich zu.

Schnell öffnete ich den Facebook-Chat.

Kleine Planänderung, Holden.

Um Punkt sieben standen Grace, der Audi und ich vor Holdens Tür. Auf Krücken humpelte er die Treppe des roten Backsteingebäudes herunter, und als er mich sah, lächelten seine Augen, noch bevor seine Lippen es taten.

»Hi.«

»Hi.« Ich hatte mir unser erstes Aufeinandertreffen in den erniedrigendsten Facetten ausgemalt. Aber es war überhaupt nicht peinlich. Ich freute mich einfach nur, ihn zu sehen. Und dem fetten Grinsen in Holdens Gesicht nach zu urteilen, ging es ihm genauso. Erleichtert atmete ich auf.

»Kann ich dir irgendwie helfen?«

»Geht schon«, erwiderte er lächelnd. »Wenn du mir die Tür aufhältst, schaffe ich es alleine.«

Schnell öffnete ich die Beifahrertür, so weit sie aufging.

»Danke.« Holden kam so nah an mir vorbei, dass ich die Dusche auf seiner Haut noch riechen konnte. Automatisch hielt ich die Luft an. Noch nie war er mir so nah gewesen. Wow, wie blau seine Augen waren. Ich meine, ich hatte zwar schon aus der Ferne gesehen, dass er blaue Augen hatte, aber *wie* verdammt blau sie waren, bemerkte ich erst jetzt. Ich schluckte.

»Hi, Grace«, sagte er, ohne den Blick von mir abzuwenden. Für einen Moment hatte ich tatsächlich vergessen, dass sie auch noch da war.

»Hi, Holden«, grüßte Grace zurück und schob ein unnötiges »Pass beim Einsteigen bitte auf den Lack auf, ja?« hinterher.

Holden grinste amüsiert, ließ sich mit dem Hintern voraus auf den Beifahrersitz plumpsen und wuchtete das eingegipste Bein hinterher. Die Krücken verstaute er neben sich. Sie ragten vom Fußraum bis zur Kopfstütze. Ich stand die ganze Zeit sinnlos fuchtelnd daneben und versuchte, ihm irgendwie zur Hand zu gehen. Schließlich stieg ich hinten ein, und Grace fuhr los.

Holden drehte sich zu mir um. »Eigentlich hätte ich dir die Tür aufhalten sollen. Nächstes Mal, okay?«

»Nächstes Mal?«, wiederholte ich süffisant. »Lass uns erst mal sehen, wie es heute läuft.«

Grace sah mich breit grinsend durch den Rückspiegel an.

»Herausforderung angenommen«, konterte Holden souverän.

Beim Aussteigen brauchte er dann doch ein bisschen Hilfe, und während er, so gut es ging, vorauseilte, um die Tür des Pubs aufzuhalten, hielt ich Grace am Handgelenk fest.

»Bitte sei nett«, bat ich sie flüsternd.

Sie sah mich abschätzend an.

»Diesmal ist es … ich glaube, diesmal ist es was anderes.«

»Du magst ihn wirklich, oder?«

Ich nickte. »Ja, denk schon.«

Grace lächelte. »Okay. Ich bin nett zu ihm. Versprochen.«

Emmet's Pub war wie immer brechend voll. Die typische Mischung aus Stimmgewirr, Bierdunst und alten Vorhängen schlug uns schon am Eingang entgegen. In weiser Voraussicht hatte ich einen Tisch in einer ruhigeren Ecke reserviert.

»Was wollt ihr? Ich gehe«, bot Grace an, sobald wir uns bis zum anderen Ende durchgekämpft hatten. Wie es in Pubs üblich war, bestellte man auch hier direkt an der Theke. Nach einem kurzen Blick in die Karte entschied ich mich für den Caesars's Salad und ein Fosters. Holden hob überrascht die Augenbrauen, orderte ebenfalls ein Fosters und dazu einen Cheeseburger. Dann verschwand Grace Richtung Theke, und wir waren allein.

»Da wären wir«, sagte ich und fühlte mich plötzlich verloren. Ich starrte auf meine Hände und begann an einer Serviette herumzuzupfen.

Holden räusperte sich. »Du studierst Bio, oder?«, fragte er.

Ich sah auf und erkannte, dass auch ihn nach der anfänglichen Freude die Nervosität gepackt hatte.

»Ja«, antwortete ich schnell. »Das war schon immer mein Ding. Ich hab in der Elften den Junior-Scientist-Wettbewerb gewonnen. Das hat mir dann ein Stipendium verschafft. Jetzt bin ich im dritten Semester und muss sagen, es läuft ganz gut. Ich will mich demnächst auf Biochemie spezialisieren. Damit hab ich beruflich die besten Chancen, denke ich.«

Mach mal halblang! Hat er etwa nach deiner Lebensgeschichte gefragt?

Meine innere Stimme war schon immer mein größter Kritiker. Als ich merkte, dass ich rot anlief, lächelte ich gekünstelt.

»Was studierst du noch mal?«, fragte ich schnell und setzte mein Genug-von-mir-lass-uns-lieber-über-dich-reden-Gesicht auf.

»Ein Stipendium, nicht schlecht. Ich gehe wahrscheinlich die ersten zehn Jahre nur arbeiten, um meinen Kredit abzubezahlen.« Er verzog den Mund zu einem schiefen Grinsen. »Ich studiere Maschinenbau. Fünftes Semester.«

»Und? Gefällt es dir?«

Er runzelte die Stirn. »Es ist okay. Ich bin wahrscheinlich nicht mit so viel Leidenschaft bei der Sache wie du, aber es ist schon das, was ich machen will, denke ich.«

Ich lehnte mich über den Tisch.

»Die Frage ist nur, wo ich später einen Job bekomme«, fuhr er fort. »Ich möchte ungern aus Boston weg.«

»Dann bist du von hier?« Holdens Stimme und seine Art zu reden waren so angenehm, dass sich meine Nervosität schon nach ein paar Worten in echtes Interesse verwandelte. Ich wollte ihn kennenlernen, diesen schief lächelnden, blauäugigen, verdammt gut aussehenden Typ, der mir da gegenübersaß.

»Ja. Aus Malden. Wo kommst du her?«

»Lakewood. Ein kleines Städtchen in der Nähe von Seattle.« Ich lächelte. »Wahrscheinlich hast du nie davon gehört.«

Er nickte anerkennend. »Westküste, wow. Dann bist du ja ganz schön weit weg von zu Hause.«

Bei dem Gedanken schnaubte ich leise. »Das hier ist mein Zuhause«, antwortete ich schlicht.

Holden runzelte die Stirn, als würde er sich fragen, was wohl hinter meinen Worten steckte. Er öffnete gerade den Mund, als etwas an unseren Tisch rumpelte.

»Uff! Hier muss man dem Barkeeper ja fast einen blasen, um ein Bier zu bekommen.« Schnaufend stellte Grace unsere Getränke auf dem Tisch ab und leckte sich verschüttetes Bier vom Handrücken.

Überrascht setzte ich mich auf. Ich hatte mich Holden so weit zugewandt, dass ich ganz an die Kante meines Stuhls gerückt war. »Und Grace kommt aus Obszönistan, wie man hört«, kommentierte ich ihren Auftritt.

Holden lachte.

»Westchester, New York«, berichtigte sie und hob ihr Glas. »Cheers.«

»Cheers.«

Graces Anwesenheit lockerte die Atmosphäre noch mal enorm auf. Dank ihr fühlte es sich gar nicht mehr an wie ein Date. Eher wie ein netter Abend mit Freunden, bei dem zufälligerweise einer dabei war, in den man sich verlieben konnte. Auch wenn ich es mit Holden allein sicher gut hinbekommen hätte, nachdem sich die anfängliche Anspannung gelegt hatte, war es mir so dann doch lieber. Klassische Dates waren noch nie mein Ding gewesen. Dieses Was-machst-du-so-was-mach-ich-so-Pingpong empfand ich als unheimlich anstrengend und unnatürlich. So, wie es jetzt lief, hatte ich richtig Spaß dabei. Und was mich interessierte, konnte ich ihn dennoch fragen.

Holden beendete gerade eine kleine Anekdote über seinen Mitbewohner Kyle, der die seltsame Angewohnheit hatte, seine Unterhosen zum Trocknen im Flur aufzuhängen, was beim letzten Besuch von Holdens Grandma für einige Verwirrung gesorgt hatte. Seine Art zu erzählen war so lebendig und, wie er Kyles Stimme und den Gesichtsausdruck seiner Grandma nachahmte, dermaßen komisch, dass Grace und ich vor Lachen fast vom Stuhl fielen.

»Und was hat er dann gesagt?« Ich japste nach Luft.

»Er hat ihr versichert, dass sie sauber sind, und ihr eine seiner Calvin-Klein-Boxershorts direkt unter die Nase gehalten.«

Wir lachten so laut, dass die Leute sich schon nach uns umdrehten.

»Das war das erste und letzte Mal, dass meine Grandma mich besucht hat«, schloss Holden, und ich wischte mir die Tränen aus den Augen.

»Oh Mann, den musst du mir unbedingt vorstellen«, kicherte Grace. »Woher kennst du ihn?«

»Die Wohnung gehört seinem Dad, er war online auf der Suche nach einem Mitbewohner, ich hab mich auf seine Anzeige gemeldet, und dann kam eins zum anderen.«

»Dann kennst du ihn gar nicht vom Studium?«, fragte ich.

»Nein. Kyle … ehrlich gesagt, weiß ich gar nicht so genau, was er den ganzen Tag macht. Er war irgendwann mal an der Northeastern eingeschrieben, da ist er aber schon ewig nicht mehr hingegangen. Sein Dad hat einen Haufen Kohle, und Kyle schlängelt sich so durchs Leben.«

Ich lachte und stieß Grace an. »Klingt, als wär er genau dein Typ.«

»Haha«, machte sie und sah plötzlich ungewöhnlich ernst aus. »Sehr witzig. Grace macht für jeden Loser die Beine breit.«

Ich stutzte. »Das war doch nur ein Scherz. Komm schon, sonst bist du doch auch nicht so empfindlich.«

Sie lächelte zwar wieder, schien aber trotzdem einge-schnappt zu sein. Während Holden und ich uns weiter unter-hielten, schwieg sie die meiste Zeit. Auf einmal lehnte sie sich zurück, reckte die Arme über den Kopf und gähnte ausgiebig. Ich warf ihr einen kurzen, fragenden Blick zu und widmete mich dann wieder Holdens Erzählung. Keine zwei Minuten später tat sie es wieder. Grace lehnte sich zurück und riss den Mund so weit auf, dass man ihr tief in den Hals sehen konnte.

»Was machst du da?«, zischte ich, als Holden kurz nicht hinsah.

»Ich versuche zu gähnen?«, flüsterte sie.

»Wieso?«

»Ich prüfe seine Empathie«, murmelte sie mir aus dem Mundwinkel zu.

Ein empört fragender Blick war alles, was ich als Antwort zustande brachte.

»Ich will sehen, ob seine Spiegelneuronen anspringen ...«, erklärte sie und fuchtelte mit den Händen.

»Was?«, zischte ich.

»Spie-gel-neu-ro-nen«, wiederholte sie, als wäre ich schwer von Begriff.

»Das hab ich schon verstanden. Aber was soll das?«, erwiderte ich, einem Bauchredner gleich, mit zusammengebissenen Zähnen.

Holden hob die Augenbrauen und sah uns an.

Grace lächelte freundlich und tippte dann auf ihrem Handy herum, ehe sie erneut versuchte, ein Gähnen zu imitieren.

»Hör auf damit!« Ich boxte sie unter dem Tisch.

Grace riss die Augen auf und versuchte mir unauffällig mit ihrem Blick zu verstehen zu geben, dass sie mir eine Nachricht geschickt hatte.

In diesem Moment schnappte Holden nach meinem Handy, öffnete den Wikipedia-Link, den Grace mir geschickt hatte, und las laut vor. »Ein Spiegelneuron ist eine Nervenzelle, die im Gehirn von Primaten beim Betrachten eines Vorgangs das gleiche Aktivitätsmuster zeigt wie bei dessen eigener Ausführung.« Er sah kurz auf und hob die Augenbrauen. »Auch Geräusche oder Gesten, die durch früheres Lernen mit einer bestimmten Handlung verknüpft werden, verursachen bei einem Spiegelneuron dasselbe Aktivitätsmuster wie eine entsprechende tatsächliche Handlung. Seit ihrer erstmaligen Beschreibung im Jahr 1992 wird diskutiert, ob Spiegelneuronen an Verhaltensmustern von Imitation oder möglicherweise sogar Mitgefühl (Empathie) bei Primaten beteiligt sind.«

Er hob den Kopf und bedachte Grace mit amüsiertem Blick. »Deshalb die Gähnerei«, stellte er fest.

Voller Unverständnis sah ich Grace an und steckte mein Handy wieder ein. Was ich davon halten sollte, dass Holden es sich einfach so geschnappt hatte, wusste ich nicht so recht.

»Verdammt, du hast versprochen, dich zu benehmen, Grace!«, zischte ich, als wir eingestiegen waren. Holden wollte es diesmal alleine schaffen und hantierte gerade mit seinen Krücken und der Türklinke herum. »Was sollte der Mist mit der Gähnerei?«

»Moment«, sie hielt den rechten Zeigefinger in die Höhe. »Ich habe versprochen, nett zu ihm zu sein. Davon, mich zu benehmen, war nie die Rede.«

Den Fluch, der mir auf der Zunge lag, schluckte ich hinunter, da Holden im selben Moment die Beifahrertür öffnete und umständlich einstieg. Auf der kurzen Fahrt zu seiner Wohnung drehte Grace die Musik auf und machte damit eine Unterhaltung unmöglich. Ich war froh, als wir schließlich da waren.

»Warte, ich helf dir. Das kann man ja nicht mit ansehen«, sagte ich, stieg schnell aus, ging ums Auto herum und half ihm auf die Krücken.

»Danke.« Er lächelte, stockte kurz und drehte sich zu Grace um, die uns mit Adleraugen beobachtete.

»Danke fürs Fahren, Grace. Und … für alles andere.« Dann wandte er sich wieder zu mir. »Kommst du noch mit zur Tür?«

»Klar«, sagte ich und sah Grace, die uns noch immer anstarrte, mahnend an. Als wir auf der obersten Stufe der Außentreppe angekommen waren, half ich Holden beim Aufschließen der Tür, und dann war der Moment des Abschieds gekommen. Mein Mund fühlte sich mit einem Mal ganz trocken an. Würde er mich jetzt küssen? Vor Grace? Noch während ich überlegte, ob ich das wollte oder nicht, machte Holden einen kleinen Schritt rückwärts. Okay, es würde also keinen

Kuss geben. Zumindest nicht von ihm aus. Und obwohl ich mir noch immer nicht sicher war, dass ich es überhaupt gewollt hätte, war ich ein bisschen enttäuscht.

Wie sich seine Lippen wohl anfühlen?

Verdammt, wieso hatte ich seine Einladung nicht einfach angenommen? Dann wären wir jetzt alleine. Ungestört.

»Das war ein schöner Abend«, sagte er plötzlich. »Aber …«

»Aber?«

Er legte die Stirn in Falten und grinste. »Meinst du, wir können uns nächstes Mal *nur* zu zweit treffen?«

Ich lachte. »Ja. Eindeutig ja.«

KAPITEL 8

Grace und ich waren noch tagelang beleidigt miteinander. Das hatte es noch nie gegeben. Aber schließlich entschuldigte ich mich bei ihr für meine flapsige Bemerkung, dass Kyle genau ihr Typ sei, und versicherte ihr, dass ich sie natürlich nicht für eine Schlampe hielt. Und sie entschuldigte sich bei mir für diesen Spiegelneuronenmist. Dann nahmen wir uns in den Arm, und alles war wieder gut.

»Also, was hältst du von Holden? Ganz ehrlich.«

»Er ist nett«, sagte sie.

»Nett?« Sie war total besessen davon gewesen, uns zusammenzubringen, und nun fand sie ihn nur *nett*?

»Er hat den Grace-Test bestanden.« Sie lächelte. »Schließlich hab ich das nicht umsonst eingefädelt.«

»Na, dann bin ich ja beruhigt.« Mir war ihre Meinung zwar wichtig, aber es hätte auch nichts geändert, wenn sie ihn nicht gemocht hätte.

Aufmerksam sah sie mich an. »Bist du verliebt?«

»Ja, denke schon.« Meine Mundwinkel zogen sich automatisch nach oben.

»Wann seht ihr euch wieder?«

»Heute Abend. Er hat mich noch mal eingeladen.«

»Zu sich nach Hause?«

»Ja.«

Sie überlegte kurz, dann nickte sie. »Ich denke, das ist okay.«

»Oh. Danke für deine Erlaubnis, Mom.«

Sie grinste, dann hob sie den Zeigefinger. »Aber sieh zu, dass du um Mitternacht daheim bist, junges Fräulein.«

Um sieben stand ich vor Holdens Tür. Seit unserem Abend zu dritt hatten wir uns nicht mehr gesehen, standen aber ständig in Kontakt. Facebook, WhatsApp, E-Mail – wir bedienten uns des ganzen Spektrums moderner Informationstechnologie. Zum Teil chatteten wir bis spät in die Nacht. Schrieben über alles, was uns in den Sinn kam. Über ihn, über mich, das Studium, Freunde, unsere Hobbys, Lieblingsessen, unsere Eltern. Und obwohl wir noch gar nicht so viel Zeit miteinander verbracht hatten, hatte ich das Gefühl, Holden schon ewig zu kennen. Ihm ging es sicher genauso. Ich weiß nicht, warum, aber im Chat war ich bereit, Dinge über mich preiszugeben, die ich ihm von Angesicht zu Angesicht sicher erst viel später, wenn überhaupt, erzählt hätte.

Plötzlich wurde ich nervös. Hatte ich ihm vielleicht doch schon zu viel von mir verraten? Was, wenn uns die Gesprächsthemen ausgingen? Mein Mund fühlte sich mit einem Mal ganz trocken an. Egal, da musste ich jetzt durch. Ich klingelte und strich meine Bluse glatt. Keine zehn Sekunden später ging die Tür auf.

»Pünktlich auf die Minute.« Holden strahlte mich an, und mir blieb für einen Moment die Luft weg. Stundenlang hatte ich sein Profilbild angestarrt, hatte sein Gesicht studiert, mir seine Züge eingeprägt – den Schwung seiner Lippen, die sanfte Kurve seiner Augenbrauen, die Kante seines Kinns, das tiefe Blau seiner Augen. Ich kannte dieses Gesicht in- und auswendig, doch live war es noch so viel schöner, dass ich glaubte, ihn gerade zum ersten Mal richtig anzusehen.

Holden sah an mir hinunter. »Du siehst toll aus«, sagte er, ganz ohne die Absicht, mir ein Kompliment zu machen. Er sagte es einfach so, als sei es eine Tatsache, als würde er sagen: Dein Haar ist braun.

»Danke. Du auch.« Mit seinen breiten Schultern, der durchtrainierten Statur, dem Hauch nervöser Röte auf seinen Wangen und dem Gipsbein verkörperte Holden in diesem Moment eine unwiderstehliche Mischung aus Stärke und Verletzlichkeit. Mein Herz hämmerte ihm entgegen.

Atmen, Annie, atmen!

Da lächelte er wieder dieses umwerfende Lächeln. Ein Lächeln aus Vorfreude, Begeisterung und Zärtlichkeit.

»Komm rein.« Er trat einen Schritt zur Seite und deutete in einer einladenden Geste mit dem Arm den Flur entlang. Ich ging an ihm vorbei, und Holden humpelte klackernd hinterher. Das Erste, das mir ins Auge fiel, waren die beiden Calvin-Klein-Boxershorts, die von einem quer durch den Flur gespannten improvisierten Wäscheseil baumelten. Ich brach in spontanes Gelächter aus.

»Und das sind dann wohl die legendären Unterhosen deines Mitbewohners.«

Holden atmete tief durch. »Sorry. Die hab ich gar nicht gesehen – hab mich wohl so daran gewöhnt, dass es mir gar nicht mehr auffällt.«

Verlegen kratzte er sich am Kinn.

»Ist Kyle denn da?«, fragte ich.

»Nein. Ich hab ihn gebeten, für ein paar Stunden zu verschwinden. Willst du eine Führung?«

»Gern.«

Die Wohnung war recht klein. Neben Holdens Zimmer, dem Bad und der Küche mit dem kleinen Esstisch gab es bis auf Kyles Zimmer, das wir selbstverständlich ausließen, nicht wirklich viel zu sehen. Ein Wohn- oder Gemeinschaftszimmer wie in Graces und meiner WG gab es nicht.

Wir endeten in der Küche, wo mir gleich der köstliche Duft in die Nase stieg, der aus dem Backofen strömte.

»Du hast gekocht?«, fragte ich überrascht. »Ich dachte, wir bestellen uns was.«

»Na ja. So oft bekomme ich auch keinen Damenbesuch. Da dachte ich, wenn schon mal eine hier ist, leg ich mich mal ein bisschen ins Zeug.«

Mein Lächeln kam von Herzen. »Was gibt es denn?«

»Lasagne.«

»Oh, echt? Das ist mein Lieblingsessen!«

Er grinste. »Ich weiß.«

Für einen Moment war ich so auf seine perfekten Zähne fixiert, dass ich fast vergessen hätte, worüber wir sprachen. »Und woher …« Ich legte die Stirn in Falten, und noch ehe er antwortete, kam ich selbst auf den Trichter. »Grace.«

Holden nickte.

Sie war echt unglaublich. Noch während wir uns gegenseitig angeschmollt hatten, hatte sie Holden geholfen, dieses Date zu organisieren. Ich war fast ein bisschen gerührt.

»Kann ich dir bei irgendwas helfen?«

»Nein. Setz dich einfach und sei mein Gast.«

»Okay. Soll mir recht sein.«

Der Tisch war schon gedeckt. Er hatte sogar einen Salat gemacht. Ich setzte mich, sprang aber sofort wieder auf, als er die heiße Auflaufform aus dem Ofen nahm und sich dann einbeinig zum Tisch vorarbeitete, während er das Gipsbein hinter sich herschleifte.

»Kann ich dir wirklich nicht …«

Energisch schüttelte er den Kopf. »Du bist heute mein Gast.«

Als er es schließlich unfallfrei geschafft hatte, atmete ich erleichtert auf.

»Darf ich?«, fragte er und deutete auf meinen Teller.

Ich nickte, woraufhin Holden mir eine viel zu große Portion auf den Teller klatschte. Ich musste grinsen. Er hatte nicht gelogen – es war offensichtlich, dass er nicht besonders oft Damenbesuch bekam. Oder zumindest nicht oft für ein Mädchen kochte. Oder generell kochte, was ich aus den viel zu grob geschnittenen Zwiebeln schloss. Ich staunte nicht schlecht, als er sich selbst eine noch größere Portion auftat. Wollte er das echt alles essen?

»Guten Appetit.« Schmunzelnd nahm ich den ersten Bissen. Die Lasagne war gut. Nicht die beste, die ich je gegessen hatte, aber wirklich gut.

»Schmeckts dir denn?«, fragte er nach einer Weile, und erst jetzt wurde mir klar, dass er mich schon die ganze Zeit beobachtete und wahrscheinlich darauf wartete, dass ich etwas zu seinen Kochkünsten sagte.

»O ja. Schmeckt super«, erwiderte ich schnell. »Aber sei mir nicht böse, wenn ich nicht alles schaffe. Das ist echt eine Fußballerportion.«

Holden sah zufrieden aus. »Ja, lass noch Platz für den Nachtisch.«

»Nachtisch auch noch?« Jetzt war ich wirklich beeindruckt. Er hatte sich unheimlich Mühe gegeben.

»Eiscreme.«

Ich riss überrascht die Augen auf. »Auch selbst gemacht?«

»Selbst gekauft.«

»Das wäre auch zu viel des Guten gewesen.«

Schon bald musste ich mich geschlagen geben, schob den Teller von mir und lehnte mich zurück.

»Wenn du einen lauten Knall hörst, dann bin ich geplatzt.« Ich schnaufte schwer.

Holden lächelte zufrieden und schaufelte den Rest seiner Familienportion in sich rein. Als er aufstand, um die Teller abzuräumen, stellte ich verwundert fest, dass sein Bauch, trotz der unmenschlichen Menge, die er vertilgt hatte, noch immer ganz flach war. Meiner hingegen wölbte sich schon über den Gürtel.

»Können wir mit dem Nachtisch noch warten?«, fragte ich und deutete auf meine Kugel.

»Klar. Wie wärs mit einem Verdauungsspaziergang?«

»Hört sich gut an. Geht das denn mit den Krücken?«

Zur Antwort schwang er wie ein Kunstturner auf dem Barren die Beine herum und zwinkerte.

»Okay. Du hast mich überzeugt.«

Fünf Minuten später waren wir vor der Tür und machten uns auf in Richtung Riverbend Park. Es war ein lauer Sommerabend. Die Luft war warm, und es roch nach Lindenblüten, während wir am Ufer des Charles River entlangschlenderten.

»Wer hat dir denn kochen beigebracht?«, fragte ich.

»Beigebracht kann man das nicht nennen, aber ich hab meiner Grandma immer zugeschaut. Und als ich dann anfing, für mich selbst zu kochen, hab ich eben einiges ausprobiert. Manches war gut, das meiste ungenießbar.«

»Versuch und Irrtum«, sagte ich mit jenem unverbindlichen Lächeln, mit dem man bei Fremden den Eindruck von Freundlichkeit erwecken will. Am liebsten hätte ich mir auf die Zunge gebissen. Was für eine hohle Phrase. Als ob es hier wirklich ums Kochen ging. Es war total unlogisch, aber ich hegte ernsthafte Zweifel daran, ob ich über das, was wir uns geschrieben hatten, auch reden durfte. So, als hätte ich es mit zwei Personen zu tun. Dem Facebook-Holden, mit dem ich nächtelang durchgeschrieben hatte und von dem ich das Gefühl hatte, ihn in- und auswendig zu kennen. Und dem anderen

Holden, dem Live-Holden, mit dem ich bisher nur einen einzigen Abend verbracht hatte. Und an dem waren wir nicht mal alleine gewesen. Ich hatte Schwierigkeiten, den virtuellen Holden und den, der auf seinen grauweißen Krücken neben mir herhumpelte, als ein und dieselbe Person zu betrachten. War es wirklich derselbe, von dem ich wusste, dass seine Mutter die Familie verlassen hatte, als er gerade einmal sechs Jahre alt war? Dass er bei einem Vater aufgewachsen war, der praktisch nie zu Hause gewesen war, und er als einzige Konstante in seinem Leben seine Grandma gehabt hatte, die er auch heute noch über alles liebte? War es der, der mir anvertraut hatte, dass er als Kind beim Einschlafen immer ein Foto seiner Mutter angesehen und dann Nacht für Nacht geträumt hatte, sie wäre gestorben?

»Worüber denkst du nach?«, fragte er mich plötzlich.

Ich fühlte mich ertappt. Erschrak fast ein bisschen, wie sehr ich in Gedanken versunken war.

»Ist das so offensichtlich?«

Er lächelte sanft. »Man hört es fast knirschen in deinem Kopf. Also, was ist es?«

»Na ja, ich weiß, ehrlich gesagt, gar nicht, wie ich es ausdrücken soll. Es ist … irgendwie habe ich das Gefühl, dich total gut zu kennen, weil ich schon so viel über dich weiß. Und dann denke ich wieder …«

»Dass wir uns doch gerade erst kennenlernen?«, beendete er den Satz für mich.

»Ja, genau.«

Holden sah mich von der Seite an. »Geht mir genauso.«

»Ach, echt?«

Er nickte langsam. »Ich weiß zum Beispiel, dass du, wenn du selbst mal Kinder hast, viele Dinge anders machen willst als deine Mutter bei dir.« Auf einmal blieb er stehen, drehte sich ganz zu mir und sah mich an.

»Aber der kleine Leberfleck«, er nahm beide Krücken in die linke Hand und hob die rechte, »hier, schräg über deinem linken Mundwinkel«, behutsam strich er mit der Fingerspitze über die winzige kreisrunde Erhebung in meinem Gesicht, »ist mir vorhin zum ersten Mal aufgefallen.«

Für einen Moment vergaß ich zu atmen. Holdens Berührung war nur ein Hauch, und doch ging sie mir durch Mark und Bein. Ich konnte sie in jeder meiner Zellen spüren. Die Härchen an meinem ganzen Körper stellten sich auf. Meine Wangen glühten. Seine Augen ruhten auf meinem Gesicht, während er die Hand langsam wieder sinken ließ. Ich war wie gelähmt, unfähig mich zu bewegen. Unverwandt sah er mich an. Abschätzend. Als warte er auf eine Reaktion. Ich blinzelte, räusperte mich und ging weiter.

Wieso läufst du denn jetzt davon, du blöde Kuh?!

Ich musste unter Schock stehen, anders konnte ich mir das nicht erklären. Tausend Mal hatte ich mir vorgestellt, dass er mich berührte. Hatte mir in sämtlichen Facetten ausgemalt, wie es sich wohl anfühlte. Seine Haut auf meiner. Ich hatte Holdens Berührung herbeigesehnt, doch nun war es so schnell und unerwartet passiert, dass ich mit der Situation völlig überfordert war und ihn einfach stehen ließ.

Für einen Moment schien er wie erstarrt, setzte sich dann aber rasch in Bewegung und schloss zu mir auf. Sein Blick ruhte auf meinem Gesicht, während ich damit beschäftigt war, meinen Herzschlag unter Kontrolle zu bringen. Ob er wusste, was er gerade in mir ausgelöst hatte? Bei Tom hatte ich so etwas nie gespürt. Nicht einmal bei Seth.

»Wollen wir uns da kurz hinsetzen?«, fragte Holden und deutete auf eine eingewachsene Parkbank unter einer mächtigen Linde. »Mein Bein braucht eine Pause, glaube ich.«

»Gern.« Meine Stimme klang noch immer ganz fremd. Wieder musste ich mich räuspern. Während Holden sein Bein hochlegte, nahm ich mir einen Moment Zeit, um wieder ich selbst zu werden. Ich ließ den Blick schweifen und sah mich um. Es war wirklich schön hier. Ich war zwar schon öfter am Charles River joggen gegangen, aber dieses Plätzchen hier war mir dabei noch nie aufgefallen.

Eine Gruppe Jugendlicher hatte es sich ganz in der Nähe gemütlich gemacht. Sie lachten und unterhielten sich. Zwei Mädchen um die sechzehn summten zu den sanften Popklängen, die aus der mitgebrachten Soundbar drangen.

»Ich hab dich schon ziemlich lange im Auge, weißt du«, gestand Holden plötzlich.

Ich drehte mich zu ihm. »Und was heißt ziemlich lange?«

»Seit ich dich zum ersten Mal gesehen hab, um ehrlich zu sein.«

»Und wann war das?«

»Auf einer Wohnheimparty letztes Jahr. Du warst mit einem Kerl da.«

Damit konnte er nur Tom meinen. Die Art und Weise, wie er *Kerl* ausgesprochen hatte, bestätigte meine Annahme. Tom hielt sich für was Besseres und ließ das die Leute auch spüren.

»Das ist ziemlich lange«, bestätigte ich und überlegte, wann er mir zum ersten Mal aufgefallen war.

»Damals hatte ich noch eine Freundin«, erzählte er weiter, und im selben Moment schoss mir ein Bild durch den Kopf, und es machte klick. Auf dieser Party hatte ich Holden auch zum ersten Mal gesehen. Und zwar hemmungslos knutschend mit einer dickbusigen Blondine.

»Ah. Jetzt erinnere ich mich«, sagte ich vieldeutig. »Und an deine Freundin erinnere ich mich auch.« Jetzt erst wagte ich es, Holden wieder anzusehen. Der amüsierte Ausdruck auf meinem Gesicht ließ auch ihn lächeln. »Ich weiß noch, dass ich mich damals gefragt hab, ob es zwischen euch wohl beim Knutschen bleibt oder ob ihr gleich auf der Tanzfläche eine Nummer schiebt.«

Holdens Gesichtsfarbe änderte sich unübersehbar.

»Ja«, antwortete er gedehnt. »Monica war sehr … speziell.«

Ich zog die Augenbrauen hoch. »Speziell?«

»Wir waren nicht lange zusammen«, wiegelte er schnell ab, als sei damit alles gesagt.

Ich musste lachen. »Und ich bin dir aufgefallen? Trotz deiner einnehmenden Begleitung?«

Er nickte. »Ich hab dich den ganzen Abend beobachtet.«

»Das sah aber ganz anders aus«, erwiderte ich, immer noch lachend.

»Glaub mir«, sagte er und schlug plötzlich einen ganz anderen Ton an. Ernst und irgendwie eindringlich. »Ich habe dich den ganzen Abend beobachtet. Und seitdem jedes Mal, wenn ich dich gesehen habe.«

Im ersten Moment wusste ich gar nicht, was ich darauf erwidern sollte. Dass es andersrum genauso war? Dass ich sogar in sehr … *privaten* Momenten an ihn dachte? Dass ich seit Tagen an überhaupt nichts anderes mehr denken konnte als an ihn.

»Dito«, antwortete ich schlicht, hob den Blick und sah ihm direkt in die Augen.

Bis jetzt hatte ich die Musik der Teenager nur im Hintergrund wahrgenommen, aber als Ed Sheerans *Photograph* erklang, horchte ich auf. Ich liebte den Song. Und es war der perfekte Soundtrack für diesen Moment.

Ich konnte an seinem Kehlkopf sehen, wie Holden schluckte. Eine Sekunde hielt er inne, gefror mitten in der Bewegung, als überkäme ihn ein spontaner Anfall von Unsicherheit. Dann rückte er ganz nah an mich heran. Er sah mich an. So lange, dass es fast schon unangenehm wurde.

»Grüne Augen sind die seltensten auf der Welt«, sagte er unvermittelt. Es lag eine solche Sanftheit in seiner Stimme, dass ich unwillkürlich schluckte.

»Nur etwa zwei Prozent aller Menschen auf der ganzen Welt haben grüne Augen.« Holden kam näher, so nah, dass unsere Nasenspitzen sich beinahe berührten. »Es sind die Einzigen, die ihre Farbe ändern können, weißt du?«

Er legte eine Hand an meine Wange, und mein ganzer Körper zuckte, als jagten eintausend Volt durch ihn hindurch.

»Je nach Stimmung können sie blau, grau oder sogar golden erscheinen.«

»Ach, echt?« Meine Stimme klang viel zu hoch.

Time's forever frozen still klang es aus der Soundbar, und Holden kam mir die letzten Zentimeter entgegen. Ich hielt die Luft an. Er war so nah, dass ich den warmen Hauch seines Atems auf meinem Gesicht spüren konnte. Holden schloss die Augen, nur eine Sekunde oder zwei, dann schlug er sie wieder auf, und sein ozeanblauer Blick durchdrang mich.

»Du hast die schönsten grünen Augen, die ich je gesehen habe«, sagte er.

Und dann küsste er mich.

Kapitel 9

Zu ihrem Geburtstag veranstaltete Grace ein Vorglühen in unserer Wohnung und hatte dazu etwa dreißig ihrer engsten Freunde eingeladen. Später wollten wir dann alle noch in einen Klub. Küche und Wohnzimmer platzten aus allen Nähten, und die Statik unseres winzigen Balkons wurde einer mathematisch nicht mehr zu erfassenden Belastung ausgesetzt. Ich saß mitten im Getümmel am Küchentisch, nippte an einem Glas billigen Wein und lachte über Graces Witze. Laute Musik schallte durch unsere vier Wände. Man musste fast schreien, um sich zu unterhalten. Die Stimmung war ausgelassen, manche tanzten sogar. Aber so war das immer, wenn Grace Gäste zu uns einlud. Sie war der geborene Partylöwe. Ich hielt mich da lieber ein wenig im Hintergrund, genoss die gute Stimmung aber trotzdem.

»Und dann«, kam Grace mit ihrer Anekdote über ihren Statistikprofessor, dem mitten in der Vorlesung der Gürtel einfach auseinandergeflogen und samt Hose zu Boden gerutscht war, zum Höhepunkt, »anstatt dass er sie sich wieder hochzieht«, sie musste so lachen, dass sie es kaum schaffte, die Geschichte zu Ende zu erzählen, »sammelte er auf allen vieren die Einzelteile seiner Gürtelschnalle zusammen. Das muss man sich mal vorstellen! Oh Mann, wir haben geschrien vor Lachen.«

Ich hatte die Geschichte schon ein paarmal gehört, musste aber immer noch schmunzeln. In diesem Moment endete der David-Guetta-Song, der gerade lief, und *Photograph* begann. Schon die ersten Klänge zogen mich sofort in ihren Bann. Unwillkürlich schloss ich die Augen – und war wieder bei Holden. Ich fuhr mit der Zungenspitze über meine Lippen, wo ich noch immer seinen Kuss spürte.

Time's forever frozen still. Genauso hatte es sich angefühlt. Als sei die Zeit einfach stehen geblieben. Als sei ich nach einer langen Reise endlich angekommen. Als …

»Annie!«

»Ja?«, überrascht riss ich die Augen auf. Alle starrten mich an.

»Kommt Holden auch noch?«, fragte mich Grace – und ihrem Gesichtsausdruck nach zu urteilen nicht zum ersten Mal.

»Äh, ja.« Ich sah auf die Uhr. »Gegen neun wollte er da sein.« Nun war es bereits halb zehn.

»Na, dann wird er das sein«, mutmaßte sie.

»Was?«

»An der Haustür.« Sie sah mich an, als wäre ich schwer von Begriff. »Hast du nicht gehört? Patrick sagt, da klingelt jemand schon die ganze Zeit.«

»Was? Echt? Warum macht dann niemand auf?« Blitzschnell sprang ich auf und griff gleichzeitig nach meinem Handy, das am Ladekabel hing. Drei Nachrichten leuchteten mir auf dem Display entgegen.

Hi Annie, bist du da?

Ich klingle seit zehn Minuten.

Also entweder ist eure Klingel kaputt oder die Musik zu laut.

Mist! Hoffentlich war er noch da. Beim Rausrennen rempelte ich drei Leute an, polterte die Treppe nach unten und riss die Haustür auf. Da stand er.

»Holden! Es tut mir so leid! Oh Gott. Ich hab nichts gehört. Sorry. Wie lange wartest du denn schon? Tut mir echt leid.« Ich überschlug mich beinahe vor Entschuldigungen.

»Hi«, sagte er gelassen. Ein Lächeln schimmerte in seinen Augen.

»Es tut mir so leid«, wiederholte ich noch einmal.

»Wovon warst du denn so abgelenkt, dass du mich vergessen hast?«

Wenn du wüsstest …

»Von gar nichts. Die Musik war nur viel zu laut.« Wie angewurzelt blieb ich auf der Türschwelle stehen und sah ihn einfach nur an.

Holden hob die Augenbrauen und runzelte die Stirn. »Darf ich reinkommen?«, fragte er, als ich nichts mehr sagte.

»Äh. Ja. Natürlich. Komm rein.« Hastig trat ich zur Seite. Mann, war ich durch den Wind.

»Danke.« Er trat über die Schwelle, und erst jetzt merkte ich, dass er gar nicht mehr humpelte.

»Der Gips ist ab!«, rief ich begeistert.

»Ja. Seit heute Nachmittag.« Er drehte das befreite Bein hin und her. »Ich fühl mich wie neu.«

»Kannst du wieder ganz normal gehen?«

Er nickte, machte zwei große Schritte auf mich zu, nahm mein Gesicht in seine Hände und drückte mir einen warmen Kuss auf die geschlossenen Lippen.

»Hi«, flüsterte er an meinem Mund.

»Hi«, hauchte ich zurück und versuchte mich irgendwie auf meinen wackligen Beinen zu halten.

Mit dem Treppensteigen tat er sich noch ein bisschen schwer, wollte sich aber nichts anmerken lassen. Als wir oben angekommen waren, führte ich ihn durch die Wohnung, stellte ihm ein paar Leute vor und fragte, was er trinken wollte.

»Du bist also Annies neuer Freund«, säuselte Heather, Graces On/off-Studienfreundin, und musterte Holden demonstrativ von oben bis unten. Ich hatte das Miststück noch nie leiden können. Typisch, dass gerade sie mich in eine solche Lage bringen musste. Was wir waren und wie wir zueinander standen, hatten Holden und ich noch gar nicht so genau definiert.

Er grinste amüsiert und nippte gelassen an seinem Bier. Seine Augen ruhten auf meinem Gesicht.

»Wir …«, setzte ich an, wusste aber nicht, wie der Satz zu Ende gehen sollte. Wieso hatte ich die Frage nicht einfach ignoriert?

»Wie war noch mal dein Name?«, übernahm Holden für mich.

Verdutzt sah sie ihn an. »Heather«, antwortete sie mit einem solchen Unglauben in der Stimme, dass man meinen konnte, es grenze an Blasphemie, dass er ihn so schnell wieder vergessen hatte.

»Wenn du so direkt fragst, Heather«, er betonte ihren Namen auf eine Weise, die ihr gar nicht zu gefallen schien, mir jedoch umso mehr, »wir haben noch nicht darüber gesprochen, aber: Ja, ich bin Annies neuer Freund.« Er grinste sein schiefes Grinsen. »Das heißt, wenn sie das auch möchte.«

Ich lachte. Zum einen amüsiert darüber, wie er Heather abgefertigt hatte, zum anderen natürlich, weil er mich gerade gefragt hatte, ob ich seine Freundin sein wollte.

»Ja«, erwiderte ich, woraufhin sich ein strahlendes Lächeln auf Holdens Gesicht ausbreitete. Er beugte sich zu mir und küsste mich so sanft und zärtlich, dass alles um mich herum zu einer unbedeutenden Kulisse verschwamm.

»Ach, wie süß!«, flötete Heather, als hätte sie gerade zwei Kindergartenkinder dabei beobachtet, wie sie sich im Sandkasten gegenseitig feuchte Küsse ins Gesicht drücken. Klar, wenn er schon kein Interesse an ihr zeigte, musste sie das, was wir hatten, wenigstens ins Lächerliche ziehen.

Notiz an mich selbst: Erinnere Grace dran, Heather nicht mehr einzuladen!

»Holden, du hasss ja gar keinn Gipsss mehr.« Wie aufs Stichwort schwankte meine Mitbewohnerin ins Wohnzimmer, stolperte über ihre eigenen Füße und wäre beinah über den deckenhohen Ficus benjamini gestürzt, hätte Holden sie nicht im letzten Moment aufgefangen.

»Happy Birthday, Grace«, sagte er nur und hielt ihren Arm, bis sie das Gleichgewicht zurückgewonnen hatte. Wie hatte sie es nur geschafft, in so kurzer Zeit dermaßen betrunken zu werden? Machten die in der Küche etwa schon wieder Trinkspiele? Das hatten wir doch besprochen. Letztes Mal wäre dabei fast einer vom Balkon gestürzt.

»Geht schon, geht schon«, lallte sie und ruderte mit den Armen, bis sie wieder gerade stand.

»Wir wollen jetzzz losss«, sagte sie, zuerst nur zu uns, dann brüllte sie noch mal in die Menge: »Wir wollen jetzzz losss! Alle rausss hier!«

»Wo solls denn hingehen?«, fragte Holden.

»Ins Prime«, antwortete ich. »Das ist ein Klub in der Franklin Street. Warst du da schon mal?«

Er seufzte leise. Dann nickte er.

Wir waren eine so große Gruppe, dass wir uns auf drei U-Bahnen aufteilen mussten. Doch schließlich hatten wir es geschafft, und alle waren da. Grace hatte sich im Vorfeld eine ausgeklügelte Taktik überlegt, wie wir es schaffen sollten, alle in den Klub zu kommen. In einer so großen Gruppe hätten uns die

Türsteher niemals reingelassen. Und so hatten wir uns in einer Seitenstraße versammelt und ließen uns von der erstaunlich schnell wieder einigermaßen nüchtern gewordenen Grace in Kleingruppen einteilen.

»Annie?« Ihr Ton war ein einziger Imperativ.

»Ja?«, rief ich aus der Menge.

»Du gehst mit Holden, Kate und James.«

»Aye aye, Captain!« Ich salutierte, während Grace schon die nächsten Namen aufrief, nahm Holden an der Hand, wies Kate und James an, uns zu folgen, und wollte mich gerade in die Schlange vor dem Klub einreihen, als Holden mich entschlossen weiterzog. Etwas irritiert folgte ich ihm an den Wartenden vorbei, die beiden anderen im Schlepptau.

»Crane«, begrüßte ihn einer der Türsteher überschwänglich und gab ihm eine Gettofaust. »Du bist lange nicht hier gewesen. Schön, dich zu sehen, Alter.«

»Ja, hatte das Bein gebrochen.«

Der Blick des Türstehers blieb an mir hängen, woraufhin er Holden anerkennend zunickte.

»Wie viele seid ihr?«, fragte er nur.

»Vier.«

Er nickte, hakte die rote Samtkordel aus und winkte uns unter dem lautstarken Protest der Anstehenden durch.

»Viel Spaß«, wünschte er noch, gab dem Mädchen an der Kasse ein Zeichen, und auch sie ließ uns einfach passieren.

»So schnell bin ich hier noch nie reingekommen.« Kate klang beeindruckt. Geradezu ehrfürchtig betrachtete sie Holden.

»Du bist hier wohl Stammgast, was?«, mutmaßte sie mit Flirtstimme.

Unwillkürlich schloss ich meine Hand ein bisschen fester um seine. Holdens Lächeln sprach Bände. Mein Anflug von Eifersucht schien ihm zu gefallen.

»Bis dann«, sagte er, ließ Kate und James einfach stehen und zog mich zur Theke.

»Was willst du trinken?«

Ich warf einen kurzen Blick in die Karte. »Wodka Martini.«

»Zwei Wodka Martini«, bestellte er bei der spärlich bekleideten Barfrau. Hatte sie ihm eben tatsächlich zugezwinkert? Zufrieden stellte ich fest, dass er weder ihr noch dem bauchfreien Stofffetzen, den man kaum noch als Oberteil bezeichnen konnte, besondere Beachtung schenkte.

»Du bist also öfter hier«, sagte ich. Ich musste mich ganz zu ihm hinüberbeugen, mich auf die Zehenspitzen stellen und direkt in sein Ohr sprechen, damit er mich über die wummernden Bässe hinweg verstehen konnte.

»Kann man so sagen«, erwiderte er, ging aber nicht näher darauf ein.

»Okay, raus mit der Sprache. Was steckt dahinter? Was hat es mit diesem Klub auf sich?«

»Ich kenne den Besitzer«, und wieder klang es wie ein Halbsatz, bei dem das Entscheidende fehlte.

Ich legte die Stirn in Falten und sah ihn mit hochgezogenen Augenbrauen an.

Windend wiegte er den Kopf hin und her. »Ich war mal mit seiner Schwester zusammen«, gestand er schließlich.

»Ach so.« Damit hatte ich nicht gerechnet. Bis jetzt hatte ich mir über Holdens verflossene Liebschaften keine Gedanken gemacht. Warum auch? Wir lernten uns ja gerade erst richtig kennen. Doch nun konnte ich nicht umhin, mich zu fragen, mit wie vielen Mädchen er wohl schon geschlafen hatte. Es gab sicher nicht viele, die ihn von der Bettkante gestoßen hätten. Wenn er also einer war, der es darauf anlegte, konnte er sicher jede Nacht eine andere haben. Gut, das vielleicht nicht. Aber jede Woche?

Cool bleiben, mahnte ich mich selbst.

Es war kaum zwei Stunden her, dass wir offiziell zusammen waren, und schon war ich eifersüchtig? Wieder etwas, das ich seit Seth nicht mehr erlebt hatte. Dieses nagende Gefühl, die Besitzansprüche, die ich, schon nach so kurzer Zeit, auf ihn erhob, die Feindseligkeit gegenüber jeder, die ihm schöne Augen machte – das alles kannte ich nicht von mir. Zumindest nicht in diesem Ausmaß.

Als unsere Drinks kamen, stießen wir an, und ich nahm einen großen Schluck. Mir entging nicht, dass Holden mich aufmerksam beobachtete. So, als fragte er sich, was wohl gerade in meinem Kopf vorging. Dessen war ich mir, ehrlich gesagt, selbst nicht ganz sicher. Woher kamen diese Gedanken plötzlich? Aber – na ja, wenn man es genau nimmt, kamen für mein Verhalten eigentlich nur zwei mögliche Erklärungen infrage.

Erstens: Es gab tatsächlich einen Anlass für diese aufkommende Eifersucht, und ich spürte instinktiv, dass Holden kein Mann für nur *eine* Frau war.

Oder zweitens: Es war diesmal wirklich etwas anderes. Und vielleicht war er sogar der, auf den ich gewartet hatte. Vielleicht war er … der eine.

»Da seid ihr ja!« Grace stieß zu uns. Offenbar hatten es nun auch die Übrigen in den Klub geschafft.

»Holden, Kate sagt, du kennst den Türsteher, und ihr seid einfach durchgegangen«, warf sie ihm vor. »Sag mal, hättest du uns da nicht alle reinbringen können?«

»So gut kenn ich ihn auch wieder nicht«, erwiderte er.

Grace stutzte, als überlegte sie einen Moment, ob sie beleidigt sein sollte oder nicht. Dann wischte sie mit der Hand durch die Luft. »Na egal, jetzt sind ja alle da.« Sie drehte sich zu mir. »Komm, wir tanzen.«

Ich wollte gerade den Mund öffnen, als sie den Zeigefinger erhob.

»Nichts da! Heute ist mein Geburtstag.« Und ehe ich etwas einwenden konnte, hatte sie mich mit sich gezogen. Ich schmunzelte. Offensichtlich hatte ich, was meine Freundinnen anging, einen ziemlich spezifischen Geschmack. Ich musste unbedingt Corinne mal wieder anrufen. Schon viel zu lange hatte ich nichts von ihr gehört.

Auf halbem Weg zur Tanzfläche drehte ich mich zu Holden um. Er lehnte lässig an der Theke und beobachtete mich gespannt. Aber … war das zu fassen? Er war kaum zwanzig Sekunden alleine, da begann die Minirock-und-Hotpants-Fraktion schon ihre Kreise um ihn zu ziehen. Auf einmal hatte ich eine ziemlich genaue Vorstellung davon, wie seine Besuche hier für gewöhnlich abliefen.

Na gut, dachte ich mir, wenn das so ist …

Ich leerte mein Glas in einem Zug, stellte es im Vorbeilaufen auf einem Stehtisch ab und suchte mir ein Plätzchen mit etwas Bewegungsfreiheit. Ich war zwar ungern eine der ersten auf der Tanzfläche – so extrovertiert war ich dann doch nicht. Aber ich konnte tanzen. Und das tat ich. Bässe und Beat von *Turn down for what* rissen mich sofort mit. Der Wodka Martini, den ich geext hatte, tat das Übrige. Ich brauchte nicht lange, um meinen Rhythmus zu finden. Lasziv kreiste ich mit den Hüften, nahm den Oberkörper mit, streckte das Kreuz durch und ließ mich vom Bass tragen. Mein Top spannte über meinen Brüsten. Meinen kreisenden Po schwang ich demonstrativ in Holdens Richtung. Ich ließ meine Haare fliegen, warf einen Blick über die Schulter und stellte zufrieden fest, dass er mich geradezu taxierte. Seine weit aufgerissenen Augen klebten an mir. Die Minirockkätzchen, die um ihn herumschlichen, beachtete er gar nicht. Und dabei gaben sie sich doch so viel Mühe, seine Aufmerksamkeit auf sich zu ziehen. Zu meinem Leidwesen blieb auch ich nicht länger unbemerkt.

Offenbar fühlte sich nicht nur Holden von meinem Hüftschwung angesprochen – die ersten *Verehrer* ließen nicht lange auf sich warten. Schon versuchte der Erste, mich anzutanzen. Ich machte einen Schritt zur Seite und wandte mich ab, um ihm klarzumachen, dass ich nicht interessiert war. Dort wartete aber schon der Nächste. Ich verdrehte die Augen. Das war der andere Grund, warum ich in Klubs nicht so oft tanzte, wie ich es eigentlich gerne wollte. Die meisten Typen denken, dass man es unbedingt braucht, wenn man mal ein bisschen die Hüften kreisen lässt. Dabei ging es mir beim Tanzen schon immer um die Musik und das Körpergefühl – nie darum, jemanden anzubaggern oder scharf zu machen. Okay – diesmal schon. Ich tanzte nur für ihn. Die anderen Typen waren nur eine lästige Begleiterscheinung, die man abwimmeln musste wie Schmeißfliegen. Grace hingegen hatte damit nie ein Problem gehabt. Im Gegenteil – sie genoss es, von potenziellen Sexualpartnern umringt zu werden. Meistens pickte sie sich den bestaussehenden heraus und nahm ihn mit nach Hause. Ich hatte das noch nie getan. Aber heute konnte es meinetwegen gerne so weit sein.

Ich konnte kaum erwarten, dass meine Fantasie endlich Wirklichkeit wurde. Ich schloss die Augen und stellte mir zum wahrscheinlich hundertsten Mal vor, wie sich Holdens nackte Haut auf meiner anfühlte. Wie er sich *in mir* anfühlte. Es prickelte in meinem Nacken, als jemand seine Arme von hinten um meine Hüften legte. Die Haare an meinem ganzen Körper stellten sich auf. Das Prickeln wurde stärker, wanderte über meinen Nacken, mein Rückgrat entlang bis hinunter zu meinem Po. Ich wusste sofort, dass er es war. Selbst mit geschlossenen Augen hätte ich ihn hier drin überall gefunden. Ich drehte den Kopf zur Seite und schmiegte meine Wange an seine. Er spannte die Arme an und presste meinen Po gegen seine Vorderseite. Obwohl er nicht getanzt hatte, ging sein Atem schwer. Seine Muskeln hoben sich unter der Haut deutlich hervor. Ein leises Seufzen drang an mein Ohr, als ich mich gegen ihn rieb. Ich bewegte mich schneller, und er seufzte noch einmal. Holdens Hand wanderte über meinen Bauch, bis seine Finger die Unterseite meiner verschwitzten Brüste streifte. Ich presste mich enger an ihn, und sein Griff wurde fester. Meinen Kopf ließ ich auf seine Schulter fallen. Holdens Hand wanderte ein Stückchen höher, kurz strich er mit dem Daumen über meine harte Brustwarze, dann schien er sich zu besinnen, dass wir hier nicht allein waren, und ließ die Hand wieder sinken. Die Erregung war beinahe greifbar – seine und meine. Er beugte sich vor, fuhr mit den Lippen meinen Hals entlang und küsste mich in die kleine Kuhle direkt über dem Schlüsselbein. Gänsehaut überzog meinen ganzen Körper. Als er seine Knie lockerte und sich mit mir zu bewegen begann, schmiegte ich mich noch enger an ihn. Plötzlich überkam mich der Drang, ihn anzusehen. Ich drehte mich, um und mein Herz setzte einen Schlag aus. Holdens Blick glühte, ein zarter Schweißfilm stand ihm auf der Stirn. Sein Haar war zerzaust. Ich legte beide Arme um seinen Nacken, zog ihn zu mir herab, ließ meinen Mund auf seinen prallen und öffnete die Lippen. Seine Zunge kam mir entgegen, und wir verschmolzen miteinander. Eng umschlugen wiegten wir uns im Takt der Musik. Immer enger pressten sich seine Hüften an mich. Fordernd reckte er sich mir entgegen, während seine Lippen an meinem Hals entlangwanderten. Sein Atem streifte schwer über meine Haut. Ich wühlte in seinen Haaren, während wir uns küssten, unsere vom Tanzen verschwitzte Haut aneinanderrieben. Dann legte ich die Hand in seinen Rücken und zog ihn mit einem Ruck an mich. Dabei änderte sich der Winkel, und ich spürte ... *Oh mein Gott!* Wie hatte er es nur geschafft, mich *damit* bis jetzt nicht zu berühren. Holden sog krampfhaft Luft ein, als er den Widerstand spürte. Ich stellte ihn mir in meinem Mund vor und stöhnte ihm leise ins Ohr. Noch nie war ich so erregt wie in diesem Moment.

»Lass uns verschwinden«, keuchte ich, »ich halte es nicht mehr aus.«

Für eine Sekunde war er wie versteinert. Starrte mich aus großen Augen heraus an, als konnte er kaum glauben, dass ich das eben wirklich gesagt hatte. Dann packte er mich am Handgelenk und zog, nein zerrte mich zielsicher durch die tanzende Meute zum Ausgang. Bei jedem Schritt spürte ich die Feuchtigkeit zwischen meinen Beinen. Wir rannten zum nächsten freien Taxi. Tat sein Bein denn überhaupt nicht weh?

»Wohin?« Holdens Stimme bebte vor Erregung.

»Zu mir.«

Er nickte, nannte dem Fahrer die Adresse, griff nach meiner Hand und drückte sie so fest, dass es beinahe wehtat. Ich bemerkte das Leuchten in seinen Augen, als wir in meine Straße bogen.

»Was macht das?«, fragte Holden hastig, und während er die Bezahlung übernahm, sprang ich aus dem Taxi, sobald es zum Stehen gekommen war. Ich hatte noch nicht den Schlüssel ins Schloss gesteckt, da war er schon bei mir und schlang seine Arme von hinten um meine Hüften.

»Deinetwegen hab ich schon den ganzen Abend einen Ständer«, raunte er.

Ich schluckte, bekam endlich den verdammten Schlüssel ins Schloss und sperrte die Tür auf.

»Pass auf dein Bein au…«, wollte ich noch sagen, doch da hatte er mich schon über seine Schulter geworfen und stürmte die Treppe hoch.

»Holden!«, protestierte ich kichernd. »Dein Bein.«

Vor der Wohnungstür setzte er mich ab, drückte mich gegen die Wand und küsste mich ungestüm.

»Mein Bein ist im Moment das Letzte, worüber du dir Sorgen machen musst.« Seine Hände waren überall. »Mach die verdammte Tür auf«, keuchte er. »Ich dreh durch, wenn ich noch eine Sekunde warten muss.«

Holdens gierig über meinen Körper wandernde Hände lenkten mich dermaßen ab, dass ich zwei Anläufe brauchte. Dann hatte ich es geschafft.

Unsere Münder ineinander versunken, taumelten wir in mein Zimmer. Er bugsierte mich zum Bett, da stemmte ich meine Arme gegen seine Brust und sah ihm in die Augen. Wir waren beide völlig außer Atem.

»Was ist?«, fragte Holden, und ich sah in seinem Blick, dass er Angst hatte, etwas falsch gemacht zu haben.

»Gib mir eine Minute, ja?«

Er nickte schnell und schluckte trocken. »Okay.«

In seiner bebenden Erregung ließ ich ihn einfach stehen, ging ins Badezimmer und lehnte mich mit dem Rücken gegen die Tür.

What the fuck?!

So etwas hatte ich noch nie erlebt. Ich war schockiert über mich selbst. Schockiert darüber, wie sehr ich ihn wollte. Ich hätte ihm am liebsten gleich auf der Tanzfläche einen geblasen, verdammt! Was war nur los mit mir? Nie zuvor hatte jemand eine solche Anziehung auf mich ausgeübt. Ich verlor völlig die Kontrolle.

Durchatmen, Annie!

Ich stieß mich von der Tür ab und sah in den Spiegel. Meine Haare waren zerzaust und die Wimperntusche verschmiert. Ich kämmte sie einmal kurz durch, beseitigte das Make-up-Chaos auf meinem Gesicht und putzte mir die Zähne. Dann warf ich einen letzten Blick in den Spiegel, atmete noch einmal tief durch und ging zurück ins Schlafzimmer.

Holden saß auf meinem Bett.

»Alles in Ordnung?«, fragte er, und ein Hauch Besorgnis schwang in seiner noch immer vor Erregung bebenden Stimme mit.

Ich nickte. Und ob es das war. Mehr als das. Bei seinem Anblick war das Feuer sofort zurück. Nicht, dass es je erloschen gewesen wäre. Ich hatte diese Auszeit einfach gebraucht, um mir darüber klar zu werden, was mit mir passierte. Um ehrlich zu sein, wusste ich es immer noch nicht. Ich wusste nur eines und das mit absoluter Gewissheit: Ich wollte Holden. Mehr, als ich einen anderen je gewollt hatte. Ich wollte ihn in mir spüren. Daran führte kein Weg vorbei.

Langsam ging ich auf ihn zu. Als er sah, dass es passieren würde, dass ich mich nicht umentschieden hatte und im letzten Moment einen Rückzieher machte, funkelte er mich aus dunklen Augen heraus an. Als ich vor ihm stand, schlang er die Arme um meine Hüften und zog mich zwischen seine Beine. Ich stand in Flammen. Sofort gingen seine Hände auf Wanderschaft über meinen ganzen Körper. Das Gesicht vergrub er in meinem Schritt. Ich stemmte meine Arme gegen seine Schultern und stieß ihn aufs Bett. Durch den Aufprall schwang die Matratze zurück. Holden lag auf dem Rücken und atmete geräuschvoll aus. Ich kniete mich aufs Bett, beugte mich über ihn und fuhr mit der Zunge über seine Lippen. Er öffnete sie und drängte seine Zunge in meinen Mund. Seine Hände fuhren meinen Rücken entlang und gruben sich in meine Pobacken. Plötzlich gab er ein Raunen von sich, stemmte sich hoch, packte mich und rollte uns herum. Nun war er es, der von oben auf mich herabblickte.

»Ich dachte schon, du hättest es dir anders überlegt«, sagte er süffisant.

»Als ob ich dir das antun könnte.« Herausfordernd funkelte ich ihn an.

Holden lachte leise, dann beugte er sich zu mir herunter und streifte mit den Lippen an meiner Wange entlang bis zum Ansatz meiner Schulter. Ich spürte seinen Atem an meinem Hals und musste ein Stöhnen unterdrücken. Seine Berührung war plötzlich ganz sanft, kaum mehr als ein Hauch, und doch hinterließ sie ein kribbelndes Gefühl auf meiner Haut.

»Wie schön du bist«, flüsterte er.

Dann berührte mich seine Zungenspitze in der zarten Mulde über meinem Schlüsselbein, und ich konnte es nicht länger zurückhalten. Ein kehliger Laut entfuhr mir, woraufhin sich Holdens ganzer Körper versteifte, als müsste er sich mit aller Kraft zusammennehmen. Dann atmete er lange aus. Ich ließ den Kopf tief ins Kissen sinken und drückte das Kreuz durch. Wölbte mich ihm entgegen. Er konnte mit mir machen, was immer er wollte. Und ich sah in seinen Augen, dass er es wusste.

»Daran denke ich, seit ich dich zum ersten Mal gesehen habe«, sagte er mit tiefer Stimme.

»Ich auch«, entgegnete ich, und meine Worte vibrierten.

Um seine Mundwinkel zuckte es. In seinen Augen glomm etwas auf. Er wollte spielen. Langsam ließ er seinen Mund an meinem Hals entlangwandern, strich mit der Zungenspitze über die empfindsame Stelle hinter meinem Ohrläppchen. Gänsehaut wanderte über meinen Körper, und ich spürte, wie sämtliche Muskeln in meinem Unterleib sich zusammenzogen. Alles um mich herum drehte sich.

»Wie fühlt sich das an?«, flüsterte er mir ins Ohr.

»Gut«, wisperte ich, und Holden brachte seine Lippen auf Höhe meines Mundes. Er öffnete sie, nahm meine Unterlippe zwischen die Zähne und biss ganz sanft zu. Ich schluckte und spürte gleichzeitig, wie es zwischen meinen Beinen zu fließen begann. Dann zeichnete er mit der Zunge den Schwung meiner Lippen nach, bevor er kurz innehielt und flüsterte: »Und das?«

Ich nickte schnaufend.

Oh Gott!

Die Spannung war unerträglich. Seine Hand wanderte meinen Schenkel hinauf, glitt unter mein Top, schob den BH zur Seite und massierte meine geschwollene Brust. Sein Daumen strich kreisend über meine Brustwarze. Ich hielt es nicht mehr aus, packte ihn an den Haaren und stieß meine Zunge in seinen Mund.

Fick mich!, schrie ich innerlich. *Fick mich endlich!*

Da änderte sich plötzlich etwas in seinem Blick. Bis jetzt hatte er mit mir gespielt, es genossen, mich heiß zu machen, aber nun schien er von seiner eigenen Lust überwältigt zu werden. Er verlor die Beherrschung, schob sich mit einem Ruck nach oben und presste seine Erektion gegen meinen Innenschenkel. In diesem Moment gab es keine Faser in meinem Körper, die ihn nicht sofort wollte.

Ich legte die Hand in seinen Nacken und zog ihn näher an mich heran. Unter meinen Fingern spürte ich, wie sich sämtliche Haare in seinem Nacken aufstellten. Ich stöhnte erneut, und dieser winzige Laut schien ihn den letzten Rest Selbstbeherrschung zu kosten. Er zog die Hand unter meinem Shirt hervor, umfasste meinen Hinterkopf und rollte uns herum, sodass nun ich auf ihm lag. Unsere Zungen verschmolzen miteinander. Nur eine Sekunde löste ich mich von ihm, setzte mich auf, packte mein Top mit beiden Händen am Saum und streifte es mir über den Kopf. Dann packte er mich mit beiden Händen um die Taille, küsste, leckte und streichelte über den Ansatz meiner Brüste. Mit einer winzigen Handbewegung ließ er den Verschluss meines BHs aufschnappen und streifte ihn ab. Sein Atem beschleunigte sich, als sein geweiteter Blick über meine nackten Brüste glitt. Dann zog er mich wieder an sich und rollte uns erneut herum. Zuerst entledigte er sich seines T-Shirts, dann riss er sich die Jeans herunter. Er beugte sich über mich, massierte meine Brüste, saugte an meinen Brustwarzen und arbeitete sich Zentimeter für Zentimeter vor. Immer weiter wanderte er nach unten, bis er den Bund meiner Hose erreicht hatte. Er zog den Reißverschluss auf, fuhr mit der Zungenspitze über den Ansatz meines Schambeines. Und da hielt ich es nicht mehr aus.

»Fick mich«, sagte ich leise. Dann noch mal lauter: »Fick mich.«

Holdens Blick stand in Flammen. Nun verlor er endgültig die Fassung. Der Ausdruck in seinen Augen war das Erregendste, das ich je gesehen hatte. Ich hob den Po, und mit einem Ruck zog er meine Jeans und den Slip herunter. Nackt lag ich vor ihm. Und alles, was ich wollte, war, mich ihm hinzugeben. Holden spreizte meine Beine, strich mit den Lippen an meinem Innenschenkel entlang bis zu meiner empfindlichsten Stelle. Krampfhaft sog ich Luft ein. Dann versenkte er seine Zunge in mir.

Oh – mein – Gott!

Meine Beine zuckten unkontrolliert. Ich bog das Kreuz durch, umfasste meine Brüste und drückte zu. Das Pulsieren zwischen meinen Beinen war fast unerträglich. Als ich es nicht mehr aushielt, zog ich ihn hoch, fuhr gleichzeitig mit der Hand nach unten, umfasste seinen Schaft – oh Gott, wie hart er war – und begann, daran auf und ab zu fahren. Zuerst langsam, dann schneller. Holden stöhnte in meinen Mund. Seine Augen waren geschlossen.

»Langsam«, flüsterte er heiser. Sein Blick war wild, beinahe verzweifelt. »Sonst spritze ich dich voll.«

Ich ließ mich sinken und zog ihn mit mir. Ächzte unter dem Gewicht seines Körpers und zog ihn noch näher an mich heran. Und dann spürte ich ihn in mir. Langsam schob er sich in mich hinein. Ich stöhnte gedehnt. Fast war es mir zu viel, doch mein Körper gewöhnte sich schnell daran. Ich umschloss ihn und nahm ihn in mich auf. Dann begann er sich zu bewegen, und ich verlor fast den Verstand.

Als ich aufwachte, wusste ich im ersten Moment nicht, wo ich war. Ich fuhr hoch und sah mich um. Als ich Holden neben mir liegen sah, lächelte ich. Ich stützte mich auf den Ellbogen und sah ihn an. Seine Brust hob und senkte sich gleichmäßig unter seinen ruhigen, tiefen Atemzügen. Der Ausdruck auf seinem Gesicht war völlig entspannt. Die Andeutung eines zufriedenen Lächelns lag auf seinen leicht geöffneten Lippen. Das Haar war in alle Richtungen zerzaust, woran ich wohl nicht ganz unschuldig war. Er war noch immer nackt. Die Decke reichte ihm gerade bis zur Leiste. Sie verdeckte nur das Nötigste. Ich schluckte schnell und zwang mich wegzusehen. Besser, ich ließ ihn noch ein bisschen schlafen. Ganz vorsichtig legte ich mich wieder zurück und schmiegte mich in die Beuge zwischen seinem Hals und seiner Schulter, in die mein Kopf so genau reinpasste, als wäre er dafür gemacht. Als mein Atem über seine Haut strich, zuckte er kurz, dann entspannte er sich wieder. Ich nahm seine Hand und verschränkte sie in meiner. So lagen wir da. Ganz ruhig. Und ich genoss den wahrscheinlich friedlichsten Moment meines Lebens.

Holden murmelte im Schlaf, atmete tief und drehte sich dann auf die Seite. Er ließ meine Hand los und schlang seine stattdessen um meine Taille. Ich spürte seinen Oberschenkel an meinem, und obwohl er sich nicht mehr bewegte und wieder tief und fest schlief, wurde ich mir dieser Berührung immer bewusster. Haut auf Haut. Automatisch begann mein Herz schneller zu schlagen. Ich spürte, wie mein Körper sich für ihn bereitmachte. Zwischen meinen Beinen zuckte es. Sanft legte ich meine Hand auf Holdens Brust. Ließ sie Stück für Stück nach unten gleiten. Federleicht. Meine Fingerspitzen strichen über die kleine Senke zwischen seinem Hüftknochen und den festen Bauchmuskeln. Wanderten tiefer. Ich schloss die Augen und genoss das Gefühl seiner Haut auf meiner, als Holden plötzlich ruckartig einatmete. Mit einem Mal war er hellwach. Und hart. Das Blut pulsierte in meinen Adern. Sein Atem ging stoßweise. Als er mich ansah, waren seine Augen dunkler als sonst. Er sagte nichts. Stemmte sich hoch und legte sich auf mich. Bereitwillig spreizte ich die Beine. Als er in mich eindrang, sah er mir direkt in die Augen.

Lässig an die Arbeitsplatte gelehnt, nippte Grace an einer Tasse Kaffee, als ich in die Küche kam. Sie trug einen seidenen Morgenmantel und hatte die Haare frisch eingedreht.

»Na, hast du gut geschlafen?«, fragte sie mich scheinheilig.

»Ja, danke der Nachfrage«, erwiderte ich unverbindlich und griff nach der Kaffeekanne. Ich wusste, wie sehr es sie auf die Palme trieb, wenn ich ihr die Einzelheiten verweigerte.

Ihre Miene verfinsterte sich kurz, dann setzte sie wieder ihr bezauberndes Lächeln auf. »Ihr seid ja so früh gegangen«, stieg sie wieder ein. »Auf einmal wart ihr weg.«

»Hm«, machte ich nur und nahm einen großen Schluck Kaffee.

»Herrgott! Nun lass dir doch nicht alles aus der Nase ziehen!«

Ich konnte ein Grinsen nicht mehr zurückhalten.

»Ich hab euch gehört.« Theatralisch breitete sie die Arme aus. »Die ganze verdammte Nachbarschaft hat euch gehört.«

Ich grinste immer noch.

»Nun sag endlich! Wie war es? Wie war er?«

»Du solltest vielleicht nicht ganz so laut reden. *Er* ist nämlich noch hier.«

»Ach echt?« Grace schien deshalb so verwundert, weil sie ihre – wie nenn ich es am besten? – *nächtlichen Besucher* meist schon vor dem Frühstück wieder vor die Tür setzte.

»Ja, echt.«

Abschätzend sah sie mich an. »Wie oft habt ihr es getan?«

»Dreimal heute Nacht und heute Morgen gleich noch mal«, antwortete eine verschlafene Männerstimme. Beinahe wäre mir die Tasse aus der Hand gefallen. Holden stand im Türrahmen mit nichts als seiner Boxershorts am Leib.

Als er sah, wie erschrocken wir ihn beide anschauten, grinste er schief. »Guten Morgen«, sagte er.

»Morgen«, erwiderte Grace verdutzt, starrte ihn für meinen Geschmack einen Moment zu lange an und deutete dann auf ihre Tasse. »Willst du Kaffee?«

Er nickte. »Ich würde nur gern vorher kurz duschen, wenn das okay ist.«

»Klar. Das Badezimmer ist den Flur entlang, letzte Tür rechts.«

»Danke.« Holden zwinkerte mir zu und verschwand um die Ecke.

Grace und ich sahen uns schweigend an, bis wir das Wasser in der Dusche hörten, dann platzte es aus ihr heraus: »Ihr habt es viermal getrieben?« Sie riss die Augen auf. »Vier Mal?«

Ich zuckte mit den Schultern.

Sie boxte mich in die Seite. »Jetzt mach nicht einen auf cool. Wie war es?«

»Es war …«, ich suchte nach den richtigen Worten, »der beste Sex meines Lebens.«

»Wow, das ist … wow. Echt?«

Ich nickte. »Ich weiß gar nicht, wie ich es beschreiben soll. Er ist zärtlich und leidenschaftlich und stürmisch und …«, hatte ich eben echt geseufzt?, »… einfach verdammt gut im Bett.«

Mit offenem Mund starrte sie mich an. Für eine Sekunde überkam mich das Gefühl, Grace bereute, es nicht selbst bei Holden versucht zu haben bei dem, was sie eben über seine Fähigkeiten als Liebhaber gehört hatte. Doch bevor ich in diese Richtung nachhaken konnte, wurde im Bad das Wasser abgedreht, und wir verfielen erneut in Schweigen. Kurz darauf kam Holden frisch geduscht, mit noch nassen Haaren, zu uns in die

Küche. Er trug seine Jeans und das Shirt von gestern Abend. Seine Füße waren nackt.

»Du sagtest was von Kaffee?«, waren seine ersten Worte, und seine Stimme klang nun schon sehr viel wacher als vorher.

Grace reichte ihm eine Tasse. »Milch ist im Kühlschrank«, sagte sie. Es gefiel mir gar nicht, wie sie ihn dabei ansah.

Als er an mir vorbei zum Kühlschrank ging, legte er einen Arm um meine Hüfte und küsste mich seitlich auf den Hals. Sofort breitete sich wieder diese Wärme in der Magengegend aus.

Verdammt! Ich bin verliebt!

»Was hast du heute vor?«, fragte er mich, nachdem er den ersten Schluck genommen hatte.

»Annie hat versprochen, mich heute auf die Freshman Party zu begleiten«, fuhr Grace dazwischen, ehe ich etwas erwidern konnte.

Ich zog die Nase kraus. »Ach ja. Stimmt. Da war was.«

»Kann ich mitkommen?«, wollte Holden wissen.

»Das willst du dir wirklich antun?«, fragte ich skeptisch. Jemand wie Holden ging für gewöhnlich nicht auf solche Partys. Okay, jemand wie ich eigentlich auch nicht. Aber ich hatte es Grace versprochen – oder besser gesagt, sie hatte es sich zum Geburtstag gewünscht. Wie jedes Jahr. Für sie war die Freshman Party nämlich eher eine Frischfleisch-Party. Und jedes Mal nahm sie sich einen der Erstsemester mit nach Hause. Sie stand einfach drauf, die Femme fatale zu geben. Die Verführerin, die sich gerne mal einen Typen nahm, der locker drei oder vier Jahre jünger war als sie. Und da sie nicht alleine gehen wollte, was zugegebenermaßen ziemlich armselig ausgesehen hätte, hatte ich, als ihre beste Freundin, die Ehre, sie zu begleiten.

»Wieso nicht.« Er zuckte mit den Schultern. »Seit meiner eigenen bin ich nicht mehr auf einer Freshman Party gewesen. Wird bestimmt lustig.«

»Ja, wenn du mitkommst, wird es das bestimmt.«

»Okay«, sagte Grace gedehnt. Doch ihrem Gesichtsausdruck nach zu urteilen, war sie ganz und gar nicht begeistert. Schon klar, dass es ihr lieber gewesen wäre, wenn ich den ganzen Abend in der Ecke gestanden und ihr den Rücken freigehalten hätte.

Holden sah auf die Küchenuhr. »Ich muss langsam los.« Inzwischen war es schon nach eins. »Um zwei ist Training, und ich will heute wieder einsteigen.«

»Jetzt schon? Dein Gips ist doch erst seit gestern ab.« Machte ich mir wirklich Sorgen, oder wollte ich einfach noch nicht, dass er ging?

»Nur leichtes Lauftraining für den Anfang«, versicherte er mir. »Wann wollt ihr heute Abend los? Dann hol ich euch ab.«

»So gegen zehn, halb elf«, sagte Grace, und ich überschlug im Kopf die Stunden, die ich von Holden getrennt sein würde. Es waren ganz schön viele …

»Okay, dann hol ich euch um zehn.«

Ich lächelte wehmütig. »Ich bring dich noch zur Tür.«

In meinem Zimmer sammelte Holden noch seine restlichen Sachen zusammen, dann war es auch schon Zeit.

»Na dann«, begann ich und klang enttäuschter, als ich es vorhatte zu sein.

Holden lächelte, beugte sich zu mir herunter und küsste mich. Dann legte er seine Stirn auf meine.

»Letzte Nacht war … noch besser, als ich es mir vorgestellt hatte.« Sein Grinsen wurde verschmitzt. »Und ich habe es mir sehr oft vorgestellt. Und auf viele verschiedene Arten.«

Da bist du nicht der Einzige …

»Ja, ich fand es auch sehr schön.«

Wieder ließ er seinen Mund auf meinen sinken. Diesmal fester. Gleichzeitig legte er seine Hand in meinen unteren Rücken und drückte meine Hüften gegen seine.

Echt jetzt? Er konnte schon wieder?

»Ich kann es kaum erwarten«, raunte er mir ins Ohr.

»Ist nicht zu übersehen«, gab ich zurück, rieb mich provokativ an seiner Erektion und spürte, wie auch mein Körper sich schon wieder bereit machte.

Holden fuhr mit der Nase an meiner Wange entlang und sog den Duft meiner Haut ein.

»Ich muss jetzt los.« Es klang, als müsste er sich selbst überzeugen. Er verharrte noch einen Moment, dann richtete er sich entschlossen auf und brachte mich mit sanftem Druck auf Abstand. »Bis heute Abend«, sagte er, und schon war er zur Tür hinaus.

»Oh Mann, dich hats ja voll erwischt.« Grace stand im Flur und beobachtete mich. Es klang fast, als würde ich ihr leidtun. Und doch schwang ein stiller Vorwurf in ihrer Bemerkung mit.

Den halben Nachmittag hatte ich rumgehangen und überlegt, was ich anziehen sollte. Dann war ich laufen gegangen, um den Kopf freizukriegen, hatte ein bisschen gelernt, und als ich auch damit durch war, war es noch immer zu früh, um mich für den Abend fertig zu machen. Noch während ich überlegte, wie ich die Zeit am besten totschlagen konnte, schoss mir ein Gedanke durch den Kopf. Corinne! Ich hatte sie doch anrufen wollen. Voller Elan griff ich nach meinem Handy.

»Annie, das ist ja eine Überraschung«, begrüßte mich meine Highschool-Freundin überschwänglich. Lautes Stimmengewirr mischte sich aus dem Hintergrund mit ihrer.

»Hi, Corinne, wie gehts dir?«

»Ich versteh dich kaum!«, brüllte sie in den Hörer. »Warte, ich geh kurz raus.«

Ich hörte, wie eine Tür geöffnet wurde. Als sie zufiel, war es ruhig.

»So, jetzt. Hi«, begann sie von Neuem. »Schön, dich zu hören. Wie gehts dir?«

»Gut. Ich hab gestern erst an dich gedacht und gemerkt, dass wir uns schon viel zu lange nicht gesprochen haben.«

»Das stimmt.«

»Erzähl mal, was gibts Neues? Wo bist du gerade?«

»Auf einer Vernissage«, antwortete sie vornehm.

»Oha. Dann interessierst du dich neuerdings für Kunst?«

Sie lachte. »Eher für den Künstler.«

»Ach ja?«

»Ja.« Ich hörte an ihrer Stimme, wie sich Corinnes Mund zu einem breiten Grinsen verzog. »Er ist nämlich mein neuer Freund«, verkündete sie stolz.

»Oh, wow. Seit wann seid ihr zusammen?«

»Erst zwei Wochen. Es ist noch ganz frisch.« Absätze tippelten auf Teerboden. »Er ist der absolute Wahnsinn, Annie«, kreischte sie. »Ich bin total verknallt.«

Ihr Lachen war ansteckend.

»Und bei dir?«, erkundigte sie sich nun. »Was macht dein Liebesleben?«

Unwillkürlich grinste nun auch ich. »Ich hab auch jemanden kennengelernt. Sein Name ist Holden, und er studiert Maschinenbau hier in Harvard. Und seit gestern sind wir sozusagen offiziell zusammen.«

»Dann hast du schon mit ihm geschlafen?«

»Oh ja.« Meine Augen weiteten sich, während ich das sagte. Mein Kopf nickte wie von selbst. »Heute Nacht.«

»Klingt, als hätte es sich gelohnt.«

»Du hast ja keine Ahnung«, schwärmte ich.

»War auch mal Zeit, dass du im Bett einen Volltreffer landest«, gestand sie mir zu. Seit Seth war Corinne über mein Liebesleben bestens informiert. Was das anging, nahmen wir beide kein Blatt vor den Mund. Apropos Seth …

»Gibt es zu Hause was Neues?«, wollte ich wissen. Dadurch, dass ich lediglich zu meinem Dad, meiner Grandma und Tante Jane hin und wieder Kontakt nach Lakewood hatte, bekam ich fast nichts mehr mit. Schon gar nicht die Dinge, die mich wirklich interessierten. Corinne, die mittlerweile in Portland wohnte, war da, schon allein wegen der räumlichen Nähe, eindeutig besser im Bilde.

»Ja«, antwortete Corinne in seltsamem Tonfall. Betretenes Schweigen folgte.

»Und das heißt?«, hakte ich vorsichtig nach.

Sie atmete laut aus. »Seths Schwester Lynn …«, begann sie zögerlich.

Ich spitzte die Ohren. »Was ist mit ihr?«

»Sie hat sich umgebracht.«

Der Mund klappte mir in Fassungslosigkeit auf. »Was?«

»Sie hat sich im Hausflur erhängt. Ihre Mutter hat sie dort gefunden, als sie vom Einkaufen kam. Vor etwa einem Monat.«

Ich schlug mir die Hand vor den Mund. Meine Augen brannten. »Mein Gott«, war alles, was ich darauf erwidern konnte.

»Ich wollte es dir schon eher sagen«, fuhr sie fort, und das schlechte Gewissen war ihr deutlich anzumerken. »Aber du hattest doch Prüfungen …«

Kurz war ich geneigt, sauer zu werden. Hätte ich es gewusst, wäre ich sicher auf die Beerdigung gegangen. Aber Corinne hatte es schließlich nur gut gemeint.

»Und wie geht es Seth? Hast du von ihm was gehört?«

»Colin hat mir da was erzählt, ja. Er weiß es von Tylor. Es heißt, er hat sein Wirtschaftsstudium an der WWU abgebrochen und ist nach Europa gegangen, um irgendetwas mit Sprachen oder so zu studieren.«

»Europa?« Das sah dem Seth, den ich kannte, überhaupt nicht ähnlich.

151

»Er meinte wohl, er braucht jetzt Zeit für sich, und ist deshalb erst mal für niemanden erreichbar.«

Ich spürte einen Stich in meiner Brust.

Es tut mir so leid, Seth …

Am liebsten hätte ich ihn in den Arm genommen. Corinne und ich schwiegen eine Weile, dann plauderten wir noch ein paar Minuten über Belanglosigkeiten.

»Ich muss jetzt wieder rein«, sagte sie schließlich. »Es war schön, mit dir zu reden. Lass uns bald wieder telefonieren, okay?«

»Ja, das wäre schön.«

»Ich ruf dich nächste Woche mal an, wenn ich ein bisschen mehr Zeit zum Quatschen habe.«

»Ja, machs gut. Und grüß deinen Künstler von mir.«

»Und du deinen Hengst von mir. Bye, Annie.«

»Bye.«

Nachdem wir aufgelegt hatten, saß ich noch eine ganze Weile auf meinem Bett und starrte das Telefon in meinen Händen an. Bis heute weiß ich nicht, warum Lynn sich umgebracht hat. Meine Nachforschungen ergaben, dass irgendetwas passiert sein musste, aber die Familie hielt dieses Geheimnis eisern unter Verschluss. Ich dachte an Seth, daran, wie ihn der Selbstmord seiner kleinen Schwester aus der Bahn geworfen haben musste. Er hatte sie geliebt. So sehr, dass er nach ihrem Tod alle Zelte abgebrochen und sein Leben komplett auf den Kopf gestellt hatte. Europa … Sprachen … Ich konnte es mir kaum vorstellen. Hatte er sich wirklich so sehr verändert? Ich hätte gerne mit ihm geredet, aber niemand, den ich kannte, hatte seine Handynummer. Abgesehen von seiner Mutter wahrscheinlich, aber mir fehlte der Mut, sie anzurufen. Dann kam mir die zündende Idee. Ich stellte mir den Laptop auf den Schoß, öffnete meine Facebook-Seite und tippte Seths Namen in die Suchleiste ein. Es war das erste Mal seit unserer Trennung, dass ich ihn sah – zwar nur in Form seines Profilbildes, aber es war deutlich zu sehen, wie er sich verändert hatte. Seine Haare waren lang, reichten fast bis zu den Schultern. Er war etwas weniger muskulös als früher, wirkte eher drahtig, fast schon sehnig. Nur seine graugrünen Augen waren noch genau dieselben, in die ich mich einst verliebt hatte. Bis auf dieses eine Bild gab es nicht viel zu sehen. Seths Profil war privat. Ich klickte das Nachrichten-Symbol an und schrieb:

> Seth,
>
> Corinne hat mir eben von Lynn erzählt. Es tut mir so leid. Ich hoffe, du bist okay. Ich denk an dich.
>
> Annie

Dann hielt ich einen Moment inne, drückte auf *Senden*, schickte Seth eine Freundschaftsanfrage und atmete tief durch. Wie paradox das alles war. Vor noch gar nicht allzu langer Zeit waren wir ein Paar gewesen. Hatten alles geteilt, unsere Zeit gemeinsam verbracht. Und während ich nun dabei war, mich neu zu verlieben, brach Seths Leben in Stücke.

Kapitel 10

Um kurz vor zehn saß ich frisiert, geschminkt und manikürt auf meinem Bett und zählte die Sekunden, bis ich Holden wiedersehen würde. Freshman Partys fanden traditionell nach der offiziellen Einführungsveranstaltung statt. Die Kleiderordnung war daher schick bis festlich. Viele trugen Abendkleider, für die Männer war ein Anzug Pflicht. Ich hatte mich für ein leichtes Blusenkleid aus dunkelblauem Chiffon entschieden, das kurz über den Knien endete. Dazu trug ich beige Pumps und eine gleichfarbige Prada-Clutch, die Grace mir geliehen hatte. So ein Ding hätte ich mir niemals leisten können. Mein Haar hatte ich zu einem seitlichen Knoten gebunden.

Grace klopfte.

»Komm rein.«

Sie riss die Tür auf und warf sich in ihrem roten Abendkleid in Pose. »Na, wie seh ich aus?« Sie spitzte die Lippen und wiegte sich in den Hüften. Ganz offenbar war sie mit ihrem Aussehen vollauf zufrieden.

»Ist das eine rhetorische Frage?«, erwiderte ich trocken.

Divenhaft wischte sie mit der Hand durch die Luft, dann nahm sie mich kritisch in Augenschein. »Ist das etwa eine Strumpfhose?« Beinahe angewidert deutete sie auf meine Beine.

»Ja. Wieso?«

»Dass man dir wirklich alles erklären muss.« Grace schüttelte den Kopf und verfiel dann in jenen oberlehrerhaften Ton, den ich absolut nicht ausstehen konnte.

»Was, glaubst du, denkt dein Holden, wenn er seinen Kopf unter dein Kleid steckt und dort eine *Strumpfhose* vorfindet?«

»Das war jetzt aber eine rhetorische Frage, oder?«, ärgerte ich sie.

»Sei nicht albern und zieh den verdammten Liebestöter aus!« Schon kam sie näher und versuchte mir unter den Rock zu fassen.

»Nein«, protestierte ich und drehte die Beine weg. »Es ist viel zu kalt, um ohne zu gehen.«

Mit hochgezogener Augenbraue sah sie mich an, dann verließ sie mein Zimmer und kam wenige Sekunden später mit einem Nylonknäuel in der Hand zurück.

»Hier.« Sie warf mir das Ding zu. »Anziehen!«

Ich seufzte. Mich deswegen auf eine Diskussion mit ihr einzulassen war sinnlos. Sie würde nicht von ihrer Meinung abrücken. Abgesehen davon, würde Holden jede Minute hier sein, und wie ich Grace kannte, schreckte sie nicht einmal davor zurück, mich damit vor ihm bloßzustellen. Also streifte ich meine Feinstrumpfhose ab und die halterlosen Strümpfe über.

»Zufrieden?«

Sie kniff die Augen zusammen. »Was trägst du für einen Slip?«

Warnend sah ich sie an. »Es reicht jetzt, Grace.« Wenn sie so weitermachte, konnte sie alleine zu ihrer Highschool-Absolventen-Party gehen.

»Ja, ja, schon gut«, lenkte sie ein. »Du siehst toll aus.«

Als es klingelte, setzte mein Herz einen Schlag aus. Ich sprang vom Bett auf. »Holden ist da«, sagte ich unnötigerweise und fing mir damit einen verwunderten Blick von Grace ein.

»Was ist denn nur los mit dir?«, hörte ich sie noch fragen, als ich zur Tür rannte. Im Nu war ich die Treppe unten, wäre mit meinen High Heels einmal fast gestolpert und riss die Tür auf.

»Hi.« Ich strahlte ihn an. Gut, dass ich ihn gleich begrüßt hatte, ohne ihn vorher richtig zu betrachten, denn sein Anblick machte mich sprachlos. Holden trug einen Anzug, der ihm so gut passte, als wäre er maßgeschneidert. Und dennoch sah man ihm an, dass er nicht der Typ für maßgeschneiderte Anzüge war. Es war die perfekte Mischung aus *Geben Sie mir einfach etwas in meiner Größe, ich hab keinen Bock, es anzuprobieren* und *Haben Sie diese Krawatte auch eine Nuance dunkler, das passt besser zu meinen Augen.* Holden im Anzug war irgendwie nicht gewollt und doch gekonnt. Ich war immer noch damit beschäftigt, ihn zu bewundern, als sich seine Hand an meine Hüfte legte.

»Sag mal, willst du mich fertigmachen?«, fragte er, kam näher und fuhr mit den Fingern an meinem Bein entlang, bis er den oberen Rand des halterlosen Strumpfes ertastete.

Seine Knie gaben nach. »Oh Gott.« Er gab einen undefinierbaren Laut von sich. »Du willst mich eindeutig fertigmachen.«

Meine Mundwinkel hoben sich.

Danke, Grace. Ich schulde dir was.

Holden legte seine Wange an meine, atmete direkt an meinem Ohr, während seine Finger immer höher wanderten. Dann zog er meinen Slip zur Seite. Im selben Moment hörte ich Grace hinter mir.

Sie räusperte sich. »Ich hab deine Tasche.«

»Oh. Danke.« Meine Stimme zitterte etwas.

Holden löste sich von mir. »Hi, Grace«, grüßte er sie, als wäre nichts geschehen. Dann fing er meinen Blick auf und – leckte an seinem Finger. Leckte!

Meine Wangen glühten. Ich schloss die Augen und hoffte inständig, dass Grace es nicht gesehen hatte. Doch der Blick, mit dem sie mich bedachte, als sie an mir vorbeiging, sprach eine andere Sprache.

Jep – sie hat es gesehen.

Holden fuhr einen dunkelgrünen Grand Cherokee, der seine besten Jahre längst hinter sich hatte. Trotzdem passte der Jeep zu ihm. Hatte irgendwie etwas Verwegenes. Während der Fahrt legte ich meine Hand auf seine, die wiederum auf dem Schaltknüppel ruhte. Diese Geste hatte ich schon bei vielen Paaren beobachtet. Für mich war es das erste Mal. Ich war nie ein großer Händchenhalter gewesen und fand das bei anderen oft affektiert. Als ob man es nicht schaffte, es für die Dauer einer Autofahrt ohne Körperkontakt auszuhalten. Erst jetzt verstand ich, warum so viele das machten. Es war einfach eine zärtliche Geste, die das Bedürfnis nach Nähe zueinander zum Ausdruck brachte.

Grace saß hinten und gab keinen Ton von sich. Vielleicht passte es ihr nicht, dass Holden zu ihrem Outfit kein Wort verloren hatte. Vielleicht war sie aber auch sauer, dass sie mich an diesem Abend mit ihm teilen musste. Vielleicht bildete ich mir aber auch alles nur ein, und es war gar nichts.

Als wir an der Partylocation ankamen, einer hübsch dekorierten Turnhalle auf dem Gelände der Sportfakultät, wimmelte es nur so von halb besoffenen Erstsemestern. Grace setzte ihr verführerischstes Strahlen auf und stieg aus dem Jeep wie eine oscarnominierte Schauspielerin aus ihrer Limousine. Aber so daneben lag sie damit gar nicht. Unter den ganzen Neulingen war jemand wie Grace tatsächlich so etwas wie ein Star. Man kannte sie in Harvard, und bestimmt hatten auch viele der Neuen schon von ihr gehört. Denn ganz abgesehen davon, dass sie eine umwerfend schöne Männerfresserin war, war sie eine der Besten in ihrem Jahrgang. Und das mochte in Harvard schon was heißen.

Holden parkte, und wir gingen Hand in Hand zum Eingang. Es dauerte nicht lange, bis Grace sich akklimatisiert hatte. Zum Aufwärmen trank sie etwas mit uns, dann wagte sie sich Schritt für Schritt ins Getümmel und landete schließlich auf der Tanzfläche.

»Pass auf«, sagte ich zu Holden, und meine Mundwinkel verzogen sich automatisch zu einem Grinsen. »Das ist, wie wenn man eine Löwin in freier Wildbahn beobachtet. Wenn sie sich für ein Opfer entschieden hat, packt sie blitzschnell zu. Dann gibt es für den armen Tropf kein Entkommen«, verkündete ich in dem dramatischen Tonfall einer *National-Geographic*-Tierdokumentation.

Holden lachte. »Das hört sich fast an, als müsste er einem leidtun.«

»Na ja. Wenn er nur auf ein bisschen Spaß aus ist, hat er mit Grace den Jackpot geknackt und kann seinen Freshman-Freunden erzählen, dass er gleich in seiner ersten Woche mit der legendären Grace Halloway geschlafen hat. Wenn er sich allerdings in sie verliebt«, mitleidig verzog ich den Mund, »wird sie ihm das Herz brechen.«

Skeptisch sah er mich an. »Dann hat sie sich noch nie in jemanden verliebt?«

»Grace glaubt nicht an Beziehungen«, antwortete ich schlicht. »Freundschaften dagegen bedeuten ihr alles.«

Holden nickte langsam. »Verstehe.«

Und schon tanzte der erste Tequilabeflügelte Grace von hinten an.

»Pass auf. Es geht los.«

Entspannt lehnten wir uns zurück und genossen die Show.

»Der da?«, fragte Holden, als sie mit dem ersten Interessenten zu tanzen begann.

Ich schüttelte den Kopf. »Nein. Zu früh. Außerdem steht sie nicht auf lange Haare. Der ist nur zum Aufwärmen.« Und wie erwartet blickte sie sich, noch während sie mit dem Hoffnungsvollen tanzte, suchend um.

»Der?«, fragte Holden, als sie sich dem Nächsten zuwandte.

»Hm. Nein, ich glaube, der wird es auch nicht.« Und schon widmete sie sich Kandidat Nummer drei.

»Der«, sagte ich entschieden.

Holden runzelte die Stirn. »Was macht dich so sicher?«

»Warte ab.« Mein Grinsen wurde noch breiter. »Gleich macht sie … ja, da war es! Hast du es gesehen?«

»Was?«, fragte er aufgeregt, und es war nicht zu übersehen, dass er richtig Spaß an unserem kleinen Spielchen hatte.

»Das unwiderstehliche Unterlippe-zwischen-die-Zähne-Ziehen. Da! Siehst du? Sie hat es schon wieder getan. Jep. Wir haben einen Gewinner.« Ich rollte mit den Augen. »Es wäre besser, wenn wir heute zu dir gehen. Glaub mir. Die Freshmen nimmt sie immer richtig hart ran.«

Holden lachte laut, zog mich in seine Arme und küsste mich. »Wo warst du nur mein ganzes Leben lang?«

Ich zuckte mit den Schultern. »Mal hier, mal dort …«

Wieder lachte er, dann änderte sich plötzlich etwas in seinem Blick.

»Glaubst du …«, sanft strich er mir mit den Fingern die zarte Haarsträhne aus dem Gesicht, die sich aus dem Knoten gelöst hatte, »… sie braucht uns noch?«

Abwägend sah ich zu Grace hinüber, die bereits zu Phase zwei übergegangen war. Wildes Rumgeknutsche.

»Ich denke, unsere Arbeit hier ist getan.«

Holden biss sanft in mein Ohrläppchen. »Na, dann lass uns verschwinden.«

Bevor wir zu ihm fuhren, hielten wir noch kurz bei mir, damit ich meine Zahnbürste und ein paar Klamotten einpacken konnte – der Gedanke, am nächsten Morgen im Abendkleid aus seiner Wohnung zu schleichen, war mir nicht geheuer. Außerdem hinterließ ich Grace einen Zettel, auf dem stand, dass ich die Nacht bei Holden verbringen würde und sie sich keine Sorgen zu machen brauchte. Ich beeilte mich, und so fielen wir nur ein paar Minuten später buchstäblich mit der Tür ins Haus. Holden hatte sie im Eifer des Gefechts nämlich mit so viel Schwung aufgestoßen, dass sie sich aus den Angeln gelöst hatte. Doch ruckzuck hatte er sie wieder eingehängt, und wir taumelten knutschend in sein Schlafzimmer.

Ich setzte mich aufs Bett, und Holden kniete sich mit einem schelmischen Grinsen im Gesicht vor mir auf den Boden.

»Darf ich mir jetzt endlich näher ansehen, was du da unter deinem Röckchen hast?« Die Art, wie er die Frage formulierte, ließ mich ahnen, dass er nicht wirklich eine Antwort erwartete. Und noch ehe ich etwas darauf erwidern konnte, schob er mein Kleid hoch bis zu meinen Hüften. Für eine Sekunde verharrte er, während sein Blick über meine Beine streifte.

Was haben denn Männer nur für einen Spleen mit Strapsen & Co.?

Dann beugte er sich vor, zog mein Höschen zur Seite und ließ sein Gesicht in meinen Schoß sinken.

»Guten Morgen.«

Ich legte eine Vollbremsung hin.

»Oh. Guten Morgen. Du, äh, musst Kyle sein.« Als ich aus dem Badezimmer kam, wäre ich fast in ihn hineingelaufen. Ich streckte ihm meine Hand entgegen. »Hi, ich bin Annie.«

Er ergriff sie grinsend. »Ich weiß. Holden hat schon gesagt, dass du bald öfter hier sein würdest.«

Ich musste zugeben, ich war überrascht. Nach Holdens Beschreibung hatte ich mir Kyle eher als kiffenden Rastalockenträger vorgestellt. Aber er sah aus wie der typische BWL-Student. Mittellanges Haar, Seitenscheitel, Poloshirt und

Zahnpastalächeln. Wenn man es wusste, sah man, dass er in einem reichen Elternhaus aufgewachsen war. Er strahlte jene Art von Selbstsicherheit aus, die nur jemand hat, der – egal, was er ausprobierte und wie oft er auch scheiterte – immer wusste, dass seine Eltern für ihn sorgen konnten und es im Zweifelsfall auch würden. Kyle war jemand, der seinen Lebensunterhalt noch nie selbst hatte bestreiten müssen und sich darauf ausruhte, dass er jederzeit seinen Vater um Geld bitten konnte. Grace war da ganz anders. Auch ihr Vater, mittlerweile von Graces Mutter geschieden und mit einer sechzehn Jahre jüngeren Immobilienmaklerin aus New Jersey verheiratet, war mehr als wohlhabend. Er hatte an der New Yorker Börse mit riskanten Spekulationen ein Vermögen gemacht. Und so hatte auch Grace diese Art finanziellen Rückhalt, machte sich aber nichts draus. Okay, bis auf die Studiengebühren, die Miete, Bücher und was man sonst noch alles zum Studieren brauchte – wofür ihr Vater jedoch auch gerne bezahlte. Aber das war eher als Investition zu sehen. Denn im Gegensatz zu Kyle zog Grace ihr Studium durch, und das als eine der Besten. Sie hatte ein klares Ziel vor Augen. Damals war ich sicher, sie würde richtig Karriere machen und sich durch nichts auf der Welt davon abbringen lassen. Doch wie das im Leben so ist, läuft es meist anders, als man denkt …

Aber jetzt bin ich abgeschweift. Zurück zu Kyle und mir vor der Badezimmertür. Wir hatten uns gerade miteinander bekannt gemacht, als Holden aus dem Schlafzimmer kam.

»Du bist schon auf?«, fragte er mich verschlafen, drückte sich mit einem Begrüßungsnicken an Kyle vorbei und legte die Arme um meine Hüften. »Guten Morgen«, sagte er und hauchte mir einen Kuss auf die geschlossenen Lippen. »Hast du gut geschlafen?«

»Sehr gut«, antwortete ich zweideutig.

Da fing Kyle an, auf der Stelle zu tippeln. »Ich will euch zwar nicht stören«, sagte er und deutete Richtung Badezimmer, »aber das braune Auto hupt schon.«

Sprachlos sah ich zu, wie er sich an uns vorbeidrängte und die Tür hinter sich zuzog.

Holden atmete tief und zog die Augenbrauen hoch. »Na, hab ich dir zu viel versprochen?«

Zum Frühstück machte Holden uns an diesem Sonntagmorgen Rührei, Toast und Kaffee. Schwarz, da Kyle, der in dieser Woche mit dem Einkauf dran gewesen war, keine Milch besorgt hatte.

»Hast du nächsten Samstag schon was vor?«, fragte Holden, während er das Rührei mit einem Holzspatel auf zwei Tellern verteilte.

»Nein.« Es klang beinahe wie eine Frage.

»Ein paar Freunde von mir fahren raus nach Winthrop. Lagerfeuer am Strand, billiges Bier und alte Geschichten, du weißt schon.« Zärtlich sah er mich an. »Ich würde dich ihnen gern vorstellen.«

Oh, Mann. Er war wirklich schon bereit für den nächsten Schritt.

»Deine Freunde?« Im ersten Moment war ich etwas überrumpelt, doch dann fühlte ich mich geehrt. »Ja, ich würde sie gern kennenlernen.«

Ich biss von meinem Toast ab. »Kennst du sie schon lange?«

Er nickte. »Manche seit dem Kindergarten.«

Okay, er meinte es wirklich ernst. Oder stellte er etwa jede seiner Freundinnen schon nach ein paar Tagen seinen Freunden aus Kindertagen vor?

»Sie werden dich mögen«, ergänzte er, dann beugte er sich zu mir, nahm mein Kinn zwischen Daumen und Zeigefinger und küsste mich auf eine Art, die rein gar nichts Sexuelles an sich hatte. Es war ein zärtlicher, warmer Kuss. Ein Kuss, der tief in mir ein Gefühl der Geborgenheit auslöste. Das Gefühl, geliebt zu werden. Und während ich ihn ansah, fiel mir plötzlich etwas auf, das ich bisher nicht bemerkt hatte.

»Wo hast du diese Narbe her?« Sanft strich ich mit der Fingerspitze über die feine weiße Linie an seiner Schläfe, knapp über dem Haaransatz.

Holden lehnte sich in seinem Stuhl zurück und nahm sich einen Moment, ehe er antwortete.

»Von einer Schlägerei«, antwortete er schließlich. »Da war ich vierzehn.«

Ich spürte, dass noch viel mehr hinter dieser Narbe steckte, zögerte aber nachzuhaken.

»Der andere war zwei Jahre älter als ich, hatte aber keine Chance.« Holden hielt kurz inne. »Bis er das Messer gezogen hat. Hat mein Auge nur knapp verfehlt.«

Ich legte die Hand auf meinen Mund. »Das hört sich ja furchtbar an.«

Er kräuselte die Mundwinkel und sah aus dem Fenster. Sein Blick war in die Vergangenheit gerichtet. »Vielleicht hat der Typ mir das Leben gerettet«, sagte er unvermittelt.

Ein ungläubiges »Was?« war alles, was ich entgegnen konnte.

Holden nahm einen tiefen Atemzug, ehe er zu einer Antwort ansetzte.

»Als meine Mutter meinen Vater und mich verlassen hat, hat mich das ziemlich aus der Bahn geworfen.«

»Da warst du doch erst sechs, oder?« So hatte ich es zumindest aus unserem Chat in Erinnerung.

Er nickte. »Zuerst hab ich viel geweint, meinen Dad immer wieder nach ihr gefragt und mir vorgestellt, dass sie eines Tages zu mir zurückkommt.« Er nahm sich einen Augenblick Zeit, ehe er weitersprach. »Aber irgendwann kam ich in die Pubertät, und meine Trauer schlug um in Wut – und die musste ich an irgendjemandem auslassen.«

»Dann war das nicht deine erste Schlägerei?«

Er lächelte bitter. »Nein, war sie nicht. Ich hab überall Ärger gesucht, mit jedem, der mich blöd angesehen hat, Streit angefangen. Nur damit ich einen Grund hatte, draufzuschlagen. Ich hab immer gewartet, bis der andere zuerst zugeschlagen hat. Das war meine Rechtfertigung, ihn richtig fertigzumachen. Und weil ich, zumindest körperlich, nie angefangen habe, hab ich auch nie wirklich Ärger bekommen.«

Abschätzend sah ich Holden an. Ja, ich konnte mir vorstellen, dass er durchaus in der Lage war, jemanden fertigzumachen, wie er es nannte. Rein körperlich zweifellos, doch auch psychisch traute ich es ihm zu.

»Aber jeder, der es übertreibt, gerät mal an den Falschen.« Er deutete auf seine Narbe. »Wäre das nicht passiert, hätte ich mit Sicherheit so weitergemacht und wäre jetzt weiß Gott wo. Vielleicht im Knast. Oder tot.« Er lächelte. »Aber dank Julin Bedford und seinem Klappmesser studiere ich jetzt Maschinenbau in Harvard. Und …« Er nahm meine Hand und küsste die Fingerknöchel. Einen nach dem anderen. »… bin mit dir zusammen.«

»Na, wenn das so ist, sollten wir Julin Bedford einen Geschenkkorb schicken, meinst du nicht?«, erwiderte ich voller Ironie.

Holden zwinkerte. »Er steht auf meiner Weihnachtskartenliste.«

Lächelnd sah ich ihn an und fragte mich unweigerlich, was für eine Mutter man sein musste, einen so wunderbaren Jungen wie ihn zu verlassen.

»Und deine Mom?«, fragte ich behutsam. »Hast du sie seither nie wiedergesehen?«

»Oh, doch«, antwortete er zu meiner Überraschung. »Wir haben regelmäßig Kontakt. Sie kommt mich mindestens einmal die Woche besuchen.«

Ich runzelte die Stirn.

»An meinem neunzehnten Geburtstag stand sie plötzlich vor der Tür, sagte, wie leid ihr das alles täte und dass sie damals einfach keinen anderen Ausweg gesehen hat.«

»Aha«, machte ich trocken. Und ich dachte schon, ich hätte eine schlechte Mutter. Aber meine war wenigstens da gewesen.

»Ich weiß, was du jetzt denkst«, sagte Holden und sah mich an.

Nachdenklich schüttelte ich den Kopf. »Ich verstehe nur nicht, wie eine Mutter ihrem Kind so etwas antun kann. Ich … ehrlich gesagt, weiß ich nicht, ob ich ihr hätte verzeihen können.«

Traurig, beinahe resigniert presste Holden die Lippen zusammen und zuckte mit den Schultern. »Sie ist meine Mutter«, sagte er nur, und ich ließ es so stehen.

KAPITEL 11

»Erzähl mir von deinen Freunden.«

Wir waren gerade auf der Addison Street Richtung Winthrop unterwegs, und ich wollte die knapp zwanzigminütige Fahrt nutzen, um mich ein bisschen vorzubereiten und herauszufinden, was mir bevorstand.

Holden sah mich von der Seite an und hob den rechten Mundwinkel. Schon seit er mich zu Hause abgeholt hatte, hatte ich den Eindruck, dass er ein bisschen aufgeregt war. Eine Mischung aus Nervosität und Vorfreude.

»Also, da wären Marc, mit dem ich auf der Highschool nur Mist gebaut habe; Dean und Boris, ebenfalls Highschool-Freunde; Craig, ein alter Fußballkumpel«, er überlegte, »dann noch Marcia, mit der ich früher immer heimlich geraucht habe. Sie ist mittlerweile mit Craig verlobt. Ach ja. Und Sarah wird auch da sein.« Er zuckte mit den Augenbrauen. »Ihr habe ich meinen ersten Kuss zu verdanken.«

Was? Mein Magen zog sich zusammen. Würde er mich tatsächlich gleich seiner Exfreundin vorstellen?

Holden grinste, als er meine versteinerte Miene bemerkte. »Sie war damals fünf, ich viereinhalb.« Er löste den Blick von der Straße und sah mich an. »Heute ist sie glücklich mit einer aufstrebenden Modedesignerin namens Elizabeth Redsteen liiert. Vielleicht hast du schon mal von ihr gehört.«

Ja, das hatte ich tatsächlich. »Sie war doch unter den besten drei in dieser Laufstegshow mit Heidi Klum.«

»Ja, genau die.« Er schmunzelte. »Sarah hat uns gezwungen, jede Folge anzuschauen. Sie ist unheimlich stolz auf sie.«

»Dazu hat sie auch allen Grund. Kommt Elizabeth denn auch?«

»Nein, sie ist gerade in Paris, soweit ich weiß.«

»Schade.« Ich sah kurz aus dem Fenster. »Und was macht Sarah beruflich?«

»Sarah ist Souschefin im *Le Bernardin* in Manhattan.«

Ich stutzte. »Das ist ein Drei-Sterne-Restaurant, oder?« Grace hatte mir schon einmal davon vorgeschwärmt. Wenn sie in der Stadt war, ging sie dort immer mit ihrem Dad essen.

»Ja.«

»Wow. Und das mit – wie alt ist sie? Vierundzwanzig? Fünfundzwanzig?«

»Vierundzwanzig. So alt wie ich.«

»Wow«, machte ich noch einmal.

»Ja, dafür hat sie aber kaum Freizeit. Es grenzt an ein Wunder, dass sie mal ein Wochenende freibekommen hat. Das letzte Mal, dass wir uns gesehen haben, ist fast ein Jahr her.«

»Beeindruckende Freunde hast du da«, stellte ich fest und war fast ein bisschen eingeschüchtert. Nicht, dass ich nichts aus meinem Leben gemacht hätte, aber diese Sarah machte auf mich doch einen sehr, wie soll ich sagen, *erwachsenen* Eindruck. Zumindest das, was ich bis jetzt von ihr gehört hatte.

Holden lachte. »Jetzt warte erst mal ab, bis du sie kennenlernst. Marc zum Beispiel hat die Schule geschmissen, um sich auf seine Band zu konzentrieren. Das war vor sechs Jahren – sie warten immer noch auf ihren Durchbruch. Und bis dahin fährt er Pizza aus.«

Ich lachte, hatte deswegen aber sofort ein schlechtes Gewissen. Immerhin ging es hier um einen gescheiterten Lebenstraum, und darüber machte man sich nicht lustig.

»Und die anderen?«, fragte ich schnell.

»Haben alle ganz normale Jobs. Marcia ist Vorstandssekretärin in einer Anwaltskanzlei, Craig arbeitet in einer Bank, und Dean und Boris sind beide im Außendienst für einen Werkzeuggroßhandel.«

»Dann bist du der Einzige, der studiert?«

»Jep. Und sie lassen keine Gelegenheit aus, mich deswegen aufzuziehen.«

In diesem Moment bog Holden auf einen Parkplatz und brachte den Jeep zum Stehen.

Er nahm meine Hand. »Bist du bereit?«

»Bereit, wenn du es bist«, erwiderte ich lächelnd. Ich hatte es mir einfach nicht verkneifen können.

Holden seufzte. »Musstest du Hannibal Lecter zitieren? Das ist kein gutes Vorzeichen.«

Ich zuckte mit den Schultern. »Sorry, konnte nicht anders.«

Das Lagerfeuer brannte bereits, und drum herum standen, soweit ich das von hier beurteilen konnte, drei Männer und eine Frau. Jeder eine Bierflasche in der Hand. Je näher wir kamen, desto schneller klopfte mein Herz. Ein bisschen fühlte es sich an wie kurz vor einer wichtigen Prüfung. Sand blieb in meinen Ballerinas hängen und scheuerte mir bei jedem Schritt die Haut auf. Dann sahen sie uns, und der Erste kam uns entgegen.

»Harvard Boy!«, rief er schon von Weitem, und als er uns erreicht hatte, schlug er mit Holden ein, zog ihn in eine Umarmung und klopfte ihm dann kräftig auf den Rücken. »Dass du dich mal wieder unters gemeine Volk mischst.«

Holden drehte sich um. »Annie, das ist Marc«, stellte er ihn mir lachend vor und hob die Augenbrauen, als wollte er sagen: *Na, siehst du jetzt, was ich gemeint hab?*

Ich reichte ihm die Hand. »Hi, Marc, ich bin Annie.« Sein Lachen war so ansteckend, dass ich unweigerlich einstimmte.

»Es ist mir eine Freude, Annie«, erwiderte er förmlich und küsste meinen Handrücken, während er mir mit stechendem Blick direkt in die Augen sah. Auf einmal wurde mir klar, warum er sich entschieden hatte, die Schule zu schmeißen. Marc war kein Typ für einen normalen Job. Er war tatsächlich der geborene Rockstar. Und Frauenschwarm. Kaum auszumalen, was bei seinen Auftritten hinter der Bühne so alles abging.

»Du kannst sie jetzt loslassen.« Holden stieß seinen Kumpel, dessen Lippen noch immer auf meinem Handrücken klebten, in die Seite.

»Das sind Dean, Boris und Sarah«, stellte er mir die anderen vor, als wir am Lagerfeuer angekommen waren, und deutete auf die einzelnen Personen. »Leute, das ist Annie. Meine Freundin.«

Schlagartig schoss mir die Hitze ins Gesicht. Er hatte mich als seine Freundin vorgestellt. Nicht nur als Annie. Und wie er es betont hatte. Als wäre er richtig stolz darauf.

»Hi, freut mich, euch kennenzulernen.« Nacheinander reichte ich ihnen die Hand. Sarah sah ich mir besonders genau an. So sah also eine vierundzwanzigjährige Starköchin aus, die bereits auf der halben Welt gearbeitet hat. Sie war hübsch. Nicht schön im klassischen Sinne, dafür wirkte sie mit ihrem blonden Kurzhaarschnitt, der Stupsnase und der sehr schlanken, fast knabenhaften Figur ein bisschen zu burschikos. Aber sie war wirklich sehr hübsch.

»Wo sind Craig und Marcia?«, erkundigte sich Holden.

»Müssten auch gleich da sein«, antwortete entweder Dean oder Boris, ich konnte die beiden nicht auseinanderhalten. »Es gibt wieder Ärger im Paradies.«

Die anderen nickten wissend. Und als Craig und Marcia ein paar Minuten später dazustießen, wusste ich sofort, was Dean oder Boris gemeint hatte. Den ganzen Weg vom Auto bis zum Lagerfeuer meckerten sie sich gegenseitig an. Und so ging das dann den ganzen Abend. Für mich als Außenstehende war es, ehrlich gesagt, ganz amüsant, den beiden zuzusehen. Es war kein richtiger Streit, sondern mehr ein gegenseitiges Ankeifen. Obwohl beide erst Mitte zwanzig waren, verhielten sie sich wie ein altes Ehepaar und ließen keine Gelegenheit aus, Spitzen aufeinander abzufeuern. Dennoch hatte ich das Gefühl, dass sich die beiden von Herzen liebten. Vielleicht war es einfach ihre Art, miteinander umzugehen.

»Lasst uns was spielen«, schlug Marcia nach einer Weile vor.

»Und an was hast du gedacht, *Herzchen*?«, spöttelte Craig los. »Ich sehe was, was du nicht siehst? Blinde Kuh? Topfschlagen?«

»Wahrheit oder Pflicht«, entschied sie und warf ihrem Verlobten dabei einen drohenden Blick zu. Dann blickte sie in die Runde und sah dabei aus wie ein schnurrendes Kätzchen. »Wie früher. In den guten alten Zeiten. Wisst ihr noch?« Ihre Stimme triefte vor Wehmut. Es schien, als ob ihr *die guten alten Zeiten* wirklich sehr fehlten. Und so, wie sie schaute, konnte ihr niemand diesen Wunsch abschlagen.

Als sie sah, dass alle einverstanden waren, klatschte Marcia begeistert in die Hände.

»Ich fang an.« Mit zusammengekniffenen Augen blickte sie in die Runde – und blieb schließlich an Holden hängen. »Holden.«

»Oh, nein«, murmelte er und senkte den Kopf.

»Wahrheit oder Pflicht?«

Er überlegte einen Moment. »Wahrheit«, presste er notgedrungen hervor.

Und wieder kniff Marcia die Augen zusammen, als wolle sie sich etwas besonders Fieses für ihn überlegen. Dann hatte sie sich entschieden.

»Mit wem hattest du den besten Sex deines Lebens?«

Holden grinste und lehnte sich entspannt zurück. »Das ist einfach«, sagte er und nahm meine Hand. »Sie sitzt direkt neben mir.«

»Och, komm«, protestierte Marcia. »Sagst du das jetzt auch nicht nur so?«

Er drückte mir einen Kuss auf die Wange. »Mein erstes Mal mit Annie war mit Abstand der beste Sex, den ich je hatte«, sagte er ernst, dann grinste er. »Und seitdem haben wir uns jedes Mal selbst übertroffen.«

Ich schluckte. Einerseits war es mir peinlich, etwas so Privates vor völlig Fremden auszubreiten, andererseits spürte ich bei Holdens Worten schon wieder dieses Kribbeln, das mir zu verstehen gab, wie sehr mein Körper sich nach seinem sehnte. Außerdem war es unglaublich, diese Worte aus seinem Mund zu hören. Zu hören, dass es ihm in dieser Hinsicht genauso ging wie mir.

»Okay. Ich bin dran«, erklärte Holden das Thema für beendet und blickte in die Runde.

»Marc«, suchte er sich aus. »Wie viel Geld hast du letzten Monat verdient?«

Oh, Mann, das waren ganz schön gemeine Fragen. Hier schien jeder den wunden Punkt der anderen zu kennen und keine Hemmungen zu haben, direkt drauf zu zielen. Aber zu meiner Überraschung, schien niemand einem anderen etwas übel zu nehmen.

»Ganze sechshundertdreiundvierzig Dollar«, antwortete Marc und strotzte dabei vor Selbstbewusstsein.

Als Nächstes suchte sich Marc Craig aus, der hatte eine Frage für Boris – oder Dean, ich wusste noch immer nicht wer wer war –, und schließlich musste Sarah Auskunft darüber geben, wer in ihrer lesbischen Beziehung im Bett eher den männlichen Part übernahm.

»Ich«, antwortete sie ganz ungeniert und fügte lasziv hinzu: »Beth ist sehr weiblich.«

171

Für einen Moment ließ sie die Worte in der Luft hängen, und den Männern in der Runde konnte man förmlich ansehen, dass sie sich Beths Weiblichkeit und Sarahs Dominanz gerade bildlich vorstellten.

»Jetzt bist du dran, Annie«, beschloss Sarah plötzlich.

Ich erschrak fast, zögerte kurz und zog die Unterlippe zwischen die Zähne. Holden warf mir einen aufmunternden Blick zu. »Okay«, stimmte ich schließlich zu.

Sarah rieb sich die Hände.

Und ich wurde nervös. Welche Peinlichkeit würde ich wohl gleich hier vor Holden und seinen Freunden ausbreiten müssen?

Sarah kniff die Augen zusammen und sah nach oben, dann fixierte sie mich plötzlich. »Ich habs«, sagte sie und grinste.

Oh, Mann. Bitte sei gnädig, Sarah.

»Bereit?«

Ich schluckte trocken, dann nickte ich.

»In welchem Moment deines Lebens hast du begonnen, erwachsen zu werden?«

Überrascht riss ich die Augen auf. Mit so was hatte ich nun wirklich nicht gerechnet. Dass ich mein komplettes Sexleben würde ausbreiten müssen, ja. Aber so was? Sofort fiel die Anspannung von mir ab. Erst jetzt wurde mir klar, dass ich mich kerzengerade aufgerichtet hatte. Ich lehnte mich wieder gegen Holdens Brust und überlegte.

»In welchem Moment habe ich begonnen, erwachsen zu werden?«, wiederholte ich Sarahs Frage murmelnd und ließ meinen Blick in die Ferne schweifen. Das Mondlicht glitzerte auf den Wellen. Und ganz plötzlich, ohne dass ich angestrengt darüber nachdenken musste, schoss mir eine Episode aus meiner Kindheit durch den Kopf. Ich lächelte, als ich zu erzählen anfing.

»Ich war seit ein paar Wochen in der ersten Klasse und lernte gerade lesen.« Alle Augen waren auf mich gerichtet. Gespannt hörten sie mir zu. »Meine Tante Jane schenkte mir zum Geburtstag ein Buch. Es war groß und blau und trug den Titel *1001 Fragen und Antworten.* Ihr wisst schon, eines dieser kindgerechten Bücher mit besonders großer Schrift.« Ich lächelte, als ich mich daran erinnerte. »Eines Tages saß ich in meinem Zimmer und hab darin gelesen – ich brauchte ewig für einen Satz und wahrscheinlich den halben Nachmittag für diesen einen kurzen Abschnitt. Jedenfalls, ganz oben auf der Seite war ein Einhorn abgebildet, was natürlich sofort meine Aufmerksamkeit auf sich zog.«

»Natürlich«, pflichteten mir Sarah und Marcia wie aus einem Munde bei.

Ich grinste. »Unter dem Bild kam dann die Beschreibung, und ganz unten, am Ende der Seite, stand: *Einhörner gibt es nur in Sagen.* Sofort war mein Puls auf einhundertachtzig. Ich, die Augen weit aufgerissen, bin schreiend zu meiner Mutter gerannt. *Mama,* hab ich gerufen, *Mama! Wir müssen SOFORT nach Sagen fahren – da gibt es Einhörner!*«

Holden fing laut an zu lachen und zog mich an sich. »Und was ist dann passiert?«, wollte er wissen und strich mir gleichzeitig mitfühlend übers Haar. Ich war fast sicher, seine zärtliche, tröstende Berührung galt nicht mir, sondern dem siebenjährigen Mädchen, das ich einst gewesen war.

»Meine Mutter erklärte mir dann, was eine Sage ist. Dass man dort nicht hinfahren kann und Einhörner nicht existieren.«

»Ooh«, machten alle und zogen mitleidig die Augenbrauen zusammen.

»Das ist die wahrscheinlich traurigste und gleichzeitig süßeste Geschichte, die ich je gehört habe«, sagte Sarah.

Ich zuckte mit den Schultern. »Ja, ich glaube, das war der Moment, in dem ich begann, erwachsen zu werden.«

173

KAPITEL 12

Schon bald beschlossen Holden und ich zusammenzuziehen. Wir fanden eine bezahlbare Wohnung in Collegenähe und unterschrieben den Mietvertrag noch am Tag der Besichtigung. Ich bin normalerweise nicht der Typ, der voreilige Entscheidungen trifft, aber es passte einfach. Nun musste ich es nur noch Grace irgendwie verklickern.

Als ich zu ihr in die Küche kam, hatte ich richtig Bammel.

»Ich muss mit dir reden«, begann ich.

Grace drehte sich um und sah mich abschätzend an. Sie rührte noch zwei Runden in dem Muffinteig, den sie gerade zusammengemischt hatte, und ließ den Löffel dann sinken. Auf einmal riss sie die Augen auf und schlug die Hand vor den Mund. »Du bist schwanger!«, platzte sie entsetzt heraus.

»Was? Nein.«

»Nicht?«

»Nein!«

Für einen Moment war mein Kopf wie leergefegt. Sie hatte mich so aus dem Konzept gebracht, dass ich gar nicht mehr wusste, was ich sagen wollte. Kurz überlegte ich, wie ich hatte anfangen wollen – schließlich hatte ich mich vorbereitet –, dann verwarf ich alles und sagte es einfach. »Holden und ich werden zusammenziehen.«

Grace blinzelte mehrmals. Öffnete den Mund und schloss ihn wieder. »Wann?«

»Schon nächsten Monat«, gestand ich, und bei dem Blick, den sie mir daraufhin zuwarf, wünschte ich, ich hätte es ihr schonender beigebracht.

»Das war ganz spontan«, setzte ich zur Erklärung an. »Holden hat diese Wohnung im Internet gefunden, wir haben sie angesehen, und sie war perfekt. Es gab noch so viele andere Interessenten, und deswegen … wir haben den Mietvertrag gleich unterschrieben.«

Grace sah mich unverwandt an. Sie schien gar nicht recht zu wissen, was sie sagen sollte. »Und du wolltest nicht mal eine Nacht darüber schlafen?«

Ich zuckte mit den Schultern. Entschuldigend und auch ein wenig hilflos. »Die Wohnung ist perfekt für uns.«

Ein trauriger Ausdruck machte sich auf Graces Gesicht breit. Sie versuchte es zu verbergen. »Okay«, sagte sie dann kurz angebunden, drehte sich um und rührte weiter in ihrer Teigschüssel.

Bei der Suche nach einem Nachmieter wollte sie meine Hilfe zunächst nicht annehmen, ließ sich aber, nachdem ich regelrecht darum gebettelt hatte, doch darauf ein. Wir gaben online auf mehreren Seiten ein Inserat auf und absolvierten einen regelrechten Mitbewohnerinnen-Casting-Marathon. Keine war Grace gut genug.

»Hallo? Die war voll spießig! Kommt gar nicht infrage«, maulte sie, als ich schon dachte, wir hätten die Richtige gefunden.

»Was soll ich denn noch tun, Grace?« So langsam war ich echt am Verzweifeln. Es war, als würde sie all meine Anstrengungen sabotieren und gar nicht erst versuchen, ernsthaft nach einer neuen Mitbewohnerin zu suchen.

»Ich versteh es echt nicht, Grace«, platzte mir nach einem weiteren Castingsamstag der Kragen. »*Du* warst es doch, die mich unbedingt mit Holden verkuppeln wollte, und jetzt passt es dir nicht, dass ich mich tatsächlich in ihn verliebt habe?!«

Sie biss die Zähne zusammen und starrte mich wütend an. »Ich wollte, dass du mal wieder ordentlich durchgebumst wirst!«, schrie sie mich an. »Nicht, dass du gleich mit ihm zusammenziehst!«

Fassungslos starrte ich sie an. Was immer ich hatte sagen wollen, es blieb mir im Hals stecken. »Das meinst du nicht ernst«, presste ich zwischen zusammengebissenen Zähnen hervor.

»Oh doch.« Wütend verschränkte sie die Arme vor der Brust.

»Gut zu wissen«, erwiderte ich trocken, drehte mich um und ließ sie stehen.

»Was ist denn mit dir los?«, fragte Holden, als ich zehn Minuten später vor seiner Tür stand.

Wild gestikulierend erzählte ich ihm von meinem Streit mit Grace. »Soll sie sich doch alleine um eine neue Mitbewohnerin kümmern!«

Holden legte den Arm um mich und versuchte mich versöhnlich zu stimmen. »Sie hat Angst, dich zu verlieren«, sagte er.

»Wenn sie so weitermacht, ist sie auf dem besten Weg dahin«, motzte ich.

Auf einmal versteifte er sich neben mir und riss die Augen auf, als sei ihm eben die Idee des Jahrhunderts gekommen.

»Kyle hat auch noch keinen Nachmieter«, begann er aufgeregt. »Außer mir gibt es wohl niemanden, der mit seinen Macken klarkommt.«

»Soll das ein Witz sein? Grace und Kyle?«

»Warum nicht? Die beiden würden sicher gut klarkommen.«

Mit gerunzelter Stirn sah ich ihn an. »Unterhosen-im-Flur-Kyle und Ich-lass-keine-Party-aus-Grace?«

»Ja. Überleg doch mal.« Holden war geradezu begeistert von seiner Idee. »Sie haben sich doch immer gut verstanden, oder?«

Ich nickte nachdenklich. Das stimmte. Die paar Male, als sie sich begegnet waren, schienen sie auf einer Wellenlänge zu sein. Und da Kyle rein sexuell so gar nicht Graces Typ war, musste man auch nicht befürchten, dass die Sache in einer Tragödie endete. Sie könnten als Freunde zusammenleben.

»Und billiger als eure jetzige Wohnung ist es auch«, fügte er hinzu, als wären damit auch noch die letzten Zweifel ausgeräumt.

Als Kyle nach Hause kam, fragte Holden ihn sofort, ob er es sich vorstellen könnte, Grace hier einziehen zu lassen.

»Klar«, lautete seine einsilbige Antwort.

»Das war ja einfach«, wunderte ich mich.

Holden strahlte. »Jetzt musst du nur noch Grace überzeugen.«

Ich lächelte gequält. »Na, wenn es sonst nichts weiter ist.«

Bis heute habe ich keine Ahnung, wie ich es angestellt habe. Vielleicht hatte Grace ein schlechtes Gewissen, weil sie mich so blöd angemacht hatte. Vielleicht überzeugten sie die hundertvierzig Dollar weniger Miete pro Monat, die sie stattdessen in Make-up und Friseurbesuche investieren konnte. Vielleicht mochte sie Kyle ja auch einfach. Keine Ahnung, was den Ausschlag gab, aber zweieinhalb Wochen später zog Grace zu Kyle, und Holden und ich zogen in unsere erste gemeinsame Wohnung. Logisch, dass Grace und ich uns nicht mehr so oft sahen wie zu der Zeit, als wir zusammenwohnten. Dennoch legten wir großen Wert darauf, regelmäßig etwas *quality time* miteinander zu verbringen. Holden hatte nie ein Problem damit. Er nutzte die Zeit für Sport oder um sich mit seinen Fußballkumpels zu treffen.

Sechs Wochen nach unserem Umzug saß ich also mit Grace in unserem Lieblingscafé über einem großen Cappuccino.

»Also die Boxershorts-im-Flur-Geschichte ist nicht Kyles einzige Macke, kann ich dir sagen.«

Ich musste schmunzeln. Im Laufe der letzten vier Monate hatte ich das Privileg, den ehemaligen Mitbewohner meines Freundes auch ein wenig näher kennenzulernen. »Ach ja?«

»Ja«, begann sie aufgebracht zu erzählen. »Gestern war ich im Bad und hab mir die Haare gemacht.«

Ich wusste nur zu gut, wie lange das bei Grace dauern konnte, und ahnte schon, in welche Richtung es lief. Grace, die stundenlang das Badezimmer blockierte, und ein Mitbewohner, der in besagtem Raum etwas zu erledigen hatte, das man nicht verschieben konnte. Mein Grinsen wurde breiter.

»Da klopft er an die Tür, und weißt du, was er dann gesagt hat?«, fragte sie empört.

»Nein, was?« Ich presste die Lippen zusammen, um nicht laut loszulachen.

Grace beugte sich über den Tisch und riss die Augen auf. Eine dramatische Pause folgte, ehe sie mit ihrer Kyle-Imitationsstimme pflaumte: »Hast du es bald? Bei mir guckt schon der Radiergummi raus!«

Ich musste so lachen, dass ich mich am Cappuccinoschaum verschluckte und hustend über dem Tisch hing.

Grace verdrehte die Augen und klopfte mir auf den Rücken. »Das ist nicht witzig«, wies sie mich zurecht.

»Doch, ist es«, hustete ich.

»Wie läuft es bei dir und Holden?«, fragte sie dann plötzlich. Mutmaßlich, um so schnell wie möglich das Thema zu wechseln.

»Gut.« Ich traute mich gar nicht zu sagen, wie gut. Ich wollte ihr keinen Grund geben, eifersüchtig zu werden. Das heißt: noch eifersüchtiger.

»Hattet ihr schon Streit?«, fragte Grace weiter, und ich wurde das Gefühl nicht los, dass sie so lange bohren würde, bis sie etwas fand. Am liebsten wollte sie wahrscheinlich hören, dass ich meine Entscheidung bereute und schnellstmöglich wieder mit ihr zusammenziehen wollte. Was Grace fehlte, war eine feste Beziehung. Ihre ständig wechselnden Affären, Flirts und One-Night-Stands würden sie auf Dauer nicht glücklich machen. Darum klammerte sie sich auch so an ihre Freundinnen, weil ihr ein fester männlicher Partner an ihrer Seite fehlte. Am meisten wünschte sie sich vermutlich, dass es immer so weitergegangen wäre und auch ich mich mit ein paar Dates im Monat zufriedengegeben hätte. Beinah gab sie mir das Gefühl, sie mit Holden zu betrügen.

»Nein«, antwortete ich schließlich. »Wir hatten noch keinen Streit. Um ehrlich zu sein, läuft es großartig zwischen uns.« Ich klang so schnippisch, dass sie mich erschrocken anblickte. Ich beruhigte mich wieder, holte tief Luft, griff nach ihrer Hand und sagte mit ruhiger Stimme: »Ich bin wirklich glücklich mit ihm, Grace.«

Überrascht sah sie mich an. Dann schluckte sie und wandte den Blick ab.

Einen Moment blieb es still zwischen uns.

»Na komm«, begann ich aufmunternd, »erzähl mir noch eine Kyle-Geschichte.«

Grace lächelte sanft, überlegte kurz, und schon war ihr etwas eingefallen. »Vor Kurzem hab ich ihm was über Murphy's

Law erzählt. Von wegen, alles, was passieren kann, wird passieren.« Sie verdrehte die Augen. »Da guckt er mich an und sagt doch ernsthaft, der Anwalt seines Dads hieße auch Slaw, und vielleicht seien die beiden ja verwandt.«

Ich lachte schallend. »Was hast du dann gesagt?«

»Na, dass es Murphy's Law heißt und nicht Murphy Slaw. Ach so, sagt er, und ich seh schon, wie er das Interesse verliert. Da starre ich ihn an und kann nicht glauben, wie blöd man sein kann. Ich kanns nicht lassen und frage ihn, ob er denn gar nicht wissen will, was das ist. Weißt du, was er dann gesagt hat?«

Lachend schüttelte ich den Kopf. Da setzte sie einen schwachsinnigen Gesichtsausdruck auf, imitierte Kyles Stimme und sagte: »Wer? Dieser Slaw?«

»Wie war dein Tag, Schatz?«, erkundigte sich Holden, als ich zur Tür hereinkam.

Ich legte den Kopf schräg und sah ihn mit hochgezogenen Augenbrauen an.

Er grinste. »Das wollte ich schon immer mal sagen. Nein, im Ernst. Wie war es heute bei dir?«

»Gut.« Ich stellte meine Collegetasche in der Ecke ab und streifte mir die Schuhe von den Füßen. »Das Referat ist gut gelaufen, und wir haben endlich das Versuchsprotokoll fertig – was bedeutet, dass ich meinen ätzenden Laborpartner endlich los bin. Yippie!«

»Na, wenn das mal kein Grund zu feiern ist.« Holden ging zum Kühlschrank und holte eine Flasche Champagner heraus. »Außerdem haben wir noch gar nicht auf die neue Wohnung angestoßen.«

»Champagner?«, fragte ich vorsichtig. »Können wir uns das denn leisten?« Mit meinem Stipendium, Holdens Studienkredit und seinem Werksstudentengehalt waren solche Extravaganzen eigentlich nicht drin.

»Der ist vom Discounter. Keine Sorge«, beruhigte er mich und füllte zwei Kaffeetassen randvoll mit dem prickelnden Getränk. Bei meinem Auszug hatte ich mit Erschrecken festgestellt, dass alle Wein- und Sektgläser sowie der Großteil des Geschirrs Grace gehörten. Holdens und mein Hausrat bestand also hauptsächlich aus Ikea-Tellern und Werbegeschenken. Er reichte mir die rote Tasse mit dem leuchtend gelben Logo eines Ketchupherstellers.

»Cheers. Auf unsere erste gemeinsame Wohnung.«

»Cheers.« Ich trank, und schon beim ersten Schluck wurde mir klar, warum es bei Champagner so große Preisunterschiede gab.

»Urgh. Schmeckt wie eingeschlafene Füße mit Kohlensäure.« Holden verzog das Gesicht.

»Ja, das trifft es ganz gut«, bestätigte ich.

»Auf ex?« Er sah aus, als stünde er kurz davor, eine Mutprobe zu absolvieren.

Ich nickte, kniff die Augen zusammen und stürzte das Gebräu in einem Zug runter.

Dann schnappte ich Holden am Kragen seines T-Shirts, zog ihn zu mir und stahl mir einen Kuss. Obwohl der sogenannte Champagner scheußlich schmeckte, verfehlte er seine Wirkung nicht. Ich spürte, wie die Hitze in mir aufwallte. Zuerst in meinem Magen, dann weiter unten. Holden schlang die Arme um mich, griff unter meinen Po und hob mich hoch. Ich schlang meine Beine um seine Hüften, und er trug mich hinüber zum Sofa, wo er sich setzte – mit mir auf seinem Schoß. Ich löste meine Lippen von seinen, nahm sein Gesicht in meine Hände und sah ihn einen Moment einfach nur an. Dann ließ ich meine Zunge über seine Lippen gleiten. Langsam und zärtlich. Zeichnete den feinen Schwung seiner Oberlippe nach. Meine Berührung ließ Holden stöhnen. Unwirsch griff er in meinen Nacken, zog mich an sich heran und drängte seine Zunge in meinen Mund. Dann legte er seine Stirn auf meine.

»Ich liebe dich.« Er sah mir tief in die Augen. So tief, dass ich mich nackt fühlte.

»Und ich liebe dich.«

Wir küssten uns so heftig, dass ich nicht mehr wusste, wo oben und wo unten war. Seine Finger strichen über meine Brüste und meinen Bauch entlang bis hinunter zu meinen Hüften, wo er mein Shirt am Saum packte und es mir über den Kopf streifte. Mein BH fiel als Nächstes, die Hose streifte ich mir selbst ab. Als Holden sich ebenfalls ausziehen wollte, hielt ich seine Hände fest und legte sie auf meine Brüste. Er massierte sie. Als ich seine Jeans aufknöpfte, war sein Mund leicht geöffnet und seine Augen geschlossen. Ich zog sie nicht aus, schob nur seine Boxershorts so weit zur Seite und nach unten, dass ich seine Erektion befreien konnte. Fordernd sprang sie mir entgegen. Holden legte den Kopf in den Nacken, als ich meine Hand um seinen Schaft legte, ihn in Position brachte und mich dann langsam auf ihn sinken ließ. Als unsere Körper sich vereinten, seufzten wir gleichzeitig auf. Wie von selbst begann ich mich auf ihm zu bewegen.

»Du machst mich fertig«, hauchte er, grub seine Finger in meine Hüften und ließ mich auf sich kreisen. Ich warf den Kopf in den Nacken, ließ jede Hemmung fallen und gab mich seinem Rhythmus hin. Plötzlich sog Holden krampfhaft Luft ein, warf mich auf den Rücken und wälzte uns herum. Ich schlang die Beine um seine Hüften und stöhnte laut, als er noch tiefer in mich eindrang. Meine Finger krallten sich in seinen Rücken, ich zog ihn zu mir herunter und hielt ihn so fest ich konnte. Wir waren eins. Ineinander verschlungen. Füreinander gemacht. Seine Stirn lag auf meiner, während unsere Körper sich ineinanderfügten. Langsam und tief bewegte er sich auf und ab. Unsere Lippen lagen aufeinander. Wir atmeten zitternd. Ich sog seine Luft ein, ließ mich von seinem Duft betören, versuchte gleichmäßig zu atmen, biss mir auf die Lippe, wollte den Moment hinauszögern … und schrie auf, als ich ins Bodenlose stürzte.

»Sieh mich an«, sagte er mit fester Stimme.

Ich schaffte es kaum, die Augen offen zu halten.

»Sieh mich an«, wiederholte er.

Und ich tat es. Ich sah ihm direkt in die Augen, während die Wogen mich überfluteten. Mich vollkommen einnahmen und unter sich begruben. In seinem Blick lag ein so heftiges Verlangen, dass ich ihm kaum standhalten konnte. Er riss mich hoch und hielt mich fest umschlungen. Und dann schrie auch er.

KAPITEL 13

Holden und ich hatten großartigen Sex. Und wenn ich sage, großartig, dann meine ich auch großartig. Ehrlich gesagt, kann ich mir nicht vorstellen, dass irgendjemand auf diesem verdammten Planeten besseren Sex hatte als Holden und ich in den ersten zwei Jahren unserer Beziehung. Wir waren verrückt nach einander. Im Bett war er leidenschaftlich, hemmungslos und zärtlich. Er nahm mich vollkommen ein, und ich war ihm hoffnungslos erlegen.

Grace, mit der ich mich noch immer regelmäßig traf – ganz zu schweigen von unserem wöchentlichen Telefonat –, machte sich ein bisschen Sorgen um mich. Sie sagte, von außen sehe Holdens und meine Beziehung aus wie eine Art Abhängigkeit. Einmal sagte sie sogar, ich verhalte mich wie eine Süchtige. Damals war ich tagelang beleidigt gewesen und hatte mich nicht mehr gemeldet. Und auch jetzt, wenn ich das alles mit Abstand betrachte, kann ich mit gutem Gewissen sagen, dass Grace übertrieben hatte. Ich glaube immer noch, dass sie einfach eifersüchtig war, weil ich nicht mehr so viel Zeit mit ihr verbrachte. Einmal, als sie ziemlich betrunken war, hatte sie das sogar mehr oder weniger zugegeben. Doch obwohl Grace mit dieser Unterstellung übertrieben hatte, konnte man nicht leugnen, dass zwischen Holden und mir eine ganz besondere Verbindung bestand. Wir liebten uns. Wir liebten uns von ganzem Herzen. Und das Körperliche war nur das Sahnehäubchen obendrauf.

Wir genossen unsere Zweisamkeit. Während Graces Leben plötzlich eine ganz andere Richtung einschlug. Noch vor unserem Abschluss wurde sie schwanger von einem Freshman, den sie auf einer Party kennengelernt hatte. Er war neunzehn, sie fünfundzwanzig. Die beiden waren erst seit ein paar Wochen zusammen, als es passierte. Als sie Ian – so hieß der Glückliche – die frohe Botschaft verkündete, machte er ihr, ganz heldenhaft, einen Heiratsantrag, den sie mit einem schallenden Lachanfall ablehnte.

»Wir werden nicht heiraten, nur weil du mich geschwängert hast, Ian«, hatte sie ihm später erklärt. »Du bist erst neunzehn. Du bist überhaupt nicht in der Lage, so viel Verantwortung zu übernehmen. Geschweige denn den Familienvater zu spielen. Und wenn wir ehrlich sind, wollen wir das beide nicht.«

Zwei Monate später machte sie mit ihm Schluss. Es war der vierzehnte Februar, Valentinstag. Ian stand mit einem lächerlich großen Strauß roter Rosen, der ihn ein Vermögen gekostet haben musste, vor Graces Tür, die sie ihm prompt vor der Nase zuschlug.

»Verdammt, ich liebe dich nicht, Ian!«, hatte sie ihm entgegengebrüllt. »Geh und spiel mit deinen Freunden.«

Danach war sie zu mir gekommen, hatte sich in meine Arme gekuschelt und die ganze Nacht geweint.

»Es ist besser so … er ist erst neunzehn … er darf meinetwegen nicht sein Leben wegwerfen …«, hatte sie ständig vor sich hin gebrabbelt.

Holden hatte uns Pizza geholt und, da Grace sich nicht betrinken durfte, eine Riesenpackung Ben & Jerry's Cookie Dough. Obwohl er für uns eine romantische Valentinsüberra-

185

schung geplant und wochenlang vorbereitet hatte, verlor er nie ein Wort darüber. Er wusste, wie viel Grace mir bedeutete und dass sie mich jetzt brauchte. Also besorgte er uns Pizza und Eiscreme und hielt sich im Hintergrund. An diesem Tag liebte ich ihn noch ein bisschen mehr.

»Guten Morgen.« Mit nackten Füßen tippelte ich ins Wohnzimmer.

»Morgen.« Holden rieb sich die Augen und setzte sich auf. Er hatte die Nacht auf der Couch verbracht, während Grace und ich im Bett geschlafen hatten. Ich schlüpfte zu ihm unter die Wolldecke und kuschelte mich an ihn.

»Du hast kalte Füße«, bemerkte er.

»Ja, und du bist ganz warm.« Ich seufzte wohlig, schmiegte mich noch enger an ihn und legte den Kopf auf seine Brust.

»Schläft sie noch?«

»Mhm. Sie hat die halbe Nacht geweint.«

Holden nickte verständnisvoll und drückte mir einen Kuss aufs Haar.

»Glaubst du, sie schafft das alles? So ganz alleine?«, fragte er nach einer Weile.

»Na ja. Zumindest finanziell ist sie auf niemanden angewiesen.« Graces Dad, der zwei Jahre zuvor an einem Herzinfarkt gestorben war, hatte ihr eine Menge Kohle hinterlassen. Dieses Vermögen wurde seit seinem Tod auf einem Treuhandkonto verwahrt, wo es obendrein noch ordentlich Zinsen eingebracht hatte. Und nun, da sie fünfundzwanzig war, hatte sie vollen Zugriff darauf.

»Und *ganz* allein ist sie ja nicht. Schließlich hat sie mich.« Ich drehte den Kopf so, dass ich ihn ansehen konnte. »Und dich«, fügte ich leise hinzu. Es war mehr eine Bitte als eine Feststellung.

Holden lächelte, erwiderte aber nichts.

Für Grace stellte sich nie die Frage, ob sie das Kind behalten sollte oder nicht. Dennoch hatte sie große Schwierigkeiten, diese neuen Umstände zu akzeptieren und ihre Lebensplanung anzupassen. Sie hatte sich immer als Businessfrau gesehen. High Heels tragend, in einem hochbezahlten Job bei einer renommierten Firma. Grace hatte eine ganz genaue Vorstellung davon gehabt, wie ihre Zukunft aussehen sollte. Sie hatte sich einen ausgeklügelten Fünfjahresplan aufgestellt und alles genau durchgetaktet – Windeln wechseln und Bäuerchen machen kamen darin nicht vor. Wie gesagt, sie hatte Schwierigkeiten, ihr neues Leben zu akzeptieren. Besonders die ersten Monate ihrer Schwangerschaft waren hart. Grace weinte viel in dieser Zeit und brauchte mich mehr als je zuvor. Doch je dicker und runder ihr Bauch wurde, desto mehr schien sie sich in ihrer neuen Rolle einzufinden. Sich vielleicht sogar darin wohlzufühlen.

»Was hast du gesagt?«, fragte Grace stirnrunzelnd und blickte auf ihren mittlerweile beängstigend runden Bauch hinab. »Du willst einen Bacon Cheeseburger, große Pommes, die Sechser Chicken Wings und einen Erdbeermilchshake?«

Ich grinste, während Grace die dauergewellte Burger-King-Mitarbeiterin schulterzuckend ansah.

»Sie haben das Baby gehört: einen Bacon Cheeseburger, große Pommes, die Sechser Chicken Wings, einen Erdbeermilchshake – und für mich einen Delight-Salat, bitte.« Sie drehte sich zu mir um. »Sollen wir Holden was mitbringen? Ich geb einen aus.«

»Nein, lass uns lieber hier essen.«

Grace war in den letzten Wochen fast jeden Tag bei uns gewesen. Da wollte ich es zumindest heute so arrangieren, dass Holden ein bisschen Zeit für sich allein hatte. Zumal er nach dem Maschinenbaustudium gerade seinen ersten richtigen Job angetreten hatte und man dort von ihm, wie von allen Berufsanfängern, Höchstleistungen verlangte. Am Abend kam er regelmäßig völlig geschafft nach Hause, und langsam, aber sicher hatte ich das Gefühl, dass ihm alles ein bisschen zu viel wurde. Ganz zu schweigen davon, dass er, zusätzlich zu dem ganzen Stress im Job, für Grace im Moment alles erledigte, worum sich klassischerweise der Partner in einer Beziehung kümmert. Da sie aber nach wie vor Single war – obwohl Ian es noch immer tapfer versuchte –, war es an meinem Freund, Möbel zu schleppen, Küchenschränke aufzuhängen, den Abfluss zu reparieren, Babybett und Wickeltisch aufzubauen und die Wände in Graces neuer Wohnung zu streichen, die sie sechs Wochen zuvor bezogen hatte.

»In einer WG kann ich kein Kind großziehen«, meinte sie. »Schon gar nicht in einer WG mit Kyle.«

Da musste ich ihr zustimmen. Das kleine Apartment im Stadtteil Jamaica Plain, das sie für sich und das Baby angemietet hatte, war da, schon allein der Wohngegend wegen, deutlich besser geeignet.

»Wie wärs mit Kino heute Abend?«, fragte Grace kauend und schob sich eine Handvoll Pommes in den Mund. »Der neue Tarantino-Film läuft heute an.«

»Ähm …«

Stopp. Bis hierhin habe ich vergessen zu erwähnen, dass, zu allem Überfluss, auch Holdens und mein Liebesleben unter Graces ständiger Anwesenheit in letzter Zeit ziemlich gelitten hatte. Vielleicht schaffte ich es ja an diesem Abend, alleine nach Hause zu kommen. Und einen Versuch zu starten, ihn für die Anstrengungen der letzten Wochen und Monate ein bisschen zu entschädigen.

»Ich bin heute total fertig, Grace.« Streng genommen war das nicht mal gelogen. »Ich muss wirklich mal früh ins Bett.«

»Ach so.« Sie klang niedergeschlagen.

»Was ist denn mit Heather«, schlug ich schnell vor. »Vielleicht hat sie ja Lust auf Kino heute?«

Ich erntete einen verwunderten Blick. »Heather?«, fragte Grace skeptisch. »Wie kommst du denn jetzt auf die? Ich dachte, du kannst sie nicht leiden?«

»Na ja … ein bisschen Abwechslung tut dir vielleicht ganz gut«, schnitt ich das Thema vorsichtig an.

Aufmerksam sah sie mich an, erfasste jede meiner Regungen, und dann sah ich in ihrem Blick, dass sie verstanden hatte, worauf ich hinauswollte.

»Okay«, erwiderte sie gedehnt. Die Kränkung war ihr deutlich anzumerken. Grace war schon immer schnell beleidigt oder verletzt gewesen, aber seit sie schwanger war, war sie zum Mustersensibelchen mutiert. Ich konnte nur hoffen, dass sich das wieder einigermaßen normalisierte, wenn das Baby dann mal da war.

Als ich nach Hause kam, war es schon nach neun. Holden lag mit einer Tüte Cheetos im Arm auf der Couch und schlief. Dem Fernsehprogramm nach zu urteilen – die Reality Dating Show, die gerade lief, hätte er sich niemals freiwillig angesehen –, döste er schon eine ganze Weile. Vorsichtig, um ihn nicht zu erschrecken, nahm ich ihm die knisternde Tüte ab und legte sie auf den Wohnzimmertisch. Dann setzte ich mich und strich ihm sanft durchs Haar. Blinzelnd öffnete er die Augen.

»Hey.« Seine Stimme klang vom Schlafen ganz belegt. »Wie spät ist es?« Holden streckte sich, rieb sich die Augen und setzte sich auf.

»Kurz vor halb zehn.«

»Ist Grace bei sich zu Hause?«, fragte er, als er sich umgesehen hatte.

Ich nickte, setzte ein vielsagendes Lächeln auf, legte meine Hand auf seine Brust und ließ sie langsam nach unten wandern.

Als ich an seinem Hosenbund angekommen war, nahm Holden meine Hand und küsste sie. »Ich hab noch nicht mal geduscht.«

»Stört mich nicht.« Ich löste meine Hand von seinem Mund und wollte gerade dort weitermachen, wo ich eben aufgehört hatte, da nahm er sie erneut weg.

»Ich bin müde, Annie«, sagte er und klang auch so. »Ich will nur noch duschen und dann ins Bett.«

Verdattert, fast beschämt sah ich ihn an. Das war das erste Mal, dass er mich abgewiesen hatte. Ich hatte keine Ahnung gehabt, wie verletzend so etwas sein kann.

»Okay«, erwiderte ich nur und kam mir plötzlich vor wie Grace vorhin, als ich ihr gesagt hatte, dass ich den Abend lieber ohne sie verbringen wollte.

Ohne ein weiteres Wort stand Holden auf, drückte mir einen Kuss auf die Stirn und verschwand ins Badezimmer. Und während das Wasser in der Dusche lief, liefen mir die Tränen übers Gesicht. Hatte ich ihm in letzter Zeit zu viel zugemutet? Hatte ich mich zu wenig um ihn gekümmert? Liebte er mich denn überhaupt noch?

Als Grace am nächsten Morgen um Punkt neun mit einer Tüte frischer Brötchen vor der Tür stand, glaubte ich Holden kraftlos seufzen zu hören.

»Guten Morgen.« Strahlend kam sie rein, ging wie selbstverständlich in die Küche, machte Kaffee und deckte den Tisch. »Es gibt eine neue Ausstellung im MFA«, erzählte Grace trällernd, während sie Bagels und Croissants in einem Körbchen drapierte und auf den Tisch stellte. »Ich dachte, wir könnten …«

»Ich geh laufen«, sagte Holden unvermittelt.

»Willst du denn gar nicht mit uns frühstücken?«, fragte Grace.

»Keinen Hunger«, entgegnete er im Vorbeigehen, schloss die Schlafzimmertür hinter sich und kam wenig später in seinen Laufklamotten und mit Kopfhörern auf den Ohren wieder raus.

»Bis später«, sagte er nur, drückte mir einen lieblosen Kuss auf die Lippen und ging. Grace schien das weder zu stören, noch schien sie etwas Verwunderliches daran zu finden.

»... Francesco Clemente zum Beispiel. Also, den finde ich wirklich beeindruckend«, plapperte sie weiter, während ich nachdenklich die Tür anstarrte, durch die mein Freund eben verschwunden war. Dann drehte ich mich zu ihr um und beobachtete staunend, wie sie eine Packung Eier aus dem Kühlschrank nahm, sich zielsicher eine Rührschüssel samt Schneebesen griff und die Eier darin aufschlug.

Und in diesem Moment fiel es mir wie die sprichwörtlichen Schuppen von den Augen. Mit einem Schlag wurde mir bewusst, wie selbstverständlich sich Grace in unserer Wohnung und in unserem Leben breitgemacht hatte. Man hätte meinen können, sie wohnte hier. Sogar eine Zahnbürste hatte sie in unserem Bad deponiert. Mir war zwar klar gewesen, dass Grace eine Menge Zeit mit uns und bei uns verbrachte, aber erst jetzt erkannte ich, dass wir seit Wochen, wenn nicht sogar Monaten, praktisch in einer Dreiecksbeziehung lebten. Unwillkürlich schüttelte ich den Kopf. Nein. So konnte das nicht weitergehen. Ich konnte nicht riskieren, Holden deswegen zu verlieren. Er war das Beste, das mir je passiert war.

»Grace.«

Über dem vor sich hin brutzelnden Rührei hob sie den Kopf. »Ja?«

»Ich muss mit dir reden.«

Wie erwartet, war Grace tagelang beleidigt. Doch das nahm ich in Kauf. So, wie es war, wäre es nicht mehr lange gut gegangen. Ich war jetzt in einer festen Beziehung. Einer sehr ernsten festen

Beziehung – und schwanger hin oder her, wenn sie weiterhin meine Freundin sein wollte, hatte Grace das zu akzeptieren.

»Das bedeutet nicht, dass ich nicht mehr für dich da bin – ich bin immer da, wenn du mich brauchst, das weißt du«, hatte ich ihr erklärt. »Aber Holden und ich brauchen Raum für uns und unsere Beziehung. Verstehst du?«

»Ich denke, ich verstehe sehr gut«, hatte sie mit verkniffener Miene geantwortet und ihre Tasche geschnappt. »Und ich merke auch, wenn ich nicht erwünscht bin.«

Erhobenen Hauptes war sie Richtung Tür gewatschelt, hatte mir einen letzten strafenden Blick zugeworfen und sie hinter sich zugeknallt. Noch auf der Treppe hatte sie angefangen zu weinen.

»Hast du was von Grace gehört?«, erkundigte sich Holden drei Tage später.

»Nein.« Ich seufzte leise. »Sie ist noch sauer auf mich.«

Er kam zu mir, legte den Arm um mich und küsste mich sanft.

»Sie kriegt sich schon wieder ein. Mach dir keine Sorgen«, versuchte er mich aufzumuntern und küsste mich noch mal. »Ich bin stolz auf dich, dass du den Mut hattest, es anzusprechen.«

Ich lächelte entschuldigend. »Tut mir leid. Ich hab dir das viel zu lange zugemutet.«

»Ist schon okay.« Er zuckte mit den Schultern. »Sie ist eben deine Freundin und macht gerade eine schwere Zeit durch.«

»Ja, aber in zwei Wochen beginnen die Prüfungen. Dann hab ich sowieso schon genug um die Ohren. Und das bisschen Freizeit, das ich dann noch habe, will ich mit dir verbringen. Ich bin für sie da, wenn sie mich braucht, aber es geht nicht, dass sie mir den ganzen Tag am Rockzipfel hängt und nichts mit sich alleine anzufangen weiß. Wie soll das erst werden, wenn das

Baby da ist? Da muss sie nicht nur für sich selbst Verantwortung übernehmen, sondern auch für das Kind.« Ich seufzte erneut. Was, wenn sie es nicht schafft?

»Sie wird da schon reinwachsen.« Holden lächelte. »Grace ist schließlich ein großes Mädchen.«

An Tag vier meldete sie sich schließlich. Per WhatsApp. Für einen Anruf war sie wohl noch zu beleidigt.

> Du hast recht mit dem was du gesagt hast

schrieb sie.

> Hast du Lust auf einen Kaffee? Aber natürlich nur, wenn du und Holden nichts anderes vorhabt.

> Gern.

schrieb ich zurück.

> Du hast mir gefehlt ;-)

KAPITEL 14

Grace bekam einen wunderschönen Jungen, den sie Gabriel nannte. »Weil er aussieht wie ein Engel, findest du nicht?«

Da konnte ich ihr nur zustimmen. Ganz verliebt betrachtete ich das schlafende Baby auf meinem Arm. »Er ist wirklich wunderschön.«

Auch Holden, von dem ich bis jetzt überhaupt nicht wusste, ob er etwas mit Babys anfangen konnte oder nicht, war hin und weg. Er hatte sich sogar richtig auf den Besuch im Krankenhaus gefreut und mir geholfen, ein süßes Geschenk für den Kleinen auszusuchen. In letzter Zeit hatten wir Grace nicht mehr so oft gesehen. Seit sie den Geburtsvorbereitungskurs besucht hatte, war sie höchstens noch ein-, vielleicht zweimal pro Woche vorbeigekommen. Dort hatte sie nämlich andere schwangere Singles kennengelernt und man merkte ihr an, wie unheimlich gut es ihr tat, sich mit Gleichgesinnten – obwohl es hier vielleicht treffender ist, von *Frauen in derselben schwierigen Lebenssituation* zu sprechen, denn es ist bei Gott nicht einfach, ganz alleine ein Kind großzuziehen – zu treffen und sich auszutauschen. Oder auch einfach mal ausgiebig Dampf abzulassen bei jemandem, der nachvollziehen konnte, was sie durchmachte. Und während Grace sich in ihr neues Leben als alleinerziehende junge Mutter einfinden musste, beendete ich mein Studium und machte mich auf die Suche nach einem Job. Was bedeutete, dass ich mich durch ein Assessment Center nach dem anderen quälte und immer wieder aufs Neue mein Bestes gab, um unter Dutzenden anderen Bewerbern herauszustechen. Ich hatte doch tatsächlich geglaubt, mit einem hervorragenden Harvard-Abschluss in der Tasche stünde mir die Welt offen, doch nach ein paar Bewerbungsrunden beschlich mich mehr und mehr der Verdacht, dass es letzten Endes darauf hinauslief, welche Bewerberin vor dem notgeilen Personalchef die Bluse am weitesten aufknöpfte.

»Ich brauch was zu trinken!«, war das Erste, das ich zu Holden sagte, als ich nach einem vierstündigen Bewerbungsmarathon zur Tür hereinkam. Er nickte nur knapp, nahm seine Jacke und verfrachtete mich in eine Bar, wo wir uns hemmungslos betranken.

»Weißt du was?«, begann ich im Rausch zu philosophieren, »vielleicht sollten wir einfach abhauen. Uns einen Rucksack schnappen und«, theatralisch breitete ich die Arme aus, »auf Weltreise gehen. Nur wir beide.«

Holdens Lächeln sah ich an, dass er meinen Vorschlag für einen Scherz hielt, bestenfalls für eine Schnapsidee, die ich spätestens morgen wieder verwerfen würde.

»Nein, im Ernst.« Mittlerweile fing ich schon leicht an zu lallen. »Wofür tun wir das denn alles?«

Er runzelte die Stirn. »Was denn?«

»Na, studieren, uns irgendeinen Job suchen, in dem wir unglücklich sind, nur um für den Rest unseres Lebens in einem Hamsterrad gefangen zu sein, uns jeden Morgen aus dem Bett zu quälen und etwas zu tun, das wir im Grunde hassen. Im Ernst. Warum tun wir uns das an?« Ich griff nach Holdens Hand und drückte sie fest.

»Lass uns abhauen«, wiederholte ich meinen Vorschlag. »Lass uns die Welt sehen.« Plötzlich hatte ich Seth vor Augen.

Stellte mir vor, wie er sich, nur mit einem Rucksack voller Habseligkeiten auf dem Rücken, aufgemacht hatte, die Welt zu entdecken. Vielleicht war meine Vorstellung ja etwas zu romantisch, schließlich hatte er wohl zumindest einen Studienplatz, was darauf schließen ließ, dass sein Abenteuer wohl doch etwas geordneter ablief als in meiner Fantasie. Aber im Grunde war es doch genau das, was er tat. Er sagte Nein zu dem Trott, in den er hineingeboren worden war. Nein zu dem Alltag, der einen langsam auszehrte. Nein zu den Verpflichtungen, die einem aufgezwungen werden. Nein zu den Konventionen, die einem auferlegt werden. Nein zu einem Leben, das er nicht führen wollte.

»Annie«, Holden klang beinahe tadelnd, »so einfach ist das nicht.«

»Doch ist es!«, widersprach ich entschieden. *Seth hat es doch auch geschafft!*

Holden bedachte mich mit einem nachsichtigen Blick. »Du hattest einen harten Tag, Schatz. Und jetzt reagierst du ein bisschen über. Das ist alles.«

»Ich reagiere überhaupt nicht über«, protestierte ich und spürte, wie ich von einer Sekunde auf die andere richtig sauer wurde. »Nur weil du dich nicht aus Boston rauswagst. Jedes Mal, wenn ich dich frage, ob wir verreisen, sagst du, zu Hause sei es am schönsten, und wir hätten hier doch alles, was wir brauchen. Du hast noch nie etwas anderes gesehen. Du kannst doch gar nicht beurteilen, was dir gefällt und was nicht.«

Fast schon entsetzt starrte er mich an, und auch der Barkeeper warf mir einen verwunderten Blick zu. Jep, nun war ich eindeutig über das Ziel hinausgeschossen.

»So … so habe ich das nicht gemeint«, lenkte ich kleinlaut ein. »Es tut mir leid.« Ich legte meine Hand auf seinen Oberschenkel. »Es ist nur …« Ich atmete lange aus. »Es ist nur so frustrierend, weißt du?«

Holden brauchte noch einen Moment, ehe er über meinen Ausbruch hinwegsehen konnte.

»Ja, ich weiß«, sagte er dann.

Auch wenn ich schon selbst nicht mehr daran geglaubt hatte, ich fand einen Job. Einen richtig guten sogar. Ein in Boston ansässiges Pharmaunternehmen namens Verimax Pharmaceuticals, Inc. suchte eine Juniorpharmareferentin, und ich setzte mich gegen sage und schreibe sechsundachtzig Mitbewerber durch, und das waren allein die, die zum Assessment Center eingeladen worden waren. Als Einstiegsjob war es geradezu ideal. So konnte ich erst mal ein bisschen Erfahrung sammeln, bevor ich irgendwann in die Entwicklung wechselte. Und obendrein kam ich ein bisschen rum, was mein Fernweh vorerst im Zaum hielt und wo ich nach einer Woche Außendienst und Hotelübernachtungen zwischendurch ganz froh war, einfach nur zu Hause zu sein. Das Thema Weltreise war also erst mal vom Tisch. Und da wir nun beide verdienten und wenigstens ich keinen Studienkredit abzubezahlen hatte, hatten Holden und ich in dieser Zeit das erste Mal so etwas wie verfügbares Einkommen. Wir nahmen uns eine größere Wohnung, kauften ein zweites Auto, schlossen ein paar Versicherungen ab, gingen aus und verpassten unserem Kleiderschrank regelmäßig neuen Input. Rückblickend waren das vielleicht die schönsten Jahre meines Lebens.

»Du triffst dich heute mit Grace, oder?«, fragte mich Holden an jenem Samstag, als wir von unserem morgendlichen Koitus, um es mit Sheldon Coopers Worten zu sagen, ganz verschwitzt nebeneinander im Bett lagen.

»Ja, zum Frühstück.« Es war eine wahre Seltenheit, dass Grace für den mittlerweile eineinhalbjährigen Gabriel einen Babysitter hatte. Das wollte sie unbedingt nutzen, »um etwas Erwachsenes« zu machen. Und so hatten wir uns um zehn Uhr

197

im Café Fleuri zum Brunch verabredet. Nur wir beide. Das erste Mal seit Wochen hatte sie sich richtig schick gemacht. Fast sah sie aus wie die Grace von früher. Mit verspielten Locken, roten Lippen und perfektem Lidstrich. So ganz ohne Babybrei, klebrige Patschehändchen und Schlabbershirt. Ich fühlte mich geehrt, dass sie sich für mich so rausgeputzt hatte.

»Rat mal«, sagte sie, selig vor sich hin grinsend, als wir uns gesetzt hatten. »Ich hab heute Nacht durchgeschlafen. Das erste Mal seit Wochen. Es war herrlich.«

Ich lächelte. »Da hast du aber deine Ansprüche ganz schön runtergeschraubt in letzter Zeit.«

»Ich bin immer wieder erstaunt, mit wie wenig man sich zufriedengibt, sobald man Kinder hat. Schlafen zum Beispiel ist purer Luxus. Oder allein aufs Klo gehen.«

Ich verzog das Gesicht. »Hört sich ganz schön traurig an.«

Grace zuckte mit den Schultern. »Das ist es wert.« Sie wandte sich der Kellnerin zu, die gerade an unseren Tisch getreten war. »Zwei Mimosa, bitte.« Dann drehte sie sich wieder zu mir. »Gabe zahnt gerade. Er raubt mir den letzten Nerv.« Sie verdrehte die Augen. »Heute Nacht hat er bei meiner Freundin Molly geschlafen. Das ist wie ein Kurzurlaub, sag ich dir.«

»Wann bringt sie ihn wieder?«, fragte ich schmunzelnd.

»Gegen zwei. Ich hab also noch genau …«, sie sah auf die Uhr, »dreieinhalb Stunden, um meine Freiheit zu genießen.«

»Na dann, cheers!«, prostete ich ihr zu, als die Kellnerin unsere Cocktails brachte.

Grace leerte ihr Glas in drei Zügen und bestellte gleich die nächste Runde.

Dann standen wir auf und gingen zum Büfett.

»Oh, sieh nur, sie haben wieder diese Lachsröllchen. Und da! Die kleinen Croissants mit Marzipanfüllung.« Grace geriet regelrecht ins Schwärmen, und ich freute mich mit ihr. Schien, als hatte sie diese kleine Auszeit bitter nötig gehabt. Ich nahm mir vor, Gabe auch mal über Nacht zu nehmen, damit sie ein bisschen Zeit für sich hatte.

Als wir zurückkamen, bekam die Stimmung jedoch einen gewaltigen Dämpfer. Eine glatt geföhnte Enddreißigerin hatte mit einem etwa drei Jahre alten Jungen am Nebentisch Platz genommen. Grace rollte mit den Augen.

»Das wars wohl mit meinem kinderfreien Vormittag«, murmelte sie mit zusammengebissenen Zähnen. Und noch bevor wir unser erstes Croissant vertilgt hatten, ging es los.

»Bonbon«, verlangte der Junge.

»Nein. Erst, wenn du dein Obst gegessen hast«, erwiderte seine Mutter konsequent, ließ besagte Süßigkeit aber auf dem Tisch liegen, damit er das Objekt der Begierde ja nicht aus den Augen verlor.

»Wie läuft es bei euch so?«, erkundigte sich Grace nun in dem Bestreben, die Erziehungsversuche am Nachbartisch zu ignorieren.

»Sehr gut«, antwortete ich. »Nur Holdens Mutter geht mir gerade ziemlich auf die Nerven.« Zwischenzeitlich hatte ich das Vergnügen gehabt, sie kennenzulernen, und musste feststellen, dass sie eine der Mütter war, die für ihren Sohn keine Frau als gut genug erachten.

»Kommt sie immer noch so oft vorbei?«, erkundigte sich Grace mitfühlend.

Ich nickte. »Dafür, dass sie einfach abgehauen ist und sein halbes Leben lang nichts von Holden wissen wollte, erhebt sie ganz schön Anspruch auf ihn. Außerdem hat sie immer irgendwas an mir auszusetzen. Als ich meinen Abschluss hatte, weißt du, was sie da gesagt hat?«

»Bonbon«, tönte es vom Nachbartisch.

»Was?«

»Dass mir jetzt, da die Prüfungen vorbei sind, bestimmt langweilig ist. Das wars. Kein herzlichen Glückwunsch, keine Frage danach, was ich als Nächstes vorhabe, nichts.«

»Was hast du zu ihr gesagt?«

»›Langweilig?‹, hab ich sie gefragt. ›Mein Auge hat endlich aufgehört zu zucken.‹«

Grace lachte herzlich.

»Da hättest du mal den Blick sehen sollen, den sie Holden zugeworfen hat.«

»Bonbon.«

»Apropos Zukunftspläne«, fiel es ihr plötzlich ein. »Wie war deine Präsentation am Dienstag?«

»Oh. Sehr gut.« Ich war erstaunt, dass sie sich das gemerkt hatte. Sogar Holden hatte ich daran erinnern müssen. Ich hatte einen Verbesserungsvorschlag zur Optimierung unseres Medikamentes gegen Sodbrennen eingereicht, und mein Boss hatte mich gebeten, meine Idee vor versammelter Mannschaft zu präsentieren.

»Bonbon.«

»Obwohl ich echt nervös war deswegen. Sogar der Vorstand war da.«

»Bonbon!«

»Nein, zuerst isst du dein Obst.«

»Das kommt nun in die Entwicklungsabteilung. Die prüfen meinen Vorschlag, und wenn er umgesetzt wird, hab ich gute Chancen, dorthin zu wechseln, und mit etwas Glück darf ich das Projekt sogar selbst betreuen.«

»BONBON!«

»Wow, das hört sich ja super an«, freute sich Grace. »Dann kommst du ja noch viel schneller in die Entwicklung als gedacht.«

»Wenn es klappt, ja.«

»BONBON! BONBON!« Das Kleinkind am Nebentisch hörte einfach nicht auf zu quengeln. Grace kniff die Augen zusammen, atmete tief durch, öffnete sie wieder und setzte eine versöhnliche Miene auf. Offenbar wild entschlossen, sich ihren kinderfreien Vormittag nicht so schnell verderben zu lassen.

»Nein, zuerst das Obst.« Supermom klopfte mit der Gabel auf den Teller, auf dem sie zwei Blaubeeren, ein Stück Apfel und eine Handvoll Himbeeren in Form eines Gesichts drapiert hatte. Gleichzeitig nahm sie das Bonbon vom Tisch und wedelte damit vor der Nase ihres Sohnes herum.

»Das bekommst du danach.«

»Bonbon jetzt!«, verlangte der Junge.

»Zuerst dein Obst«, wiederholte seine Mutter in jenem leiernden Tonfall, mit dem so viele Mütter ihre Konsequenz zum Ausdruck bringen wollen, der aber bei ihren Kindern absolut keine Wirkung zeigt und zum nörgelnden Dauerton verblasst. Am Ende würde er bekommen, was er wollte. Grace blieb, für ihr doch eher aufbrausendes Temperament, erstaunlich ruhig. Dafür reichte es mir so langsam. Ich war kurz davor, aufzuspringen und der guten Frau zu sagen, sie solle ihm entweder dieses dämliche Bonbon geben oder woanders versuchen, ihr Kind zu erziehen.

Das Quengeln ging in einen ausgewachsenen Wutanfall über. Der kleine Junge warf sich auf den Boden, strampelte mit Armen und Beinen und brüllte mit hochrotem Kopf: »Bonbon! BONBON!«

»Zuerst dein Obst«, beharrte seine Mutter und hob nun sogar den Zeigefinger. Sie meinte es also ernst, was ihren nun völlig ausrastenden Sprössling gänzlich kalt ließ.

Grace setzte mit ihrem Satz nun schon zum dritten Mal an, als sich der Ausdruck in ihrem Gesicht plötzlich wandelte.

»BONBON! BONBON!«

Und plötzlich stand Grace wortlos auf, nahm der netten Dame das Bonbon aus der Hand und steckte es sich in den Mund. Der Junge riss die Augen auf. Offenbar erlebte er gerade den Schock seines Lebens. Ebenso seine Mutter, der der Mund offen stehen blieb.

Unter einem empörten »Sagen Sie mal, was fällt Ihnen ein?!« zerrte sie ihren Sohn vom Boden hoch und verließ schließlich kurzerhand das Restaurant. Grace erntete reihum anerkennende Blicke der anderen Gäste.

»Ich dachte, wenn man selbst Mutter ist, macht einem so etwas nicht mehr so viel aus«, sagte ich kichernd.

Grace zuckte mit den Schultern. »Kinder sind wie Fürze«, sagte sie trocken, »nur die eigenen sind einigermaßen erträglich.«

Nach dem Brunch ging ich noch zum Sport – ich hatte mich zwischenzeitlich im Fitnessstudio angemeldet und ging tatsächlich auch regelmäßig hin –, und als ich am frühen Abend nach Hause kam, wartete Holden schon auf mich. Mir fiel sofort auf, dass er ungewöhnlich gut angezogen war, und wenn mich nicht alles täuschte, war er sogar beim Friseur gewesen.

»Hab ich was verpasst?«, fragte ich, noch während ich ihn musterte.

Holden grinste ein undefinierbares Grinsen. »Wir gehen aus«, sagte er nur. »Zieh dir was Schönes an. Du hast zwanzig Minuten.«

»Okay«, erwiderte ich, und es klang wie eine Frage.

Da ich nach dem Sport bereits frisch geduscht war, legte ich nur noch ein bisschen Make-up auf und schlüpfte in ein knielanges Lieblingskleid, das mit dem Mix aus Jersey und Spitze die perfekte Mischung aus bequem und elegant verkörperte.

»Fertig«, verkündete ich fünfzehn Minuten später. »Wo gehen wir denn hin?«

»Erstens: du siehst toll aus, Schatz. Und zweitens: das verrate ich nicht.«

Die knapp zwanzigminütige Fahrt endete in South Boston direkt am Fish Pier.

»Warte«, wies Holden mich an, als er geparkt hatte, ging einmal ums Auto herum, öffnete die Beifahrertür und half mir heraus, als wäre er ein Rosenkavalier aus dem neunzehnten Jahrhundert. Dann nahm er meine Hand und führte mich die Straße direkt am Wasser entlang. Es war eine seltsame Mischung aus Freude und Nervosität, die sich auf seinem Gesicht widerspiegelte. Während meines von Skepsis gezeichnet war. Vor Del Frisco's, einem der besten Restaurants in ganz Boston, machten wir schließlich halt.

»Hier essen wir?«, fragte ich.

Holden nickte und zog mich mit sich.

»Wir haben eine Reservierung auf Crane«, sagte er zu der fülligen Dame am Empfang.

Sie sah kurz in ihrem Buch nach. »Ja, Tisch für zwei. Folgen Sie mir bitte.« Vom Anblick ihres hypnotisch auf und ab wippenden Hinterteils gefesselt, gingen wir ihr nach, bis sie an einem gemütlichen Separee mit samtüberzogenen Polstermöbeln stehen blieb und lächelnd mit der Hand darauf wies.

»Bitte.«

»Vielen Dank.«

»Okay, raus mit der Sprache«, forderte ich, sobald ich es schaffte, den Blick von ihrem zurückwippenden Monsterhintern abzuwenden. »Was gibt es zu feiern?«

»Kann man nicht mal mit seiner Freundin essen gehen, ohne dass es gleich einen Anlass geben muss?«

»Kann man theoretisch schon«, wandte ich ein. »Haben wir aber noch nie gemacht. Also, sag schon. Was ist es? Bist du befördert worden?«

»Nein. Aber danke, dass du fragst. Das setzt mich überhaupt nicht unter Druck.«

Obwohl er es im Scherz sagte, hätte ich mich ohrfeigen können. Holdens Beförderung war schon seit einiger Zeit überfällig. Meine dämliche Bemerkung war, wie Salz in eine offene Wunde zu streuen. Besser, ich hielt mich mit Spekulationen zurück, ehe ich in das nächste Fettnäpfchen trat. Als der Kellner mit der Karte da war, war ich froh, mich für einen Moment hinter ihr verstecken zu können. Vielleicht wollte Holden tatsächlich nur mit mir ausgehen. Einfach nur so, ohne besonderen Grund. Oder? Noch bevor ich den Gedanken zu Ende gedacht hatte, schoss mir ein anderer durch den Kopf. Vor Schreck riss ich die Augen auf. Die Hitze schoss mir ins Gesicht. Oh mein Gott! Er wollte doch nicht …

»Wie geht's Grace?«, fragte Holden mitten in meine Panik hinein. Seine Frage klang so locker und unverbindlich, dass meine Anspannung sich schnell wieder legte.

»Gut. Gabe war heute Nacht bei einer Freundin, und sie konnte endlich mal ausschlafen.« Dann fiel mir die Bonbongeschichte wieder ein, und ich musste lachen. »Du glaubst nicht, was sie getan hat.«

»Wirklich?« Holden fand die Geschichte ebenso lustig wie ich. Und als der Kellner wiederkam, um unsere Bestellung aufzunehmen, hatten wir so viel gelacht, dass wir noch gar keine Zeit gehabt hatten, uns näher mit der Karte auseinanderzusetzen. Wir baten ihn, in ein paar Minuten wiederzukommen. Holden bestand darauf, dass ich mir Vorspeise, Hauptgang und Nachtisch aussuchte, was nebenbei bemerkt ein kleines Vermögen kostete. Und wieder flammte der Verdacht in mir auf, dass er an diesem Abend doch etwas im Schilde führte.

Aber sowohl das Essen als auch die Unterhaltung waren so gut, dass sich meine Bedenken legten und ich endlich begann, den Abend einfach zu genießen. Und als es zwei Stunden später ans Bezahlen ging und sich ein wunderbarer Abend somit dem Ende zuneigte, war ich schließlich tiefenentspannt.

»Willst du schon nach Hause?«, fragte Holden, als wir das Lokal verließen. »Oder sollen wir noch einen kleinen Spaziergang machen?«

Es war kurz vor halb zehn, aber noch immer hell draußen an diesem Spätsommerabend. Nicht mehr lange, dann würde die glutrote Sommersonne am Horizont versinken.

»Gern«, sagte ich, und wir machten uns auf in Richtung Fan Pier Park, um ein bisschen am Hafen entlangzuschlendern. Obwohl wir nicht die Einzigen waren, die diese Idee hatten, störten wir uns nicht an den anderen Spaziergängern. Wahrscheinlich deshalb, weil es sich entweder um Jogger handelte, die schnell an uns vorbeiflitzten, oder um verliebte Paare, die ebenso für sich sein wollten wie wir für uns. Ich weiß nicht, woran es lag. Vielleicht an dem tollen Essen, vielleicht an dem malerischen Sonnenuntergang, vielleicht daran, dass ich im Moment in meinem Leben nichts vermisste. Vielleicht daran, dass ich jemanden wie Holden an meiner Seite hatte. Jemanden, den ich von ganzem Herzen liebte und der mich, so hoffte ich zumindest, genauso zurückliebte. Ich weiß nicht, was in jenem Moment den Ausschlag gab, aber ich war einfach glücklich. Ich war angekommen in einem Leben, das ich mir selbst erschaffen hatte. In einem Leben, das perfekt für mich war.

Irgendwann, die Sonne hatte das Wasser schon fast berührt, drückte Holden sanft meine Hand.

»Ein bisschen enttäuscht bin ich ja schon«, sagte er plötzlich.

»Enttäuscht? Aber warum denn?«

Er lächelte, und auf seinen Wangen breitete sich mit einem Mal eine leichte Röte aus. »Es gibt tatsächlich einen Anlass für den Abend heute«, ließ er schließlich heraus.

»Ach ja?« Das Spekulationskarussell in meinem Kopf nahm wieder Fahrt auf.

Mit hochgezogenen Augenbrauen sah er mich an. »Du weißt es wirklich nicht, oder?«

Krampfhaft versuchte ich mich zu erinnern. Was war es? Sein Geburtstag? Ach, Quatsch. Den würde ich nie vergessen. Unser Jahrestag? Nein, der war doch erst in ein paar Wochen. Oder hatte ich gar meinen eigenen Geburtstag vergessen?

»Heute ist der vierte Jahrestag unserer ersten Unterhaltung«, half er mir schließlich auf die Sprünge.

Verwundert sah ich ihn an. »Wo hatten wir denn unsere erste Unterhaltung?«

»Bei CVS Pharmacy in der Cambridge Street«, verkündete er grinsend.

»Was?« Meine Gesichtszüge entgleisten. »Das hast du dir gemerkt? Du weißt noch, an welchem Tag das war?«

Er runzelte die Stirn. »Du nicht?«

»Soll das ein Witz sein? Wenn überhaupt, hab ich versucht, es zu vergessen, statt mir das genaue Datum zu merken«, erwiderte ich entrüstet.

Er warf den Kopf in den Nacken und lachte. »Aber warum denn?«

Mehr als eine drohend hochgezogene Augenbraue würde er als Antwort nicht bekommen.

»Nein, im Ernst«, schmunzelte er immer noch, doch ganz plötzlich, von einem Moment zum nächsten, wurde seine Stimme ganz zärtlich. »Das war der Tag, an dem das Schicksal uns zusammengeführt hat.«

Solche Dinge sagte er normalerweise nur im Spaß, höchstens, um sich über die Esoteriker im Apartment nebenan lustig zu machen, aber im Moment war ich mir wirklich nicht sicher, ob er es diesmal ernst meinte.

»Das Schicksal?«, erwiderte ich spöttisch. »Wohl eher meine Verstopfung und dein gebrochenes Bein.«

»Gehört alles zum großen Plan«, entgegnete er souverän.

Ich verschränkte die Arme vor der Brust und blickte ihn misstrauisch an. »Sag mal, willst du mich verarschen?«

»Nein«, sagte er entschieden und griff in die rechte Tasche seines Jacketts. Das Blut schoss mir ins Gesicht.

»Was wird das denn jetzt?«, fragte ich nervös. »Machst du mir gleich einen Antrag?« Äh, hallo?! War ich bescheuert?! Wieso nur hatte ich das gefragt? Wenn er vorgehabt hätte, mir einen Antrag zu machen, wäre es ihm spätestens jetzt vergangen. Ich hatte alles ruiniert. Und dabei wollte ich doch, dass er mich fragt.

Doch Holden ließ sich nicht aus der Ruhe bringen. »Einen Antrag?«, wiederholte er vollkommen cool. »Wenn ich dir einen Antrag machen würde, dann würde ich das sicher nicht so machen.«

Ich spürte einen Stich in meiner Brust. *Wieso nicht?* Wäre es beinahe aus mir herausgeplatzt. *Der Moment ist perfekt.*

»Wenn ich dir einen Antrag machen würde«, fuhr er fort, und seine Augen begannen zu leuchten, »dann würde ich vor dir knien.« Langsam, wie in Zeitlupe, wurde er vor mir immer kleiner und senkte sich auf das rechte Knie, das linke blieb angewinkelt. Mir blieb die Luft weg.

»Und ich hätte einen Ring.« Er zog die Hand aus der Tasche, holte eine samtüberzogene schwarze Schatulle hervor, hob sie zu mir empor und klappte sie auf. Ein atemberaubend schöner, schlichter silberner Ring mit einem einzelnen perfekt geschliffenen Diamanten kam zum Vorschein.

Ich schlug mir die Hände vor den Mund und spürte, wie heiße Tränen über meine Wangen rannen.

»Und ich würde sagen: Annie, du bist die Liebe meines Lebens, und ich will keinen Tag mehr ohne dich sein, bis ich sterbe. Bitte werde meine Frau.«

Ich presste die Hände fester auf den Mund, um das aufkommende Schluchzen zu ersticken.

»Willst du mich heiraten?«, vollendete er seinen Antrag, nahm den Ring aus der Schatulle und blickte mich erwartungsvoll an.

»Ja«, schluchzte ich, »ja, natürlich«, und fiel ihm stürmisch um den Hals.

Auf einem Bein kniend, konnte Holden das Gleichgewicht nicht halten, und ich riss ihn zu Boden.

»Oh, Annie«, flüsterte er an meinem Ohr, »ich liebe dich so sehr.«

Als er mich langsam hochzog und mich dabei unentwegt ansah, merkte ich, dass auch er feuchte Augen hatte. Ob davon, dass er von der Situation ebenso überwältigt war wie ich, oder weil er mit dem Kopf auf den Teerboden geknallt war, konnte ich nicht genau sagen.

Ungestüm wollte ich ihn küssen, doch er hielt mich mit sanftem Druck auf Abstand. »Warte«, sagte er und lächelte breit, »der Ring.«

»Ach so, den hatte ich ganz vergessen«, murmelte ich und merkte, dass ich völlig neben der Spur war.

Holden hob mein Kinn an und sah mir in die Augen. Dann nahm er meine linke Hand und streifte mir den Ring über.

Ich spreizte die Finger, streckte den Arm aus und betrachtete den Diamanten, in dem sich das Licht der gerade am Horizont verschwindenden Sonne in allen Farben des Regenbogens brach.

»Er ist perfekt.«

KAPITEL 15

»Entspann dich, Schatz.« Holden nahm meine Hand. Seit fast einer Stunde saßen wir nun schon am Gate und warteten auf das Boarding. Laut Plan sollte unser Flug in zehn Minuten starten. Es wurde also langsam Zeit.

Zeit … das war das Stichwort. Fünf Jahre, um genau zu sein. Genau so lange hatte ich niemanden aus meiner Familie mehr gesehen. Worüber ich, abgesehen von meiner Mutter, ziemlich traurig war. Es war nicht so, dass wir stritten oder gar nicht miteinander sprachen. Nein. Es war eher so, dass ich sie in Ruhe ließ und sie mich. Im ersten Jahr war ich zu Weihnachten nach Hause geflogen, weil man das eben so macht. Es war eine Katastrophe gewesen. Zumindest für mich. Ständig hatte sie mich zurechtgewiesen. Mich hingestellt, als hielte ich mich für was Besseres, weil ich in Harvard studierte, und mich in jedem Augenblick dieser endlosen vier Tage, die ich dort verbracht hatte, spüren lassen, dass sie mich im Grunde nicht dahaben wollte. Also war ich seitdem nicht mehr dort gewesen. Was mir ein bisschen leidtat wegen meines Dads, meiner Grandma und Tante Jane – aber ganz ehrlich: Innerhalb der letzten fünf Jahre hätten sie ihren Arsch ja auch mal in ein Flugzeug bewegen und mich besuchen kommen können. Aber mein Dad hatte keine

Zeit, meine Grandma zu viel Angst vorm Fliegen, und Jane kam irgendwie immer irgendetwas dazwischen. Was im Grunde nichts anderes bedeutet als: *Es ist mir nicht wichtig genug.* Wie auch immer, irgendwann hatte ich dann aufgehört zu fragen, und wir beschränkten uns auf das Telefon. Auch mit meiner Mutter telefonierte ich hin und wieder. Etwa, wenn ein Brief für mich gekommen war oder eine von uns Geburtstag hatte. Oder das eine Mal, als Grandma ins Krankenhaus musste und sie mir knapp erklärte, dass sie ihr einen Stent einsetzen würden. Ansonsten waren unsere Unterhaltungen, seitdem ich nach Boston gezogen war, nicht über Small Talk hinausgekommen. Meiner Mutter jetzt zu erzählen, dass ich heiraten würde, kam einer Offenbarung gleich. Dass ich einen Freund hatte, wusste sie zwar schon lange, hatte mich aber weder nach ihm gefragt, noch schien es sie sonderlich zu interessieren.

»Good morning ladies and gentlemen,«, tönte es aus der Lautsprecheranlage, »your American Airlines Flight 6842 to Seattle is now ready for boarding. Please have your boarding passes ready.« Mein Puls beschleunigte sich. »Guten Morgen, meine Damen und Herren, Ihr American-Airlines-Flug 6842 nach Seattle ist nun für Sie zum Einsteigen bereit. Wir bitten Sie, Ihre Bordkarten am Ausgang bereitzuhalten.«

Ich atmete noch einmal tief durch, ehe ich mich erhob und wir uns in die Schlange einreihten. Holden legte den Arm um meine Schulter und küsste mich aufs Haar. »Entspann dich«, wiederholte er. »Das wird schon.«

Ich wusste, ehrlich gesagt, gar nicht, warum ich so aufgeregt war. Meine Mutter spielte in meinem Leben längst keine Rolle mehr, zumindest keine aktive. Sie hatte weder direkten Einfluss auf mich noch auf mein Leben oder auf die Entscheidungen, die ich traf. Ich würde Holden auch heiraten, wenn sie ihn für die Ausgeburt des Teufels hielte. Alles, was ich tat, war, ihr meine Entscheidung mitzuteilen. Und weil es sich eben so gehörte, persönlich und nicht am Telefon. Das war alles. Und doch fühlte ich mich, als säße ich gleich wieder vor dem Aufnahmekomitee der Universität, das die Macht hatte, über den weiteren Verlauf meines Lebens zu entscheiden. Oder ihn zumindest gravierend zu beeinflussen. Und dabei war ich noch sechs Flugstunden von ihr entfernt. Wie würde ich mich da erst fühlen, wenn ich vor ihr stand? Ich wollte den Gedanken zuerst gar nicht recht zulassen, aber … vielleicht war es mir, aus welchem abstrusen und verworrenen Grund auch immer, wichtig, dass meine Mutter meine Entscheidung guthieß. Dass sie, wenigstens einmal in meinem Leben, stolz auf mich war. Ist das nicht verrückt? Nach so vielen Jahren und allem, was in dieser Zeit passiert war, all den Verletzungen und all der Zurückweisung, sehnte ich mich noch immer nach ihrer Anerkennung. Nach ihrer Liebe.

»Eigentlich müsstest *du* aufgeregt sein, und ich müsste dich beruhigen«, sagte ich zu Holden, als wir am Gepäckband standen. »Schließlich lernst du gleich deine zukünftigen Schwiegereltern kennen.«

Meine Hände zitterten, als ich meine Tasche vom Band hieven wollte.

»Ich mach das«, sagte er mit ruhiger Stimme und nahm sie mir ab. Dann stellte er sich vor mich, betrachtete mein Gesicht und legte seine Hand an meine Wange.

»Wir müssen das nicht machen, weißt du.« Er lächelte. »Du musst nur ein Wort sagen, und wir sitzen in der nächsten Maschine zurück nach Boston.«

Was für ein verlockender Gedanke.

Und obwohl ich innerlich *Ja* brüllte, *Ja, lass uns einfach abhauen,* schüttelte ich den Kopf. »Nein. Das ziehen wir jetzt durch. Mein Dad wartet wahrscheinlich schon draußen, um uns abzuholen.«

Er sah mich unverwandt an. »Bist du sicher?«

»Ja – und jetzt hör auf, mich zu fragen, bevor ich es mir doch noch anders überlege.«

Holden hob den linken Mundwinkel und grinste schief. »Okay.«

Und als wir, am Zoll vorbei, in die Ankunftshalle traten, stand er da schon. Sein Haar war etwas dünner geworden, und an den Seiten war er leicht ergraut, aber er hatte noch immer das einnehmende Grinsen des kleinen Jungen, der er mal gewesen war. Automatisch stürmte ich auf ihn zu und warf mich in seine Arme.

»Hallo, Kleines«, begrüßte er mich liebevoll und küsste mich auf die Wange.

»Hallo, Daddy.«

Mit feuchten Augen löste ich mich von ihm und drehte mich zu Holden, der geduldig gewartet hatte.

»Daddy, das ist Holden.« Ich schluckte. »Mein … Freund.« Beinahe wäre mir *mein Verlobter* herausgerutscht.

Lächelnd und doch mit abschätzendem Blick streckte er ihm die Hand entgegen.

»Holden«, wiederholte er, als würde er einen alten Geschäftspartner begrüßen, »freut mich, dich endlich persönlich kennenzulernen.«

Ich stutzte. »Persönlich?«

»Sie weiß nichts davon?«, fragte mein Dad und lachte, als er meinen verdatterten Gesichtsausdruck bemerkte.

»Ich hab deinen Dad angerufen und bei ihm um deine Hand angehalten«, erklärte Holden und hielt einen Moment inne. »Ich hatte seine Nummer aus deinem Handy«, gestand er.

Wow! Ich war platt. Bis auf die Tatsache, dass er offensichtlich in meinem Handy herumspionierte, war ich beeindruckt. Sogar ein bisschen gerührt.

Plötzlich fühlte ich mich richtig erleichtert. »Na, dann ist die Katze ja schon aus dem Sack.« Während des gesamten Fluges hatte ich überlegt, wie genau ich es anstellen sollte, es meinen Eltern zu sagen. Umso besser, wenn sie es schon wussten.

»Wir werden heiraten«, sagte ich gelöst und streckte ihm meine linke Hand entgegen, von der ein geschliffener Diamant funkelte.

»Weiß Mom denn auch schon Bescheid?«, fragte ich, während mein Dad den Ring bestaunte. Wahrscheinlich überlegte er, was Holden wohl dafür hingeblättert hatte.

»Ich hab es ihr gesagt, ja.«

»Und?«

»Sie freut sich«, antwortete er knapp.

Ich zuckte mit den Schultern. Das war mehr, als ich erwarten konnte. Zuzüglich den Bonus, dass ich es ihr nicht selbst sagen und ihre Reaktion ungefiltert hinnehmen musste. So hatte sie genug Zeit gehabt, sich darauf vorzubereiten.

»Dann hast du also einem Wildfremden, den du nur vom Telefon kennst, erlaubt, deine einzige Tochter zu heiraten?«, fragte ich gut gelaunt, während wir die Ankunftshalle in Richtung Parkdeck verließen.

»Hi, Mom.«

Die vierzigminütige Fahrt von Seattle nach Lakewood war für meinen Geschmack viel zu schnell vergangen. Und nun, da ich vor ihr stand, war ich sogar noch nervöser, als ich befürchtet hatte.

»Annie«, begrüßte sie mich überschwänglich und zog mich in ihre Arme.

Automatisch machte ich mich steif. Eine Art reflexhafte Abwehrhaltung. Dann schien sich mein Körper dunkel an etwas zu erinnern, und ich ließ mich auf ihre Umarmung ein.

»Das ist Holden. Mein …«, ich musste gedanklich Anlauf nehmen, um das Wort über die Lippen zu bringen, »… Verlobter.«

»Es freut mich, dich kennenzulernen, Holden.«

Verwundert sah ich mir an, wie sie auch ihn in ihre Arme schloss. Was für ein Selbstfindungsseminar hatte sie wohl zuletzt besucht? *Schließe Frieden mit dir und der Welt?*

»Es freut mich auch sehr, Mrs Blazon.«

»Nenn mich Ruby.«

»Jetzt kommt erst mal rein. Habt ihr Hunger? Ich hab Annies Zimmer hergerichtet und das Bett frisch bezogen. Ihr könnt eure Sachen gleich hochbringen, wenn ihr wollt. In einer Stunde gibt es Abendessen.«

»Okay«, erwiderte ich etwas verunsichert und ging zusammen mit Holden nach oben in mein altes Zimmer.

Seltsam, wie fremd man sich fühlen kann an dem Ort, an dem man aufgewachsen ist. Als wäre das ehemalige Zuhause eine Art Museum, in dem man nichts anfassen darf, das einem nicht ausdrücklich erlaubt wurde. Meine ganzen Sachen ließ ich im Koffer, räumte nichts in den Schrank. Nicht mal meine Zahnbürste stellte ich ins Bad, sondern ließ alles im Waschbeutel, den ich einfach mitnahm, um mich nach dem langen Flug etwas frisch zu machen.

»Deine Eltern machen einen sehr netten Eindruck«, begann Holden vorsichtig. Er wusste, wie meine Mutter und ich uns gegenüberstanden, wie meine Kindheit war und wie wir auseinandergegangen waren.

Fast fühlte ich mich durch seine Bemerkung verraten. Als glaubte er plötzlich nicht mehr, was ich ihm über sie erzählt hatte. Oder zumindest, als hätte ich übertrieben.

»Mh«, machte ich nur und ließ es vorerst auf sich beruhen. Denn ich musste ihm recht geben. Was er bis jetzt von meinen Eltern, insbesondere meiner Mutter, gesehen und gehört hatte, machte tatsächlich einen netten Eindruck. Aber über ein freundliches *Hallo* und *Das Essen ist gleich fertig* waren wir auch nicht hinausgekommen.

Als wir wieder hinunterkamen, war der Tisch schon gedeckt. Es gab, ich traute meinen Augen kaum, Lasagne – mein Lieblingsessen. Sogar den Salat mit den kleinen Croutons obendrauf, den ich als Kind so gern gemocht hatte, hatte sie gemacht. Sie gab sich also wirklich Mühe, das musste ich ihr zugestehen.

Als ich ein Auto vorfahren sah, vergaß ich für einen Moment, dass ich hier nicht mehr zu Hause war, und stürmte zur Tür.

»Grandma! Jane!«, begrüßte ich die beiden Neuankömmlinge überschwänglich und drückte sie nacheinander.

»Du bist ja so erwachsen geworden«, sagte meine Grandma wehmütig und tätschelte meine Wange.

»Sie ist jetzt schließlich auch Harvard-Absolventin, Mom«, gab Tante Jane zu bedenken, und ich hörte deutlich heraus, wie stolz sie deswegen auf mich war. »Und bald sogar eine Ehefrau«, fügte sie hinzu, und ihr Blick wanderte über meine Schulter direkt zu Holden. Ein Strahlen breitete sich auf ihrem Gesicht aus.

Wusste hier eigentlich schon jeder Bescheid, dass Holden mir einen Antrag gemacht hatte? Grandma und Jane hätte ich es dann doch gerne selbst gesagt.

»Nicht schlecht«, bemerkte meine Tante in anerkennendem Tonfall, nachdem sie Holden eingehend gemustert hatte.

»Und du bist der junge Mann, der meine Enkelin heiraten will?« Grandma war schon immer sehr direkt gewesen.

»Ja, das bin ich«, erwiderte Holden und reichte ihr die Hand.

Ich musste fast lachen, wie sie so vor ihm stand. Mindestens dreißig Zentimeter kleiner, auf Tante Jane gestützt und mit argwöhnisch gehobenen Augenbrauen. Offensichtlich hatte sie noch nicht entschieden, ob der junge Mann geeignet war, ihre Enkelin zu heiraten oder nicht.

215

Mit einem geträllerten »Essen ist fertig« beendete meine Mutter das Blickduell der beiden, worüber zumindest Holden ganz froh zu sein schien.

»Na, dann erzählt mal«, verlangte Jane, als wir alle am Tisch saßen. »Wie habt ihr euch kennengelernt?«

Mit einem kurzen Seitenblick hinüber zu Holden entschied ich mich für die ganze, die schonungslose Wahrheit. Beginnend bei meiner Verstopfung und endend mit Holdens mir die Schamesröte ins Gesicht treibendem *Hi* im Facebook-Chat.

Grace sollte recht behalten – unsere Kennenlerngeschichte war ein echter Brüller. Jane schrie geradezu vor Lachen, und auch die anderen amüsierten sich prächtig. Das Eis war gebrochen, und sowohl das Essen als auch der restliche Abend verliefen in humorvoller Atmosphäre und friedlicher Harmonie.

Von dem langen Tag völlig erledigt, fielen Holden und ich kurz nach Mitternacht ins Bett. Ich war fast schon eingeschlafen, als er seinen Kopf zu mir auf mein Kissen legte. Während er mich ansah, strich er mir sanft das Haar aus dem Gesicht.

»Was denkst du, warum es so ist?«, fragte er leise. »Zwischen deiner Mutter und dir, meine ich.« Seiner Frage war deutlich anzumerken, dass er schon den ganzen Abend darüber gegrübelt hatte.

Ich drehte mich auf den Rücken, starrte die Decke meines alten Kinderzimmers an und nahm einen tiefen Atemzug. Über keine Frage hatte ich mir in meinem Leben mehr Gedanken gemacht als über diese. Letztendlich war ich zu folgendem Schluss gekommen: »Ich glaube, die Art und Weise, wie wir diese Welt betreten, ist kennzeichnend für das Leben, das wir führen«, antwortete ich.

Holden stützte sich auf die Ellbogen und sah mich an. »Wie meinst du das?«

Ich dachte einen Moment nach, wie ich ihm diesen abstrakten Gedanken, der sich als Ergebnis jahrelanger Grübelei tief in mir manifestiert hatte, am besten erklären konnte.

»Meine Mutter wäre bei meiner Geburt fast verblutet.« Ich schluckte. »Aus irgendeinem Grund bekam sie keine Wehen, also entschieden sich die Ärzte für einen Kaiserschnitt. Dabei muss irgendetwas schiefgelaufen sein. Was genau, weiß ich bis heute noch nicht. Kaum, dass sie mich also aus ihrem Bauch geholt hatten, musste sie notoperiert werden. Man hat sie weggebracht, und ich, gerade einmal ein paar Minuten auf dieser Welt, wurde von meiner Mutter getrennt und ganz allein in irgendein Bettchen gelegt.«

An Holdens Blick erkannte ich, dass er sich bemühte zu verstehen, doch es schien ihm nicht zu gelingen, alle Teile des Puzzles zusammenzusetzen.

»Meine Mutter ist die, die von mir geht. Die, die mich verlässt«, versuchte ich es in Worte zu fassen. »Und je mehr ich versuche, ihr nahe zu sein, desto weiter entfernt sie sich von mir. Ich habe keine Chance.«

»Guten Morgen, Schlafmütze.«

Mühevoll zwang ich meine Augen einen Spalt auf. »Du bist schon wach? Wie spät ist es?«, krächzte ich.

»Halb zehn. Ich konnte nicht mehr schlafen und hab deinem Dad in der Garage geholfen.«

»Was?«

»Er hatte ein Problem mit der Einspritzdüse an seiner Corvette, und ich konnte es lösen«, verkündete er stolz.

»Das ist ja super«, erwiderte ich gähnend und zog mir die Decke über den Kopf. Daran hatte sich also nichts geändert. Mein Dad verbrachte die ganze Woche bis spätabends in seiner Werkstatt, und am Samstagmorgen stand er in aller Herrgottsfrühe auf, um an seinen eigenen Autos zu schrauben. Und dabei grübelte er immer über irgendeinem Problem. Oft war er tagelang kaum ansprechbar, bis ihm endlich die zündende Idee kam. Da traf es sich sicher gut, einen Maschinenbauingenieur im Haus zu haben, der mit ihm gemeinsam grübelte. Und Holden wiederum war sicher geradezu erpicht darauf, seinem zukünftigen Schwiegervater weiterhelfen zu können.

»Jetzt steh schon auf.« Gut gelaunt zerrte er mir die Decke weg.

»Nein«, protestierte ich.

»Komm schon. Deine Mom ist gerade dabei, das Frühstück herzurichten. Vielleicht kannst du ihr ja helfen.«

Mit eisernem Blick starrte ich ihn an.

»Ich dachte, ihr könntet euch ein bisschen unterhalten. Vielleicht tut es euch mal ganz gut zu reden.«

Murrend setzte ich mich auf und strich mir über die zerzausten Haare. »Meinetwegen«, stimmte ich schließlich zu. »Aber lass mich wenigstens vorher kurz duschen.«

»Guten Morgen.« Meine Mutter stand in der Küche und schlug gerade Eier in einer Schüssel auf.

»Guten Morgen.« Wann immer Ruby nett zu mir war, nahm meine Stimme automatisch einen leicht skeptischen Unterton an. Die Erfahrung hatte gezeigt, dass Nettigkeiten ihrerseits meist nur die Ruhe vor einem gewaltigen Sturm waren.

Ich räusperte mich leise. »Kann ich dir was helfen?«

»Ja. Du kannst den Tisch decken.«

Dass sie das Geschirr umgeräumt hatte, verstärkte das Gefühl, fremd an einem vertrauten Ort zu sein. Ich musste sie ein paarmal fragen, wo ich was fand. Alle Schränke und Schubladen aufzureißen und selbst nachzusehen empfand ich als Grenzüberschreitung. Beinah, als würde ich in ihrer Handtasche wühlen. Aber dadurch, dass ich ständig fragen musste, war meine Mutter so sehr damit beschäftigt, dass sie den Tisch wohl auch gleich selbst hätte decken können. Ich fühlte mich erst wieder wohler, als Holden und Dad scherzend und mit ölverschmierten Händen aus der Garage kamen.

»Ihr kommt genau richtig«, sagte meine Mutter.

Mein Dad gab ihr einen Kuss. »Wir waschen uns nur kurz die Hände.«

Staunend sah ich ihnen nach. Es war nicht leicht, meinen Dad für sich zu gewinnen. Er war einfach nicht der Kumpeltyp und im Allgemeinen eher misstrauisch gegenüber anderen. Außerdem durchschaute er sofort, wenn jemand ein falsches Spiel spielte. Doch Holden hatte es durch seine offene und entgegenkommende Art geschafft, dass er ihn mochte. Und das schon nach so kurzer Zeit. Wahrscheinlich nicht zuletzt deshalb, weil er den Mumm hatte, bei einem ihm gänzlich fremden Mann um die Hand dessen Tochter anzuhalten. Das hätte er nicht tun müssen, und doch gebot ihm sein Anstand, meinen Vater um Erlaubnis zu fragen.

»Was habt ihr denn heute noch vor?«, fragte meine Mutter, als wir schließlich alle zusammen am Tisch saßen, und verteilte Rührei auf unseren Tellern. »Willst du deine alten Freunde besuchen?«

»Ja, gegen Mittag treffen wir uns mit Corinne in Portland.« Ich wandte mich Holden zu. »Sie freut sich schon sehr darauf, dich endlich kennenzulernen.«

Wir hatten regelmäßig telefoniert, sie war über Holden und mich also bestens informiert.

»Corinne Maison?«, hakte meine Mutter nach.

Ich nickte. Das sah ihr ähnlich, dass sie sogar beim Namen meiner früheren besten Freundin nachfragen musste. So wenig interessierte sie sich für mich – oder: hatte sich interessiert? Ich wusste es nicht, denn so wie sie sich seit unserer Ankunft gestern Abend gab, mochte man meinen, sie habe während meiner fast sechsjährigen Abwesenheit eine Einhundertachtzig-Grad-Wende vollzogen. Eingehend sah ich sie an. *Ist das echt,* fragte ich mich unwillkürlich. Hatte sie sich tatsächlich geändert? Hatte eines ihrer Seminare oder der letzte Selbstfindungstrip tatsächlich etwas gebracht? Oder war es am Ende doch nur Show? War sie meinem Dad zuliebe nett zu mir oder um Holden zu zeigen, dass ich allein für den Zwiespalt zwischen uns verantwortlich war? Sollte es so sein, war sie damit bis jetzt ziemlich erfolgreich. Holden machte nämlich die ganze Zeit schon den Eindruck, als versuchte er die Ruby aus meinen Erzählungen mit der Ruby, die ihm gerade Kaffee nachschenkte, in Einklang zu bringen. Und damit schien er so seine Schwierigkeiten zu haben. Immer wieder warf er mir einen Blick zu, als wollte er sagen: *War diese Frau in deiner Kindheit wirklich so schlimm, wie du gesagt hast?*

Wahrscheinlich hätte ich mich einfach darüber freuen sollen, dass dieses Treffen, vor dem ich solchen Bammel gehabt hatte, nun so überraschend harmonisch über die Bühne ging. Aber irgendetwas tief in mir warnte mich und mahnte mich zur Vorsicht.

Lass nicht zu, dass sie uns wieder wehtut, hörte ich meine innere Stimme sagen.

»Was?«, fragte ich, als ich merkte, dass ich angesprochen wurde.

»Ob du auch noch Kaffee möchtest«, fragte meine Mutter mit gerunzelter Stirn und hob die Kanne hoch.

»Äh … nein. Danke.«

»Und habt ihr schon ein Datum?«, setzte sie das Gespräch fort, das sie mit Holden offenbar schon eine ganze Weile führte, während ich in Gedanken versunken gewesen war.

»Noch nicht«, antwortete er kauend. »Wir haben uns aber schon auf den Herbst festgelegt.« Er nahm meine Hand und drückte sie.

»Ja«, stimmte ich zu. »Anfang September nächsten Jahres, dachte ich.«

»Oh, September ist schön. Da haben dein Dad und ich auch geheiratet.« Als er nicht reagierte, stieß sie ihn leicht in die Seite.

»Mh«, brummte mein Dad und driftete in Gedanken schon wieder ab. Wahrscheinlich zurück zur Einspritzdüse seiner 1977er Corvette.

»Und ihr feiert in Boston, nehme ich an?« Für eine normale, unverfängliche Frage klang ihre Stimme viel zu hoch.

»Ja«, gab ich zurück. »Unsere ganzen Freunde sind da und Holdens Familie …«

Sie schnaufte kurz. »Na, dann werden wir wohl nach Boston fliegen müssen.« Es klang, als empfände sie das als Zumutung.

»Ja, das werdet ihr wohl müssen«, nahm ich ihre Wortwahl auf.

Sie zog die Augenbrauen hoch. »Kein Grund, schnippisch zu werden.« Von einer Sekunde zur nächsten kippte die Stimmung. Sogar mein Dad erwachte aus seinem Einspritzdüsen-Tagtraum und blickte aufmerksam zwischen meiner Mutter und mir hin und her. Situationen wie diese waren ihm nur allzu gut bekannt. Schon Tausende Male hatte er zwischen meiner Mutter und mir den Puffer spielen müssen, um einen Streit zu verhindern.

Als meine Mutter merkte, dass sie beobachtet wurde, setzte sie ein Lächeln auf. »Ich meine ja nur.« Ihren Ton hatte sie nun plötzlich wieder im Griff. »*Deine* Familie ist ja schließlich hier in Lakewood.«

»Aber mein Leben ist nun in Boston«, erklärte ich ihr, freundlich und doch bestimmt.

»Es ist auch einfach so«, mischte sich Holden ein, ganz offenbar, um die Situation zu entschärfen, »dass sehr viel mehr

Leute von Boston nach Lakewood kommen müssten als umgekehrt. Über achtzig Prozent unserer Gäste kommen von der Ostküste. Außerdem ist es für euch doch sicher auch einmal schön, zu sehen, wo Annie lebt. Dann können wir euch gleich noch die Stadt zeigen.«

Meine Mutter lächelte nachsichtig. Holdens Argumente waren plausibel, und rein objektiv betrachtet konnte sie nichts dagegen einwenden. Doch ich kannte sie gut genug, um zu wissen, dass das an ihrer Einstellung nichts ändern würde. Im Grunde störte sie sich nämlich nur daran, dass sie zu mir kommen musste und nicht, wie es mein ganzes Leben lang gewesen war, ich zu ihr. Wenn sie bei dieser Hochzeit dabei sein wollte, musste sie ihren Arsch hochkriegen und buchstäblich einen Schritt auf mich zugehen. Holdens Achtzig-zwanzig-Rechnung machte da keinen Unterschied. Nicht einmal, wenn sie die Einzige wäre, die in den Flieger steigen müsste. Nicht umsonst hatte sie mich in Boston noch nie besucht.

»Für Flüge und Übernachtung kommen wir natürlich auf«, fügte Holden hinzu, und ich hätte beinahe laut gelacht. Das war wirklich das Schlimmste, was er hätte sagen können. Offenbar hatte er ihr Zögern falsch interpretiert und gedacht, es hätte einen finanziellen Hintergrund. Und obwohl es sicher eine Rolle spielte – ich meine, es war nicht so, dass meine Eltern sich finanziell große Sprünge erlauben konnten –, aber was Holden da eben so gut gemeint von sich gegeben hatte, grenzte an Majestätsbeleidigung.

Der Blick meiner Mutter bestätigte meinen Verdacht. Ein herrisches *Wie kannst du es wagen* blitzte uns aus ihren Augen entgegen. »Du denkst, wir könnten uns das nicht leisten?«, fauchte sie und beugte sich mit zusammengebissenen Zähnen über den Tisch.

Holden wusste gar nicht, wie ihm geschah. »Nein«, erwiderte er beinahe hilflos. »Ich meinte damit nur, dass wir euch gerne einladen …«

Mein Vater legte die Hand auf die meiner Mutter. »So hat er es nicht gemeint, Liebling«, sagte er versöhnlich.

»Doch, hat er«, beharrte meine Mutter und fixierte dann mich mit ihren eiskalten grünen Augen. »Was hast du ihm erzählt? Dass wir pleite sind? Dass wir arme Schlucker sind, die sich nicht mal einen jämmerlichen Flug leisten können?«

Ich schwankte zwischen Lachen und Heulen. Da war sie also wieder: meine richtige Mutter.

»Ruby«, versuchte mein Dad das Unheil abzuwenden, doch es war bereits zu spät.

»Nur weil ihr in *Harvard*«, sie sagte es in einem solch abfälligen Tonfall, dass ich mich fühlte, als hätte sie mich persönlich beleidigt, »studiert habt, braucht ihr beiden nicht zu meinen, dass ihr was Besseres seid.«

Ich sah Holden von der Seite an. Er verstand die Welt nicht mehr. Am liebsten hätte ich gesagt: Darf ich vorstellen? Meine Mutter. Aber das verkniff ich mir, um nicht noch mehr Öl ins Feuer zu gießen.

»Ihr werdet schon noch sehen, dass so ein Eliteunistudium halt doch nicht alles im Leben ist.«

Ich runzelte die Stirn und schluckte gegen meine enger werdende Kehle an. »Das habe ich nie behauptet.«

Ich spürte Holdens Blick auf mir ruhen, dann schloss sich seine Hand um meine, und bei dieser winzigen Geste, die mir sagte, dass er mich verstand, dass er an meiner Seite stand, ich nie wieder alleine dastehen würde und er mich halten würde, wenn ich fiel; dass er für mich da sein, mich beschützen und verteidigen würde – selbst gegen meine eigene Mutter –, wäre ich beinahe in Tränen ausgebrochen.

»Danke«, flüsterte ich, als nur er es hören konnte.

»Ich liebe dich«, flüsterte er zurück und drückte meine Hand noch ein bisschen fester.

Corinne schüttelte nur den Kopf, als ich ihr von dem Vorfall am Morgen erzählte. Gleich nach dem harmonischen Frühstück waren wir nach Portland aufgebrochen, um sie und ihren Künstlerfreund Damien zu besuchen.

»Manche Dinge ändern sich eben nie«, sagte sie schulterzuckend und tätschelte mir tröstend den Rücken, wie sie es immer getan hatte. »Lass uns von was anderem reden. Wie lange seid ihr hier?«

»Nur übers Wochenende. Morgen früh fliegen wir zurück.« Was hatte mich eigentlich geritten, dass ich gleich zwei Nächte in Lakewood hatte verbringen wollen. Dass so etwas passierte, war doch eigentlich absehbar gewesen.

»Wir telefonieren, ja?«, sagte Corinne, als wir uns zum Abschied ganz fest drückten. »Und spätestens nächstes Jahr im September kommen wir euch besuchen. Dann wird gefeiert.« Dann nahm sie auch Holden in den Arm. »Es war schön, dich kennenzulernen«, sagte sie, bevor sie mich noch einmal drückte.

»Bis bald, Annie, ich hab dich lieb.«

»Ich hab dich auch lieb.«

»Ich hab euch alle lieb«, machte sich der Künstler über uns lustig und schlang die Arme um uns beide.

»Lass den Quatsch«, pflaumte Corinne ihn an, und als er sah, dass sie wegen des Abschieds Tränen in den Augen hatte, runzelte er sorgenvoll die Stirn und legte beschützend den Arm um seine Freundin.

»Wir können auch mal einfach so nach Boston fliegen«, schlug er vor. »Ich hab einen Kollegen in New York, den ich sowieso mal wieder besuchen wollte. Dann könnten wir das verbinden.«

»Wirklich?« Corinne machte große Augen. »Das wäre super.«

»Ja, ihr könnt uns jederzeit besuchen«, pflichtete Holden ihm bei.

Corinne und ich grinsten wie zwei Honigkuchenpferde und gingen gedanklich bereits unsere Kalender durch. Schließlich einigten wir uns auf Februar, das waren nur noch fünf Monate hin, und so hatte ich den ganzen Winter über etwas, auf das ich mich freuen konnte.

Nachdem wir Corinne besucht hatten, gingen wir noch bei meiner Grandma vorbei, die uns labbrige Kekse und viel zu dünnen Kaffee anbot. Dann war es auch schon wieder Zeit, in die Höhle des Löwen zurückzukehren. *Nur noch das Abendessen überstehen,* sagte ich mir. *Dann sind wir hier wieder weg.*

Als wir in meinem Elternhaus ankamen, wurden wir genauso herzlich erwartet wie bei unserer Ankunft am Vortag. Mein Dad musste meiner Mom also ordentlich ins Gewissen geredet haben. Doch sosehr sie sich auch um einen freundlichen, unverbindlichen Tonfall bemühte – sogar mein Dad sagte hin und wieder etwas, um das Gespräch am Laufen zu halten –, wollte der Abend nicht so richtig in Schwung kommen. Holden hatte seine Lehren aus ihrem Ausbruch am Morgen gezogen und hielt sich bedeckt. Mehr als ein bisschen höfliche Konversation fand nicht statt.

»Wie ich sehe, hast du kein Interesse an einem friedlichen Umgang miteinander«, schloss meine Mutter aus dem Abend und wahrscheinlich aus dem ganzen Wochenende, als ich ihr half, die Küche aufzuräumen.

Ein leises Seufzen war alles, was ich darauf entgegnen konnte.

»Annie, wann geht unser Flieger noch mal?«, fragte Holden, obwohl er es ganz genau wusste.

»Um halb acht.«

Er sah auf die Uhr. »Dann gehen wir jetzt lieber ins Bett, nicht dass wir morgen noch verschlafen. Es war ein langer Tag.«

»Ja«, sagte ich bedeutungsschwer und atmete aus. »Es war ein langer Tag.«

225

Kapitel 16

Entgegen meiner eigentlichen Planung haben wir richtig groß gefeiert. Über zweihundert Gäste waren gekommen, um den Tag mit uns zu verbringen. Die Location, eine zu einem edlen Restaurant umfunktionierte ehemalige Näherei, war wunderschön, das Essen war großartig, und die Gäste haben die ganze Nacht ausgelassen mit uns gefeiert und getanzt. Es war eine richtige Traumhochzeit, und noch lange danach sprachen unsere Freunde und Verwandten über nichts anderes. Nur Ruby war, wie sich im Nachhinein herausstellte, der Meinung, man habe ihr als Brautmutter zu wenig Beachtung geschenkt. Und dass sie, zumindest laut Tante Jane, dafür eine Entschuldigung von mir erwartete. Manche Dinge änderten sich eben nie.

Da Holden nun endlich befördert worden war, war er beruflich so stark eingespannt, dass sich unsere Flitterwochen auf ein verlängertes Wochenende auf Long Island beschränkten.

»Wir holen das nach«, versprach er mir damals.

Zuerst war ich schon enttäuscht, schließlich macht man nur einmal im Leben Flitterwochen, na ja, die meisten zumindest. Aber ich verstand ihn. Das war ein wirklich wichtiger Schritt in seiner Karriere und ging im Moment einfach vor. Doch nicht nur er konnte beruflich Erfolge verbuchen. Ich war endlich in die Entwicklungsabteilung gewechselt und durfte das Sodbrennenprojekt leiten, was bedeutete, dass ich zum ersten Mal in meinem Leben Führungsverantwortung bekam. Zunächst wurden mir zwei Mitarbeiter zugeteilt, dann drei, dann vier, und als ich schließlich meine eigene kleine Abteilung mit verschiedenen Projekten erhielt, hatte ich ein knappes Jahr später schon insgesamt sieben Mitarbeiterinnen und Mitarbeiter in meinem Team. Neben der Entwicklungsarbeit an sich machte mir die Führung meiner Abteilung großen Spaß. Sowohl beruflich als auch privat fühlte ich mich angekommen. Na ja, im Großen und Ganzen. Denn wie jedes Zusammenleben zwischen Mann und Frau barg auch unsere Ehe so ihre Tücken.

»Verdammt noch mal! Kannst du vielleicht *einmal* die scheiß Klobrille runterklappen. Ich brech mir irgendwann noch den Arsch!«

»Jetzt mach nicht so einen Aufstand.«

»Ach, jetzt mach ich wieder einen Aufstand? Ich hab es dir schon tausend Mal gesagt. Die Klobrille gehört AUF die Kloschüssel. Das kann doch wirklich nicht so schwer sein. Und wenn wir schon dabei sind: Dasselbe gilt für deine verdammten Müslischalen. Wenn du fertig bist, stellst du sie IN den Geschirrspüler und nicht DARAUF. Ich verstehe es echt nicht. Wenn du das Ding schon in die Küche trägst, warum stellst du sie dann nicht einfach rein?«

»Hab ich vergessen«, murrte er desinteressiert.

»Dann solltest du dich vielleicht so langsam auf Alzheimer untersuchen lassen. Du *vergisst* nämlich ganz schön viel in letzter Zeit.«

»Mach ich«, murmelte er und scrollte in seinem Handy herum.

»Sag mal, hörst du mir überhaupt zu?«

»Alzheimer«, brabbelte er mir nach, ohne mich anzusehen.

Mit verschränkten Armen und hochrotem Kopf baute ich mich vor ihm auf.

»Was?«, fragte er, als er meinen bohrenden Blick bemerkte.

»Räum. Deine. Müslischüssel. In. Die. Spülmaschine. SOFORT!«

»Ist ja gut.« Mit erhobenen Händen stand er auf und ging in die Küche.

Nicht, dass wir jetzt ständig stritten. Nein, wir führten immer noch eine wunderbare Beziehung, in der wir beide sehr glücklich waren, aber wie das eben so ist, holte uns der Alltag allmählich ein. Ich ärgerte mich über Klobrillen und Müslischalen, er sich über Zuspätkommen und mein – wie nannte er es noch gleich – »ständiges Genörgel«. Und so gerieten wir eben hin und wieder aneinander. Aber das hatte auch etwas Gutes. Denn je heftiger der Streit war, desto besser war der unvermeidliche Versöhnungssex. Manchmal hatte ich sogar das Gefühl, dass Holden mich absichtlich reizte, nur um mich danach mal wieder so richtig flachlegen zu können.

Das einzige Thema, bei dem wir wohl niemals auf einen grünen Zweig kommen würden, war seine Mutter. Mittlerweile hatte Angela, ihres Zeichens nun meine angetraute Schwiegermutter, eine, wie soll ich es ausdrücken, feste Rolle in unserem Leben. Was so viel heißt wie, dass sie ständig, und damit meine ich auch ständig, vorbeikam. Mindestens zwei-, wenn nicht dreimal pro Woche erwies sie uns die zweifelhafte Ehre ihres Besuches. Immer akkurat frisiert und geschminkt, vorzugsweise wenn ich am Sonntagmorgen ungeschminkt und ungekämmt in der Jogginghose auf der Couch herumlümmelte. Was sie von meinem Aufzug hielt, war ihrem abfälligen Blick deutlich zu entnehmen. Aber das war bei Weitem nicht das Einzige, das mich auf die Palme brachte.

»Kann deine Mutter vielleicht endlich mal ihre verfickten Schuhe in unserer Wohnung ausziehen?!«

»Die waren doch sauber«, erwiderte Holden beschwichtigend und machte es sich auf dem Sofa gemütlich.

»Und was meinst du, was ich hier dann gerade auffege?« Ich hätte ihm den Hals umdrehen können – samt seiner Mutter.

»Sie war doch nur kurz da«, fuhr er ungerührt fort.

»Ja, wie immer«, erwiderte ich in dem süßlichen Tonfall, den er so hasste, »Madame kommt rein, läuft – *mit Straßenschuhen* – durch die ganze Wohnung, sucht nach irgendetwas, für das sie mich kritisieren kann, lehnt alles zu trinken und zu essen ab, das man ihr anbietet, geht dann nach ein paar Minuten wieder, und ich kann hinter ihr herfegen.«

»Jetzt steigere dich da nicht so rein – du kennst sie doch«, sagte er abwesend, während er sich durch das Fernsehprogramm zappte.

»Ach, jetzt *steigere ich* mich also wieder rein«, wiederholte ich angriffslustig und unterstrich die beiden Worte mit imaginären Anführungszeichen in der Luft.

Er warf mir einen kurzen genervten Blick zu und widmete sich dann wieder voll und ganz der Glotze.

»Das ist dir scheißegal, nicht wahr?«, fragte ich fassungslos. Vielleicht steigerte ich mich in die Sache tatsächlich ein bisschen rein, aber wenn das so war, dann nur deswegen, weil Holden behauptet hatte, ich würde mich reinsteigern. Sein Desinteresse trieb mich zur Weißglut. Ich hatte ihm schon tausend Mal gesagt, wie sehr mir die Auftritte seiner Mutter auf den Sack gingen. Wenn sie uns besuchen wollte, hatte ich nichts dagegen – aber dann sollte sie vorher anrufen, ihre verfickten Schuhe ausziehen, sich hinsetzen und etwas trinken. Wie jeder andere Besuch auch. Aber nein – sie kam jedes Mal unangemeldet, schleifte mir den ganzen Straßendreck in die

Bude, beurteilte meine Fähigkeiten als Hausfrau, lehnte es mit angewidertem Gesichtsausdruck ab, aus einem Glas zu trinken oder – Gott bewahre – womöglich sogar noch etwas zu *essen*, das *ich* gekocht hatte, und ging dann wieder. Allerdings nicht, ohne ihren Sohn ausgiebig zu umarmen und zu liebkosen. Der eigene Partner innig schmusend mit seiner Mutter – ein Anblick, den jede Frau über die Maßen liebt und der so richtig Schwung ins Schlafzimmer bringt!

»Eine gute Hausfrau lässt den Müll aber nicht so lange stehen«, hatte sie mir bei ihrem Besuch an diesem Tag mit ermahnend hochgezogenen Augenbrauen eröffnet.

»Na, dann ist es ja gut, dass ich keine *Hausfrau* bin«, hatte ich erwidert. Hinter meinem freundlichen Lächeln hatte ich die Zähne zusammengebissen. »Ich habe nämlich gerade eine Fünfzig-Stunden-Woche hinter mir. Den Müll hinauszubringen steht da nicht gerade ganz oben auf meiner Prioritätenliste.« Innerlich kochte ich bereits. Diese Art der Unterhaltung gehörte zu Angelas und meinem Standardrepertoire. Holden warf mir dann jedes Mal diesen Ach-du-weißt-doch-wie-sie-ist-Blick zu, für den ich ihn ohrfeigen könnte, und drückte seiner Mutter einen Kuss auf die Wange, damit auch sie Ruhe gab. Wenn man allerdings ein bisschen was von operanter Konditionierung versteht, weiß man, dass ein Küsschen als Belohnung nicht unbedingt zu einer Verhaltensänderung führt – im Gegenteil! Und so hatte es sich über die Jahre derart zugespitzt, dass ich schon Magenschmerzen bekam, wenn Angela ihren Kontrollbesuch mit dreimaligem Läuten der Türglocke ankündigte.

»Sie ist eben so, du kennst sie doch«, murmelte Holden schließlich, die Augen fest auf den Flatscreen gerichtet, auf dem gerade ein Baseballspiel lief.

Ich konnte gar nicht zählen, wie oft ich diesen gottverdammten Satz schon gehört hatte. Mir platzte gleich der Kragen.

»Weißt du was?«, keifte ich. »Geh doch zu deiner Mutter, vielleicht gibt sie dir ein Fläschchen.« Dann schnappte ich den Autoschlüssel von der Kommode und knallte die Tür hinter mir zu.

Ein bisschen in der Gegend herumzufahren war für mich seit jeher die beste Methode, mich nach einem Streit abzureagieren. Wenn es ganz schlimm war, fuhr ich auf den Highway und drückte das Gaspedal mal richtig durch. Wenn ich einfach nur mal auf andere Gedanken kommen musste, reichte eine ziellose Stadtrunde. An diesem Tag war es nicht ganz so schlimm, deshalb kurvte ich nur ein wenig in der Gegend herum. Bis ich an dem KFC in der Beacon Street vorbeikam. Ich konnte nicht widerstehen, steuerte direkt auf den Drive-in zu und bestellte den riesigen Kentucky Bucket ganz für mich alleine. Dann fuhr ich zum Hafen, suchte mir einen Parkplatz mit Aussicht aufs Wasser und begann zu essen. Schon seltsam. Manchmal reicht ein Auto, um einem einfach ein bisschen Schutz vor der Außenwelt zu bieten. Wie ein mobiler Rückzugsort. Ein kleines Stück Heimat, das man überall mit hinnehmen kann. Genüsslich nagte ich einen Hähnchenflügel nach dem anderen ab und leckte mir die Finger. Warum schmeckte das ungesündeste Zeug eigentlich immer am besten? So langsam musste ich ein bisschen aufpassen. Zwei Kilo hatte ich schon zugelegt. Irgendwie war ich in den letzten Wochen viel anfälliger für Junkfood als sonst. Was seltsam war, denn Sport und gesunde Ernährung waren mittlerweile zu festen Institutionen in meinem Leben geworden. Fast Food oder Süßigkeiten standen schon seit Jahren nur sehr selten auf meinem Speiseplan, doch allein in dieser Woche war ich nun schon zum vierten Mal schwach geworden. Der Burger am Montag, okay, es waren zwei Burger, die Pizza mit extra Käse vom Mittwoch und keine zwei Tage später das Gummibärchengelage auf der Couch. Und nun hockte ich im Auto mit einer Familienportion frittierter

Hühnchenteile auf dem Schoß. Mit fettverschmierten Fingern nagte ich gerade einen Flügel ab, als es mich traf wie ein Blitzschlag. Die Augen in Fassungslosigkeit weit aufgerissen, ließ ich den Chicken Wing langsam sinken, schluckte das, was ich noch im Mund hatte, trocken hinunter, wischte mir die Hände notdürftig an einer Serviette ab und kramte mein Handy aus der Tasche. Mein Zeigefinger zitterte ein bisschen, als ich die drei Dollar neunundneunzig teure Premium-Monatskalender-App öffnete. Und von dort starrten mir vier rot gestrichelte Felder entgegen, die mir sagten, wann ich mit meiner Periode rechnen konnte – das war bereits über eine Woche her.

»Das macht dann zweiundvierzig dreißig bitte«, sagte die Drugstore-Verkäuferin in monotoner Stimmlage.

Ich legte einen Fünfziger auf den Tisch und steckte hastig die drei Schwangerschaftstests ein, bevor mich jemand damit sehen konnte. Jetzt musste ich nur noch einen Ort finden, an dem ich ungestört auf diese Dinger pinkeln konnte. Damit zu warten, bis ich zu Hause war, hätte ich nicht ausgehalten.

»Gibt es hier eine Kundentoilette?«, fragte ich kurzerhand.

Ihr entfleuchte ein kurzes Lächeln. »Bei den Damenhygieneartikeln links«, antwortete sie. »Sie brauchen aber einen Schlüssel. Den bekommen Sie gleich hier vorne an der Information.«

»Danke.« Ich nickte freundlich, ging schnurstracks zur Information, holte den Schlüssel, dann im Laufschritt vorbei an den Damenhygieneartikeln, und endlich war ich allein – mit meinen drei Tests, einer glücklicherweise sauberen Toilette und einem Schwarm Schmetterlingen in meinem Bauch.

»Okay«, sagte ich zu mir selbst und atmete zweimal tief ein und aus. »Jetzt ganz cool bleiben, Annie.«

Meinen Hintern in der Hocke über die Kloschüssel gebeugt – setzen wollte ich mich dann doch nicht –, pinkelte ich umständlich über alle drei Tests gleichzeitig. Dann wickelte ich die Anzeigefelder in Klopapier, legte die drei Stäbchen aufs Waschbecken, stellte den Timer an meinem Handy und ging in dem kleinen gefliesten Raum nervös auf und ab wie ein Tiger im Käfig. Als es piepste, zuckte ich vor Schreck zusammen.

Jetzt wirds ernst …

Für eine Sekunde verharrte ich vor dem Waschbecken.

Bring es einfach hinter dich, befahl meine innere Stimme, also schnappte ich mir die Stäbchen, zerriss das Klopapier, in das ich sie gewickelt hatte, und starrte mit weit aufgerissenen Augen auf die drei kleinen Fensterchen. Von jedem starrten zwei fette rosa Linien zurück.

»Ich muss mit dir reden.« Ich bewegte mich ganz behutsam, schloss leise die Tür hinter mir und lief, bedacht einen Fuß vor den anderen setzend, zu Holden ins Wohnzimmer.

»Ja«, sagte er schnell und war im Nu bei mir. »Es tut mir leid. Ich kümmere mich darum, dass sie in Zukunft ihre Schuhe auszieht. Versprochen.« Er küsste mich zärtlich auf die geschlossenen Lippen. »Du hast ja recht, Schatz. Lass uns nicht streiten.«

»Ich will auch nicht streiten«, stimmte ich ihm zu. »Und mir tut es auch leid. Ich hab vielleicht echt ein bisschen überreagiert. Und darum …«, ich griff in meine Tasche und zog das schmale Schächtelchen heraus – das einzige, das sie im Drugstore hatten, in das alle drei Schwangerschaftstests hineinpassten –, »… habe ich dir ein Geschenk besorgt.«

Verdutzt nahm er es entgegen.

»Danke«, murmelte er mit gerunzelter Stirn und löste, nicht ohne den misstrauischen Blick immer wieder prüfend über mein Gesicht schweifen zu lassen, das Geschenkband. Als er den Deckel der rechteckigen kleinen Box anhob, schnellte mein Puls in die Höhe.

Eine endlose Sekunde lang starrte er den Inhalt an. Seine Miene war reglos, dann hob er den Blick und sah mir in die Augen. Dann schaute er wieder nach unten auf den Inhalt der Schachtel. Dann wieder nach oben zu mir und wieder nach unten. Oben, unten, oben, unten, oben, unten. Plötzlich erstarrte er – und erst in diesem Moment schien er es zu realisieren.

»Ist das dein Ernst?«, fragte er. Seine tiefblauen Augen strahlten mir feucht entgegen.

»Wir bekommen ein Kind«, verkündete ich, und meine Unterlippe bebte.

»Oh Baby!«, rief er laut, schlang die Arme um mich und wirbelte mich durch die Luft. »Wirklich?« Vorsichtig setzte er mich ab und nahm mein Gesicht in beide Hände.

Ich nickte. »Noch in diesem Jahr wirst du ein Daddy sein.«

Und dann lachten und weinten wir. Und küssten und liebten uns.

Ein Besuch bei der Gynäkologin meines Vertrauens räumte die letzten Zweifel aus. Es war noch recht früh, fünfte Woche, und man konnte bis auf ein kleines Bläschen auf dem Ultraschallbild nichts erkennen, aber ich war definitiv schwanger. Und seitdem ich es wusste, fühlte ich mich auch schwanger. Anzeichen, die ich bis dahin ignoriert hatte, nahm ich mit einem Mal ganz deutlich wahr. Schmerzende Brüste, ein den ganzen Tag andauerndes flaues Gefühl im Magen, Müdigkeit zuvor nie gekannten Ausmaßes, und nicht zu vergessen: mein Heißhunger auf alles, das ohne Umwege sofort auf die Hüften ging. Aber trotz kleiner Wehwehchen war ich in meinem Leben noch nie so glücklich. Und Holden freute sich genauso. Kaum, dass wir von dem kleinen Wesen in meinem Bauch erfahren hatten, grübelten wir über Babynamen, blätterten in Katalogen für Kinderzimmermöbel und richteten ein Sparkonto ein, auf das unser Kind an seinem achtzehnten Geburtstag würde zugreifen können. Da meine Ärztin sagte, »bis zur zwölften Woche befinden wir uns auf dünnem Eis«, behielten Holden und ich bis dahin unser süßes Geheimnis noch für uns, waren jedoch unheimlich erleichtert, als wir unseren Freunden und Familien endlich davon erzählen konnten. Obwohl er beteuerte, es sei ihm vollkommen egal, glaubte ich, Holden wünschte sich einen Jungen. Einen Stammhalter sozusagen. Während ich eine Nuance mehr zu einem Mädchen tendierte. Um die Spannung bis zum Schluss hochzuhalten, entschieden wir uns, das Geschlecht erst bei der Geburt erfahren zu wollen, und schlossen bis dahin Wetten ab, an denen sich unsere Freunde zahlreich beteiligten.

»Wenn es ein Junge wird«, sagte Grace freudestrahlend, »kannst du Gabes ganze Babysachen haben. Ich hab noch so viel Zeug.«

»Und wenn es ein Mädchen wird?«

»Na, dann heiraten die beiden eines Tages. Ist doch klar.«

Ich lachte. »Selbstverständlich.«

Nach unserem Hochzeitsankündigungsbesuch in Lakewood und dem Auftritt meiner Mutter bei der Hochzeit selbst entschied ich mich, die frohe Botschaft diesmal am Telefon zu überbringen. Und das empfand ich, zumindest meiner Mutter gegenüber, schon als Entgegenkommen. Sie reagierte, wie soll ich sagen, zurückhaltend. Ein Außenstehender hätte aus ihrer Reaktion vermutlich geschlossen, dass ich ihr gerade eröffnet hatte, ich hätte mir ein neues Auto gekauft, und nicht, dass sie bald Großmutter werden würde. Ich bemühte mich, nicht allzu enttäuscht zu sein, aber es traf mich doch mehr, als mir lieb war. Wenn ein Baby uns nicht einander näherbringen konnte, was dann? In diesem Leben würde mir diese Frau wohl keine richtige Mutter mehr sein. Höchste Zeit, dass ich mich endlich damit abfand. Und ich dachte auch, damit wäre die Sache erledigt und Ruby hätte schlichtweg kein Interesse daran, eine Grandma zu sein. Als dann aber ein paar Wochen später das Telefon klingelte, wurde ich eines Besseren belehrt.

»Jane, das ist ja eine Überraschung«, freute ich mich, meine Tante zu hören.

»Hi, Annie, wie gehts dir? Was macht der Zwerg?«

»Dem gehts super. Gestern hatte ich meine letzte Untersuchung. Meine Ärztin sagt, es ist alles in Ordnung, und das Baby wiegt schon fast ein halbes Pfund.«

Ich hörte das Lächeln in ihrer Stimme. »Schön«, sagte sie. »Sieht man es dir denn schon an?«

»Vorgestern habe ich mir die erste Umstandshose gekauft«, verkündete ich stolz.

»Schön«, sagte Jane wieder und hörte sich an, als sei sie mit den Gedanken ganz woanders.

»Hast du in letzter Zeit mal mit deiner Mutter geredet?«, fragte sie dann in dem missglückten Versuch, beiläufig zu klingen.

Meine Gesichtsmuskeln spannten sich automatisch an. Daher wehte der Wind also. Offenbar hatte meine Mutter ihre Schwester mal wieder als Vermittlerin eingespannt oder um mir eine Botschaft zu überbringen, für die ihr selbst der Mut fehlte.

»Vor sechs Wochen«, antwortete ich kühl. »Als ich ihr gesagt habe, dass ich schwanger bin. Sie hat sehr verhalten reagiert, und seitdem hab ich nichts mehr von ihr gehört.«

»Und du hast sie auch nicht mehr angerufen?«

»Mir fällt kein Grund ein, warum ich das hätte tun sollen«, entgegnete ich und merkte, wie ich richtig sauer wurde. Drehte sich denn immer alles um meine Mutter? *Ich* war diejenige, die ein Kind bekam, verdammt!

Jane schnaufte. »Hör zu.« Ihr Ton wurde mit einem Mal ganz ernst. »Es gibt einen Grund, warum ich anrufe.«

»Darauf bin ich auch schon gekommen.«

Wieder schnaufte sie, ließ meine Bemerkung aber unkommentiert. »Deine Mutter ist der Meinung, dass du ihr von vornherein gar keine Chance gibst, eine gute Grandma zu sein.«

»Ach ja?« Meine Stimme klang schärfer als beabsichtigt. »Und wie das?«

Jane zögerte, als müsse sie sich dazu durchringen, es auszusprechen. »Sie ist davon überzeugt, dass die negativen Gefühle, die du für sie hegst, über die Nabelschnur direkt auf das Baby übertragen werden und das Baby sie deswegen von vornherein ablehnen wird.«

»Oh, Mann«, war alles, was ich dazu sagen konnte.

»Ich weiß, wie verrückt das klingt«, räumte Tante Jane ein, »aber, na ja, sie leidet wirklich darunter. Und …«

»Und was?«

»Und sie *ist* nun mal die Großmutter deines Kindes.«

»Was willst du damit sagen?«

»Ich weiß, es steht mir nicht zu, das von dir zu verlangen – aber du kennst doch deine Mutter. Sie würde sich eher die Zunge abbeißen, als den ersten Schritt zu machen. Also bitte, Annie, mach du ihn. Sie … sie ist wirklich sehr traurig.«

»Du hast recht«, erwiderte ich kühl. »Es steht dir wirklich nicht zu, das von mir zu verlangen.«

»Ach, Annie«, sagte Jane gekränkt, »ich will doch nur helfen.«

Ich biss mir auf die Lippe, um nicht ausfällig zu werden.

»Das Leben ist zu kurz«, sagte sie leise, und ich glaubte, Tränen in ihrer Stimme zu hören.

»Sie gibt mir an allem die Schuld, Jane«, erwiderte ich mit ruhiger Stimme. »Ich übertrage meine negativen Gefühle auf das Baby und gebe ihr so von vornherein keine Chance? Das ist die absurdeste, verrückteste und gemeinste Ausrede, die ich je gehört habe.«

»Ich verstehe dich ja«, pflichtete Jane mir bei. »Aber du wei…«

»Du weißt doch, wie sie ist«, unterbrach ich und führte die alte Leier zu Ende. »Weißt du, wie oft ich das schon gehört habe? *Sie meint es nicht so. Du kennst sie doch. Du weißt doch, wie sie ist.* Das würde ich über mich auch gerne mal hören! Dann könnte ich mich verhalten wie eine offene Hose, und alle würden nur sagen: Lass sie doch, du weißt doch, wie sie ist.«

Ich setzte mich, rieb mir die Stirn und atmete tief durch.

»Ich will doch nur helfen«, sagte Jane noch einmal. Doch nun klang sie resigniert.

»Ja, das ist mir schon klar.«

Es brachte nichts, meine Tante für das Verhalten meiner Mutter verantwortlich zu machen. Sie wollte tatsächlich nur helfen. Seit Jahren setzte sie alles daran, dass es zwischen uns funktionierte. Vielleicht war es ihr so wichtig, weil sie selbst keine Kinder hatte. Viel zu lange war sie mit einem Mann zusammen gewesen, der sich *noch nicht bereit* dazu fühlte, Vater zu werden. Und als die Beziehung schließlich in die Brüche ging, war Jane schon fast vierzig und lernte einfach niemanden mehr kennen, mit dem sie sich vorstellen konnte, eine Familie zu gründen. Und irgendwann war es dann eben zu spät. Was sie an der Sache aber besonders fertigmachte, war der Umstand, dass ihr Ex schon ein paar Wochen nach der Trennung eine Neue hatte, die prompt schwanger wurde. Ich war also sozusagen das einzige Kind in der Familie. Zumindest mütterlicherseits. Mein Dad hatte zwar drei Geschwister, die alle Kinder hatten, aber seit seiner Jugend hatte er keinen Kontakt mehr zu ihnen, was zur Folge hatte, dass ich nicht nur als Einzelkind, sondern auch ohne Cousins und Cousinen aufgewachsen war – und das fühlt sich ziemlich einsam an, kann ich sagen. Abgerundet durch eine lieblose Mutter und einen abwesenden Vater, kann man sich schon mal vorkommen, als sei man ganz alleine auf der Welt. Darum waren Corinne und Grace mir auch so wichtig, denn – wie heißt es so schön – Freunde sind die Familie, die man sich selbst aussucht.

Wie dem auch sei, Tante Jane rief in den kommenden Wochen noch ein paarmal an. Immer mit der Intention, mich dazu zu bewegen, einen Schritt auf meine Mutter zuzugehen, sprich: nach Lakewood zu kommen und sie meinen immer dicker werdenden Bauch streicheln zu lassen, oder irgendetwas anderes in der Richtung. Als sie zum vierten Mal anrief, mittlerweile war ich schon im sechsten Monat, war ich wild entschlossen, ihr deutlich die Meinung zu sagen. Doch dazu sollte es nicht kommen. Denn diesmal rief meine Tante aus einem anderen Grund an.

»Hallo, Annie.« Ich hörte sofort, dass sie geweint hatte. »Ich muss dir leider etwas sagen«, fuhr sie mit bebender Stimme fort.

Ich schluckte. »Was ist passiert?«

Jane schwieg einen Moment, als wisse sie nicht, wie sie es mir sagen sollte. »Es ist wegen Grandma. Sie ist letzte Nacht gestorben.«

»Was?« Entsetzt riss ich die Augen auf und schlug mir die Hand vor den Mund. »Aber … wie?«

Jane begann zu weinen. »Sie ist am Abend ins Bett gegangen und heute Morgen einfach nicht mehr aufgewacht.«

Meine Augen brannten, und heiße Tränen strömten über mein Gesicht.

»Ihre Zeit war einfach gekommen«, sagte Jane schluchzend, und eine ganze Weile lang weinten wir gemeinsam.

Als Holden nach Hause kam, saß ich völlig aufgelöst auf dem Sofa.

»Was ist los?«, fragte er entgeistert, warf seine Jacke in die Ecke und eilte zu mir.

»Meine Grandma ist gestern Nacht gestorben.«

»Oh, Baby.« Er zog mich in seine Arme, und ich weinte an seiner Schulter. »Das tut mir so leid, mein Schatz. War sie denn krank?«

»Nein. Sie ist einfach eingeschlafen und nicht mehr aufgewacht.«

Holden streichelte mir tröstend übers Haar. »Wann ist die Beerdigung?«

»Am Mittwoch.«

»Das ist in drei Tagen«, murmelte er, und während ich schlief, kümmerte sich Holden um alles. Buchte die Flüge und, da er ganz richtig davon ausging, dass ich nicht bei meinen Eltern übernachten wollen würde, ein Hotelzimmer in Tacoma und einen Mietwagen. Dann rief er zuerst bei meinem und dann bei seinem Boss an und sorgte dafür, dass wir beide ein paar Tage freibekamen. Und zwei Tage später saßen wir auch schon in einer Boing 737 der Alaska Airlines von Boston nach Seattle. Nach dem sechsstündigen Flug ging es mit dem Mietwagen direkt ins Hotel, wo wir uns am nächsten Morgen für die Beerdigung fertig machten.

»Hast du meine schwarze Strumpfhose irgendwo gesehen? Die mit dem dehnbaren Bund.«

»Hab ich alles in den Schrank geräumt«, sagte Holden.

»Ah, hier ist sie.« Ich streifte das schwarze Nylon über meine Beine. Inzwischen musste ich mich dafür über die Seite beugen, da der Bauch im Weg war.

»Warte, ich helf dir damit«, bot er an, als er sah, wie ich mich abmühte.

»Danke.« Ich lehnte mich zurück und ließ ihn machen.

»Ist alles okay?«, fragte er. Seine Stimme war ganz sanft.

»Ich denke schon.« Schnaufend atmete ich durch die Nase aus. »Sie wird mir fehlen.«

»Ich weiß.« Holdens Blick war voll verständnisvoller Zärtlichkeit. Wenn jemand wusste, wie es mir ging, dann er. Zwei

Jahre zuvor hatten wir das Gleiche nämlich mit seiner Grandma durchgemacht. Sie war, nachdem Holdens Mutter ihn verlassen hatte, die wichtigste Bezugsperson in seinem Leben gewesen. Bei mir und meiner Grandma war das ganz ähnlich. Denn obwohl meine Mutter dagewesen war, zumindest körperlich, war Grandma diejenige, die mir in meiner Kindheit Liebe und Geborgenheit geschenkt hatte.

Ich versuchte nicht zu weinen, zumindest nicht zu sehr. Aber als sie ihren Sarg tief in die schwarze Erde hinabließen, konnte ich es nicht mehr zurückhalten. So viele Erinnerungen. So viel Schönes, das ich mit ihr erlebt, und so viel Trost, den sie mir gespendet hatte. Ich konnte einfach nicht glauben, dass ich sie nie wiedersehen, mich nie wieder an ihre Schulter kuscheln und nie wieder ihren vertrauten Duft einatmen würde. Es war, als würde meine Kindheit zusammen mit meiner Grandma beerdigt werden.

»Annie, Holden, wie schön, euch zu sehen.« Jane schloss uns nacheinander in die Arme. Ihre Augen waren rot und verquollen. Sie bemühte sich um ein Lächeln. »Wie schön du bist«, sagte sie und streichelte meine Wange, wie Grandma es früher immer getan hatte. »Die Schwangerschaft steht dir wirklich gut.«

»Danke«, erwiderte ich und lächelte zurück, obwohl ich am liebsten wieder geheult hätte.

»Es gibt eine kleine Totenfeier«, bei dem Wort gefror mir das Blut in den Adern, »drüben im Long Beach Cafe. Ihr beide seid herzlich eingeladen.«

»Ja, weißt du, eigentlich wollten wir …«, begann ich.

»Bitte«, unterbrach mich Jane. »Für Mom.« Womit sie natürlich ihre Mutter meinte und nicht meine. Oder?

Ich seufzte leise. »Okay.« Was hätte ich dem auch entgegensetzen können?

»Tust du mir einen Gefallen?«, fragte Holden, als wir im Auto saßen.

»Welchen?«

Er zog die Brauen zusammen und sah mich an. »Lass dich von deiner Mutter nicht wieder so runterziehen, okay? Wenn sie etwas Blödes sagt, versuch es einfach zu ignorieren.« Er nahm meine Hand und küsste sie. »Ich will nicht, dass es dir wieder so schlecht geht wie nach unserem letzten Besuch hier.«

Diese Bitte konnte ich ihm nicht verübeln. Nach dem letzten Mal hatte ich tagelang geweint, und Holden hatte alle Hände voll damit zu tun gehabt, mich wieder einigermaßen aufzubauen.

»Ich versuch es. Versprochen.«

Auf dem Friedhof hatte meine Mutter nicht weit von mir entfernt gestanden, aber als wir nun das Restaurant betraten, stürmte sie beinahe auf mich zu und tat, als würde sie mich gerade zum ersten Mal sehen. Weinend zog sie mich in ihre Arme.

»Wie schön, dass du hier bist, Annie.«

»Hi, Mom.«

»Es ist furchtbar, oder?«, schluchzte sie.

»Ja, das ist es.« Beim Gedanken an Grandma schossen mir sofort wieder die Tränen in die Augen. Langsam löste sie sich von mir und streckte die Arme. Ihre Hände lagen auf meinen Schultern.

»Lass dich ansehen.« Ihre Augen wanderten direkt hinunter zu meinem Bauch. Um ihre Mundwinkel zuckte es.

»Darf ich?«

»Äh … ja, sicher.« So sicher hörte sich das gar nicht an.

Als meine Mutter ihre Hände auf meinen Bauch legte, zuckte ich unter ihrer Berührung kurz zusammen. Es war ungewohnt, aber nicht unbedingt unangenehm. »Wisst ihr denn schon, was es wird?«, fragte sie.

»Wir haben es uns nicht sagen lassen. Es soll eine Überraschung werden«, antwortete Holden und drückte meine Mutter zur Begrüßung.

»Kommt, setzt euch zu uns«, bat sie, und nachdem wir ein paar andere begrüßt hatten, taten wir das auch. Nach dem Essen, von dem ich kaum einen Bissen hinunterbekam, standen Holden und ich gerade mit Gladis, einer alten Freundin meiner Grandma, in der Ecke und sahen uns Fotos ihres neu geborenen Urenkels an, als meine Mutter neben mich trat.

»Ich habe etwas gemacht«, begann sie vieldeutig, als Gladis sich einem anderen Gesprächspartner zugewandt hatte, um ihre Urenkelgeschichte von vorne abzuspulen.

»Ach ja?«

»Ja.« Sie nickte und lächelte. Zufrieden und vielleicht sogar eine Spur selbstgefällig. »Ich habe Einiges *gelöst*.« Sie atmete tief ein. »Es hat sich gezeigt, dass unsere … Probleme viele Generationen zuvor ihren Ursprung nahmen.«

»Ach ja?«, sagte ich wieder und fragte mich, wie absurd das Ganze noch werden würde.

Meine Mutter nickte. »Das erste Kind der Urgroßmutter meiner Großmutter war eine Totgeburt. Sie hat das nie richtig verwunden. Der Schmerz über den Verlust saß so tief, dass sie nie wieder in der Lage war, aus ganzem Herzen zu lieben. Nicht einmal ihre späteren Kinder. Und dieser Schmerz hat sich über Generationen hinweg auf mich und dich übertragen.«

Sie sah mich an, als würde das alles erklären, was zwischen uns vorgefallen war. Mehr noch, als würde es alles entschuldigen, was sie mir angetan hatte. Als hätte sie gar keine andere Wahl gehabt.

»Aber du musst keine Angst haben«, fuhr sie fort. »Ich habe es gelöst. Das Baby ist davon also nicht mehr betroffen.«

Die Wut brodelte unter der Oberfläche. Wie einfach sie es sich doch machte. Kein Wort der Reue, keine Entschuldigung. Nur spiritueller Blödsinn, der sie von jeglicher Schuld reinwusch und am Ende noch als Heldin der Geschichte dastehen ließ.

»Und sobald ich es gelöst hatte …«, meine Mutter lächelte gönnerhaft, »ich will es mal so ausdrücken: Genau zu diesem Zeitpunkt musst du schwanger geworden sein.«

What the fuck?!

Am liebsten hätte ich sie angeschrien. Sie gefragt, ob sie nun völlig den Verstand verloren hatte. Aber genau aus diesem Grund tat ich es nicht und blieb ruhig. Ich hatte tatsächlich das Gefühl, mit einer Verrückten zu reden. Außerdem hatte ich Holden versprochen, den Mumpitz meiner Mutter nicht an mich ranzulassen. Das war genau der Moment, in dem er einsprang.

»Na dann«, sagte er mit einem fetten Grinsen im Gesicht, »sind wir dir wohl zu Dank verpflichtet, Ruby.« Er sah sie direkt an. »Danke, dass du uns dieses Kind geschenkt hast.«

Sie starrte ihn an, die Lippen gekräuselt, ihre Nasenlöcher blähten sich. Für eine Sekunde öffnete sie den Mund, als wollte sie Holden – oder mir, oder uns beiden, wer weiß das schon – so richtig die Meinung sagen. Doch dann schloss sie ihn wieder, drehte sich um und stapfte mit hochrotem Kopf davon.

»Danke«, sagte ich später, als ich mit Holden kurz alleine war.

Er lächelte schlitzohrig. »Für eine Sekunde war ich versucht, deiner Mutter in allen schmutzigen Einzelheiten zu beschreiben, wie dieses Kind entstanden ist.«

Ich lachte laut auf. »Na, das hätte ich zu gern gesehen.«

Er nahm mein Gesicht in seine Hände und küsste mich. »Du darfst sie gar nicht zu ernst nehmen«, sagte er mit sanfter Stimme. »Ich weiß, das ist leichter gesagt als getan. Schließlich ist sie deine Mutter. Aber so leid es mir tut, Ruby lebt in ihrer eigenen Welt.«

Ich nickte. Ob er wusste, wie verdammt recht er damit hatte? Meine Mutter sah sich ihr Leben lang als Opfer. Als Opfer der Umstände oder als Opfer ihrer Mitmenschen. Für alles, womit sie in ihrem Leben unzufrieden war, fand sie einen Schuldigen. Wenn sie mit ihrer Figur unzufrieden war, war die Schwangerschaft schuld – auch noch zwanzig Jahre, nachdem ich geboren war. Wenn sie das Gefühl hatte, zu wenig mit ihrem Leben anzufangen, war mein Dad dafür verantwortlich. Dass sie keine Freunde hatte, führte sie auf ihre klammernde Schwester zurück …

Als sie plötzlich wieder vor mir stand, erschrak ich beinahe. Sie sah mir direkt in die Augen und reckte das Kinn vor.

»Mir ist klargeworden, dass ich für dich und deine Bostoner Familie die Persona non grata bin«, begann sie in jenem vorbereiteten Redentonfall, den ich so hasste. »Das kann ich akzeptieren und mich entsprechend zurücknehmen. Aber ich bin auch für alle Zeiten deine Mutter und die Großmutter dieses Kindes.«

Hatte sie sich etwa die letzte halbe Stunde im Klo eingeschlossen, um sich diese gequirlte Kacke zu überlegen?

»Für eine gute Entwicklung brauchen Kinder auch ihre Großeltern. Deshalb bitte ich dich, dir Möglichkeiten für zukünftige Kontakte zu überlegen.«

Für einen Moment verschlug es mir doch glatt die Sprache. Doch das hielt nur kurz an, denn schon im nächsten Moment schoss es aus mir heraus.

»Meine Bostoner Familie? Du als Persona non grata? Glaubst du, wir sitzen den ganzen Tag im Kreis und reden über dich?« Meine Hand wanderte automatisch zu meinem Bauch und legte sich schützend darauf. »Mein Kind braucht seine Großeltern, sagst du? Was es wirklich braucht, ist eine Mutter, die es von ganzem Herzen liebt – etwas, das ich nie hatte! Nie warst du für mich da. Wann immer ich dich gebraucht habe, hast du mich im Stich gelassen. Und dennoch bist du immer das Opfer. Und ich der Sündenbock. Eine Mutter tut so etwas nicht. Persona non grata – so ein hochgestochener Mist! Du kannst das akzeptieren und dich zurücknehmen? Was soll das heißen? Dass du mit mir nichts mehr zu tun haben willst? Und aber gleichzeitig Anspruch auf mein Kind erhebst? Hast du sie noch alle?« Automatisch schüttelte ich den Kopf. »Weißt du was? Du kannst mich mal!«

Voller Entsetzen starrte sie mich an. Noch nie hatte ich so mit ihr geredet. Nie!

Für einen Moment blickte sie zwischen mir und Holden, der sich hinter mir aufgebaut hatte, hin und her. Dann kniff sie die Augen zusammen. »Du bist eiskalt«, sagte sie bitter.

»Nein. Als ich gelitten habe, hat nur keiner hingesehen. Jetzt bin ich einfach durch damit.«

KAPITEL 17

Diesmal weinte ich nicht nur tage-, sondern wochenlang. Holden tat sein Möglichstes, um mich zu trösten. Ebenso Grace. Aber ich versicherte beiden, dass ich einfach Zeit brauchte, um darüber hinwegzukommen, und mir im Grunde niemand dabei helfen konnte. Das Einzige, das mir ein bisschen Sorge bereitete, waren die regelmäßig auftretenden Bauchkrämpfe, die ich zunächst als harmlose Übungswehen abtat, bei denen es sich aber, nach Rücksprache mit meiner Gynäkologin, wohl eher um stressbedingte Kontraktionen handelte und ich mich daher dringend schonen sollte. Zu liegen brachte da aber leider nicht viel. Wenn der Stress im Kopf stattfindet, hört er nicht einfach auf, nur weil man die Füße hochlegt. Der endgültige Bruch mit meiner Mutter und Grandmas Tod belasteten mich sehr. Dem Baby und mir selbst zuliebe gab ich mir Mühe, das alles nicht zu sehr an mich heranzulassen und mich, so gut es ging, abzulenken. Also traf ich mich mit Grace, manchmal mit Gabriel, manchmal ohne, ging mit Holden essen und ins Kino – ich wäre auch gerne noch verreist, bevor das Baby kam, aber Holden konnte sich nicht noch mal kurzfristig freinehmen – und konzentrierte mich ansonsten auf den Job.

»Haben Sie kurz Zeit, Annie?«

Ich blickte von meinem Schreibtisch auf. Seitdem ich vor etwas über einem Jahr die Abteilung übernommen hatte, war ich vom Labor in ein geschmackvoll eingerichtetes Büro gewechselt. Obwohl mir die Laborarbeit ein bisschen fehlte, liebte ich meinen neuen Job. Als Abteilungsleiterin hatte ich nun endlich die Möglichkeit, meine Ideen voranzutreiben, Entscheidungen zu treffen und das Firmenkonzept mitzuprägen. Kurzum: ich konnte etwas bewegen. Und das gefiel mir.

»Natürlich. Kommen Sie rein.«

Piper war die Erste, die ich eingestellt hatte. Das war gleich nach meiner Beförderung gewesen, und seitdem hatte sie sich zu einer meiner besten Mitarbeiterinnen entwickelt, wenngleich sie unter ihren Kollegen aufgrund ihrer manchmal doch etwas zu schroffen Art nicht gerade die Beliebteste war. Sie war wie ich Biologin und mindestens genauso ehrgeizig.

»Was gibt es?«

Sie setzte sich auf den Stuhl auf der anderen Seite des Schreibtischs und lächelte mich schüchtern an. »Ich und ein paar andere haben uns nur gefragt, ob Sie schon wissen, wie es für Sie beruflich weitergeht, wenn das Baby da ist.«

Überrascht riss ich die Augen auf. Privates hielt ich grundsätzlich aus dem Berufsleben raus. Dass eine meiner Mitarbeiterinnen mich nun auf mein Baby ansprach, irritierte mich kurz.

Piper hob sofort entschuldigend die Hände. »Ich will Ihnen nicht zu nahetreten, Annie«, versicherte sie mir. »Es ist nur … wir machen uns Gedanken, was mit der Abteilung passiert, wenn Sie nicht mehr da sind.« Verlegen blickte sie auf meinen Bauch. »So lange ist es ja nicht mehr.«

Da musste ich ihr recht geben. Ich war unübersehbar schwanger, und noch hatte ich mich mit keinem Wort dazu geäußert, wie ich vorhatte, Familie und Beruf zu vereinbaren. Da war es nur natürlich, dass sie sich Sorgen machte.

»Ich habe noch diese Woche ein Gespräch mit Mr Parker. Dort werden wir die Einzelheiten besprechen.«

»Okay.« Sie schien mit meiner Antwort nicht zufrieden zu sein.

»Sie machen sich doch nicht etwa Sorgen um Ihren Arbeitsplatz, oder, Piper? Also wenn es das ist …«

»Nein. Nein.« Sie hob die Hände, dann atmete sie ruckartig ein, und plötzlich änderte sich etwas in ihrem Blick. Etwas, das aussah wie Entschlossenheit, trat in ihre Augen. »Ich habe mich nur gefragt, wer Ihre Aufgaben übernimmt. Solange Sie weg sind, meine ich.«

Ah! Daher wehte der Wind also. Sie war scharf auf meinen Job.

»Solange ich weg bin?« Ich runzelte die Stirn. »Dachten Sie an jemand Bestimmtes?«, fragte ich sie direkt.

»Na ja. Ich könnte mir gut vorstellen, Sie in dieser Zeit zu unterstützen.«

Na, das hast du aber schön formuliert …

Ich lächelte ein unechtes Lächeln. »Dann danke ich Ihnen für das Angebot. Ich werde es mir überlegen und dann mit Mr Parker besprechen.«

»Ist das zu glauben?«, beschwerte ich mich am selben Abend bei Holden über meine Mitarbeiterin. »*Ich* habe sie eingestellt, und jetzt ist sie hinter meinem Job her.«

»Du sollst dich doch nicht aufregen«, versuchte er mich wieder etwas runterzubringen. »Das Baby …«, sagte er sanft.

»Ja, das Baby«, wiederholte ich, streichelte meinen Bauch und versuchte den Schalter in meinem Kopf von wütend auf entspannt umzulegen.

»Es ist *dein* Job. Niemand kann ihn dir einfach wegnehmen, nur weil du ein Baby bekommst. Außerdem warst du es, die die ganze Abteilung aufgebaut hat. Deine Medis sind die bestverkauften im letzten und in diesem Jahr«, erinnerte er mich. »Es gibt keinen Grund, dich loswerden zu wollen. Im Gegenteil. Parker wäre ein Vollidiot, wenn er dich vergrault. Das kann er sich gar nicht leisten.«

Ich schmiegte die Wange an Holdens Brust. »Danke.«

»Ist nur die Wahrheit«, sagte er. »Geh einfach zu ihm und klär das. Sag ihm, wie du es dir vorstellst, und dann soll er entscheiden, ob das so machbar ist oder nicht.«

»Du hast recht.« Ich zog mein Handy aus der Tasche und öffnete den Outlook-Kalender. Ich hatte zwar schon einen Termin bei ihm, aber der war erst Ende der Woche, und so lange wollte ich nicht warten. »Ich schicke ihm gleich für morgen früh eine Besprechungsanfrage.«

»Guten Morgen, Annie«, grüßte mich Betty, Parkers Sekretärin. »Sie sind sein Neun-Uhr-Termin, oder?«

»Morgen, Betty. Ja. Ist er schon da?«

»Ja, Sie können rein.«

Ich ging durch die Tür in das riesige Büro.

»Nein, das muss längst beim Patentamt eingegangen sein.« Er war noch am Telefon, gebot mir aber mit einem Handzeichen, hereinzukommen und mich zu setzen. »Dann klären Sie das. Ich hab wirklich keine Lust … Nein, auf einen Rechtsstreit will ich es nicht ankommen lassen. Gut. Heute noch. Ja. Bye.« Er legte auf und musste erst mal tief durchatmen.

»Probleme mit dem Patent?«, fragte ich.

Er nickte. »Juristen«, sagte er nur und verdrehte die Augen. »Manchmal glaube ich, die legen es nur auf einen Prozess an, damit ihnen nicht langweilig wird. Aber nun zu Ihnen, Annie. Wie gehts Ihnen?«

Automatisch wanderte meine Hand zu meiner Kugel. »Gut«, antwortete ich und merkte sofort, dass es nicht stimmte. »Meine Ärztin sagt nur, dass ich den Stress ein bisschen reduzieren muss«, fügte ich hinzu. Mein Boss hasste, genau wie ich, nichts mehr, als angelogen zu werden. Und, genau wie ich, durchschaute er eine Lüge, selbst eine kleine wie diese, sofort.

Besorgt sah er mich an. »Sie muten sich mit dem Oxitoflu-Projekt aber nicht zu viel zu, oder?«

»Nein, Paul. Sie wissen doch, wie sehr ich meinen Job liebe. Stress habe ich eher im Privatbereich. Familie, Sie wissen schon.«

Er nickte verstehend. Sein Blick wanderte zu meinem Bauch. »Wie weit sind Sie denn?«

»Ende des sechsten Monats.«

»Und … wissen Sie schon, wie lange Sie weg sein wollen, wenn das Baby da ist?«, fragte Parker dann und schnitt das aus seiner Sicht doch sehr heikle Thema an.

»Deshalb bin ich hier«, antwortete ich. »Um die Möglichkeiten mit Ihnen zu besprechen.«

Wir einigten uns darauf, dass ich höchstens ein Jahr pausieren und während dieser Zeit über Home-Office weiterarbeiten und erreichbar sein würde.

»Schön«, zeigte sich Parker zufrieden mit dem Ergebnis. »Sie werden aber trotzdem jemanden brauchen, der Sie hier vor Ort vertritt.«

»Ja.«

»Eine Neueinstellung ist im Budget nicht vorgesehen. Deshalb wäre es am besten, wenn wir jemanden aus Ihrem Team fänden, der sich bereit erklärt, diese Verantwortung zu übernehmen.«

»Ja«, sagte ich wieder, erwähnte mein Gespräch mit Piper aber noch nicht, da ich das Gefühl hatte, er war noch nicht fertig.

Dabei sah er mich an, als wartete er darauf, dass ich etwas sagte. »Piper Tellon war gestern bei mir und hat eine Bewerbung abgegeben«, ließ er die Bombe schließlich platzen. »Sie sagte, sie hätte schon alles mit Ihnen besprochen.«

Mir fiel die Kinnlade runter. *Dieses kleine Miststück!*

»Besprochen haben wir noch gar nichts«, stellte ich die Sache richtig. »Sie hat lediglich ihre Hilfe angeboten und gesagt, sie würde mich gerne unterstützen, solange ich weg bin«, gab ich Pipers Worte direkt wieder. »Ich sagte ihr, dass ich das zuerst mit Ihnen besprechen möchte. Davon, dass sie sich direkt bei Ihnen bewirbt, war nie die Rede. Die Stelle ist nicht mal ausgeschrieben.«

Dieses gerissene Miststück hat einfach versucht, mich zu übergehen.

Ich spürte, wie sich die Zornesröte auf meinem Gesicht ausbreitete, bemühte mich aber, ruhig zu bleiben. Nun hatte ich ihn so weit, dass er mir Home-Office einrichten würde – was in dieser Firma eine absolute Ausnahme war –, damit ich auch während der Babypause weiterarbeiten konnte – wenn auch nicht im selben Umfang wie jetzt, aber ich konnte weiterarbeiten –, da brauchte ich nun wirklich niemanden, der an meinem Stuhl sägt.

Parker musterte mich aufmerksam. »Halten Sie Piper denn für geeignet, Sie während ihrer Abwesenheit zu vertreten?«, fragte er und klang plötzlich distanziert. Auf einmal sprach er von *Abwesenheit*, nicht mehr von Elternzeit oder Babypause.

Ich schluckte. Ihn anzulügen wäre nun eindeutig das Falsche gewesen. Außerdem war das ganz einfach nicht meine Art. Also: *fair bleiben, Annie.*

»Sie ist eine meiner besten Mitarbeiterinnen«, gab ich zu. »Ich müsste sie natürlich gründlich einarbeiten, und das meiste kann ich sicher auch vom Home-Office aus erledigen, aber … ja, generell halte ich Piper für geeignet.«

Parker nickte anerkennend. Er wusste, dass es für mich ein Leichtes gewesen wäre, zu behaupten, Piper sei eine Pfeife, und er wertschätzte, dass ich die Wahrheit gesagt hatte.

»In Ordnung«, sagte er. »Sie soll Sie während Ihrer Babypause unterstützen«, er beugte sich zu mir, »in dem Umfang und mit der Befugnis, die Sie für angemessen erachten.«

Ein Lächeln formte sich auf meinen Lippen.

»Sie leiten weiterhin die Abteilung. Die Entscheidungsbefugnis liegt allein bei Ihnen – auch während Ihrer Auszeit.«

»Danke, Paul. Das weiß ich sehr zu schätzen.«

»Na, siehst du?«, sagte Holden, als ich ihm von meinem Gespräch mit Parker erzählte. »Ich hab dir doch gesagt, dass er dir in dieser Sache entgegenkommt.« Lächelnd küsste er mich. »Er hat doch gar keine andere Wahl.«

»Ja, ich bin so erleichtert. Bis zum Geburtstermin kann ich das Oxitoflu-Projekt noch auf den Weg bringen. Dann hält Piper den Laden am Laufen, solange ich im Krankenhaus bin, und sobald ich wieder einigermaßen fit bin, macht es mir auch nichts aus, regelmäßig meine E-Mails zu checken. Das krieg ich schon hin – auch mit Baby.«

»Da bin ich sicher«, bestärkte er mich. An diesem Abend kuschelten wir uns ganz eng zusammen, und das erste Mal seit Wochen hatte ich das Gefühl, dass alles gut werden würde.

Es ist Sommer. Ich trage ein weißes Kleid. Der melodische Klang eines Kinderlachens lockt mich nach draußen. Ein bildschöner kleiner Junge mit strahlend blauen Augen spielt im Sandkasten. Er trägt einen Sommerhut und kichert. Automatisch bewege ich mich auf ihn zu.

»Mommi!«, ruft er aufgeregt, als er mich erblickt, und strahlt bis über beide Ohren. Als er versucht aufzustehen, fällt er zweimal hin, beim dritten Mal schafft er es und sieht mich voller Stolz an. Mit tapsigen kleinen Beinchen läuft er zu mir. Ich gehe in die Knie und breite die Arme aus.

»Hallo, mein Schatz«, begrüße ich ihn, hebe ihn hoch und bedecke sein kleines Gesicht mit tausend Küssen. Dann beugt sich mein Sohn über meine Schulter und flüstert mir etwas ins Ohr. »Ich muss jetzt wieder gehen, Mommi«, sagt er in einem Tonfall, der so gar nicht zu seinem Alter passt. »Sei nicht traurig, ja?«

Erschrocken fuhr ich hoch. Ich war völlig nassgeschwitzt. Automatisch legte ich die Hand auf meinen Bauch. Streichelte zärtlich über die Wölbung. Um mein Kind zu spüren. Und mich zu beruhigen. Was für ein irrer Traum. Ich fragte mich, ob mein Baby tatsächlich ein Junge war und so aussah wie der Kleine, den ich noch vor ein paar Sekunden auf dem Arm gehalten hatte. Auf einmal merkte ich, dass es sich zwischen meinen Beinen nass anfühlte. *Oh Gott! Ich hab ins Bett gepinkelt. Wie peinlich!*

Ich überlegte noch, wie ich es am besten anstellen sollte, das Laken abzuziehen und das Bettzeug zu waschen, ohne dass Holden etwas vom meinem Malheur mitbekam, als ich plötzlich merkte, dass es dort unten nicht nur nass war, sondern irgendwie … klebrig. Ich knipste das Licht an. Meine Hand war rot. Ich schlug die Bettdecke zur Seite – alles war voller Blut.

»Ich blute«, sagte ich leise. Mein Verstand weigerte sich zu glauben, was ich sah. »Ich blute«, sagte ich noch mal, diesmal lauter, und spürte, wie die Panik von mir Besitz ergriff.

»Ich blute!«, schrie ich. »Ich blute!«

Holden schreckte aus dem Schlaf, riss die Augen auf, und als er das Blutbad zwischen meinen Beinen sah, wurde er kreidebleich.

»Ich blute – ich blute!«, kreischte ich.

Holden war einen Moment wie erstarrt, dann sprang er aus dem Bett.

»Bleib ruhig, Annie!«, sagte er besonnen. »Und bleib liegen. Beweg dich nicht.« Er schnappte sein Handy und wählte den Notruf.

Was er mit der Person am andern Ende sprach, konnte ich nicht verstehen. Mein Verstand setzte aus. Nur verschwommen nahm ich wahr, wie ich wenige Augenblicke später auf eine Trage gehievt und in den Krankenwagen verfrachtet wurde.

Mein Kind, dachte ich nur immer wieder. *Mein Kind!*

Meine Beine wurden auseinandergedrückt, und jemand, den ich noch nie zuvor gesehen hatte, steckte seinen halben Arm in mich hinein. Ich keuchte unter dem Schmerz auf, dann zog er seine Hand wieder heraus, warf dem anderen im weißen Kittel einen bedeutungsvollen Blick zu und schüttelte dann den Kopf.

»Was ist?«, verlangte Holden zu wissen. »Was ist mit ihr?«, brüllte er. »Was ist mit dem Baby?« Er wurde immer lauter, und schließlich, als er immer noch keine Antwort bekam, packte er einen der Weißkittel am Kragen. »Sagen Sie mir sofort, was zur Hölle hier los ist!«

»Beruhigen Sie sich, Sir.« Zwei Pfleger eilten dem Arzt zu Hilfe, zerrten an Holdens Armen und versuchten ihn aus seinem Griff zu befreien. Zwei weitere Pfleger waren nötig, bis sie es schließlich schafften. »Beruhigen Sie sich, Sir«, sagten sie nur immer wieder. »Oder wir sehen uns gezwungen, die Polizei zu rufen.«

»Was ist mit meiner Frau? Was hat sie?«, fragte er noch mal. Diesmal ruhiger. Bedrohlich ruhig. Ein weiteres Mal würde er nicht fragen.

Im selben Moment spürte ich einen Stich in meiner Ellbeuge, dann etwas Kühles, das in meine Adern geleitet wurde.

»Die Plazenta hat sich abgelöst«, antwortete der Arzt endlich. »Wir können leider nichts mehr …«

Und dann wurde es um mich herum dunkel.

Als ich aus der Narkose erwachte, legte ich die zitternden Hände auf meinen Bauch. Sie suchten nach irgendetwas, woran sie sich festhalten konnten, während ich den Halt verlor. Doch dort war nichts. Keine Wölbung, keine Kugel, kein … Baby. Ich erstickte, ertrank in einem Strudel aus Bildern. Bildern eines Lebens, das es niemals geben würde. Der Schmerz war unerträglich, überschattete alles. Stechend und dumpf. Zerstörte die Frau, die ich gewesen war, und die Mutter, die ich niemals sein würde. Als hätte man mich ausgehöhlt und als leere Hülle zurückgelassen. Ich öffnete die Augen, um mich zu vergewissern, dass ich noch am Leben war. Holden saß neben meinem Bett und starrte auf seine blutverschmierten Hände. Als er sah, dass ich wach war, hob er das tränennasse Gesicht und riss mich in seine Arme. Dann fing ich an zu schreien.

Kapitel 18

In dem Moment, in dem etwas zu intensiv ist, um sich damit auseinanderzusetzen, ist es manchmal besser, die Dinge einfach unausgesprochen zu lassen.

Ich schlief viel. Verbrachte meine Tage in Dunkelheit und gab mich der dumpfen Taubheit hin, die mich, seitdem ich aus dem Krankenhaus entlassen worden war, fest im Griff hatte. Ich aß nicht, trank nicht, sprach nicht – ich wollte einfach nur schlafen. Hin und wieder klingelte es an der Tür. Doch ich fand nicht die Kraft aufzustehen, und ganz abgesehen davon gab es niemanden, den ich sehen wollte. Ich wollte einfach nur in Ruhe gelassen werden. Die Beileidsbekunder abzuwimmeln überließ ich Holden. Es war mir egal, ob er die Tür öffnete oder nicht. Hauptsache, ich musste mit niemandem reden. Tag und Nacht gingen ineinander über. Stunden vergingen wie Minuten, dann fühlten sich Minuten wieder an wie Tage. Die Uhr auf meinem Nachttisch gab mir eine grobe Orientierung, aber irgendwann achtete ich auf sie auch nicht mehr und ließ die Zeit einfach vergehen. Das würde sie sowieso. Ob ich wach war oder schlief, ob ich traurig war oder glücklich. Die Zeit verging, und die Erde drehte sich weiter, als wäre nichts geschehen.

Als etwas meine Hand streifte, öffnete ich blinzelnd die Augen. Holden saß neben mir auf dem Bett und sah mich an. Sorgenfalten durchzogen sein jugendliches Gesicht. Unter den Augen hatte er dunkle Schatten.

»Bitte, steh auf«, flüsterte er. »Bitte.«

»Ich bin müde«, antwortete ich, drehte mich um und schloss die Augen, ehe ich richtig wach werden und der Schmerz mich überrollen konnte. Und wieder schlief ich eine kleine Ewigkeit.

»Annie«, sanft rüttelte er an meiner Schulter. »Du musst etwas essen.«

»Ich bin müde«, sagte ich wieder, schloss die Augen und wartete, bis er das Zimmer verließ.

»Annie«, seine Stimme war vor Trauer und Verzweiflung ganz verzerrt. »Grace ist hier.«

»Lass mich schlafen«, erwiderte ich und zog mir die Decke über den Kopf, damit ich die beiden nicht reden hörte. *Depression, posttraumatische Belastungsstörung* und *Psychiatrie* waren Begriffe, die in dieser Zeit oft in unserer Wohnung fielen. Ich achtete nicht darauf, verschloss meine Sinne und glitt erneut in einen tiefen Schlaf.

Als ich die Augen das nächste Mal aufschlug, lag ich in Holdens Armen. Seine Brust zitterte unter meiner Wange, und ich hörte ihn leise schluchzen.

»Komm zu mir zurück«, bibberte er. »Bitte, komm zu mir zurück.«

Vorsichtig hob ich den Kopf und sah meinen Mann an.

»Annie«, sagte er, und seine Lippen zitterten. »B-bitte. B-bitte, komm zu mir zurück.«

Und erst jetzt, da ich in sein vor Kummer und Schmerz verzerrtes Gesicht blickte, erkannte ich, was ich ihm angetan hatte. Auch er hatte ein Kind verloren. Auch er trauerte um unser Baby. Und nun musste er auch noch hilflos mit ansehen, wie ich meinen Verstand verlor. Ich kroch ein Stück nach oben und legte einen Arm um ihn.

»Es tut mir leid«, flüsterte ich. Und dann weinten wir gemeinsam.

»Wie lange hab ich geschlafen?«, fragte ich leise, als wir zusammen in der Badewanne lagen. Mein Kopf ruhte auf seiner Brust.

Holden schluckte. »Drei Tage.«

»Oh«, war alles, das mir dazu einfiel.

»Hast du Schmerzen?«, fragte er eine ganze Weile später.

»Nein«, antwortete ich, und es war die größte Lüge aller Zeiten. Nichts hatte mir jemals so wehgetan, hatte größere Qualen, mehr Leid verursacht. »Körperlich habe ich keine Schmerzen«, präzisierte ich.

Holden nickte wissend, dann räusperte er sich nervös. »Der Arzt sagt«, begann er, während er meinen Rücken wusch, »die Chancen stehen gut, dass du noch mal auf normalem Weg schwanger werden kannst.«

Ich erstarrte. »Was?« Daran hatte ich noch keinen Gedanken verschwendet. »Die Chancen stehen gut?«, wiederholte ich voller Unglauben. »Was soll das denn heißen?« Holdens Intention, mir das zu sagen, war sicher, mich zu beruhigen, aber alles, was ich heraushörte, war, dass ich vielleicht keine Kinder mehr bekommen konnte.

»Mach dir darüber keine Gedanken«, sagte er ruhig. »Das Wichtigste ist jetzt, dass du dich erholst.«

»Wie sollte ich mir darüber keine Gedanken machen? Ich kann vielleicht keine Kinder mehr bekommen!«

»Nein«, widersprach er. »Der Arzt sagte, dass in Anbetracht der Schwere der … Verletzung, die du davongetragen hast, die Chancen wirklich gut stehen. Außergewöhnlich gut.«

»Und das soll mich beruhigen?«

»Ich sag nur, was der Arzt gesagt hat«, verteidigte sich Holden und schüttelte den Kopf, ehe er flüsterte: »Ich hätte gar nichts sagen sollen, tut mir leid.«

»Hast du aber.«

Holden atmete tief durch. »Ich wollte nicht, dass du dich aufregst, es tut mir leid«, entschuldigte er sich wieder. »Komm jetzt, Schatz. Du musst dringend was essen.«

Grace hatte Unmengen an Essen vorbeigebracht. Jeden Tag war sie vorbeigekommen. Und nun türmten sich ihre gesammelten Werke unberührt, und fein säuberlich in Tupperdosen verpackt, im Kühlschrank auf.

»Ich glaube, das ist Hühnersuppe«, mutmaßte Holden, zog eine Schüssel hervor und sah mich fragend an.

Als ich nickte, nahm er einen Topf aus dem Schrank, schüttete den Inhalt hinein und drehte den Herd an. Schon bald breitete sich der warme Duft von Hühnchen, Gemüse und Nudeln in der Küche aus. Wir aßen schweigend, und danach legte er *Arielle, die Meerjungfrau* in den DVD-Player ein, und wir kuschelten, eingemummelt in eine Wolldecke, aufs Sofa.

Ein warmes Bad, Disney und Hühnersuppe – das Allheilmittel für Kummer jeglicher Art. Doch in diesem Fall brauchte es ein bisschen mehr.

Zwei Wochen später ging ich wieder zur Arbeit. Wie gewöhnlich führte mich der erste Weg in mein Büro – wo Piper Tallon wie selbstverständlich an meinem Schreibtisch saß und telefonierte.

»Nein. Hören Sie zu … Ich … nein, ich erwarte, dass die Auswertung noch heute auf meinem Schreibtisch liegt, ist das klar? Ihre Ausflüchte interessieren mich nicht … Hören Sie mir überhaupt zu? Wie Sie das machen, ist Ihr Problem … Nein. Heute noch.« Sie legte auf. Dann sah sie mich in der Tür stehen.

»Annie.« Sofort sprang sie vom Sessel auf. *Meinem* Sessel. »Sie sind zurück? Wie geht es Ihnen? Ich … Paul hat erzählt, was passiert ist. Es … tut mir so leid, Annie.«

»Paul?«, erwiderte ich nur und zog die Augenbrauen hoch. Vor drei Wochen redete sie meinen Boss noch beinahe ehrfürchtig mit *Mr Parker* an.

»Wenn ich gewusst hätte, dass Sie heute kommen, hätte ich …«

»Mit wem haben Sie gerade telefoniert?«, unterbrach ich ihr Gestammel.

»Das … äh … das war Levinston. Aus der Versuchsabteilung.«

Ich legte die Stirn in Falten. »*So* reden Sie mit Dr. Howard Levinston?«, fragte ich ungläubig. »Der Mann arbeitet seit über zwanzig Jahren hier.« Ich war fassungslos. Was erlaubte sich diese Göre, auf eine solch herablassende Weise mit einem der erfahrensten und zuverlässigsten Mitarbeiter der Firma zu reden?

Plötzlich ging ein Ruck durch Pipers ganzen Körper. Sie sah mich an, verschränkte die Arme vor der Brust und reckte das Kinn vor. »Ich brauche die Ergebnisse aus dem Oxitoflu-Humanversuch noch heute.«

Na, sieh mal einer an. Den Schreck über mein plötzliches Erscheinen hatte sie offenbar recht schnell verwunden. Und wenn mich nicht alles täuschte, forderte sie mich gerade heraus.

Ich lächelte nachsichtig. »Howard überprüft jedes Versuchsergebnis so oft und so gründlich, bis er sich ganz sicher ist, dass kein Messfehler vorliegt oder eine sonst irgendwie geartete Unregelmäßigkeit«, erklärte ich ihr. Ruhig und souverän. »Bei keinem unserer Medikamente, das seine Humanversuchskontrolle passiert hat, kam je ein Mensch zu Schaden. Was man in der Versuchsabteilung leider nicht von jedem behaupten kann.«

261

»Dafür braucht er aber auch ein Drittel mehr Zeit als die anderen«, patzte Piper.

Und wieder lächelte ich. Doch diesmal nicht nachsichtig, sondern herablassend. »Jetzt bin ich ja wieder da. Ich kümmere mich darum. Sie können wieder zurück an Ihren Arbeitsplatz, Piper.«

»Vielleicht sollten Sie zuerst mit Paul reden«, entgegnete sie hochnäsig und breitete die Arme aus. »Das hier *ist* nämlich jetzt mein Arbeitsplatz.«

Wutentbrannt stürmte ich in Parkers Büro. Betty hatte keine Chance, mich aufzuhalten.

»Annie.« Er stand auf, kam mir entgegen und schüttelte mir überschwänglich die Hand. »Wie geht es Ihnen? Es tut mir so leid, was passiert ist. Schön, dass Sie wieder da sind.«

»Danke«, erwiderte ich. »Ich finde es auch schön, wieder hier zu sein. Wissen Sie, dass Piper Tallon in mein Büro gezogen ist? Sie sagt, das wäre mit Ihnen so abgesprochen.«

»Ja«, antwortete er gedehnt und kratzte sich am Hinterkopf. »Das ist richtig.«

»Hatten wir nicht vereinbart, dass ich die Leitung der Abteilung behalte?«

»Solange Sie in der Babypause sind, ja. Aber da die … Umstände sich ja nun geändert haben, mussten wir etwas improvisieren.«

»Die Umstände?«, fragte ich und zog die Augenbrauen hoch. Hatte diese glatt rasierte Pappnase auch nur den Hauch einer Ahnung, was ich durchgemacht hatte?!

»Annie.« Plötzlich klang er sachlich, fast schon autoritär. »Sie waren drei Wochen weg. Eine ganze Woche haben wir nichts von Ihnen gehört. Dann hat Ihr Mann angerufen und erzählt, was … passiert ist. Aber selbst zu diesem Zeitpunkt wussten wir nicht, wann und ob Sie überhaupt zurückkommen.«

»Ich habe mein Kind verloren«, sagte ich und spürte, wie meine Augen brannten. »Da sind drei Wochen Abwesenheit durchaus im Rahmen, finde ich.«

»Ja, und es ist verständlich, dass Sie die Zeit brauchten. Aber das Oxitoflu-Projekt musste fertig werden. Sie kennen die Timeline. Und darum hat Piper für Sie übernommen.« Er sah mich eindringlich an. »Und sie hat ihre Sache wirklich gut gemacht. Ganz ohne Einweisung und Übergabe Ihrerseits. Das sollten Sie wissen.«

Ich biss die Zähne zusammen. Sollte ich ihm sagen, dass ich für die Zwischenpräsentation, die für vorgestern angesetzt gewesen war, längst vorgearbeitet und diese hinterhältige kleine Schlampe höchstwahrscheinlich nur meine Arbeit abgeliefert hatte? Aber so begeistert, wie er von ihr zu sein schien, würde er mir wahrscheinlich gar nicht glauben.

»Und wie soll es Ihrer Meinung nach jetzt weitergehen?«, fragte ich stattdessen, äußerst bemüht um einen ruhigen, sachlichen Tonfall.

»Fühlen Sie sich denn schon wieder dazu in der Lage, voll in den Job einzusteigen?«

»Sonst wäre ich nicht hier.«

»Trauen Sie sich denn zu, die Leitung der Abteilung zu übernehmen?«

»Ja«, erwiderte ich und merkte, dass ich kurz davor war, die Geduld zu verlieren. »Ich habe um mein Kind getrauert, und jetzt bin ich wieder da. Also, wie soll es weitergehen?«

Parker zuckte leicht mit den Schultern. »Vielleicht können Sie und Piper sich das Büro ja teilen?«

»Teilen?!« Nun musste ich aufpassen, dass ich nicht ausfällig wurde. Oder gar handgreiflich.

»Es ist so, dass wir mit Miss Tallon«, oh, jetzt wurde er also schon förmlich, was ist denn aus *Piper* und *Paul* geworden?, »einen Vertrag aufgesetzt haben, der ihr die Leitung der

Abteilung zu fünfzig Prozent zuspricht. Das war sozusagen ihre Bedingung.«

»Dann feuern Sie mich?«

Ich war im Beruf immer professionell gewesen. Hatte mich niemals auf Tratsch, Streitereien oder Zickereien eingelassen, nie über Privates geplaudert. Strikte Trennung von Beruf und Privatleben – das war einer meiner wichtigsten Grundsätze. Aber im Moment war ich, ich *persönlich*, dermaßen angepisst, dass ich jegliche Professionalität verlor und kurz davor war, meinem Boss eine schallende Ohrfeige zu verpassen.

Sofort hob er die Hände. »Nein. Nein, natürlich nicht. Die andere Stellenhälfte haben wir Ihnen freigehalten. In der Hoffnung, dass Sie bald zurückkommen.«

»Oh. Wie *nett* von Ihnen.« Meine Stimme triefte vor Sarkasmus.

Parker kniff die Augen zusammen. Okay, jetzt war ich zu weit gegangen. Gleich würde er den Boss raushängen lassen.

»Sie werden sich die Stelle mit Miss Tallon teilen müssen«, sagte er in einem Ton, der keinen Widerspruch zuließ. »Fünfzig Prozent Leitung, fünfzig Prozent Laborarbeit. Das gilt für Sie beide.«

Für einen Moment überlegte ich ernsthaft, einfach alles hinzuschmeißen, Parker zu sagen, dass er mich mal am Arsch lecken konnte, Piper eine undankbare Schlampe zu nennen, nach Hause zu fahren und mich unter der Decke zu verkriechen. Doch dafür liebte ich meinen Job zu sehr. Außerdem erinnerte mich daheim alles daran, was ich verloren hatte. Das halb fertige Kinderzimmer, die frisch lackierte Wiege, in der schon Holden als Baby geschlafen hatte, Bücher über Schwangerschaft und Kindererziehung … Nein, die Arbeit würde mir guttun, mich ablenken. Und so einfach würde ich mich nicht geschlagen geben.

Zieh dich warm an, Collegegirl!

»Zuerst sollten wir uns an die Aufgabenverteilung machen«, sagte ich, als ich zurück in meinem, oh, Entschuldigung, ich meine natürlich: in *unserem* Büro war.

»Für die direkte Schnittstellenkooperation mit den Nachbarabteilungen haben Sie, wovon ich mich gleich heute Morgen selbst überzeugen konnte, offenbar kein Talent. Ab sofort laufen diese Gespräche wieder ausschließlich über mich.«

»Sie sind nicht länger meine Vorgesetzte«, erwiderte Piper schnippisch.

Ich ging einen Schritt auf sie zu, baute mich direkt vor ihr auf und sah sie mit erhobenen Augenbrauen an. »Ich war es, die Sie eingestellt hat. Vergessen Sie das nicht.«

Es war einiges an Überzeugung, stellenweise fast schon Einschüchterung nötig, bis wir die Aufgaben unter uns verteilt hatten. Den technisch-fachlichen Bereich teilten wir uns. Mitarbeiterführung und Schnittstellenkooperation beanspruchte ich für mich – ich konnte es mir nicht leisten, dass sie mir hier alle Leute vergraulte und meine mühsam aufgebauten Kontakte zunichtemachte. Die Präsentation der Ergebnisse gegenüber dem Vorstand und andere prestigeträchtige Aufgaben riss Piper sich unter den Nagel. Damit konnte ich leben, auch wenn es meinem Ego einen gewaltigen Dämpfer verpasste. Der schwierigste Punkt jedoch war der, wo ich in Zukunft sitzen würde. In den letzten drei Wochen hatte sich Piper in meinem Büro breitgemacht, als sei es schon immer ihres gewesen. Letzten Endes gab ich nach und bezog den kleinen Praktikantenschreibtisch in der Ecke. Aber dafür ließ sie wenigstens Howard mit ihren Unverschämtheiten in Frieden.

Als ich nun also auch physisch wieder einen Arbeitsplatz hatte, war meine erste Amtshandlung nach meiner Rückkehr eine Rundmail an alle Kollegen, in der ich darum bat, mich nicht darauf anzusprechen, was passiert war. Die meisten hielten sich daran. Doch schon allein die mitleidigen Blicke, mit denen sie mir begegneten, waren kaum zu ertragen.

Da ich eine Weile nicht im Labor gewesen war, vor allem aber, weil ich mich nicht vollends von Piper ausstechen lassen wollte, arbeitete ich oft bis spät am Abend. Holden ging es ähnlich. Während seiner Abwesenheit war in seiner Firma einiges schiefgelaufen, das er jetzt ausbügeln musste. Wir sahen uns also kaum. Selbst das Abendessen ließ ich mir ins Büro bringen, holte mir auf dem Nachhauseweg noch schnell eine Kleinigkeit am Drive-in irgendeiner Fast-Food-Kette oder ließ es einfach ausfallen. Es vergingen Wochen, an denen wir uns nicht viel mehr als »Guten Morgen« und »Gute Nacht« sagten. Manchmal reichte die Zeit nicht mal für einen richtigen Kuss. Umso schlimmer also, dass an unserem ersten freien Samstag seit einer Ewigkeit ausgerechnet meine Schwiegermutter vor der Tür stand. Und das schon morgens um halb neun.

»Guten Morgen, Angela«, begrüßte ich sie müde. »Komm rein, wir sind gerade erst aufgestanden.« Seit der Sache mit dem Baby hatten wir, oder zumindest ich, nichts von ihr gehört oder gesehen. Wahrscheinlich hatte sie abgewartet, bis alles, zumindest von außen betrachtet, wieder seinen gewohnten Gang ging und sie ihren Sohn wieder ganz in Anspruch nehmen konnte. Ich fragte mich schon, was es wohl diesmal war. Ein defektes Abblendlicht? Ein Brief vom Finanzamt, den sie nicht kapierte? Oder brauchte sie einfach mal wieder jemanden, bei dem sie sich über das Älterwerden ausheulen konnte?

»Guten Morgen, Anna-Marie.« Angela war die Einzige, die mich immer bei meinem vollen Namen nannte. Nicht einmal meine eigene Mutter nannte mich so – und die hatte ihn schließlich ausgesucht. Sie ließ die Augen über meinen Schlafanzug wandern, bestehend aus einer von Holdens ausgemusterten Boxershorts und einem übergroßen Shirt mit der Aufschrift *Bier formte diesen wunderbaren Körper.* Und schon erntete ich den ersten krummen Blick. Sie ging an mir vorbei direkt in die Küche.

»Hi, Mom.« Wie immer drückte Holden seiner Mutter einen Kuss auf die Wange, den sie kinnreckend entgegennahm. Dann wandte er sich wieder der Spülmaschine zu, die er gerade begonnen hatte auszuräumen.

»Du bist ja schon fleißig«, bemerkte sie missbilligend, und schon nahmen die Dinge ihren Lauf. »Also, früher wäre das undenkbar gewesen«, sagte sie.

Diesen gottverdammten Satz hatte ich bereits so oft aus ihrem rot bepinselten Mund gehört, dass ich sie hätte synchronisieren können.

»Was denn?«, fragte ich nach einem tiefen Atemzug, obwohl ich natürlich ganz genau wusste, worauf sie anspielte. Und dann kam es, wie es kommen musste.

»Dass der Mann so viel im Haushalt macht«, antwortete sie streng. »Das war Sache der Hausfrau.«

Am liebsten hätte ich laut gelacht. Und das ausgerechnet aus dem Mund einer Frau, die Mann und Kind einfach zurückgelassen hatte.

Er war gerade mal sechs Jahre alt, du egozentrisches Miststück!

Holden suchte meinen Blick und bat mich stumm, nicht darauf einzusteigen. Aber ich konnte nicht anders. Ich hatte das Gefühl, daran zu ersticken, wenn ich es nicht rausließ.

»Ich bin keine Hausfrau, Angela«, begann ich bemüht ruhig. »Ich arbeite. Vollzeit. Ich habe einen Harvard-Abschluss und leite ein Labor mit dreizehn Mitarbeitern.« Zwölf, genau genommen. Denn Nummer dreizehn sägte gerade ordentlich an meinem Stuhl. »Ich habe gerade eine Sechzig-Stunden-Woche hinter mir. Da ist es ja wohl nicht zu viel verlangt, dass man sich die Hausarbeit teilt, oder?«

Irritiert schaute sie zwischen mir und Holden hin und her, woraufhin er ihr ein Küsschen auf die Wange drückte und das Thema wechselte. Ich kochte vor Wut.

»Wieso sagst du nichts zu ihr?«, fragte ich ihn, sobald sie weg war.

Er zuckte mit den Schultern und ließ sie dann sinken. »Was soll ich denn sagen?«

»Keine Ahnung«, erwiderte ich aufgebracht. »Irgendetwas. Sie ist schließlich deine Mutter, nicht meine.«

»Was erwartest du denn? Sie ist fünfundsechzig, das heißt in fünf Jahren wird sie siebzig sein.«

»Oh, danke für die Demonstration deiner Additionskenntnisse.«

Er seufzte. Das ganze Thema schien ihm einfach lästig zu sein. »Ich will damit nur sagen, dass jemand in diesem Alter sich nicht mehr ändern lässt. Ich versteh, ehrlich gesagt, gar nicht, warum du das immer so nah an dich ranlässt. Ignorier es doch einfach.«

»Ignorieren? Ist das dein Ernst? Sie kommt hier rein, und das Erste, das sie – seit Wochen, wohlgemerkt – zu mir sagt, ist, dass ich eine schlechte Hausfrau bin. Kein Wort über das Baby, kein *Tut mir leid, was passiert ist*, kein *Kann ich euch irgendwie helfen*. Nichts.«

»Sie war hier«, wand er ein. »Als du … geschlafen hast.« Womit er das dreitägige Wachkoma meinte, in das ich gefallen war, nachdem sie mich aus dem Krankenhaus entlassen hatten. »Sie hat nach dir gefragt, wollte sehen, wie es dir geht.«

»Das ist ja wohl das Mindeste«, murmelte ich. »Aber seitdem ist sie nicht mehr hier gewesen. Hat weder gefragt, wie es mir, noch, wie es dir geht. Kein Wort über das Baby.«

»Sie kann eben schlecht mit solchen Dingen umgehen«, rechtfertigte er ihr Verhalten.

»Sie ist deine Mutter, verdammt noch mal. Und das war … *ihr Enkelkind*.« Bei den letzten beiden Worten brach meine Stimme, und mir kamen die Tränen.

»Ach, Annie«, versuchte er mich zu trösten, kam auf mich zu und nahm mich in den Arm.

»Wie könnte sie es auch verstehen. Sie weiß nicht, was Mutterliebe ist«, stieß ich verbittert hervor. »Keine Mutter, die ihr Kind liebt, lässt es alleine zurück.«

Holden sah mich an, als wollte er sagen: Musste das jetzt sein? Es war nicht meine Absicht, ihm wehzutun, doch in meinem Inneren brodelte es. Es war mir unmöglich, jetzt aufzuhören. Selbst wenn ich ihn damit verletzte.

»Warum bist du nicht wütend auf sie?«, platzte es voller Unverständnis aus mir heraus.

»Weil sie meine Mutter ist«, erwiderte er. Ruhig und doch nachdrücklich.

»Aber – sie hat dich verlassen, als du sechs Jahre alt warst! Sie hat dich allein gelassen. Und heute kommt sie auch nur, wenn du etwas für sie tun sollst. Dafür bist du gut genug. Ihr Auto zu reparieren, die Vorhänge aufzuhängen oder ihre Versicherungspolice zu prüfen.« Weswegen sie, nebenbei bemerkt, diesmal da war. »Diese Frau nimmt nur – und gibt nichts.«

Holden biss die Zähne zusammen. Seine Miene verfinsterte sich.

»Und du denkst, du musst mir das sagen?« Er ließ mich los. »Glaubst du, ich weiß das alles nicht?« Eine sehr erwachsene, sehr nüchterne Traurigkeit schwang in seinen Worten mit.

»Wieso bist du nicht wütend auf sie?«, wiederholte ich meine Frage voller Unverständnis.

»Sie ist meine Mutter«, sagte er laut und gab mir damit zu verstehen, dass das Thema für ihn nun beendet war. Für mich war es das aber noch lange nicht.

»Sie ist eine furchtbare Mutter!«, brüllte ich.

»Sie ist die einzige Mutter, die ich habe!«, brüllte er zurück.

Bei seinen Worten zog sich mein Magen zusammen. Ich hatte ihm nicht wehtun wollen, aber das musste nun ein für alle Mal geklärt werden.

»Du hast recht – Angela ist die einzige Mutter, die du hast. Eine andere gibt es nicht. Dir blieb keine andere Wahl, als mit dem klarzukommen, was dir gegeben wurde. Was aber nicht bedeutet, dass sie hier reinspazieren und mich bei jeder Gelegenheit kritisieren darf. Ich bin deine Frau, verdammt noch mal. Unternimm endlich was dagegen!«

»Sie meint es nicht böse. Hör doch einfach nicht hin.«

»Ich kann nicht einfach nicht hinhören, versteh das endlich! Es geht nicht, dass sie in meinem Zuhause so mit mir spricht und du nichts, aber auch gar nichts dagegen tust.«

»Was soll ich denn tun?«

Mittlerweile brüllten wir beide so laut, dass ich schon Angst hatte, die Nachbarn könnten die Cops rufen.

»Lass dir, verfickte Scheiße noch mal, was einfallen!«

»Sei du lieber, verfickte Scheiße noch mal, nicht so verdammt empfindlich!«, schrie er, schnappte sich seine Laufschuhe und ließ mich einfach stehen.

Es hätte bewundernswert sein können, dass er diese Frau, selbst nach allem, was sie ihm angetan hatte, noch immer lieben konnte. Das hätte es wirklich sein können, würde er mit all seinen Mitmenschen so nachgiebig und barmherzig verfahren. Doch das tat er nicht. Holden maß mit zweierlei Maß.

Drei Tage sprachen wir kaum ein Wort miteinander. Ich ging besonders früh ins Labor, damit wir uns morgens nicht in die Quere kamen. Und abends blieb ich länger, weil ich ganz einfach nicht nach Hause wollte.

Es war schon nach acht an diesem Mittwoch, als sich die letzte Kollegin in den Feierabend verabschiedete. Ich holte mir noch einen Kaffee und setzte mich an meinen Praktikantenschreibtisch, um ein Protokoll fertig zu schreiben. Als ich dann endlich auch damit durch war, öffnete ich – und das tat ich bei der Arbeit sonst nie – den Browser und loggte mich bei

Facebook ein. Geistesabwesend überflog ich die Neuigkeiten in meiner Timeline, lächelte über ein lustiges Katzenvideo, schüttelte den Kopf über die haarsträubenden Rechtschreibfehler in einem nichtssagenden Lebensweisheiten-Post und tippte einen kurzen Geburtstagsgruß an die Pinnwand einer ehemaligen Kommilitonin. Dann klickte ich auf die kleine 1 auf dem Neuigkeiten-Symbol – und mir stockte der Atem.

Seth Yellen hat deine Freundschaftsanfrage bestätigt.

Der Satz blinkte wie eine Leuchtreklame. Wieso jetzt, fragte ich mich. Es musste Jahre her sein, dass ich ihm diese Anfrage geschickt hatte. Ja, das war kurz nach dem Tod seiner Schwester gewesen. Anfangs hatte ich noch regelmäßig nachgesehen, ob er sie bestätigt oder meine Nachricht beantwortet hatte. Hatte die Anfrage sogar einmal gelöscht und noch mal geschickt. Doch auch daraufhin war nichts geschehen. Und irgendwann hatte ich es dann vergessen – hatte *ihn* vergessen. Warum also bestätigte er sie ausgerechnet jetzt? Ich nahm einen Schluck aus meiner Kaffeetasse und bemerkte, dass meine Hände zitterten. Mit einem Mal beschlich mich das Gefühl, etwas Verbotenes zu tun. Unwillkürlich sah ich mich um. Drehte den Kopf erst nach rechts und dann nach links. Es war niemand da. Ich schluckte schwer und klickte auf Seths Profil.

Wow! Er war ganz schön rumgekommen. Bis auf sein Profilbild hatte er selbst kein Foto eingestellt, wie es schien. War dafür aber auf über einhundert markiert worden. Mein Gesicht wanderte immer näher an den Bildschirm, als ich eines nach dem anderen durchklickte. Auf vielen war er mit Freunden zu sehen, auf manchen hielt er ein Mädchen im Arm – immer eine andere. Doch die aktuellsten zeigten ihn immer mit derselben. Eine dunkelhaarige Schönheit mit vollen Lippen und großen Augen. Ich spürte einen Stich in meiner Brust. Eifersucht? Schnell klickte ich weiter. Seths Reisen hatten ihn quer durch Europa geführt. London, Rom, Paris, Berlin, Brüssel, Prag, sogar auf dem Oktoberfest in München war er gewesen – es schien kaum einen Ort zu geben, den er nicht gesehen hatte. Der Stich in meiner Brust verblasste und verwandelte sich in etwas anderes. Etwas Drückendes. Neid? Ja, wahrscheinlich. Was hatte ich denn schon von der Welt gesehen? Von Europa konnte ich nur träumen. Ich hatte den Kontinent nie verlassen. Außer Lakewood und Boston kannte ich eigentlich nur die Berghütte in Kanada, in der wir immer Urlaub gemacht hatten, als ich noch klein war. Holden war fürs Reisen nicht zu haben. Wenn wir mal wegfuhren, war vorher wochenlange Überzeugungsarbeit nötig. Und selbst dann hatten wir es in unseren acht Jahren nur nach Neuschottland und Long Island geschafft.

Der kleine grüne Punkt, der neben Seths Namen aufploppte, riss mich aus meinem Fernweh.

Er ist online. Jetzt. In diesem Moment.

Mir wurde heiß. Ich fühlte mich ertappt. Als wüsste er ganz genau, dass ich gerade dabei war, wie eine Besessene sein Profil zu durchforsten. Ich starrte den Punkt an und fragte mich, wo er wohl gerade war. Vor welchem Computer er saß. In welcher Stadt, in welchem Land. War es bei ihm frühmorgens oder spät in der Nacht? War er alleine? Als hätten sich meine Finger verselbstständigt, schwebte die Maus über dem Chat-Symbol, mein Zeigefinger klickte drauflos, und ehe ich mich's versah, hatte ich ein Hi eingetippt und drückte auf Enter. Meine Augen klebten am Bildschirm. Ich war so nah herangerückt, dass meine Nasenspitze ihn fast berührte. Ich riss die Augen auf und versuchte die Worte *Seth Yellen schreibt etwas* heraufzubeschwören. Als könnte ich ihn mittels Gedankenübertragung dazu bringen, mir zu antworten. Und dann, ganz plötzlich, war der kleine grüne Punkt verschwunden. Ich ließ die Schultern sinken. Seth war weg.

Als ich nach Hause kam, war es längst dunkel. Holden lag auf dem Sofa und schnarchte gleichmäßig vor sich hin. Im Fernsehen lief irgendeine Reportage. Als ich ins Wohnzimmer kam, setzte er sich ruckartig auf. Seine Augen waren vor Müdigkeit ganz gerötet.

»Hi«, sagte er mit verschlafener Stimme. »Seit wann bist du zu Hause?«

»Gerade heimgekommen.« Ich setzte mich neben ihn.

»Hast du Hunger? Ich hab was gekocht.«

Ich nickte. »Hast du schon gegessen?«

»Nein«, sagte er schnell, und jetzt erst merkte ich, dass er auf mich gewartet hatte und dann eingeschlafen sein musste. Augenblicklich überkam mich ein schlechtes Gewissen. Ich hatte ihm die letzten Tage gar keine Chance gegeben, mit mir zu reden. Wenn er es versucht hatte, hatte ich vorgegeben, ich sei müde, oder mich gleich schlafend gestellt, und bevor er wach wurde, war ich schon wieder aus dem Haus.

»Zur Zeit musst du echt lange arbeiten«, sagte er zärtlich.

Ich nickte nur, und auch das war schon fast gelogen.

Holden stand auf, und ich folgte ihm in die Küche, wo der Tisch bereits gedeckt war, der Salat in einer Schüssel bereitstand und nur noch auf das Dressing aus dem Becher daneben wartete und die Pfanne auf dem Herd darauf, noch einmal aufgewärmt zu werden.

Rührung und schlechtes Gewissen schnürten mir die Kehle zu. »Was gibt es denn?«, fragte ich bemüht lässig, blinzelte gegen meine feuchten Augen an und setzte mich an den Tisch.

»Kokosreis mit Gemüse«, nannte er es schlicht, doch als ich den Teller voll duftendem Curry vor mir stehen hatte, sah ich, wie viel Arbeit er sich gemacht hatte. Wahrscheinlich hatte er das Rezept aus dem Internet und war dafür extra noch einkaufen gegangen. Ich konnte mich jedenfalls nicht erinnern, dass wir Shiitakepilze, Zuckerschoten und frischen Ingwer dagehabt hätten.

»Das ist wirklich gut«, schwärmte ich mit vollem Mund, und endlich sah ich Holden wieder lächeln. Lange sah ich ihn an, und auch er blickte mir tief in die Augen. Fast hatte ich vergessen, wie blau sie waren. Selbst gerötet wie jetzt strahlten sie mich mit einer solchen Intensität an, dass ich schlagartig wieder ganz genau wusste, warum ich mich in diesen Mann verliebt hatte. Plötzlich glitzerten mir Tränen entgegen.

Oh Gott, er weint! Das tat er nie. Nie!

Sofort stand ich auf, ging zu ihm und nahm ihn fest in den Arm. Er zog mich auf seinen Schoß und vergrub das traurige Gesicht an meiner Brust. Ich war so sehr mit mir selbst beschäftigt gewesen, dass ich gar nicht gemerkt hatte, wie es meinem Mann ging.

»Ich liebe dich«, sagte er und sah mich an.

Ich schlang die Arme noch fester um ihn. »Ich liebe dich auch«, flüsterte ich ihm ins Ohr.

Holden sah zu mir auf, nahm mein Gesicht in beide Hände und küsste mich. In dieser Nacht schliefen wir miteinander. Zweimal.

»Wie lange arbeitest du heute?«, fragte mich Holden am nächsten Morgen. Es war das erste Mal seit Wochen, dass wir gemeinsam aufwachten und dann einfach noch ein bisschen liegen blieben. Zusammen.

»Um sechs könnte ich da sein. Wieso?«

»Nur so. Es wäre schön, den Abend mal wieder zusammen zu verbringen. Nur wir beide.«

Ich lächelte, sanft, aber auch traurig. Unsere Beziehung war im Moment wie ein kleines Pflänzchen. So zart, dass schon der kleinste Windhauch ausreichte, es zu entwurzeln. Wir mussten vorsichtig damit umgehen. Es vor Sturm und Kälte schützen, damit es gedeihen konnte.

»Ja, das wäre schön.«

Als er mich ansah, konnte ich genau das in seinen Augen sehen. Das Bewusstsein darüber, wie zerbrechlich unsere Liebe im Moment war, und die Hoffnung, dass wir es schaffen würden.

»Wie läuft es mit Piper?«, fragte er.

Ich stöhnte. »Es ist ätzend. Dadurch, dass mir die Abteilungsleitung damals nur mündlich zugesprochen wurde und sie darauf bestanden hat, ihre fünfzig Prozent vertraglich festzulegen, hat sie praktisch alle Trümpfe in der Hand. Aber dauerhaft geht das nicht gut, sag ich dir. Es muss was passieren. So oder so. Irgendwann muss Parker sich für eine von uns entscheiden. Lange mach ich dieses Theater nicht mehr mit. Ich meine, ich sitze an einem Praktikantenschreibtisch.« Nachdenklich schüttelte ich den Kopf. »Ich würde sie ja zu gerne einfach machen lassen, weißt du. Innerhalb kürzester Zeit würde sie sämtliche Mitarbeiter und Kollegen vergraulen, da gehe ich jede Wette ein. Es würde kein Monat vergehen, bis sich die Leute über sie bei Parker beschweren.«

»Und warum tust du es dann nicht?«

»Weil ich mir das alles mühsam aufgebaut habe, verstehst du? Ich kann sie da nicht einfach so wüten lassen. Was, wenn jemand ihretwegen kündigt? Außerdem würde es auf mich zurückfallen, da wir uns die Stelle teilen und ich somit mitverantwortlich bin für alles, was aus diesem Büro heraus entschieden, getan und gesagt wird.«

»Was sagt Parker dazu?«

Ich schnaubte. »Piper und er waren gestern zusammen Mittagessen.«

Holden kräuselte die Nase. »Klingt übel.«

Ich seufzte »Ist es auch. Da muss dringend eine Lösung her.« Damit hatte ich mehr als recht, doch ich ahnte nicht, welche Lösung mein Boss im Sinn hatte.

»Es ist für Sie.« Piper reichte mir den Hörer meines, ich meine, ihres … meines ehemaligen Telefons.

»Hallo, Annie«, begrüßte mich Betty, Parkers Sekretärin. »Entschuldigen Sie, ich weiß gar nicht, unter welcher Nummer Sie jetzt erreichbar sind.«

»Ist schon in Ordnung.«

»Paul möchte etwas mit Ihnen besprechen. Er hat mich gebeten, einen Termin zu vereinbaren. Noch heute. Er hätte entweder um halb drei Zeit oder um Viertel nach vier.«

Ich checkte meinen Kalender. »Viertel nach vier klingt gut«, sagte ich und begann bereits zu grübeln, was es sein konnte, das er so dringend mit mir besprechen wollte.

»Annie. Kommen Sie rein. Setzen Sie sich bitte.« Oh nein. Immer, wenn er mich so überschwänglich begrüßte, wollte er etwas von mir. Die Sache mit Piper würde also nicht in meinem Sinne erledigt werden, so viel war mir jetzt schon klar. Nervös war ich trotzdem nicht. Ich war eine seiner besten Mitarbeiterinnen. Meine Zahlen sprachen für sich. Und auch wenn er mit Piper regelmäßig zu Mittag aß – selbst wenn sie ihm in der Mittagspause unter dem Schreibtisch einen blies –, so einfach konnte er mich nicht loswerden. Auch ich hatte einen Vertrag. Und wenn doch, dann würde ihn das einiges kosten. Ich lehnte mich entspannt zurück und hörte mir an, was er zu sagen hatte.

»Wir bauen ein neues Labor in Seattle auf, und ich habe Sie als Projektleiterin vorgeschlagen«, eröffnete er unumwunden.

»Seattle?«

»Ja, Sie kommen doch aus der Nähe. Tacoma, oder?«

»Lakewood, ja, aber …«

»Na, das passt doch hervorragend, dann können Sie etwas mehr Zeit mit Ihrer Familie verbringen.«

»Mit meiner Familie?« Ich ersparte ihm und mir die Ausführungen darüber, wie froh ich war, fast dreitausend Meilen von meiner Mutter entfernt zu sein. Doch schon allein mein Tonfall ließ darauf schließen, dass das nicht das Argument war, mich zu überzeugen. Sein Blick verriet, dass er verstanden hatte.

»Bei allem Respekt, Paul, meine Familie ist hier. Das heißt, mein Mann ist hier, und mein Baby ist hier beerdigt.«

Er schluckte und sah mich dann wieder an. »Es wäre nur für ein paar Monate. So lange, bis da drüben alles rund läuft.«

Ich sah ihn nur voller Unverständnis an.

»Es ist eine Riesenkarrierechance für Sie«, führte er das nächste Argument ins Feld. »Sie erhalten natürlich auch eine Gehaltserhöhung. Und wenn Sie zurück sind – und das ist bereits alles vom Vorstand abgesegnet –, möchten wir Ihnen gerne die Leitung des gesamten Bereichs anbieten.«

Ich riss die Augen auf. »Bereichsleitung?«, fragte ich perplex. »Aber das ist Ihr Job.«

Parker nickte zufrieden. »Für mich hat sich etwas in der Geschäftsleitung ergeben«, erklärte er stolz und strich seine Krawatte glatt. »Ist aber noch inoffiziell.«

»Oh, wow. Das ist … herzlichen Glückwunsch.«

Er grinste. »Und ich könnte mir keine Bessere für das hier vorstellen als Sie.« Es klang wirklich, als meinte er es ehrlich.

Das alles kam jedoch so plötzlich, dass es mich im Moment völlig überforderte. »Das ist wirklich sehr … nett von Ihnen, aber …«

»Annie«, unterbrach er mich mit ruhiger Stimme. »Es dauert noch mindestens fünf bis sechs Monate, bis ich in die Geschäftsleitung wechsle. Und wir beide wissen, dass die Situation an Ihrem jetzigen Arbeitsplatz äußerst schwierig ist.«

Ja, dank wem wohl?

»Daher schlage ich vor: Gehen Sie nach Seattle, ziehen Sie das Ding hoch, sammeln Sie ein bisschen Erfahrung, und wenn Sie zurück sind, beginnen wir mit der Einarbeitung.«

Ich sah ihn einen langen Augenblick einfach nur an. »Nur damit es da keine Missverständnisse gibt. Ist dieser Job«, ich breitete die Arme aus und erfasste so das ganze Büro, »an Seattle geknüpft? Ist es eine Bedingung?«

Parker stutzte. »Ja«, gestand er schließlich und schnaufte laut. »Ich möchte Sie damit aber nicht unter Druck setzen.«

Ja, ist klar …

»Ich … ich brauche Sie dort, Annie.« Aha, jetzt waren wir also schon bei Betteln und Lobhudelei angekommen. Offensichtlich gingen ihm die Argumente aus. »Sie sind unsere beste Biologin. Wir brauchen Sie, um die neuen Mitarbeiter einzulernen und das Ding hochzuziehen.«

Ich schnaufte. Vielleicht würde Holden und mir eine Auszeit sogar ganz guttun. Außerdem hätte ich vor Piper meine Ruhe, und wenn ich zurückkam, war ich wieder ihr Boss.

»Wie lange?«, fragte ich. Das Funkeln in den Augen meines Bosses, nun, da ich etwas Interesse zeigte, entging mir nicht.

»Drei Monate, vielleicht vier«, antwortete er, und ehe ich die Gelegenheit hatte, etwas darauf zu erwidern, fuhr er fort: »Sie bekommen hundert Dollar mehr pro Woche zuzüglich Spesen.«

»Und wenn ich zurück bin?«

»Entfallen die Spesen, aber die Gehaltserhöhung bleibt. Bis Sie in die Bereichsleitung wechseln – dann wird Ihr Gehalt noch mal neu verhandelt.«

»Können Sie mir das auch schriftlich bestätigen? Die Bereichsleitungssache? Und dass Seattle zeitlich begrenzt ist?«

»Selbstverständlich.«

»Vier Monate ist eine lange Zeit«, überlegte ich laut.

»Sie müssen nicht sofort zusagen«, entgegnete er schnell. »Besprechen Sie das in Ruhe mit Ihrem Mann. Es reicht, wenn Sie mir Ende des Monats Bescheid geben.«

Ich nickte langsam. »Wann würde es losgehen, wenn ich mich dafür entscheide?«

»Im März.«

»In zwei Monaten also.«

Er nickte, und eine Weile sahen wir uns schweigend an.

»Ich gebe Ihnen Bescheid«, sagte ich, schüttelte seine Hand und verließ das Büro.

»Parker hat mir einen Job angeboten«, erzählte ich Holden beim Abendessen.

»Einen Job?« Verwundert zog er die Augenbrauen zusammen. »Aber du hast doch schon einen.« Er lächelte.

»Einen besseren«, antwortete ich. »Na ja, zumindest besser bezahlt. Hundert Dollar mehr pro Woche.«

»Hundert pro Woche, wow. Wann fängst du an?«

»Ich hab noch nicht zugesagt. Die Sache hat nämlich einen Haken.« Ich zögerte eine Sekunde. »Der Job ist in Seattle.«

Holden verschluckte sich an seinem Bier und hustete heftig. »*Seattle?* Hab ich das eben richtig verstanden?«

Ich nickte. »Aber es wäre nur für drei oder vier Monate. Ich soll dort ein neues Labor aufbauen und die Mitarbeiter einlernen. Und wenn ich zurück bin, soll ich Parkers Job übernehmen. Bereichsleitung.«

»Wenn du zurück *bist*«, wiederholte Holden. »Hört sich ja an, als hättest du das schon entschieden.«

»Nein. Ich würde die Sache gerne mit dir besprechen. Das Geld könnten wir gut gebrauchen und …«

»Jetzt tu nicht so, als würde es hier ums Geld gehen. So nötig haben wir es ja wirklich nicht.«

»Nein, aber es ist tatsächlich eine Menge Geld. Und gegen die Bereichsleitersache hab ich auch nichts einzuwenden, ehrlich gesagt. Das ist eine Riesenchance für mich.«

Er sah mir direkt in die Augen. »Und du glaubst, dass sie dich nach drei Monaten einfach wieder gehen lassen? Du weißt doch, wie so was läuft, Annie. Aus drei Monaten werden vier, dann ein halbes Jahr, und ehe du dich's versiehst, bist du dort Abteilungsleiterin und kommst aus der Nummer gar nicht mehr raus.«

»Parker hat mir versichert, dass es nur drei bis vier Monate sind. So lange, bis das Labor läuft. Das gibt er mir schriftlich.«

Holden verschränkte die Arme vor der Brust und lehnte sich in seinem Stuhl zurück. »Sag mal, kommt es mir nur so vor, oder versuchst du mich gerade von Seattle zu überzeugen?«

Ich zuckte mit den Schultern. »Ich weiß auch nicht, aber … vielleicht tut es uns ja ganz gut. Nach der Sache mit dem Baby …«

»Schieb nicht das Baby vor, Annie.«

»Was soll das denn bitte heißen, *Holden*?« Ich zog eine Augenbraue hoch und beugte mich über den Tisch. »Denkst du, ich müsste mittlerweile darüber hinweg sein?«

»Nein, so habe ich das nicht gemeint«, stimmte er einen versöhnlichen Ton an. »Ich frage mich nur, ob der wirkliche Grund, warum du das ernsthaft in Betracht ziehst, nicht doch eher unsere Probleme sind.«

»Der Gedanke kam mir tatsächlich, ja«, gab ich zu.

»Und du denkst, wir lösen unsere Probleme, wenn du davor wegläufst?«

»Wer sagt denn, dass ich weglaufe. Aber …«, ich holte tief Luft, »vielleicht würde uns ein bisschen Abstand ganz guttun.«

»Ein bisschen Abstand? Es sind drei Monate und dreitausend Meilen Entfernung. Für mich hört sich das eher nach Trennung an als nach *ein bisschen Abstand*.«

»Red keinen Unsinn.«

Wütend stand er auf, biss die Zähne zusammen und starrte mich an. Dann drehte er sich um. »Ich geh laufen«, zischte er und knallte die Tür zu.

»Wer läuft denn jetzt davon?«, rief ich ihm nach.

Nachdem ich den Tisch abgeräumt hatte, nahm ich ein ausgiebiges Bad und ging früh ins Bett. Das Rascheln der Bettdecke weckte mich, und dann spürte ich Holdens Brust auch schon an meinem Rücken. Er legte den Arm um mich und atmete tief ein und aus.

»Ich liebe dich«, sagte er leise.

Ich drehte mich zu ihm um und sah ihn an.

»Ich liebe dich auch.«

»Es tut mir leid. Bitte geh nicht nach Seattle.«

»Okay.«

KAPITEL 19

Ich habe wirklich keine Ahnung, wieso, aber meinem Boss sagte ich noch nicht, dass ich nicht nach Seattle gehen würde. Und das war auch gut so, denn in den Tagen nach unserem Gespräch war es zwischen Holden und mir irgendwie komisch. Er war seltsam reserviert. Und ich wurde das Gefühl nicht los, dass diese Sache, obwohl wir uns versöhnt hatten, einen weiteren Keil zwischen uns getrieben hatte. Es war nicht greifbar, entwickelte sich schleichend. Mal betretenes Schweigen beim Abendessen, dann ein vergessener Abschiedskuss, als er am Morgen aus dem Haus ging. Und irgendwann fiel mir auf, dass er mich seit Wochen nicht mehr berührt hatte. Und damit meine ich nicht Sex, den hatten wir ohnehin seit Monaten kaum noch. Ich merkte es, als wir eines Morgens nach demselben Apfel in der Obstschale griffen und sich unsere Hände zufällig berührten. Eine winzige Berührung, die sich anfühlte wie ein elektrischer Schlag aus einem Starkstromkabel. Ich fühlte sie am ganzen Körper. Und da merkte ich, wie mein Körper sich nach Nähe geradezu verzehrte. Seiner Nähe. Wie lange es wohl her war, dass er mich in den Arm genommen hatte?

Seths Facebook-Seite zu stalken gehörte mittlerweile zu meinem Mittagspausenritual. Ich wartete, bis Piper unser Büro verlassen hatte – manchmal ging sie allein essen, manchmal mit Paul –, öffnete den Browser und loggte mich ein. Wie immer vergewisserte ich mich, auch wirklich allein zu sein, und scrollte mich durch Seths Timeline. Oh! Er war auf zwei neuen Fotos markiert worden. Auf einem war er alleine, auf dem anderen offenbar mit einem Freund zu sehen. Beide Bilder stammten aus einem Album mit dem Titel *Die ewige Stadt*. Was? Er war in Rom? Und wieder breitete sich drückender Neid in meiner Brust aus. Verdammt, während ich hier in diesem Hamsterrad festhing, sah er die ganze Welt. Kurz spielte ich mit dem Gedanken, ihm eine Nachricht zu schicken. Etwas wie: *Lass dir die Haare schneiden, du Hippie ;-)* – mittlerweile reichten sie ihm bis über die Schultern – oder: *Gibt es keine Friseure in Italien?* Aber ich ließ es bleiben. Auch wenn er meine Freundschaftsanfrage angenommen hatte, darauf, dass er meine *Hi*-Nachricht beantwortete, wartete ich vergebens. Ob er sich damit auch wieder Jahre Zeit lassen würde?

Plötzlich ploppte das Nachrichtenfenster auf. Das Herz schlug mir bis zum Hals. Seth! Das dachte ich zumindest im ersten Moment. Als ich sah, dass Holden mir geschrieben hatte, setzte mein Herz einen Schlag aus. Sofort, noch bevor ich Holdens Nachricht las, schloss ich Seths Profil. Was blödsinnig war, da er es ja nicht sehen konnte. Trotzdem fühlte ich mich ertappt und hatte das Bedürfnis, meine Spuren zu verwischen.

Facebook während der Arbeitszeit?

schrieb Holden und schickte einen Zwinkersmiley hinterher. Seine Worte zauberten mir ein Lächeln ins Gesicht.

Cool bleiben – ich hab Mittagspause

Hast du kein Lunchdate?

Nein. So hab ich wenigstens das Büro ein paar Minuten für mich alleine.

☺ Hast du heute Abend schon was vor?

Bis jetzt noch nicht. An was hast du gedacht?

Essen gehen – nur wir beide.

Oh, da muss ich aber erst meinen Mann fragen …

Ich denke, der ist einverstanden.

Und wo solls hingehen?

Lass dich überraschen. Kannst du um sieben zu Hause sein.

Krieg ich hin.

… und zieh dir was Schönes an.

Jetzt machst du mich aber neugierig.

Da musst du jetzt durch. Wir sehen uns um sieben. Ich freu mich.

Ich mich auch.

Ich schloss den Browser und machte mich wieder an die Arbeit. Hatte ich gerade echt einen Facebook-Flirt mit meinem Ehemann? Und zwar während ich auf einen anderen aus war?

Um halb sieben war ich zu Hause. Holden war noch nicht da. Vielleicht war er bei der Arbeit aufgehalten worden? Ich duschte, zog mir was Nettes an und glättete mir die Haare. Um Punkt sieben klingelte es an der Tür.

Bitte lass es nicht Angela sein. Und wo zum Teufel bleibt Holden? Fast schon genervt ging ich zur Tür. Als ich sie öffnete, traf mich fast der Schlag. Holden stand, einen Strauß roter Rosen in der Hand, im Anzug vor mir.

»Hi«, sagte er und grinste. »Bist du so weit?«

»Du meinst es ja wirklich ernst heute«, sagte ich, nachdem ich meine Stimme wiedergefunden hatte.

Er reichte mir die Rosen, und ich ging in die Küche, um sie in eine Vase zu stellen. Holden folgte mir. Blieb im Türrahmen stehen und lehnte sich dagegen.

»Wohin gehen wir denn?«

»Ich sagte doch, das ist eine Überraschung.«

Als er vor Del Frisco's parkte, war ich, ehrlich gesagt, nicht sonderlich überrascht. Trotzdem freute ich mich sehr. Seitdem Holden mir hier, oder besser gesagt später am Fish Pier, einen Antrag gemacht hatte, waren wir nicht mehr hier gewesen. Sicher tat es uns beiden gut, die alten Gefühle wieder etwas aufleben zu lassen.

Wie damals ging Holden um den Wagen herum und hielt mir die Tür auf. Wir tauschten einen amüsierten Blick, als uns dieselbe Empfangsdame wie vor vier Jahren mit dem hypnotischen Gewackel ihres gigantischen Twerkhinterns zu unserem Tisch führte. Wir setzten uns in das gepolsterte Separee, studierten die Speisekarte, und dann, ganz plötzlich, stand Holden auf, setzte sich direkt neben mich, nahm meine Hand und sah mir tief in die Augen. In seinem Blick spiegelten sich tausend Emotionen. Enttäuschung, Trauer, Wut, Sehnsucht … Liebe. Es war nicht nötig, dass er etwas sagte. Ich verstand auch so. Dann schloss er mich fest in seine Arme, und es fühlte sich an wie früher.

Das Essen war großartig. In letzter Zeit hatte ich gar keinen besonderen Appetit gehabt und eigentlich nur was gegessen, damit mein Magen aufhörte zu knurren. Doch dank Holdens Umarmung fühlte ich mich nun so wohl und geborgen, dass auch mein Appetit zurückkehrte. Mein Steak war einfach Weltklasse. Dazu hatte ich eine gebackene Kartoffel und den wahrscheinlich besten Spinat meines Lebens. Ich war gerade bei meinem Strawberry Cheesecake angekommen, als das laute Lachen einer vollbusigen Blondine im roten Kleid zwei Tische weiter meine Aufmerksamkeit auf sich zog. Sie warf beim Lachen den Kopf in den Nacken und die Haare zurück. Mit unwiderstehlichem Augenaufschlag streichelte sie ihrem Begleiter über den Unterarm. Als ihr Blick auf meinen traf, sah ich weg. So heftig, wie sie mit ihrem Gegenüber flirtete, kam ich mir fast vor wie ein Voyeur. Doch nun war es ihr Blick, der auf mir ruhte. Täuschte ich mich, oder beobachtete sie uns? Möglichst unauffällig blickte ich über Holdens Schulter und – tatsächlich: sie sah genau zu uns herüber. Irgendwie kam mir die Frau bekannt vor. Ich wollte Holden gerade fragen, ob er sie kannte, da stand sie auf, kam zielstrebig auf unseren Tisch zu und legte Holden die Hand auf die Schulter.

»Holdie. Was machst du denn hier?«, fragte sie zuckersüß.

Holden blickte auf, und als er sah, wer ihn berührte, verschluckte er sich prompt am Rotwein.

»Langsam«, kicherte die Blondine und klopfte ihm auf den Rücken, während er sich die Seele aus dem Leib hustete.

Ich legte die Stirn in Falten und beobachtete das Schauspiel aufmerksam.

»Annie«, hustete Holden mit hochrotem Kopf, »du erinnerst dich an Monica?«

»Monica?«, fragte ich noch, und im selben Moment ging mir ein Licht auf. Das war sie! Holdens Ex, die auf der Party, bei der ich ihn zum ersten Mal gesehen hatte, die meiste Zeit mit der Zunge in seinem Hals verbracht hatte.

»Monica«, sagte ich gedehnt. »Ja, ich erinnere mich.«

»Und du musst Annie sein.« Sie schenkte mir ein knappes Lächeln, dann wandte sie sich wieder meinem Mann zu. »Ich dachte, du wolltest heute länger arbeiten.«

Äh … hab ich da eben richtig gehört?! Was zum Teufel hatte er mit der Schnalle noch zu tun? Und woher wusste sie, wie lange er arbeitete?

»Äh, ja, das hatte ich vor«, begann er zu erklären, mittlerweile völlig verunsichert. »Aber dann dachte ich, ich führe meine Frau mal wieder schick zum Essen aus.« Er lächelte unbeholfen und legte seine Hand auf meine.

Ruckartig zog ich sie ihm weg. »Ich fürchte, das wirst du mir erklären müssen«, sagte ich mit hochgezogenen Augenbrauen.

»Er muss bis Montag die Konstruktionspläne für die Tirion-Industries-Kundenpräsentation fertig haben«, erläuterte die liebe Monica an Holdens Stelle. »Ach übrigens, das ist Mr Tirion«, sie deutete zu ihrem Tisch, wo ein irritierter Herr mittleren Alters ungeduldig auf ihre Rückkehr wartete. »Geschäftsessen«, ergänzte sie zwinkernd.

»Damit ist meine Frage leider noch nicht beantwortet.« Mein Blick durchbohrte Holden, der, noch immer mit hochrotem Kopf, um Worte rang. »Arbeitet ihr etwa zusammen?«, half ich ihm auf die Sprünge.

»Äh … ja«, stammelte er. »Monica ist Key-Account-Managerin und für die Akquise und Betreuung unserer Großkunden verantwortlich.«

Ich lehnte mich zurück und verschränkte die Arme vor der Brust. »Das hast du gar nicht erwähnt«, sagte ich lächelnd, doch nur ein Idiot hätte die Warnung in meiner Stimme überhört.

»Nicht?«, fragte Holden, und seine Stimme klang viel zu hoch.

287

»Nein«, erwiderte ich gefährlich ruhig.

»Ich muss dann wieder zurück«, sagte Monica. »Wir sehen uns morgen, Holdie. Hat mich sehr gefreut, Annie.« Sie streckte mir die Hand entgegen, doch mein Blick war fest auf meinen Mann gerichtet. Als ihr klar war, dass ich nicht reagierte, lächelte sie affektiert und zog die Hand zurück. Dann verpisste sich die Schlampe endlich von unserem Tisch.

»Läuft da was zwischen euch?«, fragte ich direkt.

»Spinnst du? Nein. Natürlich nicht.«

»Und welchen Grund gibt es dann, mir zu verheimlichen, dass du mit deiner *Exfreundin* zusammenarbeitest?«

»Ich hab es doch nicht verheimlicht.« Er kratzte sich am Hinterkopf. »Ich hab es wohl irgendwie vergessen.«

»Vergessen?«

»Ja.«

Ich schnaubte abfällig. »Lass dir lieber was Besseres einfallen, *Holdie.*«

Das Essen lag mir plötzlich ganz schwer im Magen. Am liebsten hätte ich mich übergeben. Das warme Gefühl seiner Umarmung kam mir plötzlich vor wie eine Illusion.

»Da ist nichts«, beteuerte er. »Jetzt steigere dich da bitte nicht so rein.«

Ich spürte noch, wie mein Auge zuckte. Dann explodierte ich. »Ich steigere mich also wieder rein? Du arbeitest mit deiner Exfreundin zusammen, verheimlichst es mir und bist dann noch so dreist zu behaupten, du hättest es vergessen?« Ich zischte, damit ich nicht schreien musste.

»Ich wollte eben nicht, dass du eifersüchtig wirst und dir unnötig Gedanken machst, okay?!«, zischte er zurück.

»Willst du mich verarschen?«

»Hör jetzt bitte auf. Ich hab mir solche Mühe gegeben, dich zu überraschen«, warf er mir vor, als sei es allein meine Schuld, wie es gerade lief.

»Du willst mich überraschen?«, fragte ich, und Tränen brannten in meinen Augen. »Dann erinnere mich an das Gefühl, geliebt zu werden. Erinnere mich daran, wie es ist, glücklich zu sein. Schenk mir nur eine Woche, in der ich mir nicht wünsche, nicht mehr da zu sein.« Und damit stand ich auf und ging. Der Autoschlüssel war in meiner Tasche. Sollte er doch sehen, wie er nach Hause kam.

»Ich kann mir nicht vorstellen, dass er dich betrügt«, sagte Grace.

»Und wie kannst du dir da so sicher sein?«

»Er ist einfach nicht der Typ dafür. Oder – nicht mehr. Seit er mit dir zusammen ist.«

Ich schnaubte abfällig. Es war das erste Mal seit Wochen gewesen, dass ich etwas gefühlt hatte, als er mich in den Arm nahm – es war das erste Mal seit Wochen, dass ich *überhaupt* etwas gefühlt hatte. Und nun so. Ich hasste mich selbst dafür, mich ihm geöffnet zu haben. Das machte mich verletzlich, und jetzt hatte er mich verletzt. Mehr als das. Denn nun musste ich sogar noch Angst haben, dass er mich betrügt.

Grace zog die Unterlippe zwischen die Zähne. »Läuft nicht so gut bei euch in letzter Zeit, was?«

Langsam schüttelte ich den Kopf.

»Aber ihr liebt euch doch, oder?«

»Liebe ist nicht unser Problem.«

»Was dann?«

»Ich weiß es nicht.«

Sie nahm meine Hand. »Ihr seid Annie und Holden – das perfekte Paar.«

Ja, das war es, was die Leute sahen. Annie und Holden, das perfekte Paar.

»Ach, weißt du, Grace.« Ich seufzte. »Ich bin schon so lange ein Wir, dass ich vergessen habe, wie es sich anfühlt, ein Ich zu sein.«

Skeptisch sah sie mich an. »Du hast mir nie gesagt, dass du so denkst.«

»Ich kann es mir ja kaum selbst eingestehen.«

»Dann … denkst du darüber nach, dich zu trennen?«, fragte sie.

»Manchmal«, antwortete ich leise.

»Oh.«

»Ja«, seufzend atmete ich aus. »Und dann gehe ich, wie heute Morgen, raus und sehe, dass er an meinem Auto die Scheiben freigekratzt hat – und schäme mich für jeden Gedanken an ein Leben ohne ihn.«

»Oh«, sagte Grace noch einmal. »Hast du mal mit ihm darüber geredet?«

»Nicht wirklich.«

»Das solltest du aber vielleicht.«

»Ich bin mir ja nicht mal sicher, ob er der Grund dafür ist, warum ich mich so fühle. Vielleicht habe ich das mit dem Baby einfach noch nicht verarbeitet. Oder das mit meiner Mutter. Was, wenn ich einfach ein bisschen Zeit für mich brauche, um mir über alles klar zu werden. Verpflichtungen, Verantwortung, Vernünftigsein – ich habe es so satt.«

»Ja, ich verstehe, was du meinst«, sagte Grace vieldeutig.

»Weißt du, manchmal denke ich mich einfach zurück. Als ich siebzehn war und in Seth verliebt. Als alles noch einfach war.«

Ich war erschrocken über meine Ehrlichkeit. Seth und ich hatten uns über zehn Jahre nicht gesehen, und jetzt sprach ich über ihn, als wäre ich in ihn verliebt. Was, wenn er sich verändert hatte? Wenn er gar nicht mehr der Seth war, den ich kannte?

»Dein Highschool-Freund Seth?«

Ich nickte.

Misstrauisch musterte sie mich. »Habt ihr denn noch Kontakt?«

»Nein. Nicht wirklich.«

»Was heißt *nicht wirklich*? Habt ihr Kontakt oder nicht?«

»Nein, wir haben keinen Kontakt.«

Aber nur, weil er mir nicht zurückschreibt.

KAPITEL 20

Traurig sah ich auf die Uhr. Um acht war ich aufgestanden, jetzt war es halb zehn, und ich hatte schon zum ersten Mal geweint an diesem Tag. Es war kaum aufzuhalten. Holden und ich stritten wegen *jeder* beschissenen Kleinigkeit. Weil er seine Schuhe herumliegen ließ, weil es ihm nicht passte, wie oft ich badete, weil ... ach, keine Ahnung. Wegen jedem Scheiß eben. Vorzugsweise am Wochenende. Mittlerweile an jedem Wochenende. Mir graute am Freitagabend schon vor Samstagmorgen, wenn er mürrisch aufstand und noch vor dem ersten Kaffee etwas zu suchen schien, was er an mir aussetzen konnte.

Früher sah ich solche Situationen als Kräftemessen, kleine Machtspielchen, wer in der Beziehung die Hosen anhat. Heute weiß ich, wenn es dir bei einem Streit mit deinem Partner darum geht, zu gewinnen, dann hast du längst verloren.

»Die ganze Woche bin ich unter Beschuss«, skandierte er so oft, dass ich es schon nicht mehr hören konnte, »nicht mal am Wochenende kann ich *ein bisschen* zur Ruhe kommen.«

»Sag mal, glaubst du, du bist der Einzige, der arbeiten geht?!«, feuerte ich zurück. »Was glaubst du denn, wie ich meine Woche verbringe? Mit Kaffeetrinken und Klatschzeitschriften? Ich gehe auch arbeiten, falls du es noch nicht bemerkt hast.

Hörst du mich andauernd darüber jammern, wie anstrengend mein Job ist? Nein!«

»Du hast schließlich keine Liefertermine einzuhalten!« Ganz toll – jetzt wurde er auch noch laut.

»Schrei mich nicht an! Alles, worum ich dich gebeten habe, ist, mal kurz durchzusaugen, während ich die Wäsche mache. Wenn dir das schon zu viel ist, weil du so eine anstrengende Woche hattest, solltest du vielleicht mal überlegen, ob du dir nicht lieber einen anderen Job suchst.«

Das brachte bei Holden jedes Mal das Fass zum Überlaufen, und trotzdem sagte ich es immer wieder, weil es einfach stimmte. Er hatte nach dem Collegeabschluss direkt in diesem Job angefangen und nie etwas anderes gesehen. Ich war entschieden der Meinung, dass es gut wäre, wenn er sich mal nach etwas anderem umschauen würde. Einfach um einen Einblick in eine andere Firma oder wenigstens eine andere Abteilung zu bekommen und ein bisschen Erfahrung zu sammeln. Für ihn war das undenkbar. Wahrscheinlich glaubte er, der Laden würde komplett zusammenbrechen, wenn er ginge. Er blieb nicht mal einen Tag zu Hause, wenn er krank war. Für so unentbehrlich hielt er sich. Er steckte seine gesamte Energie in den Job – für mich war dann schlichtweg nichts mehr übrig. Alles, was über seine Arbeitszeit hinausging, überanstrengte ihn so sehr, dass er sofort aggressiv wurde. Hinzu kam seine überaus charmante Eigenschaft, die Fehler immer bei andern zu suchen. Vorzugsweise bei mir. Wenn ich ihn bat, zu saugen oder sonst etwas im Haushalt zu machen – an sich schon eine Tatsache, über die ich mich maßlos aufregen konnte, da wir schließlich beide hier wohnten, er aber nicht auf die Idee kam, selbst mal einen Besen in die Hand zu nehmen –, verhielt er sich, als hätte ich von ihm verlangt, eine Niere zu spenden. Wie konnte ich es nur wagen, ihm an *seinem* Wochenende mit Hausarbeit zu kommen! Als wäre ich ihm rund um die Uhr dazu verpflichtet, ihn für die harte Arbeit, die er jeden Tag leistete, zu huldigen. Anerkennung für das, was ich tat – Fehlanzeige! Und dabei verdiente ich gleich viel.

Es klingelte.

»Hallo, mein Junge. Wie geht's dir?«

Meine Schwiegermutter. Ich stöhnte auf – die hatte mir gerade noch gefehlt.

»Hi, Angela«, grüßte ich sie und ließ ihre affektierte Umarmung über mich ergehen. Holden unterhielt sich kurz mit seiner Mutter, und dann, ich traute meinen Augen kaum, holte er den Staubsauger aus der Abstellkammer und begann zu saugen, als hätte er den ganzen Tag nichts anderes vorgehabt. Angela, ihres Gesprächspartners beraubt, kam zu mir in die Küche. Ich war gerade dabei, die Spülmaschine auszuräumen, als sie auf ihren Absätzen neben mir herumtippelte.

»Also früher gab es das ja nicht«, bemerkte sie, und der Hauch eines Vorwurfes schwang in ihren Worten mit.

»Was denn?«, fragte ich bemüht höflich. Doch da ich wusste, worauf das hinauslaufen würde, verkrampfte sich mein Magen zu einem harten Klumpen. Das war der Moment, in dem Holden fertig gesaugt hatte und zu uns in die Küche kam.

»Dass ein Mann *so viel* im Haushalt macht.« In einer Mischung aus Stolz und Mitleid betrachtete sie ihren Sprössling.

Ich starrte sie an und versuchte ruhig zu bleiben. Ich kann gar nicht zählen, wie oft ich ihr schon erklärt hatte, dass ich arbeiten ging, und zwar nicht selten sehr viel länger als ihr Sohn. Ganz zu schweigen davon, dass wir im einundzwanzigsten Jahrhundert lebten. Ich hatte ihr geduldig erklärt, dass die Zeiten heute andere waren, dass Frauen ebenso arbeiten gingen wie Männer, dass sie studierten und Karriere machten. Ich hatte es ihr erklärt, Dutzende Male und auf einhundert verschiedene Arten – und dennoch hörte ich diesen Spruch immer wieder.

Ich blickte hinüber zu Holden, der wie immer keine Anstalten machte, mich in dieser Sache zu unterstützen. Und dann platzte es aus mir heraus. »Ach weißt du, heutzutage ist das auch nicht üblich. Das ist nur bei uns so, weil ich einfach stinkend faul bin.«

Holden warf mir einen strafenden Blick zu. Und sogar meine Schwiegermutter sah erschrocken aus.

»Was denn?«, fragte ich. »Das ist es doch, was du hören willst. Darum sagst du das doch immer wieder. Da hast du es: Ich bin eine stinkend faule Sau, darum muss dein Sohn den ganzen Haushalt schmeißen, während ich die Füße hochlege!«

»Das war total unangebracht, was du zu meiner Mutter gesagt hast«, wies er mich zurecht, sobald er die Tür hinter ihr geschlossen hatte.

»Ach ja?«, fragte ich schnippisch, spürte aber schon die Traurigkeit in mir aufsteigen.

»Ja. Ich hab mich richtig geschämt. Sie hat das doch nicht böse gemeint, und du gehst gleich auf Angriff. Bestimmt weint sie jetzt.«

»Dich geschämt?«, wiederholte ich, und meine Stimme zitterte. »Du hast dich für mich geschämt?« Ich wusste, dass er nicht guthieß, wie ich reagiert hatte, aber was er jetzt sagte, traf mich noch sehr viel härter, als ich erwartet hätte. Konnte er nicht *einmal* auf meiner Seite stehen? Nur einmal für mich einstehen? Ich schluckte gegen die Tränen an. Nein. Diesmal würde ich nicht weinen. Zumindest nicht vor ihm.

»Keine Ahnung, was du für ein Problem mit meiner Mutter hast, aber das ging zu weit. Du lässt sie mit jedem Wort spüren, dass du sie nicht leiden kannst.«

»Ist ja komisch«, entgegnete ich in einem kläglichen Versuch, meine Stimme fest klingen zu lassen, »ich dachte, sie ist es, die keine Gelegenheit auslässt, mir zu zeigen, dass sie mich nicht leiden kann.«

»Soll das ein Witz sein? Sie hat dich unheimlich gern.«

»Hast du nicht gehört, dass sie zum tausendsten Mal gesagt hat, dass die Männer früher nicht …«

»Das meint sie doch nicht böse«, unterbrach er mich. »Wieso nimmst du das denn immer so ernst. Du kennst sie doch.«

Ich sah ihm direkt in die Augen. Es war wirklich erbärmlich. Angela konnte mit Holden machen, was sie wollte – er liebte sie. Das war für mich nichts Neues. Doch in diesem Moment wurde mir noch etwas anderes klar. Denn wenn es nach ihm ging, konnte sie auch mit *mir* machen, was sie wollte. Gab es denn auf der Welt nicht einen Menschen, dem ich wirklich etwas bedeutete? Der mich von Herzen liebte, mich beschützte und verteidigte?

Holden stutzte kurz und runzelte die Stirn. »Warum weinst du denn jetzt?«, fragte er entrüstet.

Ich wischte mir über das Gesicht. Kämpfte gegen die Tränen an und sah ihm tief in die verständnislosen Augen.

»Alles, was ich mir für dieses Leben wünsche, ist jemand, der mich liebt und für mich einsteht. Aber niemand tut das. Nicht einmal meine eigene Mutter konnte mich lieben. Wie könntest du es dann?«

Holden griff sich in die Haare. »Was hat das jetzt wieder mit deiner Mutter zu tun?«, fragte er genervt.

Ich atmete tief. »Nichts«, sagte ich resigniert. »Gar nichts.«

»Willst du, dass ich meiner Mutter sage, sie soll uns in Ruhe lassen und nie wieder herkommen?« Er nahm das Telefon aus der Ladestation. »Na los, sag schon! Dann ruf ich sie jetzt gleich an und sag ihr, sie soll sich hier nie wieder blicken lassen.«

Ich runzelte die Stirn und sah ihn an. »Sag mal, drehst du jetzt durch, oder was?«

»Das ist es doch, was du willst!«, brüllte er. »Na los, sag schon.« Provozierend fuchtelte er mit dem Telefon vor meiner

Nase herum. »Ich ruf sie an und sag ihr, sie soll sich aus unserem Leben raushalten.«

Stirnrunzelnd starrte ich ihn an. »Was soll das?« Wollte er mich etwa erpressen?

»Na los. Sag es«, wiederholte er, und in diesem Moment war ich mir sicher: ja, er wollte mich erpressen.

Nicht mit mir! Ich verschränkte die Arme vor der Brust und lehnte mich zurück. »Na gut«, sagte ich. »Ruf sie an. Sag ihr, sie soll sich hier nie wieder blicken lassen.«

Für einen Moment erstarrte er. Was dachte er sich denn, wie lange ich dieses Spielchen mitspielte? Doch plötzlich biss er die Zähne zusammen und schnaufte durch die Nase, dass seine Nasenflügel sich aufblähten. Dann schloss er eine Faust um das Telefon in seiner Hand und schmetterte es unvermittelt gegen die Wand, dass es in tausend Teile zerschellte. Eines der herumfliegenden Plastikteile verfehlte mein Gesicht nur knapp. Es flog so nah an mir vorbei, dass ich den Luftzug auf meiner Haut spürte. Das hätte mein Auge sein können, dachte ich noch, da stürmte Holden schon wutentbrannt auf die kleine Kommode zu und schlug mit der Faust darauf ein wie ein Irrer. Meine Mosaikleuchte fiel dabei hinunter und ging zu Bruch. Ich wunderte mich in meinem Entsetzen noch darüber, wie viel so eine Ikea-Kommode aushalten kann, als er schon auf dem Weg zum Badezimmer war und mit der Faust ein Loch in die Sperrholztür donnerte. Die war definitiv nicht von Ikea. Ich zog mich in eine Ecke zurück und wartete. Es war eine Mischung aus Angst und Wut, die mich erfüllte. Wie ein Stier fuhr er herum und kam jetzt auf mich zu. Wollte er mich ernsthaft schlagen? Das sollte er mal versuchen! Ich straffte die Schultern, streckte den Rücken durch, stellte mich ihm entgegen und sagte mit ruhiger Stimme: »Wenn du mich schlägst, siehst du mich nie wieder.«

Da riss er die Augen auf, und erst in diesem Moment schien er zu verstehen, was er getan hatte – beziehungsweise, was er möglicherweise gerade tun wollte. Ich starrte ihm direkt in die Augen. Auf einmal wandte er sich ab, schnappte den Schlüssel, schlug die Tür hinter sich zu und war verschwunden.

Auf diesen kurzen Moment der Klarheit folgte stumpfe Benommenheit. Ich ließ mich auf das Sofa plumpsen und vergrub das Gesicht in den Händen. Tränen stiegen in mir auf, aber ich hielt sie zurück. Wie ferngesteuert griff ich nach meinem Handy und begann die Spuren von Holdens Amoklauf zu dokumentieren. Sicher würde er bald zurückkommen, um alles zu beseitigen. Um dann so tun zu können, als wäre es nie passiert. Verharmlosen, herunterspielen, verdrehen, schönreden, totschweigen – das war seine Art, die Dinge für sich erträglich zu machen. Er machte sich so lange etwas vor, bis er irgendwann selbst daran glaubte, dass es *so* schlimm doch gar nicht gewesen war. Schon oft hatte er auf die Weise versucht, sich herauszureden. Im Laufe der Jahre hatte ich die Theorie entwickelt, dass es eine Überlebensstrategie aus seiner Kindheit war. Damals, als seine Mutter die Familie verlassen und den Ungar geheiratet hatte. Hätte er all den Schmerz, den Verlust, die Trauer und die Einsamkeit ungefiltert auf sich hereinbrechen lassen, dann hätte die Wucht seiner eigenen Gefühle ihn zerschmettert. Ich glaube, damals begann er die Dinge im Nachhinein zu verdrehen, sie schönzureden oder einfach totzuschweigen. Ich konnte das verstehen, wirklich. Aber nun war Holden ein erwachsener Mann. Ein erwachsener Mann, der sich noch immer der Strategien seiner Kindheit bediente, um letzten Endes nie die volle Verantwortung für sein Handeln tragen zu müssen. Doch diesmal nicht. Das würde ich ihm nicht durchgehen lassen. Ich fotografierte zuerst die Trümmer, die einst unser Telefon gewesen waren. Dann die Macken in der Wand und im Holzboden, dort, wo das Telefon aufgeschlagen sein musste. Und zu guter Letzt fotografierte ich das faustgroße Loch in der

Badezimmertür. Denn wie heißt es so schön? Ein Bild sagt mehr als tausend Worte.

Keine fünfzehn Minuten später hörte ich den Schlüssel in der Tür. Und genau wie ich erwartet hatte, machte er sich sofort ans Werk. Ohne mich dabei anzusehen. Wortlos holte er seine Werkzeugkiste und versuchte das Loch mit den losen Holzresten, etwas Leim und einer Schraubzwinge zu flicken. Nachdem das geschafft war, sammelte er die Überreste des Telefons sorgfältig auf, kehrte die Splitter meiner Mosaiklampe zusammen und wischte über die ausrastresistente Kommode. Dann setzte er sich zu mir aufs Sofa und sah mich reumütig an. Doch in seinen Augen konnte ich sehen, dass der Zorn noch nicht verraucht war.

»Lass mich in Ruhe«, sagte ich. »Geh einfach.«

Da setzte er seinen Opferblick auf, der wohl sagen wollte, wie gemein und herzlos ich war, ihn jetzt wegzuschicken. Dann stand er aber auf und ging. Und ehrlich gesagt, es war mir in diesem einen Moment egal, ob er wiederkommen würde.

Spät am Abend schlich er zur Tür herein. Zwei Kartons unter dem Arm. Auf einem war ein kabelloses Telefon abgebildet, auf dem anderen eine Mosaiklampe. Oh, Mann. Wenn Holden nicht gerade durchdrehte, war er so was von berechenbar. Während er das Telefon anschloss, stand ich vom Sofa auf und ging zu ihm hinüber. Es war Zeit, ihm zu sagen, wie sehr er mich verletzt hatte, wie sehr ich an dieser Beziehung zweifelte und dass es höchste Zeit war, etwas zu unternehmen.

»So kann das nicht weitergehen«, begann ich.

»Ach, ja?«, erwiderte er zornig.

Die Enge in meiner Brust kündigte den Schmerz an, der nicht lange auf sich warten ließ. Ich begann zu weinen, und dann sagte ich etwas. Etwas, das sich aus dem Gefühl tiefster

Verzweiflung heraus seinen Weg an die Oberfläche bahnte: »Manchmal bin ich mir nicht sicher, ob ich dich noch liebe.«

»Hast du mich mal gefragt?«, erwiderte er kalt.

Ich hob den Blick und sah ihn an. Er machte sich nicht einmal die Mühe, sich zu mir umzudrehen. Er machte nur eine Geste. Eine Geste, die ich nie wieder vergessen würde. Er hob den Arm und formte mit Daumen und Zeigefinger eine Null.

Für einen Moment blieb ich wie angewurzelt stehen. Dann ging ich ohne ein weiteres Wort nach oben und schloss die notdürftig reparierte Badezimmertür. Ich weinte ein bisschen und ließ dabei das Wasser in der Badewanne laufen, damit er es nicht hörte. Ich wusste nicht, wann ich zuletzt so unglücklich gewesen war. Früher, als ich jeden Tag aufs Neue verzweifelt versuchte, die Liebe meiner Mutter für mich zu gewinnen? Als sie mein totes Kind aus meinem Bauch geholt hatten? Oder war ich jetzt am unglücklichsten? Jetzt, da ich gerade den Mann verlor, von dem ich glaubte, dass er mit mir alt werden würde?

Unglück. Glück. Was bedeuteten diese Worte eigentlich? Gab es wirklich Menschen, die einfach glücklich waren? So richtig? Ihr ganzes Leben lang? Oder, na ja, zumindest die meiste Zeit. Vielleicht gab es so was ja tatsächlich. Menschen, die den ganzen Tag mit einem seligen Dalai-Lama-Grinsen im Gesicht durch die Welt spazierten. Doch wenn ich auf der Straße unterwegs war, bot sich mir ein ganz anderes Bild. Grimmig dreinschauende, traurige, unzufriedene Gesichter, wohin man sah. Nur hin und wieder, ganz selten, traf man jemanden, der mit seinem Leben rundum zufrieden zu sein schien. Zumindest in diesem Moment.

Je mehr ich also darüber nachdachte, desto mehr wurde mir klar: Glück ist kein Zustand. Zumindest keiner, der andauert. Nein, Glück ist eher so etwas wie eine Momentaufnahme. Es sind die einzelnen Lichtblicke, die das Leben lebenswert machen. Die die Menschen über Dinge hinwegsehen lassen, die eben nicht so gut laufen. Sie über all das hinwegtrösten, was sie bereuen, womit sie unzufrieden und unglücklich sind. Nur Momentaufnahmen – Sekunden und Minuten der Glückseligkeit inmitten unseres bedauernswerten Daseins. Ein Rausch, dem wir uns hingeben und der uns, sobald die Wirkung abgeklungen ist, mit fürchterlichen Entzugserscheinungen straft.

Doch war es tatsächlich so niederschmetternd? Hangelten wir uns alle durch den Dschungel unserer trostlosen Existenz von einem Glücksmoment zum nächsten?

Ja, wahrscheinlich war es so. Wahrscheinlich lebten wir immer auf den nächsten Glücksmoment hin und überbrückten die Zeit des Wartens mit Erinnerungen an den letzten. So bleibt alles im Gleichgewicht.

Doch was ist, wenn die Augenblicke des Glücks nicht mehr ausreichen, das andere aufzuwiegen? Was ist, wenn das Schlechte überwiegt? Ist Glück dann nur noch eine Illusion?

Nach acht Jahren Beziehung und mit einem Ring am Finger ist es hart, sich einzugestehen, dass es nicht mehr funktioniert. So lange schon hatte ich es verdrängt. Und das meine ich nicht im umgangssprachlichen Sinne, sondern im Freud'schen. Mein Unterbewusstsein tat alles dafür, diese verlorene Liebe am Leben zu halten. Ich selbst war es, die einen Schutzmechanismus aktivierte, der all das Negative, all das Schmerzliche, Lieblose und Hoffnungslose, das zwischen Holden und mir über die Jahre geschehen war, einfach in eine kleine schwarze Kiste gesperrt und tief in meinem Unterbewusstsein vergraben hatte. Und wann immer es in der Kiste polterte und etwas drohte, das Schloss zu sprengen und an die Oberfläche zu dringen, wurde mein selbst geschaffener Schutzmechanismus erneut aktiv.

Das ist nur eine Phase, flüsterte es mir tief aus meinem Inneren zu.

Das liegt nur an dem Stress in der Arbeit.

Bald ist alles wieder wie früher.

Und so schlummerten all der verdrängte Schmerz, die Zweifel und die Hilflosigkeit tief in meinem Unterbewusstsein weiter. Gut verpackt in der kleinen schwarzen Kiste.

Doch nun brach das Ganze in sich zusammen. Die Kiste öffnete sich, und ein einziger Gedanke, der die Gefühle, die in ihrem Inneren verborgen gewesen waren, bündelte und in sich vereinte, drang in mein Bewusstsein. Ein Gedanke, der reifte und zu einer Erkenntnis wurde. Eine Erkenntnis, so klar und deutlich, dass es, einmal durch die Oberfläche gebrochen, kein Zurück mehr gab.

Du wirst mit diesem Mann nicht mehr glücklich werden, Annie.

»Ich werde den Job in Seattle annehmen«, eröffnete ich Holden an jenem Morgen. Er war schon halb zur Tür raus, als er sich zu mir umdrehte und mich zuerst schockiert und dann wütend ansah. Er biss die Zähne zusammen.

»Wie du willst«, sagte er tonlos und knallte die Tür hinter sich zu.

Ich hätte es ihm gern schonender beigebracht – obwohl, nach seiner Geste am Vorabend vielleicht auch nicht –, aber da er nicht mit mir sprach, sah ich keine andere Möglichkeit. Es auszudiskutieren war überflüssig, darüber waren wir längst hinaus. Ich musste gehen. Ich konnte einfach nicht mehr so weitermachen. Wenn es für Holden und mich überhaupt noch eine Chance gab, dann diese. Eine Auszeit. Abstand. Damit wir beide uns darüber klar werden konnten, wie es weitergehen sollte. Dieses Jobangebot war vielleicht sogar das Beste, das uns passieren konnte.

Mein Boss war begeistert. Minutenlang schüttelte er mir die Hand und bedankte sich, dass ich die Herausforderung annahm.

Weil ich bis zuletzt mit der Entscheidung gewartet und ihn so auf die Folter gespannt hatte, legte er sogar noch zwanzig Dollar pro Woche obendrauf.

»Betty wird Ihnen gleich einen Flug buchen«, sagte er und winkte seine Sekretärin herein. »Betty, seien Sie doch so gut und buchen Annie einen Flug nach Seattle.« Er wandte sich wieder zu mir. »Passt Ihnen Sonntag, oder sollen wir bis Montag warten? Da sind dann allerdings schon die ersten neuen Mitarbeiter da, und die sollten …«

»Sonntag passt«, kürzte ich die Sache ab.

»Wunderbar.« Er klatschte in die Hände. »Also einen Business-Class-Flug am Sonntag nach Seattle.«

Betty nickte und verschwand zurück an ihren Arbeitsplatz.

»Eine Firmenwohnung haben wir dort auch schon angemietet. Sie liegt direkt am Hafen. Es wird Ihnen gefallen.«

Wo ich wohnen würde, war mir im Moment, ehrlich gesagt, herzlich egal. Aber es war gut zu wissen, dass ich mich um nichts mehr zu kümmern brauchte.

Parker ging zu seinem Schreibtisch und blätterte in seinen chaotischen Unterlagen.

»Wo ist sie denn?«, murmelte er, leckte sich den Zeigefinger und blätterte weiter. »Ah, hier. Das ist die Liste der neuen Mitarbeiter«, verkündete er und drückte mir eine Mappe in die Hand.

»Ich habe die Bewerbungsschreiben und Lebensläufe mit abgeheftet. Dann können Sie sich schon mal ein Bild von Ihrem Team machen.«

»Okay«, sagte ich nur.

Parker strahlte mich an und schüttelte abermals meine Hand. »Danke noch mal, Annie. Wir sind sehr glücklich über Ihre Entscheidung und wissen das sehr zu schätzen.« Parker sprach immer von *wir*, obwohl er eigentlich nur sich meinte. Augenscheinlich, um die Geschäftsführung mit einzubeziehen und mir auch in deren Namen seinen Dank auszusprechen. Doch in diesem Fall war es wirklich Parker persönlich, der mir zu Dank verpflichtet war. Hätte ich mich nicht doch noch im allerletzten Moment einverstanden erklärt, so war mir aus verlässlicher Quelle zu Ohren gekommen, hätte es nämlich ihn getroffen.

Schon um die Mittagszeit machte ich Feierabend und ging nach Hause, um meine Sachen zu packen. Es war Donnerstag, und am Sonntag darauf würde ich fliegen. Holden kam erst spät am Abend nach Hause, schlief auf der Couch und war schon wieder weg, als ich am nächsten Morgen aufstand. Am Freitag wartete ich auf ihn, um mit ihm zu reden. Aber als er schließlich nach Hause kam, war er so betrunken, dass ich ohne ein Wort ins Bett ging und ihn schnarchend auf der Couch zurückließ. Am Samstag ging er zum Sport, und als er wieder keine Anstalten machte, mit mir reden zu wollen, gab ich es auf.

Das Taxi kam um sieben Uhr morgens. Ich hatte all meine Sachen gepackt und stand in voller Seattle-Regenwetter-Montur vor der Couch, auf der Holden wieder einmal die Nacht verbracht hatte. Obwohl seine Augen geschlossen waren, wusste ich, dass er wach war. Selbst als der Taxifahrer schon zum dritten Mal hupte, regte er sich nicht.

»Ich tue das für uns«, sagte ich leise und wusste, dass er mich hörte. »Ich gehe, damit wir uns darüber klarwerden können, wie es mit uns weitergeht.«

Keine Reaktion. Stur stellte er sich schlafend. Der Taxifahrer hupte ein viertes Mal. Da atmete ich seufzend aus, beugte mich über ihn und gab ihm einen Kuss. Dann ging ich.

KAPITEL 21

Es ist die Summe der Entscheidungen, die wir treffen, die uns zu dem macht, was wir sind. Wohin mich diese führen würde, konnte ich nicht ahnen.

»Guten Morgen. Mein Name ist Annie Crane. Ich weiß nicht, ob ich Ihnen schon angekündigt wurde, es war eine recht kurzfristige Entscheidung, dass ich dieses Labor während der Aufbau- und Einarbeitungsphase leite.«

Sechzehn neu eingestellte Mitarbeiterinnen und Mitarbeiter waren vor mir versammelt. Eine gute Mischung aus Collegeabsolventen und erfahrenen Mittvierzigern. Damit konnte ich arbeiten.

»Ich war gestern Abend schon einmal hier und konnte mir bereits einen Eindruck über die Räumlichkeiten verschaffen. Ich wäre dennoch dankbar, wenn Miss ...« Ich warf einen kurzen Blick in meine Unterlagen. »Miss Hendricks?« Ich hob den Blick und sah in die Runde.

»Ja, hier. Das bin ich«, meldete sich eine bildhübsche Schwarze mit Handzeichen.

Ich nickte ihr freundlich zu. »Wenn Sie mir eine Führung geben würden, Miss Hendricks. Wenn ich richtig informiert bin, sind Sie meine neue Assistentin.«

Sie nickte eifrig. »Ja, Mrs Crane. Ich führe Sie gerne herum.«

»Gut.« Ich blickte wieder in die Runde. »In den nächsten Tagen möchte ich mit jedem von Ihnen gerne ein Einzelgespräch führen. Um Sie besser kennenzulernen und damit ich mir ein Bild über Ihre Wünsche, Vorstellungen und beruflichen Ziele machen kann. Miss Hendricks wird die Termine vereinbaren.«

Wieder nickte sie und notierte sich etwas in ihrem College-block.

»Gibt es im Moment noch Fragen? Nein? Gut, dann wünsche ich Ihnen allen einen guten Einstieg und gute Zusammenarbeit. Und: sollten Sie ein Anliegen haben, egal welcher Natur, zögern Sie bitte nicht, auf mich zuzugehen.«

Die Atmosphäre im Labor war gut. Neubeginn und Tatendrang lagen in der Luft. Und wie ich nach den ersten Einzelgesprächen feststellen konnte, hatten alle richtig Lust, endlich loszulegen. Mein Büro, das ich ganz für mich alleine hatte, war sehr modern, fast schon puristisch eingerichtet und traf genau meinen Geschmack. Die einzigen persönlichen Gegenstände, die ich auf meinem Schreibtisch aufstellte, waren zwei gerahmte Fotos: eins von Grace und mir und eines von Holden. Lange starrte ich es an, ehe ich mich dazu durchrang, ihn anzurufen. Ich erreichte ihn in seinem Büro.

»Clark Constructions and Engineering. Crane«, meldete er sich.

»Hi, ich bins.«

Ich hörte ihn atmen. »Hi. Hab ich mir schon gedacht. Seattle-Vorwahl.«

»Ich … wollte mich nur melden, um zu sagen, dass ich gut angekommen bin. Und fragen, wie es dir geht.«

»Mir gehts gut«, antwortete er nüchtern. »Viel zu tun im Büro.« Er schwieg einen Augenblick, ehe er fragte: »Wie geht es dir?« Und diesmal klang es gar nicht nüchtern.

Ich spürte die Tränen in mir aufsteigen. »Auch gut.« Ich schaffte es, sie zurückzuhalten, aber das Zittern in meiner Stimme verriet mich. Ich nahm einen tiefen Atemzug, bevor ich weitersprach. »Ich hab ein Büro ganz für mich allein.«

»Na, dann hat es sich ja schon gelohnt«, erwiderte er mit einem Lächeln in der Stimme.

»Und das Team macht einen super Eindruck. Alle sind motiviert.«

»Das freut mich.«

Ich hörte, wie es an seiner Tür klopfte. »Holdie, hast du einen Moment?«, fragte eine Frauenstimme, und ich musste gar nicht erst nachfragen, wer es war. Diese Monica hätte ich aus Tausenden wiedererkannt.

»Sekunde«, sagte er zu ihr.

»Wie ich sehe, hast du wirklich viel Arbeit.« Nun war ich es, die nüchtern klang. »Ich ruf dich wieder an. Bye.«

Holden schluckte. »Okay«, sagte er schließlich. »Bye.«

Letztendlich wartete ich, bis er mich anrief. Drei Tage ließ er sich Zeit damit, und diesen Rhythmus behielten wir bei. Alle drei Tage ein kurzes Telefonat während der Arbeitszeit. Ein bisschen lockeres Geplauder über die Arbeit, unsere Freunde und was es sonst noch Neues gab, doch sobald es ans Eingemachte ging, sprich unsere Beziehung und ob sie eine Zukunft hatte, blockte einer von uns ab. Zu meinem Glück hatte ich nicht viel Zeit, darüber nachzudenken. In der Regel war ich um sieben schon im Büro, ackerte den ganzen Tag – manchmal hatte ich so viele Termine, dass es nicht mal für ein schnelles Mittagessen reichte –, machte mich meist als Letzte auf den Weg nach Hause, aß etwas, trieb etwa dreißig Minuten Sport, duschte, sah noch ein bisschen fern und fiel dann todmüde ins Bett. Und am nächsten Morgen begann das Spiel von vorn. Lediglich unterbrochen von den Sonntagen, an denen ich mich mit meinem Dad, Tante Jane oder Corinne traf. Sie hatte mittlerweile eine eigene kleine Agentur in Portland und machte ziemlich erfolgreich die PR für ihren Künstlerexfreund und einige seiner Kollegen.

Und so ging der März in den April und der April in den Mai über, und die Tage wurden länger. Zehn Wochen war ich nun schon hier. Parker hatte von drei, höchstens vier Monaten geredet, aber schon jetzt wurde mir klar, dass das nicht hinhauen konnte. Wollte ich das Labor meinem Nachfolger so überlassen, wie ich es hätte vorfinden wollen, würde ich wahrscheinlich bis zum Sommer in Seattle bleiben müssen. Auf jeden Fall war mir der Bereichsleiterposten nach meiner Rückkehr sicher. Das hatte ich von unserer Hausjuristin wasserdicht formulieren lassen, und es hatte mich nur ein Mittagessen und zwei Margaritas gekostet. Meine größte Hoffnung, dass Holden und mir diese Auszeit guttun würde, erfüllte sich leider nicht. Es war eher so, dass die räumliche Distanz auch die emotionale widerspiegelte und uns beiden schmerzlich bewusst machte, wie weit wir uns voneinander entfernt hatten. Und dennoch: einen endgültigen Schlussstrich zu ziehen war keiner von uns imstande.

»Ja, um neun.« Ich musste die Telefonhand wechseln, um die schwere Schwenktür meines Apartmentgebäudes zu öffnen, ohne dass meine Aktentasche auf dem Boden landete. Wo war der verdammte Portier schon wieder? Der wurde sicher nicht dafür bezahlt, eine nach der anderen zu rauchen.

»Ach, und seien Sie so nett«, bat ich meine Assistentin, »Kaffee und ein paar Kekse im Besprechungsraum bereitzustellen. Mr Parker kommt schnell in den Unterzucker – und dann ist er unausstehlich.« Nicht dass ich meinen Boss hätte bei Laune halten müssen, schließlich hatte ich vor, ihm heute ordentlich die Meinung zu geigen. Aber so war es einfacher. Er wusste, was auf ihn zukam und dass ich völlig im Recht war – nicht umsonst war er ohne zu murren in eine Maschine gestiegen, um sechs Stunden lang hierherzufliegen. Wie konnte es sein, dass die beantragten Mittel noch immer nicht bewilligt wurden? Und wie, glaubte er, sollte ich ohne die zwei zusätzlichen Chemielaboranten, die wir so dringend benötigten, vernünftig arbeiten? Das sollte er mir mal erklären.

Jody Hendricks lachte ihr jugendliches Lachen. »Natürlich, Annie. Mach ich. Sonst noch was?«

»Nein, das wars erst mal. Ich bin in zwanzig Minuten im Büro. Danke, Jody, bis gleich.«

Aber vorher brauchte ich noch einen Kaffee. Einen richtigen, keinen Bürokaffee. Zielstrebig steuerte ich den Coffeeshop in der 8th Avenue an, wo ich mittlerweile fast jeden Morgen meine lebensnotwendige Dosis Koffein abholte. Nur, dass ich sonst sehr viel früher dran war. Da ich letzte Nacht aber bis fast ein Uhr im Büro gewesen war, um die Unterlagen für Parkers Besuch heute fertig zu machen, hatte ich ausnahmsweise etwas länger geschlafen. Jetzt, um kurz nach acht, war die Schlange viel länger als sonst. Um halb sieben wartete ich für gewöhnlich nie mehr als fünf Minuten. Murrend reihte ich mich ein. Hoffentlich würde ich deswegen nicht zu spät kommen. Während ich wartete, checkte ich meine E-Mails auf dem Smartphone. Oh, Parker schrieb, er sei pünktlich gelandet. Außerdem waren da noch eine Nachricht von Jody, in der sie mich an meinen Telefontermin mit dem Patentamt erinnerte, und eine Mail meiner Mitarbeiterin Jessica, die um ein persönliches Gespräch bat. Ich konnte mir schon denken, worum es ging. Ohne die zwei zusätzlichen Stellen im Labor waren die Chemielaboranten völlig überlastet. Vielleicht sollte ich Jessica nachher dazuholen, damit Parker aus erster Hand erfuhr, wie sehr uns der Kittel brannte.

Aufgebracht sperrte ich das Display, steckte das Handy zurück in meine Tasche und ließ den Blick im Raum umherschweifen. Oh, Mann, es waren immer noch sechs Leute vor mir dran. Ich überlegte gerade, ohne Kaffee wieder zu gehen, als mir drei Leute vor mir ein Mann im Anzug auffiel. Seltsam, diese Haare kannte ich doch irgendwoher. Ich kniff die Augen zusammen und überlegte, wo ich den Mann schon mal gesehen hatte, da drehte er sich zur Seite – mein Herz setzte einen Schlag aus und rutschte mir dann direkt in die Hose. Fassungslos starrte ich ihn an. Ich fiel in eine Schockstarre, war unfähig, mich zu bewegen. Als das Gefühl in meine Extremitäten zurückkehrte, setzten sich meine Beine wie ferngesteuert in Bewegung. Meine Hand hob sich automatisch, und ich tippte ihm auf die Schulter.

»Seth?«

Kennt ihr das Gefühl, wenn man jemanden, der einem einmal sehr viel bedeutet hat, nach Jahren wieder trifft und es sich anfühlt, als hätte es diese Zeit der Trennung nie gegeben? Als ich Seth an diesem Morgen nach zehn Jahren wiedersah, war es genau so. Es war, als wären wir beide über Nacht älter geworden, aber noch immer dieselben Menschen, die in der Highschool unsterblich ineinander verliebt gewesen waren. Und dennoch – zehn Jahre hatten wir uns nicht gesehen. Zehn Jahre, die Spuren in seinem und zweifellos auch in meinem Gesicht hinterlassen hatten. Seth war von dem Jungen, den ich einst geliebt hatte, zu einem Mann geworden, der in seinem Leben schon so viel durch hatte, dass es für zwei reichte. Die halbe Welt hatte er bereist, den Tod eines geliebten Menschen verschmerzen müssen, sich ver- und wieder entliebt. Er war erwachsen geworden, und vielleicht war der Seth, der nun vor mir stand, sogar ein ganz anderer als der, den ich gekannt hatte. Nur seine Augen, seine nachdenklichen graugrünen Augen, die waren noch dieselben.

»Annie!« Seth riss Augen und Mund auf. »Was … was machst du denn hier?«

»Das Gleiche könnte ich dich fragen.« Meine Stimme klang so überschwänglich, wie ich mich fühlte. Das Herz schlug mir bis zum Hals. Konnte er sehen, wie es in der Mulde zwischen meinen Schlüsselbeinen pochte?

»Ich wohne wieder hier«, antwortete er, die Augen noch immer in Unglauben aufgerissen.

»Könnt ihr euer Wiedersehen bitte woanders feiern«, pflaumte uns die schlecht gelaunte Kassiererin an und deutete kaugummikauend auf die Schlange, die hinter uns immer länger wurde.

Ohne den Blick voneinander abzuwenden, traten wir aus der Reihe und gingen nach draußen.

»Ich auch«, sagte ich, als er mir die Tür aufhielt. »Beruflich. Zumindest für ein paar Monate.«

Er breitete die Arme aus und schüttelte den Kopf. »Wow … das ist … ist das nicht irre?«

»Und wie«, pflichtete ich ihm bei.

»Ich weiß gar nicht, was ich sagen soll.« Sein Kopf schüttelte hin und her, als hätte er einen nervösen Tick, als er einen Schritt zurücktrat und mich von oben bis unten betrachtete. »Du siehst großartig aus, Annie.«

»Danke«, erwiderte ich ein wenig verlegen. Vor lauter Aufregung sprach ich, wie Seth auch, viel zu laut. Einige Passanten warfen uns im Vorbeigehen bereits seltsame Blicke zu.

»Echt jetzt. Dieser Haarschnitt steht dir super«, fuhr er fort, und automatisch hob ich die Hand zu meinen nur noch schulterlangen Haaren.

»Du auch. Mit dem Anzug siehst du so erwachsen aus. Das kenn ich gar nicht von dir.«

»Wollen wir ein paar Schritte gehen?«, schlug Seth vor. Bis jetzt hatten wir uns kaum von der Stelle bewegt und blockierten den Eingang des Coffeeshops.

Ich nickte, und wir schlenderten Richtung Lake Union Park davon.

»Nun sag schon«, drängte ich, noch immer voller Adrenalin. »Was machst du hier?«

»Arbeiten«, antwortete er schlicht und schenkte mir ein umwerfendes Lächeln. Die jugendlichen Grübchen, die ich immer so geliebt hatte, hatte er immer noch. »Ich bin der neue Junior Consultant bei Nobels and Weyne«, verkündete er.

»Du bist Unternehmensberater?«, fragte ich mit einem Hauch Skepsis.

»Überrascht?« Er grinste.

»Schon ein bisschen«, gestand ich. »Das hab ich nun wirklich nicht erwartet. Früher, ja. Aber nach dem, was du die letzten Jahre alles gemacht und erlebt hast, habe ich etwas, na ja, etwas Aufregenderes erwartet, um ehrlich zu sein.«

Seth lachte. »Etwas Aufregenderes?«

»Nun, ja. Ja.«

»Immer noch Milch und Zucker?«, fragte Seth plötzlich. Er war vor einem Straßenverkauf stehen geblieben.

»Nur Milch.«

»Zwei Kaffee bitte«, bestellte er. »Einen mit Milch, den anderen schwarz.«

Der Verkäufer reichte ihm zwei Pappbecher, Seth bezahlte und reichte mir den Milchkaffee.

»Unternehmensberatung ist aufregend genug, wenn du mich fragst«, griff er das Thema wieder auf. »Außerdem ist es für mich langsam an der Zeit, sesshaft zu werden.«

»Und da suchst du dir ausgerechnet Seattle aus? Ich meine, es gibt doch sicher so viele schönere Orte, an denen du deine Zelte hättest aufschlagen können.«

Seth drehte sich zu mir und sah mir in die Augen. Sein Blick war müde. »Es war Zeit, nach Hause zu gehen«, sagte er leise, und seine Worte trafen mich mitten ins Herz.

Sekundenlang rang ich nach Worten, dann sagte ich es einfach so, wie ich es meinte. »Es tut mir so leid, Seth.« Ich fühlte einen Kloß in meinem Hals. »Das mit Lynn.«

Er nickte und senkte den Blick. »Das ist lange her.«

Als ich ihm tröstend die Hand auf seinen Arm legte, zuckte Seth zusammen, als hätte ich ihm einen Stromschlag verpasst. Beinahe erschrocken sah er mich an. Seine Wangen färbten sich rot. Schnell nahm ich die Hand wieder weg. Ich schluckte. Da war etwas zwischen uns. Ich hatte es auch gespürt.

»Und du bist nur für ein paar Monate hier?«, fragte er plötzlich. Ganz offenbar, um das Thema zu wechseln.

»Ja. Ich arbeite bei einem Biotechnologie-Unternehmen mit Hauptsitz in Boston. Wir bauen ein zweites Labor hier in Seattle auf, und ich habe die ehrenvolle Aufgabe, die neuen Mitarbeiter einzulernen und das Team zu leiten, bis wir einen geeigneten Laborleiter gefunden haben.«

Seth nickte und legte die Stirn in Falten. »Und du bist … alleine hier?« Seine Frage sollte unverbindlich klingen, aber wir wussten beide, welche Tragweite sie hatte.

»Ja«, erwiderte ich, ohne zu zögern.

In diesem Moment vibrierte mein Handy, und ich zog es aus der Tasche.

Alles in Ordnung? Haben Sie Ihren Neun-Uhr-Termin vergessen?

schrieb meine Assistentin.

»Schon fast halb zehn!«, stellte ich panisch fest. »Verdammt! Ich muss zur Arbeit.«

»Shit. Ich auch. Ich hab um zehn einen Pitch.«

Wir schienen beide hin und her gerissen, starrten uns nur gegenseitig an.

»Treffen wir uns ...«, sagten wir wie aus einem Munde und mussten dann beide lachen.

»Du zuerst«, ließ ich ihm den Vortritt.

Er lächelte. »Hast du heute Abend schon was vor?«

Ich lächelte zurück. »Nein, ich bin frei.«

»Treffen wir uns um ... sagen wir sieben? ... zum Essen in Elliot's Oyster House? Das ist downtown am Pier 56.«

»Ja, das kenn ich.« Ich war sogar schon mal mit einem Kunden zum Lunch da gewesen. Es war nur drei Querstraßen von meiner Wohnung entfernt.

Seth strahlte übers ganze Gesicht. »Dann sehen wir uns heute Abend.«

Als wir uns zum Abschied in den Arm nahmen, wusste ich nicht, ob ich mich nach links oder rechts beugen sollte, und wir knallten fast mit den Nasen zusammen.

»Bis heute Abend«, sagte Seth noch einmal, und wir eilten in verschiedene Richtungen davon. Ich hätte schwören können, dass er sich noch einmal nach mir umdrehte.

»Entschuldigen Sie die Verspätung, Paul. Ich bin aufgehalten worden. Wie war Ihr Flug? Darf ich Ihnen etwas Gebäck anbieten?«

Den ganzen Tag über hatte ich Schwierigkeiten, mich zu konzentrieren. Seth ging mir nicht mehr aus dem Kopf. Ich konnte kaum glauben, dass wir uns über den Weg gelaufen waren. Einfach so. Er, der Weltenbummler, von dem ich dachte, er sei in Rom oder London oder sonst irgendwo, und ich, die eigentlich in Boston, am anderen Ende des Landes, hätte sein müssen. Mann, er hatte echt gut ausgesehen. Ob er eine Freundin hatte? Schnell sah ich mich um. Es war niemand in der Nähe, und ich hatte innerhalb der nächsten halben Stunde auch keinen Termin. Ich drehte meinen Bildschirm so, dass durch die Glaswände meines Büros niemand zufällig einen Blick darauf erhaschen konnte, und öffnete Seths Facebook-Profil. Ich war schon lange nicht mehr drauf gewesen. Es gab ein paar neue Fotos. Wie immer hatte er sich nicht selbst hochgeladen, sondern wurde von anderen darauf markiert. Das erste zeigte ihn noch Arm in Arm mit einer dunkelhaarigen Schönheit in Paris. Es war zweieinhalb Monate alt. Auf den Übrigen war er entweder alleine oder mit Freunden zu sehen. Und das aktuellste zeigte ihn mit Taylor, seinem besten Freund aus Highschool-Zeiten, den ich erst auf den zweiten Blick erkannte. Er trug jetzt nämlich einen Vollbart. Das war vor nicht mal drei Wochen gewesen. Seth konnte also noch nicht lange in Seattle sein. Vielleicht gerade erst so lange wie ich. Als ich mit den Fotos durch war – und ich wunderte mich, dass ich das nicht zuallererst gemacht hatte –, checkte ich Seths Beziehungsstatus. Doch dort stand weder, dass er vergeben, noch, dass er Single war.

Wieso interessiert dich das überhaupt? Du bist verheiratet, verdammt noch mal!

Als hätte mich jemand bei etwas Verbotenem erwischt, klickte ich schnell auf *Schließen* und löschte den Verlauf, um meine Spuren zu verwischen.

Um kurz vor fünf machte ich mich auf den Heimweg und erntete ringsum verwunderte Blicke. So früh hatte ich noch nie Feierabend gemacht. Um sieben wollten Seth und ich uns treffen, und ich hatte noch keine Ahnung, was ich anziehen sollte. Sobald ich in meinem Apartment war, überkam mich die Hektik. Ich war beinah so nervös wie damals, an Seths Abschlussball. Okay, vielleicht sogar noch nervöser. Hätte ich doch nur auch diesmal Corinne bei mir gehabt. Oder Grace.

Nachdem ich mit allen Schikanen – Rasur, Peeling, Maske und Haarkur – geduscht hatte, durchwühlte ich wie im Fieberwahn meinen Kleiderschrank. So ein Mist! Hosenanzüge, Jeans und Blusen. Auf einen Anlass wie diesen war ich nicht vorbereitet. Ich probierte mehrere Kombinationen durch, entschied mich letzten Endes für ein luftiges schwarzes Blusenkleid, Ballerinas und Jeansjacke. Meine Haare trug ich glatt und offen, das Make-up war dezent. Seth hatte es nie gemocht, wenn eine Frau sich zu stark schminkte.

Und dann war es auch schon kurz vor sieben.

Zu Fuß brauchte ich kaum mehr als zehn Minuten zum Pier 56. Ich bog um die Ecke – und da stand er. Das Strahlen, das sich auf Seths Gesicht ausbreitete, sobald er mich erblickte, ließ meine Knie weich werden. Er hatte sich auf mich gefreut, das war unübersehbar.

»Hi.« Er kam mir die letzten Meter entgegen und schloss mich in seine Arme.

»Hi.« War er etwa beim Friseur gewesen?

»Du siehst toll aus«, sagte er und grinste breit.

»Du auch.« Den Anzug von heute Morgen hatte er gegen dunkelblaue Jeans und ein schlichtes weißes Hemd getauscht. Darüber trug er eine dünne schwarze Lederjacke, die ihm unwahrscheinlich gut stand. Krass, wie sehr sich sein Stil die letzten Jahre verändert hatte. Seth hatte schon immer gut ausgesehen, aber jetzt hatte er seinen Look gefunden. Vielleicht hatte er sich sogar selbst gefunden – ein Zustand, von dem ich meilenweit entfernt war.

»Wollen wir reingehen?«, fragte er. »Ich hab einen Riesenhunger.«

»Gern.« Ich folge ihm zum Platzanweiser.

»Reservierung für zwei auf Yellen.«

Der Kellner sah kurz in seinem Buch nach, bat uns, ihm zu folgen, und führte uns zu einem Tisch auf der Terrasse, direkt am Wasser.

Wie der Name des Restaurants schon sagte, waren Austern hier die Spezialität. Da ich mich aber nicht für den glibbrigen Muschelinhalt begeistern konnte, bestellte ich den Grilled Seafood Salad. Wobei ich meine Zweifel hatte, ob ich überhaupt etwas runterbekommen würde. Ich war dermaßen aufgeregt, dass ich, obwohl ich den ganzen Tag noch nichts gegessen hatte, keinen Appetit hatte. Seth entschied sich für das Wild Prawn Risotto und orderte eine Flasche Weißwein für uns beide.

Unwillkürlich musste ich grinsen.

»Was ist?«, fragte er.

Ich schüttelte amüsiert den Kopf.

»Sag schon«, forderte er mich lächelnd auf.

»Es ist nur«, begann ich. »Früher haben wir Burger gegessen und Eistee aus dem Eineinhalb-Liter-Pack von der Tankstelle getrunken, und heute sitzen wir hier, und du bestellst ein Vierzig-Dollar-Risotto und eine Flasche Pinot Blanc, ohne mit der Wimper zu zucken.«

Seth lachte. »Ja. Zeiten ändern sich. Und Menschen auch.«

Für einen Moment schauten wir uns nachdenklich in die Augen.

»Haben wir uns seit damals denn so sehr verändert?«, fragte ich. Vielleicht war die Frage mehr an mich selbst gerichtet als an ihn.

Seth legte die Stirn in Falten, sein Mund lächelte noch immer.

»Ich weiß es nicht«, antwortete er ehrlich. »Aber wenn es dir lieber ist, können wir ja nächstes Mal Burger essen.«

Nächstes Mal? Was war das hier? Ein Date? Ein *richtiges* Date?

Ich lächelte nur und blieb ihm eine Antwort schuldig.

Als der Kellner kam und den Wein samt Kühler an unseren Tisch brachte, schenkte er Seth einen Probierschluck ein. Ich beobachtete ihn gespannt. Dieses Wein-im-Glas-Geschwenke und Im-Mund-hin-und-her-Geschlürfe mit kritischem Kennerblick fand ich schon immer einfach nur affig. Für mich ein absoluter Abturner. Entweder der Wein schmeckte, oder er schmeckte nicht. Unnötig, darüber so ein Theater zu veranstalten. Doch Seth überraschte mich positiv. Er nippte nur kurz an seinem Glas und nickte dann freundlich, woraufhin der Kellner uns beiden eingoss. Damit konnte ich leben.

Seth hob sein Glas. »Auf die, die wir früher waren, und die, die wir heute sind.«

Ein Lächeln breitete sich auf meinem Gesicht aus. »Cheers.«

Schon der erste Schluck wärmte mich von innen. Auf meinen nüchternen Magen sowieso.

»Okay, du Abenteurer«, setzte ich an, nun deutlich lockerer. »Erzähl mal, was du die letzten zehn Jahre so alles erlebt hast.«

Er lachte leise. »Was genau willst du denn wissen?«

»Na, alles natürlich. Wo warst du überall? Was hast du dort erlebt? Wo ist es am schönsten?«

Nun lachte er lauter. »Wenn ich das gewusst hätte, hätte ich meinen Lebenslauf mitgebracht.«

»Du kannst ihn mir ins Büro mailen, wenn du willst.« Ich grinste, dann wurde ich wieder ernst. »Nein, echt jetzt. Ich hab kaum was von der Welt gesehen.« Ich beugte mich über den Tisch und sah ihm direkt in die Augen. »Mach mich neidisch!«

Seth warf den Kopf in den Nacken und lachte schallend. Dann erzählte er mir von seinen Reisen durch Europa. Beschrieb Orte, an denen er gewesen, und Menschen, denen er begegnet war. Schwärmte mir von einem Mädchen vor, das er geliebt hatte, und von Freunden, die er sehr vermisste. Sprach über Jobs, die er gemacht hatte, und wie er es geschafft hatte, sein abgebrochenes Wirtschaftsstudium an verschiedenen Unis zu beenden.

»In London hab ich dann ein halbes Jahr lang als Praktikant bei einer Unternehmensberatung gearbeitet und mich von dort aus hier in Seattle beworben.« Er zuckte mit den Schultern. »Und da bin ich.«

»Wow«, war alles, was ich darauf erwidern konnte. Ich war geplättet.

Als das Essen kam, hatten wir beide das erste Glas geleert. Erst jetzt merkte ich, wie hungrig ich war.

»Jetzt bist du dran«, verlangte Seth mit vollem Mund. »Was hast du alles gemacht während der letzten zehn Jahre?«

»Puh. So viel gibt es da gar nicht zu erzählen. Ich hab studiert ...«

»Ja, in Harvard, oder?«, fragte er dazwischen.

Ich nickte.

»Das ist – wow –, das ist echt beeindruckend. Ich wusste immer, dass du das Zeug dazu hast.« Er sah aus, als sei er wirklich stolz auf mich.

»Da hab ich dann auch meinen Mann kennengelernt.« Es fühlte sich seltsam an, vor Seth über Holden zu reden. »Nach unserem Abschluss haben wir geheiratet, eine Wohnung gekauft und, na ja, wir haben beide einen Job in Boston, und ich bin jetzt hier, um das neue Labor aufzubauen, wie ich dir ja schon erzählt habe.«

Seth musterte mich aufmerksam. »Darf ich dich etwas fragen?«

Ich stutzte über den plötzlichen Stimmungsumschwung. »Ja, natürlich.«

»Hast du das Gefühl, in deinem Leben etwas verpasst zu haben?«

Perplex starrte ich ihn an. Mit so einer Frage hatte ich nicht gerechnet.

»Ich will dir nicht zu nahe treten«, lenkte er sofort ein.

»Nein, nein. Das ist schon okay«, erwiderte ich schnell. Dann senkte ich den Blick und sah auf meine Hände.

»Und?«, hakte er vorsichtig nach.

»Ja«, gestand ich es mir schließlich ein. »Ja, das habe ich.«

Holden hatte nie den Drang verspürt, die Welt zu sehen. Sein Radius reichte von Medford bis Norwood. Er wollte nie groß wegfahren, geschweige denn, dass er die Vereinigten Staaten verlassen hätte. Boston reichte ihm – und ich war mit ihm dort geblieben. Hätten wir ein Kind, hätte mir das vielleicht gereicht. Aber dazu war mein Körper ja offensichtlich nicht imstande. Und so hatte es nur uns beide gegeben. Holden und mich, immer am selben Ort. Nein. Das reichte nicht. Zumindest mir nicht. Und vielleicht war das ja die Ursache unserer Probleme. Vielleicht waren wir im Grunde unseres Wesens einfach zu verschieden. Schlichtweg nicht kompatibel.

»Es ist nicht zu spät«, sagte Seth mitten in meine Gedanken hinein.

»Wofür?«

Er breitete die Arme aus. »Die Welt zu sehen.«

Ich lächelte müde. »Meinst du?«

»Ja, klar«, entgegnete er überschwänglich und nahm meine Hand.

Ich hielt die Luft an. Seths vertraute und doch längst vergessene Berührung trieb mir einen warmen Schauer über den Rücken. Nun waren es meine Wangen, die sich in ein leuchtendes Rot tauchten.

»Zu spät ist es erst, wenn du dich selbst aufgegeben hast«, sagte er so sanft, dass ich unwillkürlich schluckte.

Sein Blick war so intensiv, dass ich es kaum schaffte, ihm in die Augen zu sehen. Fast, als sähe er tief in mein Inneres und fand dort Dinge, die ich niemandem zeigen wollte.

Wenn man jemanden aus seinem früheren Leben trifft, kommt man nicht umhin, Bilanz zu ziehen. Dabei gibt es immer einen, der besser wegkommt als der andere. Und in diesem Moment wurde mir klar, dass ich der Verlierer war. Seth hatte aus seinem

Leben gemacht, was er wollte. War hingegangen, wo er wollte, hatte geliebt, wen er wollte, und war einfach weitergezogen, wenn er genug von einem Ort hatte. Seth hatte sein Leben in die Hand genommen – ich hatte meines von anderen bestimmen lassen.

»Willst du noch ein Dessert?«, fragte er, als wir aufgegessen hatten.

»Nein. Lass uns lieber noch ein bisschen am Pier spazieren gehen.«

Seth bezahlte. »Schließlich hab ich dich eingeladen«, tat er meine Einwände ab. Und dann schlenderten wir am Pier entlang. Als er sah, dass mir ein bisschen kalt wurde, bot er mir seine Jacke an.

»Mir ist es sowieso viel zu warm«, sagte er und legte mir die Lederjacke über die Schultern.

Ich hoffte, dass er nicht sah, wie ich den Kopf zur Seite drehte, um ihren, um *seinen* Duft einzuatmen. Er roch genau wie früher, nur erwachsener.

»Wie wärs mit einem Eis?«, fragte ich betont lässig, als wir an einem Straßenverkauf vorbeikamen. »Das geht auf mich.«

»Da sag ich nicht Nein.«

Seth nahm zwei Kugeln, ich eine.

»Wie gehts deiner Mom?«, erkundigte ich mich, während wir Eis essend weiterliefen.

»Ganz gut.« Seth zögerte. Sorgenfalten traten ihm auf die Stirn. »Sie hat das mit Lynn nie richtig verarbeitet, und die Scheidung von meinem Dad setzt ihr auch immer noch zu.«

»Ich wusste gar nicht, dass deine Eltern sich haben scheiden lassen.«

»Vor ungefähr zwei Jahren. Es war nicht besonders schön. Mein Dad hat eine andere.«

»Oh«, machte ich nur. Die arme Holly. Sie war so ein lieber Mensch. Das hatte sie nicht verdient. Nichts davon.

»Sie geht jetzt zu einer Art Selbsthilfegruppe in der Kirchengemeinde. Da hat sie eine Freundin gefunden. Mit der unternimmt sie regelmäßig was.«

»Klingt, als wärst du froh darüber.«

Er atmete seufzend aus. »Ja. Die letzte Zeit hat sie sich ziemlich zurückgezogen, ist nirgendwo mehr hingegangen. Ich glaube, sie hatte eine Depression.«

»Spielte das auch in deine Entscheidung mit rein, zurückzukommen?«, fragte ich zögerlich.

Er nickte langsam. »Ja, ich denke, das hat auch eine Rolle gespielt.«

»Und was war der Hauptgrund?«

Er lachte, kurz und trocken. »Es ist nicht leicht, eine Beziehung zu führen, wenn man ständig umzieht.«

»Dann hast du hier jemanden?«, fragte ich perplex.

Sag Nein, bitte sag Nein!

Seth schmunzelte. »Noch nicht.« Er drehte sich zu mir und sah mich lange an. »Aber ich hatte gehofft, jemanden kennenzulernen. Oder …«, er schluckte, »wiederzusehen.«

»Oh.« Ich schaffte es nicht, ihn anzusehen.

Was zum Teufel tust du hier nur?

Ganz bewusst lenkte ich das Thema auf Seths Job, und er erzählte mir, womit er sein Geld verdiente.

»Und darum ist der Termin morgen früh auch so wichtig«, kam er mit seinem Bericht über die Einführung sogenannter Kompetenzen zu Führung und Zusammenarbeit in einem Großkonzern zum Ende. Das war mein Stichwort.

»Ich muss morgen auch ganz früh raus«, schloss ich mich an.

»Okay.« Seth schien ein bisschen verwundert. War aber auch klar – schließlich hatte ich ihn mitten in der Unterhaltung abgewürgt.

»Dann bring ich dich nach Hause.«

»Danke.« Aus irgendeinem Grund war ich erleichtert. »Es ist auch gar nicht weit. Gleich hier um die Ecke.«

Vor dem monströsen Apartmentkomplex in der Spring Street, Ecke 2nd Avenue, blieb ich stehen.

»Hier ist es.«

»Nicht schlecht. Welches Stockwerk?«

»Das siebzehnte.«

»Da hast du bestimmt eine super Aussicht.«

»Ja, das stimmt.«

Seth breitete die Arme aus. »Also dann«, sagte er. »Es war ein wirklich schöner Abend.«

»Ja, das finde ich auch«, erwiderte ich, ging einen Schritt auf ihn zu, und wir umarmten uns zum Abschied. Wir umarmten uns, und umarmten uns und … ließen einander einfach nicht los. Ich schloss die Augen und legte den Kopf auf seine Schulter. Beinahe hätte ich geseufzt. So gut tat es, von ihm gehalten zu werden. Seth ließ mich nicht los, und auch ich hatte es nicht eilig. Als seine Lippen meinen Hals streiften – ob es Zufall war oder Absicht, wusste ich nicht –, beschleunigte sich mein Herzschlag. Ich atmete tief, versuchte ihn zu beruhigen. Und dann merkte ich, dass es nicht nur mein Herzschlag war, der völlig aus dem Takt geraten war. Seths Herz hämmerte ebenso wild und unbändig gegen meine Brust wie meines gegen seine.

»Willst du sie sehen?« Erst als ich die Worte hörte, wurde mir klar, dass sie aus meinem Mund gekommen waren.

»Was?« Seine Stimme wurde von meinem Haar fast verschluckt.

»Die Aussicht«, erwiderte ich und kam mir dabei nicht mal halb so blöd vor, wie ich es hätte müssen.

Ich spürte an meiner Wange, wie er nickte.

Seth nahm mich an der Hand, und wir gingen zum Aufzug. Während wir hoch in den siebzehnten Stock fuhren, sprachen wir kein Wort. Nur unsere Hände waren fest ineinander verschlungen.

Mit zitternden Fingern öffnete ich die Tür. Beinah wäre mir der Schlüssel aus der Hand geglitten. Wortlos trat ich ein und ging direkt ins Schlafzimmer. Seth folgte mir, und als ich mich aufs Bett setzte, setzte er sich neben mich. Eine Ewigkeit saßen wir nebeneinander auf diesem Bett. Keiner sagte ein Wort.

»Ich hab oft an dich gedacht, weißt du?« Seths Stimme durchschnitt die Stille wie ein Schwert. »Als ich gehört hab, dass du geheiratet hast, hat mich das total fertiggemacht.« Er klang ganz brüchig. »Ich weiß, wir waren lange getrennt und hatten uns ewig nicht gesehen, aber …« Er zuckte mit den Schultern und ließ sie dann hängen. »Es hatte so was Endgültiges. Weißt du, was ich meine?«

Ich nickte.

»Ich hab sogar von dir geträumt. Im Brautkleid. Da wurde mir bewusst, wie sehr mir das Ganze zusetzt.«

Und wieder schwiegen wir eine Weile.

»Ich habe auch oft an dich gedacht«, gestand ich leise.

»Wirklich?«, fragte er und rückte etwas näher an mich heran. »Und … an was genau hast du gedacht?«

Meine Kehle wurde immer enger. Ich musste schlucken. »Wo du jetzt gerade bist, wie es dir geht. Ob du glücklich bist. Diese Dinge eben.« Ich atmete tief ein und aus. »Und manchmal …«

»Ja?«

»Manchmal habe ich daran gedacht, wie es wäre, wenn wir …«, ich schluckte wieder, »miteinander schlafen.«

Seth sog ruckartig Luft ein. Dann kam er noch näher.

Oh shit!

Im nächsten Moment spürte ich seinen Atem an meinem Hals. Er atmete ein, dann atmete er aus, und meine Haut zog sich unter dem zarten Hauch empfindsam zusammen.

Ich schloss die Augen und musste mir auf die Lippen beißen, um ein Stöhnen zu unterdrücken. Als ich es Sekunden später schaffte, sie wieder zu öffnen, schienen die Wände des Zimmers um mich herum zu verschwimmen. Seth saß ganz dicht neben mir. Er sagte kein Wort, nur unsere tiefen, gleichmäßigen Atemzüge waren zu hören. Dann legte er seine Hand auf meine, die auf meinem Oberschenkel ruhte. Ein Stromschlag schoss durch meinen Körper und presste eine untrügliche Hitze in meinen Unterleib. Ich spürte, wie meine Schamlippen anschwollen.

Seine Hand schloss sich um meine. Obwohl sich nur unsere Hände berührten, glaubte ich in Flammen zu stehen. Ich war erregter als jemals zuvor. Meine Finger verschlangen sich in Seths und drückten seine Hand ganz fest. Die Spannung zwischen uns steigerte sich ins Unerträgliche, als er sich zu mir beugte und sein sanfter Atem wieder meinen Hals entlangstrich. Dann spürte ich seine Lippen in der Mulde über meinem Schlüsselbein.

Das wars – in diesem Moment hatten wir die Grenze überschritten. Ich schaffte es nicht zu widerstehen. Ein leises Stöhnen stieg in meiner Kehle auf und bahnte sich seinen Weg über meine Lippen. Dieser kehlige Laut schien Seth zu überwältigen, und er verlor jede Selbstkontrolle. Gierig strich sein Mund an meinem Hals entlang bis zu meinen Lippen. Dann küsste er mich. Und es war wie früher. Verlangend; bestimmt und doch zärtlich. Ich bäumte mich ihm entgegen und warf den Kopf in den Nacken. Dann nahm ich seine Hand, die sich immer noch fest um meine geschlungen hatte, und legte sie auf die Innenseite meines Oberschenkels. Seth stöhnte mir direkt ins Ohr. Gleichzeitig fuhr seine Hand an meinem nackten Oberschenkel entlang, schob sich unter mein Kleid und drang unter meinen Slip. Ein Wimmern entfuhr mir. Seths Finger kreisten um meine Klitoris. Alles pulsierte. Dann schob er Mittel- und Zeigefinger in mich hinein. Und als er spürte, wie feucht ich war, schloss er die Augen und gab ein langes »Aah« von sich. Zweimal schob er seine Finger noch in mich hinein, dann riss er mir den Slip herunter, warf mich auf den Rücken, legte mein Knie über seine Schulter und riss die Knopfleise seiner Jeans mit einem Ruck auf. Seine Erektion sprang aus der Hose. Ich war dermaßen feucht, dass er in einer einzigen Bewegung in mich hineinglitt.

Oh Gott!

Ich stöhnte laut auf. Darauf hatte ich Jahre gewartet. Es mir vorgestellt. Immer und immer wieder. Seth sog scharf Luft ein, dann begann er sich zu bewegen, und ich stöhnte erneut. Als ich in seinen Augen sah, wie sehr ihm gefiel, mir so viel Vergnügen zu bereiten, wollte ich ihn noch viel tiefer in mir spüren.

Seths glühender Blick durchbohrte mich. Er starrte mich an, als wollte er mich aufsaugen. Dann bewegte er sich schneller. Härter. Ich warf die Arme über den Kopf und bäumte mich auf. Das hier hatte nichts mit der sinnlichen Leidenschaft zu tun, die Holden und ich all die Jahre geteilt hatten – das hier war roher Sex in seiner ursprünglichsten und animalischsten Form. Seth bewegte sich weiter, wurde immer schneller. Rammte sich in mich hinein, als ob es um sein Leben ginge. Schnaufend, schwitzend und keuchend rollten wir uns herum. Ich zerfiel beinah in seinen Armen, keuchte auf, und dann kam ich mit einem heiseren Schrei. Seth stieß ein letztes Mal mit aller Härte zu, dann ging ein Zucken durch seinen ganzen Körper, und er ließ sich erschöpft auf mich sinken. Sein Herz hämmerte gegen meine Brust.

Als der Nachhall verebbt war, stützte Seth sich auf die Ellbogen und sah mich an. Sein Gesicht war verschwitzt. Die Haare fielen ihm in feuchten Strähnen in die Stirn. Noch immer atmeten wir beide schwer. Keiner sagte ein Wort. Wir sahen uns einfach nur an und ließen all das unausgesprochen, was zwischen uns geschehen war. Und was zwischen uns hätte sein können, wäre es vor zehn Jahren anders gelaufen.

Ich wäre an der Westküste geblieben, hätte es wohl noch einmal an der UW probiert oder an irgendeinem anderen College in der Nähe studiert. Nach unserem Abschluss hätten wir uns beide in Seattle einen Job gesucht. Irgendwann hätte Seth mir einen Antrag gemacht, wir hätten geheiratet und ein oder zwei Kinder bekommen. Seths Familie wäre regelmäßig zu Besuch gekommen, vielleicht auch mein Dad und Tante Jane ab und zu. Wir hätten uns ein kleines Haus gekauft, einen Hund angeschafft und unseren Kindern beim Aufwachsen zugesehen. Vielleicht wären wir glücklich gewesen. Vielleicht nicht. Vielleicht hätte es Seth dennoch in die Welt hinausgezogen. Vielleicht hätte ich ihn begleitet. Und vielleicht hätten wir sogar zusammen alt werden können.

»Ich hab dich gesehen«, sagte Seth in die Stille meiner Gedanken hinein.

So leise, dass ich ihn kaum verstand.

»Letztes Jahr im September.« Er schwieg einen Moment.

Es dauerte einen Augenblick, bis ich verstand, dann fühlte ich auch schon den Stich in meiner Brust.

Er schluckte. »Auf der Beerdigung deiner Grandma.«

»Du warst dort?«, fragte ich, und meine Stimme zitterte. Die Erinnerung traf mich wie ein Schlag in die Magengrube.

Er nickte, zögerte dann aber, bevor er weitersprach, als ringe er um die richtigen Worte. »Du standest mit dem Rücken zu mir. Zwischen deinem Dad und deinem … Mann.«

Mein ganzer Körper versteifte sich. Tränen sammelten sich in meinen Augen. Ich wusste, was er gesehen hatte – einen kugelrunden Babybauch. Beinah war es, als würde mein Herz erneut brechen.

Mein Kind! Mein kleiner Junge!

Seth stützte sich auf einen Ellbogen und beugte sich über mich.

»Was ist passiert?«, fragte er behutsam und ließ es unausgesprochen.

Unwillkürlich legte ich die Hände auf meinen flachen Bauch. Es war beinahe, als könnte ich den Kleinen noch immer spüren. »Ich hab es verloren«, antwortete ich, sobald ich sicher war, dass meine Stimme nicht versagte. Die Tränen liefen über und rannen seitlich meine Wangen entlang. »Im sechsten Monat.«

»Es tut mir so leid.« Seth strich mir sanft übers Haar und wischte mit der Spitze seines Daumens meine Tränen weg.

»Das ist lange her«, sagte ich, als würde es deswegen weniger wehtun.

Seth ließ sich zurück ins Kissen sinken, nahm meine Hand, und so lagen wir schweigend nebeneinander und hingen unseren Gedanken nach. Irgendwann schlief er ein, und ich beobachtete, wie sich seine Brust unter den gleichmäßigen Atemzügen des Schlafes hob und senkte.

Um halb vier Uhr morgens stand ich auf, wickelte eine Decke um mich, ging zum Balkon und setzte mich unter das schmale Vordach. Es war eine wolkenlose Nacht, wie sie in Seattle gefühlt nur einmal alle zehn Jahre vorkam. Ich blickte nicht auf, als ich den Holzboden knarzen hörte. Nicht einmal, als Seth sich neben mich setzte. Schweigend saßen wir nebeneinander und schauten in den Sternenhimmel. Ich spürte, dass er darauf wartete, dass ich etwas sagte, aber ich wusste nicht, was. Ich saß einfach nur da und starrte in die Nacht hinaus.

Was hast du nur getan?

KAPITEL 22

Ich hatte in dieser Nacht nicht eine Minute geschlafen. Und dennoch, Müdigkeit war am nächsten Morgen mein kleinstes Problem. Ich war traurig. Unendlich traurig. Über das, was ich getan hatte. Über das, was ich Holden angetan hatte. Über das, was ich Seth möglicherweise angetan hatte. Ich hatte sie beide betrogen. Ich hatte meinen Mann betrogen. Ich hatte Seth betrogen, indem ich ihn glauben ließ, dass es für uns eine Zukunft geben konnte. Doch am allermeisten hatte ich mich selbst betrogen. Ich liebte Holden. Ich liebte ihn von ganzem Herzen. Und auch, wenn ich ihn im Laufe unserer Beziehung manchmal nicht besonders gut hatte leiden können – ich würde diesen Mann mein ganzes Leben lang lieben. Ich musste ihm die Wahrheit sagen. Das war ich ihm schuldig.

Seitdem ich den Job in Seattle angenommen hatte, hatten wir, bis auf unsere Telefonate alle drei Tage, kaum Kontakt. Das ging nun schon zwei, drei Monate so. Er nahm mir übel, dass ich gegangen war, obwohl er mich gebeten hatte zu bleiben. Aber bei all dem Streit und Unfrieden, aus dem unsere Beziehung in den Wochen und Monaten davor bestanden hatte, hatte ich gar keine andere Wahl. Ich hatte mir sogar eingeredet, es könnte unsere Beziehung retten, und der Abstand würde uns guttun.

Und das hätte es vielleicht auch – hätte ich nicht den größten Fehler meines Lebens begangen.

Nach der Arbeit traf ich mich mit Seth. Bevor ich Holden anrief, musste ich mit ihm reinen Tisch machen. Ich wartete in einem kleinen Café unten am Hafen. Seth kam zehn Minuten zu spät.

»Sorry, ich bin nicht gleich rausgekommen«, erklärte er abgehetzt.

Heute trug er einen dunkelgrauen Anzug mit silberner Krawatte und sah unheimlich gut aus. Wie direkt aus einem Werbeplakat für Herrenanzüge.

Er setzte sich mir gegenüber. »Was gibts?« Er lächelte erwartungsvoll.

»Letzte Nacht …«

»Was kann ich Ihnen bringen?«, grätschte der Kellner dazwischen.

»Du trinkst Wasser?«, fragte mich Seth und deutete auf mein Glas.

Ich nickte.

»Eine Cola Light«, bestellte er schließlich. Der Kellner nickte und zog dann endlich ab.

»Also?«, kam Seth zum Thema zurück.

Ich holte tief Luft. »Letzte Nacht war … es war … unglaublich«, offenbarte ich. Ich schuldete es Seth, ehrlich zu sein. Und es war unglaublich gewesen. Wahrscheinlich genau das, was ich so dringend gebraucht hatte.

»Das war es«, pflichtete er mir mit einem Lächeln bei. Seine Stimme klang ruhig. Er wusste, dass das noch nicht alles gewesen war. Doch er fragte nicht nach, wartete einfach nur, was ich als Nächstes sagen würde, und beobachtete jede meiner Regungen.

Okay, kurz und schmerzlos – wie Pflaster abreißen.

»Es war ein Fehler.« Meine Stimme zitterte.

Seth sah mir direkt in die Augen. Jeder Muskel in seinem Gesicht war angespannt. Der Blick unergründlich. Ich schluckte gegen den Kloß in meinem Hals an. Die Tränen würden sich nicht mehr lange zurückhalten lassen.

»Ich bin verheiratet.«

Seth zog die Augenbrauen zusammen. »Das warst du gestern Nacht auch schon«, entgegnete er trocken.

Was soll ich denn darauf nur entgegnen?

»Es tut mir leid, Seth. Du hast mir gestern genau das gegeben, was ich so dringend gebraucht hatte.«

»Und was war das? Einen Schwanz?!«, konterte er zornig.

Traurig sah ich ihn an. »Nein. Jemanden, der mich fest in den Arm nimmt. An den ich mich anlehnen kann. Jemand, der mir zeigt, dass er mich begehrt, dass er verrückt wird, wenn er mich nicht auf der Stelle küssen kann.« Ich seufzte leise. »Tausend Mal hab ich mir vorgestellt, wie es wohl wäre, mit dir zu schlafen. All die Jahre habe ich bereut, es nicht getan zu haben, als ich die Gelegenheit dazu gehabt hatte.« Ich zuckte mit den Schultern. »Und wenn wir uns früher begegnet wären, wäre es sicher auch früher passiert. Ich glaube, es war unausweichlich. Zumindest von meiner Seite aus. Ich wollte es. Ich wollte dich. Und es war wunderbar.«

Seth senkte den Blick, und ich wusste, dass ihm leidtat, was er gesagt hatte.

»Aber ich liebe Holden«, fuhr ich fort, und meine Unterlippe zitterte. »So sehr, dass mein Herz einfach aufhören würde zu schlagen, wenn er nicht mehr da wäre.« Ein salziger Tropfen stahl sich aus meinem Augenwinkel. »Ich werde ihn mein ganzes Leben lang lieben. Das weiß ich jetzt.«

Seth hob den Kopf und sah mich an. Auch in seinen Augen schwammen Tränen.

»Eine Cola light. Bitte schön.«

Mann, dieser Kellner hatte vielleicht ein Timing …

331

»Danke«, murmelte Seth, ohne den Bick von mir abzuwenden.

Der Kloß in meinem Hals wurde immer dicker. Nicht mehr lange, und die Dämme würden brechen.

»Ich weiß nicht, was dir diese Nacht bedeutet hat …«

»Was glaubst du denn?«, unterbrach er mich barsch.

»Ich weiß es nicht«, wiederholte ich. »Aber ich möchte dir danken, dass du für mich da warst, als ich dachte, ich bin ganz allein auf der Welt.«

Unbeirrt sah er mich an, zuckte resigniert mit den Schultern und ließ sie dann sinken. »Was kann ich dem noch entgegensetzen?« Er erwartete keine Antwort. Er schwieg eine Weile, dann lachte er bitter. »Und ich Idiot dachte, es wäre Schicksal, dass wir uns begegnet sind.«

Ich nahm seine Hand, die auf dem Tisch lag.

»Das war es«, versicherte ich ihm, und die ersten Tränen liefen mir über das Gesicht.

»Ich habe dich nie vergessen. All die Jahre nicht. Und ich danke dem Universum, dass sich unsere Wege noch einmal gekreuzt haben.«

Seth lächelte müde. »Mann, du hast es echt drauf, einem den Wind aus den Segeln zu nehmen.«

»Du bist ein wunderbarer Mensch, Seth. Es tut mir von Herzen leid, was du in deinem Leben für eine Scheiße ertragen musstest. Und ich wünsche mir nichts mehr, als dass du eine Frau findest, die zu schätzen weiß, was sie an dir hat.«

Er blinzelte seine Tränen weg.

»Jede Frau könnte sich glücklich schätzen, dich an ihrer Seite zu haben.«

Ich stand auf, ging um den Tisch herum, nahm Seths Gesicht in meine Hände und küsste ihn. Ein letztes Mal.

»Es ist schön, dass es dich gibt«, sagte ich, und meine Tränen tropften auf sein Gesicht. Dann ging ich, ohne zurückzusehen.

KAPITEL 23

Holden ging nicht ans Telefon. Mittlerweile hatte ich es schon vier Mal versucht. Er ging einfach nicht ran. Nicht, dass wir eine feste Zeit für unsere ohnehin spärlichen Telefonate hatten, aber das war schon ein bisschen ungewöhnlich für ihn. Normalerweise lebte er in ständiger Sorge, den Menschen, die ihm nahestanden, könnte etwas zugestoßen sein – auch ein Überbleibsel aus dem Verlassen-werdentrauma seiner Kindheit – und ging immer gleich ran, wenn das Telefon klingelte. Und wenn er gerade nicht konnte, rief er für gewöhnlich innerhalb der nächsten zehn Minuten zurück. So langsam machte ich mir Sorgen, ihm könnte etwas passiert sein.

Um kurz vor vier Uhr nachmittags erlöste mich das Klingeln meines Handys aus den Unfallfantasien und Schreckens-szenarien, die in meinem Kopf herumgeisterten.

»Holden.« Die Erleichterung in meiner Stimme war nicht zu überhören.

»Annie, was ist los?« Er war sofort in Alarmbereitschaft.

»Nichts. Es ist alles in Ordnung.«

Ach ja? Ist es das?

Der Erleichterung darüber, dass ihm nichts passiert war, folgten beißende Schuldgefühle. Die Angst davor, ihm zu beichten, was ich getan hatte, überrollte mich wie ein D-Zug.

»Ich war den ganzen Tag auf einer Messe in New York«, erklärte er, »und komm erst jetzt dazu, aufs Handy zu sehen. Warum hast du angerufen?«

Ich räusperte mich. »Wo bist du gerade?«

»JFK. Am Check-in. Wir fliegen in vierzig Minuten.«

Wir? Dann war er also mit einem Kollegen da. Das war eindeutig nicht der richtige Zeitpunkt.

»Wann bist du zu Hause?«

»Ich hoffe, wir erwischen den Flieger noch. Hier ist heute irre viel Sicherheitspersonal. Die zerlegen jeden Koffer in seine Einzelteile.« Er klang gestresst. »Aber wenn wir es schaffen, bin ich um halb acht daheim.«

»Okay. Dann ruf ich dich um acht an.«

»Legen Sie das Handy bitte aufs Band, Sir«, ordnete eine monotone Männerstimme im Hintergrund an.

»Ich muss Schluss machen. Bis später«, sagte Holden noch, dann ertönte das Freizeichen in der Leitung.

Seit zwanzig Minuten lief ich nun schon in meinem Apartment auf und ab. Mittlerweile war es halb acht – Holden müsste also zu Hause sein, sofern alles geklappt hatte. Ich wartete weitere zehn Minuten, drehte Fingernägel kauend Runde um Runde vom Schlafzimmer zur Küche und zurück. Dann hielt ich es nicht mehr aus, schnappte mir kurz entschlossen den Hörer und wählte Holdens Nummer.

»Ich bin grad zur Tür rein«, sagte er zur Begrüßung. »Warte kurz.« Ich hörte, wie ein schwerer Gegenstand auf dem Holzboden unserer Wohnung abgestellt wurde. Sein Koffer?

»So, jetzt.« Er atmete schwer. »Was gibt's?«

»Du hast mir gar nicht gesagt, dass du nach New York musst«, wunderte ich mich.

»Es war nur für drei Tage. Wir hatten einen Stand auf der ATX Est.«

»Ach so.« Die Enttäuschung traf mich völlig unvorbereitet. Waren wir uns so fremd geworden, dass er es nicht mal mehr für nötig hielt, mir zu erzählen, wenn er drei Tage nach New York musste?

Du musst grad reden!

Ja, das stimmte. Bei dem, was ich getan hatte, brauchte ich mich weder zu wundern, noch hatte ich das Recht, beleidigt, verletzt oder sonst was zu sein.

»Warum hast du angerufen?«, fragte Holden dann. »Es klang wichtig.«

Ich schluckte schwer. Jetzt war der Zeitpunkt also gekommen.

»Ich … ich muss dir etwas sagen«, begann ich zögerlich. Mein Tonfall schrie geradezu: *Ich bin schuldig!*

»Ach ja?« Bis eben hatte es sich noch so angehört, als würde er nebenher seine Tasche auspacken. Aber nun klang es, als würde er sich setzen.

»Ja. Ich – oh, Holden, ich weiß gar nicht, wie ich es sagen soll.« Die Verzweiflung ließ meine Stimme beben. Ich wollte weiterreden, es einfach hinter mich bringen, brachte aber keinen Ton mehr heraus. Ein Schluchzer entfuhr mir. Verdammt – jetzt fing ich auch noch an zu heulen. Dabei war es nicht ich, die mir leidtun musste, sondern er. Ihm hatte ich das schließlich angetan. Am liebsten hätte ich mir selbst eine Ohrfeige verpasst.

»Was ist los, Annie?«, fragte Holden mit ruhiger Stimme. Doch ich kannte ihn gut genug, um zu wissen, wie besorgt er war. *Er* machte sich Sorgen darüber, wie es *mir* ging, während ich gerade versuchte, ihm zu beichten, dass ich ihn betrogen hatte. Diese Erkenntnis ließ mich nur noch lauter schluchzen. Ich passte den Moment zwischen zwei Heulkrämpfen ab, holte tief Luft und sagte: »Ich habe mit einem anderen geschlafen. Es tut mir so leid.«

Während ich Rotz und Wasser heulte, blieb es am anderen Ende der Leitung totenstill.

Reiß dich zusammen, blöde Kuh!

Ich biss die Zähne zusammen und kämpfte mit aller Kraft gegen das Heulen an.

»Holden«, flehte ich, »sag doch was.«

Ich hörte ihn leise atmen. »Was soll ich dazu noch sagen?«

Er klang weder wütend noch traurig noch sonst irgendwie emotional. Seine Worte hatten eine solch nüchterne Endgültigkeit, dass ich das Gefühl hatte, den Boden unter den Füßen zu verlieren.

»Es war Seth, mein erster Freund. Von der Highschool. Ich hab dir von ihm erzählt. Wir haben uns zufällig getroffen … dann kam eins zum anderen.« Meine Stimme überschlug sich beinahe. Ich sprach so schnell, dass die Worte ineinander übergingen. »Es war nur einmal, und ich hab sofort Schluss gemacht. Holden, Schatz, es tut mir so leid.« Ich wusste nicht, wieso ich ihm all das sagte. Er hatte mich ja nicht mal danach gefragt. Vielleicht hoffte ich, es würde ihn interessieren. Vielleicht hoffte ich, es war noch nicht zu spät. Doch um ihn um Verzeihung zu bitten, hatte ich nicht den Mut.

»Holden«, flehte ich erneut. »Bitte sag was. Es tut mir so unendlich leid.«

Ich presste den Hörer ganz dicht an mein Ohr. Lauschte seinem Atem. Ein und aus und ein und aus.

»Ich kann das nicht mehr.« Seine Stimme war kaum mehr als ein Flüstern. »Ich kann nicht mehr.«

»Was soll das heißen?«, fragte ich, als er nicht mehr weitersprach.

Er ließ sich Zeit mit seiner Antwort. »Wir haben uns gegenseitig so sehr wehgetan, Annie. Ich habe einfach keine Kraft mehr, etwas aufrechtzuerhalten, das schon längst verloren ist.«

Ein neuer Weinkrampf überkam mich. »Bitte, Holden, bitte sag das nicht. Ich liebe dich. Ich liebe dich so sehr.«

Er nahm einen tiefen Atemzug.

»Leb wohl, Annie.«

Das war das Letzte, das ich hörte, dann legte er auf.

Tage gingen in Nächte über, und Nächte wurden wieder zu Tagen. Alles zog an mir vorbei. Sobald ich im Labor war, legte ich einen Schalter um und funktionierte, bis der Arbeitstag zu Ende war und alle Aufgaben abgearbeitet. Meine Mitarbeiter merkten sicher, dass etwas mit mir nicht stimmte. Einmal erwischte ich sie sogar dabei, wie sie hinter meinem Rücken über mich tuschelten. Aber niemand sprach mich darauf an. Wann immer mir jemand zu nahe trat und ein Gespräch in Richtung Privatleben abzudriften drohte, zog ich die Notbremse und ließ den Boss heraushängen. Ob ich mich damit beliebt machte oder nicht, war mir scheißegal. Schließlich hatte man diese Leute zum Arbeiten eingestellt und nicht zum Quatschen. Schon gar nicht über Privates. Bald schon hatte ich mir so einen Ruf als Eiskönigin eingefangen, aber auch das störte mich nicht. Im Gegenteil. So ließ man mich wenigstens in Ruhe. Ich brauchte niemanden, der mit mir essen ging, da ich ohnehin die Mittagspausen durcharbeitete, und auch zum Feierabend kam niemand auf die Idee, mich zu fragen, ob ich irgendwohin mitgehe. Ganz abgesehen davon, war ich sowieso meist die Letzte, die ging. Den ganzen Tag über lief ich wie eine Maschine. Doch sobald ich alleine in meinem Apartment im siebzehnten Stock saß und keine Ablenkung mehr hatte, traf es mich mit voller Wucht. Nacht für Nacht weinte ich mich in den Schlaf, zerfloss in Selbstmitleid und begrub mich mit Vorwürfen.

Seth versuchte es noch ein paarmal. Rief mich an und stand sogar zweimal vor meiner Tür. Doch irgendwann ließ er es gut sein und sah ein, dass es besser war, sich anderen Dingen zuzuwenden, anstatt seine Zeit mit einem emotionalen Totalschaden wie mir zu vergeuden. Einmal spielte ich mit dem Gedanken, mich umzubringen, verwarf ihn aber schnell wieder. Damit hätte ich Holden nur noch mehr verletzt, als ich es ohnehin schon getan hatte. Ich hatte alles zerstört, was wir hatten und jemals gehabt haben könnten. Ich hatte alles aufs Spiel gesetzt – und alles verloren.

Es war ein verregneter Mittwochnachmittag, ich saß gerade über meinem monatlichen Bericht an die Geschäftsführung, als das Display meines Handys aufleuchtete. Fast schon genervt warf ich einen Blick darauf – und erstarrte. Es war Holden. Ich fuhr hoch. Mein Herz drohte aus meiner Brust zu springen. Mit zitternden Händen griff ich nach dem Telefon, versagte zweimal und schaffte es dann schließlich, den Anruf mit einem Fingerwisch über das Display anzunehmen. Ich hielt das Handy ans Ohr, brachte aber keinen Ton über die Lippen. Ich zitterte am ganzen Körper. Am anderen Ende der Leitung war es totenstill – dann hörte ich ihn leise atmen. Minutenlang stand ich einfach nur da, das Handy fest an mein Ohr gedrückt, und lauschte seinen ruhigen, gleichmäßigen Atemzügen.

Als Holden schließlich sprach, sagte er nur fünf Worte: »Bitte komm nach Hause, Annie.«

Ein Schluchzen stieg in mir auf, und ich presste die Hand vor den Mund, während aus meinen zusammengekniffenen Augen heiße Tränen über mein Gesicht strömten.

Ich nickte. »Okay«, antwortete ich schließlich und presste die Hand noch fester auf meinen Mund.

KAPITEL 24

Früher dachte ich, in einer Beziehung gehe es darum, auch nach etlichen Jahren noch ständig Schmetterlinge im Bauch zu haben. Dieses Gefühl des Hals-über-Kopf-Verliebtseins für immer einzufrieren und jedes Mal Herzklopfen und Schnappatmung zu bekommen, wenn *er* den Raum betritt. Jede Nacht eng umschlungen im selben Bett zu schlafen – wenn man überhaupt zum Schlafen kommt – und sich morgens als Erstes verliebt in die Augen zu schauen.

Aber so ist das nicht.

Nicht wirklich.

Denn die Schmetterlinge verschwinden irgendwann, der Herzschlag beruhigt sich, und man ist auch mal ganz froh, seine Ruhe zu haben und einfach etwas Zeit mit sich selbst zu verbringen. Die Leidenschaft flacht ab, man schläft nicht mehr jede Nacht miteinander und dreht sich morgens auch mal schlecht gelaunt weg, in der Hoffnung, dass der andere noch für ein paar Minuten die Klappe hält. Manchmal ist man sogar froh, wenn er hin und wieder für ein paar Stunden verschwindet.

Irgendwann kommt in jeder Beziehung der Punkt, da man aufhört, sich in jeder Sekunde um den anderen zu bemühen, und dann zeigt man sich gelegentlich auch von einer anderen, weniger schönen Seite. Die ungeschminkte, schlecht gelaunte, pupsende und unordentliche Wahrheit. Es gibt nicht mehr nach jedem Streit großartigen Versöhnungssex, bei dem man sich ewige Liebe schwört und beteuert, dass man sterben würde, sollte man den anderen verlieren. Nein. Manchmal bleiben die Dinge unausgesprochen und ungeklärt. Damit muss man zu leben lernen. Denn das Verliebtsein verschwindet irgendwann. Doch an seine Stelle tritt etwas anderes. Dein Herz schlägt nicht mehr bis zum Hals, wenn er dich berührt. Stattdessen fühlst du dich in seiner Nähe wohl und sicher. Man fällt nicht mehr gierig übereinander her, sondern liegt gemeinsam in Jogging-klamotten unter einer dicken Wolldecke auf der Couch und sieht sich alte Filme an, während er hin und wieder schweigend durch deine Haare fährt. Die Nächte verbringt man nicht mehr so eng umschlungen, dass man die Luft des anderen einatmet. Man verbringt sie nebeneinander, Seite an Seite, manchmal voneinander abgewandt. Hin und wieder boxt du ihn vielleicht sogar, damit er aufhört zu schnarchen. Doch dann gibt es wieder Nächte, in denen man den Kopf auf seine Brust bettet, im Schlaf nach seiner Hand greift oder ihn an sich zieht, um ihn ganz nah bei sich zu spüren. Es fühlt sich nicht mehr an wie ein Feuerwerk – es fühlt sich an wie Heimat. Geborgenheit.

Die Küsse sind seltener stürmisch und leidenschaftlich. Aber es gibt sie jetzt in tausend Facetten. Es gibt warme Küsse nach dem Aufwachen, Pfefferminzküsse beim Zähneputzen, kalt-klebrige Küsse über Eisbechern im Sommer. Es gibt »Ich bin spät dran«-Küsse und verschlafene »Ich hab dir einen Kaffee gemacht«-Küsse. Es gibt »Schlaf gut«-Küsse und »Du bist so süß, wenn du tollpatschig bist«-Küsse. Es gibt »Weil Tiere und Kinder dich lieben«-Küsse, »Danke, dass du die verletzte Taube zum Tierarzt gebracht hast«-Küsse und »Weil du der Frau im Rollstuhl geholfen hast, in den Bus zu steigen«-Küsse.

Man verteilt nicht mehr überall in der Wohnung Ich-liebe-dich-Post-its, sondern lacht stattdessen über schräge Insider-witze. Man schwebt nicht mehr auf Wolke sieben, sondern erschafft sich eine eigene kleine Welt.

Beziehungen sind nicht wie im Märchen. Es gibt kein *happily ever after*. Kein ewig andauerndes Feuerwerk. Aber es gibt den ruhigen, gleichmäßigen Rhythmus zweier Herzen, die im Einklang schlagen.

»Darf ich?«, fragte ich den Fahrer.

Als er nickte, kurbelte ich das Fenster herunter, ließ die Frühlingsluft über mein Gesicht strömen und schloss die Augen. Ich atmete ein und spürte nur den Wind in meinen Haaren. Ich hatte gleich den ersten Flug gebucht. Hatte meine sieben Sachen in meinen Koffer gestopft und ein Taxi gerufen, das mich nun zum Flughafen brachte.

»Wo fliegen Sie denn hin?«, fragte der Fahrer und grinste über meine Kopf-aus-dem-Fenster-Nummer.

»Nach Hause«, antwortete ich. »Nach Hause.«

Als ich aufwachte, rieb ich mir die Augen und streckte mich. Zumindest so weit die beschränkten Ausmaße meines Economy-Class-Sitzplatzes es mir erlaubten. Wie lange hatte ich geschlafen? Ich hatte mein Zeitgefühl völlig verloren. Grobmotorisch griff ich nach meiner Jacke und tastete sie ab, bis ich auf mein Handy stieß. Es war schon nach halb zehn. Ich stutzte. Sollten wir nicht längst gelandet sein? Ich kramte weiter in meinen Jackentaschen und zog schließlich mein Flugticket hervor. Ja, als Ankunftszeit war 20.55 Uhr angegeben. Wir waren schon über eine halbe Stunde zu spät und, soweit ich das beurteilen konnte, noch nicht einmal im Sinkflug. Automatisch sah ich mich um, und erst jetzt merkte ich, dass die anderen Fluggäste, sofern sie nicht schliefen, einen seltsam unruhigen, ja fast schon ängstlichen Eindruck machten. Was war hier los?

Die Sitznachbarin zu meiner Rechten, eine etwa fünfzigjährige Britin namens Linda, mit der ich mich beim Start kurz unterhalten hatte, rief mit einem penetranten »Miss, Miss« ständig nach der Stewardess, die ungewöhnlich hektisch den Gang auf und ab schritt und immer wieder für ein paar Sekunden in der Pilotenkabine verschwand. Der Junge hinter mir plapperte aufgeregt mit seiner Mutter, und vor mir sahen sich zwei ältere Damen ständig in alle Richtungen um. Alle schienen irgendwie angespannt.

»Sehr geehrte Damen und Herren«, ertönte die Stimme des Kapitäns über den Bordlautsprecher. »Im Moment können wir aus sicherheitstechnischen Gründen leider nicht wie geplant in Boston landen.«

»Aus sicherheitstechnischen Gründen? Was soll das heißen?«, fragte meine Nebensitzerin Linda aufgebracht.

»Unser Ausweichflughafen ist Norwood Memorial«, tönte die Stimme des Kapitäns, begleitet von einem rauschenden Dauerton. »Dort stehen Shuttlebusse für Sie bereit.«

»Was heißt aus sicherheitstechnischen Gründen?«, verlangte Linda zu wissen und hielt eine vorbeikommende Stewardess grob am Arm fest.

»Ich … ich habe leider keine genaueren Informationen«, antwortete diese, doch ihr Gesichtsausdruck sprach eine andere Sprache. Sie wusste genau, was hier vor sich ging. Und es schien auch ihr Angst zu machen. Mit einem Ruck befreite sie ihren Arm aus dem Griff der Lady neben mir und wandte sich dann an alle Fluggäste.

»Bewahren Sie Ruhe«, bat sie. »Sobald wir in Norwood gelandet sind, erhalten Sie nähere Informationen.«

Meine Nebensitzerin wurde nun regelrecht hysterisch. »Was ist hier los? Sagen Sie uns, was hier los ist!«, schrie sie.

»Es gibt keinen Grund zur Beunruhigung«, log die Stewardess. »Bleiben Sie auf Ihrem Platz, und schnallen Sie sich an. Wir beginnen in Kürze mit dem Landeanflug.«

Ich war wie erstarrt. Apathisch griff ich nach den beiden Gurtenden und steckte sie zusammen. Was immer hier los war, es war ernst.

»Glauben Sie, wir haben eine Bombe an Bord?«, fragte mich der Herr zu meiner Linken flüsternd, während die Dame zu meiner Rechten mittlerweile in panisches Hyperventilieren verfallen war.

»Beruhigen Sie sich«, redete die Flugbegleiterin wie ein Mantra auf sie ein.

»Eins ist klar«, fuhr der ältere Herr ungerührt fort. »Entweder sind wir eine Gefahr für den Flughafen, oder der Flughafen ist eine Gefahr für uns.«

»Wie meinen Sie das?«, hakte ich nach. Erst als ich hörte, wie meine Stimme zitterte, wurde mir klar, wie viel Angst ich hatte.

»Na ja, entweder haben wir das Problem am Bord«, bei dem Wort *Problem* zeichnete er imaginäre Anführungszeichen in die Luft, »oder da unten stimmt was nicht.«

Im selben Moment sprang eine junge Frau auf, hielt das Smartphone in ihrer Hand hoch und brüllte: »Es gab einen Anschlag!«

»Wo?«, fragte jemand.

»Auf den Boston International Airport.«

KAPITEL 25

Meine Augen fühlten sich trocken an. Bei jedem Blinzeln kratzten die Lider über meine Augäpfel.

»Nein«, sagte ich immer wieder und schüttelte den Kopf. Unaufhörlich, einem Roboter gleich.

»Nein. Nein. Nein.«

»Annie.« Graces Stimme war ganz sanft. Sie nahm meine Hand.

»Nein.« Ich klang bestimmt. Mein Nein glich mehr einem Befehl als einem einfachen Nichtwahrhabenwollen. Als könnte ich dem Schicksal gebieten. Als hätte ich die Macht, dem Tod zu verbieten, mir meinen Mann zu nehmen. Meinen Holden.

»Nein!«

»Annie.« Tränen liefen über Graces schönes Gesicht. Ihr Griff um meine Hand wurde fester. Noch fester. Dann zerrte sie an meinem Arm.

»Annie, bitte. Komm zu dir«, flehte sie mich an.

Unentwegt schüttelte ich den Kopf. »Nein. Das kann nicht sein. Das *darf* nicht sein.«

Ich weiß nicht, wie lange das schon so ging. Vielleicht Stunden, vielleicht auch Tage. Tage, in denen mein Verstand sich weigerte zu glauben, was meine Seele längst wusste. Ich wusste es, weil es sich anfühlte, als hätte mir jemand das Herz aus der Brust gerissen und dort nichts zurückgelassen als eine klaffende, blutende Wunde. Ein tiefes schwarzes Loch. Nichts als Leere. Und den Nachhall all der Gefühle, zu denen ich einst fähig gewesen war. »Nein. Nein. Nein.« Ich wiederholte das Wort wie ein Mantra. Das, wenn ich es nur oft genug sagte, ungeschehen machen könnte, was passiert war.

»Annie, hör mir zu.« Grace zerrte so fest an meinem Arm, dass er fast aus dem Schultergelenk rutschte. Mit der anderen Hand packte sie mein Kinn, zwang mich, sie anzusehen. In ihren Augen schwammen Tränen.

Mein Blick verschwamm. Es war mir fast unmöglich, etwas zu fokussieren.

»Annie, komm zu dir«, forderte Grace, und ihre langen Finger bohrten sich in meine Kiefergelenke.

Doch wieder wandte ich den Blick ab. »Nein.« Ich schüttelte den Kopf. Wenn ich aufhörte, es zu leugnen, wäre es wahr – und alles wäre vorbei. Die Liebe, die wir füreinander empfanden, das Leben, das wir uns gemeinsam aufgebaut hatten ... alles wäre vorbei.

»Wach auf, Annie.« Grace strich mir übers Haar. Sanft lächelnd sah sie auf mich herunter. »Es ist so weit.«

Ich blinzelte, dann starrte ich zur Decke.

Es ist so weit ...

Heute ist es so weit ...

Heute sollte Holden beerdigt werden.

Vier Tage war es nun her, dass eine Gruppe schwer bewaffneter Terroristen den Bostoner Flughafen gestürmt, mit Maschinengewehren um sich geschossen und dann, im Abstand von je viereinhalb Minuten, nacheinander drei Bomben gezündet hatten. Eine vor der Sicherheitskontrolle, eine in der Abflug-

und die dritte in der Ankunftshalle. Sie waren tot. Alle, die dort gewartet hatten, um jemanden abzuholen, waren tot. Holden war tot.

Als die Erkenntnis anfing, in mein Bewusstsein zu dringen, verschloss ich meinen Geist. Vor der Wahrheit. Vor dem Schmerz. Tief in mir wusste ich, dass er mich zerschmettern würde, wenn ich den Schmerz jetzt zuließ. Er würde mich zermalmen. Ich schloss die Augen, wollte nichts sehen, nichts hören, nichts fühlen. Ich wollte einfach nur schlafen.

»Du musst jetzt aufstehen«, sagte Grace bestimmt und zog mich hoch. Ich ließ es geschehen. Sie half mir beim Aufstehen, führte mich ins Badezimmer, setzte mich in die Badewanne und wusch mich wie eine Mutter ihr Kleinkind. Dann kämmte und föhnte sie mir das Haar und half mir dabei, mich anzuziehen. Eine schwarze Strumpfhose, darüber das schwarze Blusenkleid, das ich getragen hatte, als Seth und ich …

»Nicht das«, sagte ich.

Grace fixierte mich. Das waren die ersten vernünftigen Worte, die ich seit Tagen gesagt hatte.

»Okay«, sagte sie schnell, sprang auf und öffnete die Türen meines Kleiderschrankes.

»Das hier?« Sie hielt einen Bügel hoch, an dem ein schwarzes Wollkleid hing.

Ich nickte, und sie streifte es mir über den Kopf.

Es klingelte an der Tür.

»Bin gleich wieder da«, sagte Grace und eilte hinaus.

In meiner dumpfen Taubheit blieb mir nichts anders übrig, als auf dem Bett sitzen zu bleiben. Ich glaubte, die Stimmen meiner Eltern zu erkennen und Corinnes. Dann war da noch eine, eine Männerstimme, die ich kannte, aber nicht sofort zuordnen konnte.

Ich hörte, wie sie darüber diskutierten, ob man mir für die Beerdigung ein Beruhigungsmittel verabreichen sollte. Doch da ich ohnehin schon völlig neben mir stand und praktisch nicht ansprechbar war, entschieden sie sich letztlich dagegen. Grace befürchtete, es würde mich komplett ausknocken.

»Ihr fahrt am besten schon mal vor«, sagte sie mit einem Unterton, der keinen Widerspruch duldete. »Ich will ihr nicht zu viel zumuten.«

Ein kurzes Gemurmel und Geflüster folgten, dann wurde die Tür zugezogen, und es war still.

Einen Moment später war Grace wieder bei mir. »Na komm, gehen wir.«

Nur undeutlich nahm ich wahr, wie viele Menschen gekommen waren, um Holden die letzte Ehre zu erweisen. Bekannte und unbekannte Gesichter – sie alle verschwammen zu einer unwirklichen Kulisse.

Graces Arm lag unter meinem, den andern hatte sie um meine Schulter gelegt. Was der Pfarrer sagte, verstand ich nicht. Nur hin und wieder hörte ich hin, als ich meinen Namen hörte in Verbindung mit den Worten *die geliebte Ehefrau des Verstorbenen.*

Das war ich also jetzt: die geliebte Ehefrau eines Verstorbenen. Dieser Pfarrer hatte doch überhaupt keine Ahnung. Er kannte weder mich, noch hatte er Holden gekannt. Er wusste nichts über uns, über unsere Ehe, nichts über die Höhen und Tiefen, die wir gemeinsam durchgestanden hatten, nichts über die Verletzungen, die wir uns gegenseitig zugefügt hatten, nichts darüber, wie sehr wir uns geliebt hatten.

Geliebte Ehefrau des Verstorbenen. Unwillkürlich ballten sich meine Hände zu Fäusten. Was bildete sich dieser Pfaffe ein? Nichts wusste er! Gar nichts!

Dass meine Knie zitterten, merkte ich erst, als alles um mich herum zu schwanken begann.

»Ist alles in Ordnung?«, flüsterte Grace mir ins Ohr.

Ob alles in Ordnung ist? War das ihr Ernst?!

Mein Mann ist tot – nie mehr wird etwas in Ordnung sein!

Am liebsten hätte ich sie angeschrien. Doch offenbar hatte mein Mund vergessen, wie man spricht. Geschweige denn, wie man jemanden anbrüllt.

Als der Sarg hinuntergelassen wurde, war die Luft erfüllt von Weinen und Wehklagen. Und das machte mich wütender, als ich es in meinem Leben jemals gewesen war.

Was bildeten sich diese Arschlöcher ein, hier so rumzuheulen? Das war *mein* Verlust. *Ich* hatte meinen Mann verloren. Diese Heuchler würden nachher alle nach Hause gehen, sich vor dem Spiegel noch einmal darüber freuen, wie gut sie in Schwarz aussahen, und dann zum Alltag übergehen. *Business as usual* – so, als wäre nichts geschehen. Als hätte es Holden nie gegeben.

Meine Beine sackten weg. Grace versuchte, mich einigermaßen aufrecht zu halten, doch sie hatte nicht genug Kraft. Dann war plötzlich jemand an meiner anderen Seite. Starke Arme schoben sich unter meine Schultern und hoben mich mühelos hoch. Ein Schrei durchschnitt die Stille. Ein herzzerreißender, markerschütternder Schrei. Ich brauchte eine Weile, um zu verstehen, dass ich es war, die geschrien hatte. Eine harte Brust drückte sich in meinen Rücken.

»Beruhige dich!«, befahl eine Männerstimme, und dann erkannte ich ihn. Colin.

Er hielt mich mit übermenschlicher Kraft, drückte meine Arme ganz fest gegen meinen Körper, während ich tobte, schrie und um mich schlug. Meine Fingernägel gruben sich in meine Wangen, und ich kratzte mir über das Gesicht, dass es brannte. Nur unscharf nahm ich die mitleidigen Blicke wahr, die die Leute mir zuwarfen, als sie an mir vorbeigingen.

Colin hielt mich, als ich in tausend Stücke zerbrach. Mein Atem ging immer schneller, immer flacher.

»Sieh mich an.« Colin drehte mich herum, seine Finger lagen wie Klammern um meine Schultern.

Ich hyperventilierte, glaubte zu ersticken.

»Sieh mich an, Annie! Sieh mich an.«

Irgendwie schaffte ich es, den Blick zu heben. Kein Funke Sauerstoff drang bis in meine Lungen vor.

»Beruhige dich«, sagte er wieder, doch nun klang seine Stimme sanfter.

Gleichzeitig griff Grace nach ihrem Handy. »Beruhige dich«, sagte auch sie und hielt sich das Handy ans Ohr.

»Hallo. Wir brauchen dringend einen Krankenwagen. Meine Freundin hat …«, sie sah mich an, »… einen Kreislaufzusammenbruch. Ja. Copp's-Hill-Friedhof. Bitte kommen Sie schnell.«

Verzweifelt versuchte ich zu Atem zu kommen.

»Beruhige dich. Sie sind gleich da.«

Colin hielt meinen bebenden Körper. Noch immer fühlte es sich an, als hätte ich eine Blockade in meiner Luftröhre. Nichts drang bis in meine Lungen vor. Ich spürte noch, wie ich die Augen verdrehte, dann wurde es dunkel.

Das Erste, das ich wahrnahm, war das Gras unter meiner Wange. Ich öffnete die Augen. Meine Lider flatterten.

»Was …?« Ich versuchte, mich aufzusetzen.

»Bleiben Sie liegen, Miss«, befahl eine fremde Stimme. Ich brauchte ein paar Sekunden, um ihr ein Gesicht zuzuordnen. Zwei Sanitäter und ein Notarzt hatten sich über mich gebeugt. Einer nestelte an meinem Arm herum. Eine Infusionsnadel steckte in meiner Vene. Der andere löste gerade die Blutdruckmanschette von meinem andern Arm mit dem unverkennbaren Geräusch eines ruckartig aufgerissenen Klettverschlusses.

»Sie hatten einen Zusammenbruch«, erklärte der Notarzt. »Wir bringen Sie jetzt ins Krankenhaus.«

Im nächsten Moment floss ein warmes, kribbelndes Gefühl durch meine Adern.

Meine Atmung gehorchte, und ich spürte den Sauerstoff in meinen Lungen. Ein Moment der Ruhe folgte, in dem ich wieder zu Atem kam. Einatmen. Ausatmen. Einatmen. Ausatmen. Das war alles, wozu mein Gehirn fähig war. Und wieder wurde es um mich herum dunkel.

»Sie wacht auf!«, rief Grace aufgeregt.

Holden ist tot.

Das war mein erster Gedanke. Was ich bis jetzt mit aller Kraft zu leugnen versucht hatte, traf mich nun mit voller Wucht.

Mein Mann ist tot.

Wellen des Schmerzes brachen über mich herein, überfluteten mich, zogen mich in die Tiefe. Die Verzweiflung bahnte sich einen Weg aus meinem Inneren und ergoss sich in heißen Tränen über mein Gesicht. Das Salz brannte auf meiner zerkratzten Haut.

Grace schlang ihre kräftigen Arme um mich, und ich weinte an ihrer Schulter. Minutenlang sagte sie kein Wort. Hielt mich einfach fest.

»Es wird besser werden«, flüsterte sie mir irgendwann ins Ohr. »Es kommt der Tag, an dem es nicht mehr so wehtun wird wie am Tag davor.« Sie holte tief Luft. Atmete mit mir. »Es wird besser werden. Das verspreche ich dir.«

Ihre Worte hatten etwas Tröstliches, doch sie hatte damit auch das ausgesprochen, wovor ich am meisten Angst hatte. Holden zu vergessen. Ihn zu einer Erinnerung verblassen zu sehen. Sein Gesicht, den Geruch seiner Haut, den Schwung seiner Lippen, die kleine Narbe über seinem rechten Ohr. Mit dem Tag, an dem es nicht mehr so wehtun würde wie an dem Tag davor, würden auch diese Dinge beginnen zu verschwinden. Das Leben würde weitergehen. Und Holden war nicht mehr da.

Die Tür ging auf, und eine rotblonde Frau mit klugen Augen und weißem Kittel kam herein.

Sofort sprang Grace auf. »Was fehlt ihr?«, fragte sie, kaum dass die Ärztin den Raum betreten hatte.

»Das würde ich gerne mit Mrs Crane unter vier Augen besprechen.«

Grace stutzte, guckte zuerst irritiert, dann beleidigt, verließ aber schließlich ohne Protest das Krankenzimmer.

Dr. Greyson, so stand es zumindest auf dem Namensschild an ihrem Kittel, wartete, bis die Tür geschlossen war, dann wandte sie sich mir zu. »Wir haben einige Untersuchungen durchgeführt«, begann sie. »Ihr Eisenwert ist zu niedrig, und Sie leiden unter Kaliummangel, was bedeutet, dass Sie ihre Flüssigkeitszufuhr deutlich erhöhen müssen.«

Ich zog die Brauen zusammen. »Mehr trinken? Das ist alles?« Um mir das zu sagen, hätte sie Grace nun wirklich nicht rausschicken müssen.

»Nein. Bei dieser Art von großem Blutbild wird routinemäßig auch ein Schwangerschaftstest durchgeführt. Und ihr HCG-Wert ist deutlich erhöht.«

Fassungslos starrte ich sie an.

»Sie sind schwanger«, sagte die Ärztin, als glaubte sie, ich hätte es noch nicht kapiert.

Ich wollte etwas darauf erwidern, doch ich brachte keinen Ton heraus und starrte sie nur entsetzt an. Ich fühlte mich, als hätte sie mir ins Gesicht geschlagen.

Dr. Greyson räusperte sich verlegen. »Für weitere Untersuchungen werde ich Sie an die Gynäkologie überweisen.«

Aus meiner Krankenakte wusste sie, dass ich unter posttraumatischem Stress litt, verursacht durch den Tod meines Ehemannes. Grace hatte das bei meiner Einlieferung alles haarklein erzählt. Sie wusste es – das war wohl auch der Grund, weshalb sie sich das obligatorische *Herzlichen Glückwunsch!* verkniff. Eines wusste sie jedoch nicht. Und zwar, dass ich Holden betrogen hatte. Dass ich mit einem anderen geschlafen hatte.

Niemand wusste davon. Niemand außer Holden, Seth und mir. Sobald sich dieser Gedanke in mein Bewusstsein drängte, überströmte mich neben der unsagbaren Trauer, die in den letzten Tagen zu einem treuen Begleiter geworden war, eine entsetzliche Mischung aus Scham und Verzweiflung.

»Wir machen einen Ultraschall, dann wissen wir Genaueres«, sagte die Ärztin in jenem professionellen, beinahe autoritären Ton, den man fast ausschließlich von Medizinern und Juristen kennt.

Sie griff nach dem tragbaren Telefon in ihrer Brusttasche. »Hier Grayson von der Inneren. Ich habe eine Patientin, die ich gern zu euch in die Gyn schicken würde.« Sie hörte zu, dann nickte sie. »Hm. Crane, Anna-Marie. Ja. Deutlich erhöhter HCG.« Sie blätterte in meiner Krankenakte. »Schwindel, Ohnmacht, Übelkeit, Gewichtsverlust und Verdacht auf PTBS.« Sie runzelte die Stirn. »Gut. Wer hat Dienst? Okay. Ich schicke sie rüber.« Sie steckte das Telefon wieder in ihre Brusttasche.

»Sie können gleich rüber in die Gynäkologie. Ich muss auch in die Richtung. Ich begleite Sie.«

Bis jetzt hatte ich kein Wort gesagt. Das Erste, das ich hervorbrachte, war ein halb verschlucktes »Danke«, als sie mir auf meine wackligen Beine half. Auf dem Gang setzte sie mich in einen Rollstuhl und schob mich, an der völlig entgeistert dreinschauenden Grace vorbei, den tristen Flur entlang zur Gynäkologie. Was mir Grace nachrief, konnte ich durch den Dunstnebel meiner verworrenen Gedanken nicht verstehen. Dort angekommen, ließ ich mich wie einen Zombie aus dem Rollstuhl hieven.

»Guten Tag, mein Name ist Dr. Reginald Summers.« Ein grauhaariger Arzt mit britischem Akzent und einem freundlichen, von Lachfalten durchzogenen Gesicht streckte mir seine Hand entgegen. »Ich werde Sie jetzt untersuchen. Bitte nehmen Sie Platz.«

Ich setzte mich auf den Untersuchungsstuhl, spreizte die Beine und stellte meine Füße auf die dafür vorgesehenen Stützen. Der Arzt führte den Schallkopf ein und begann mit der

Untersuchung. Minutenlang saß ich schweigend auf diesem Untersuchungsstuhl und versuchte zu begreifen, was hier gerade vor sich ging. Dann endlich, nach einer quälenden Ewigkeit, war mein Gehirn imstande, die eine, die alles entscheidende Frage zu formulieren: »Wie lange bin ich schon schwanger?«

»Sie sind in der … lassen Sie mich kurz schauen.« Dr. Summers drückte einen Knopf auf seinem Ultraschallgerät, zog eine Linie über den Bildschirm und drückte den Knopf erneut, als würde er etwas vermessen. »In der siebzehnten Woche. Der voraussichtliche Entbindungsterm …«

»Siebzehn Wochen«, wiederholte ich geistesabwesend und blendete alles andere aus. *Siebzehn Wochen* – dazu musste ich nicht einmal nachrechnen.

Das war Holdens Baby.

»Hier sehen wir das Herzchen. Es schlägt munter.«

Ich bin schwanger. Mit Holdens Baby.

»Die Fruchtwassermenge ist in Ordnung. Die Entwicklung ist zeitgerecht. Die …«, der Arzt stutzte. »Mrs Crane?«

»Ja?« Ich fühlte mich, als stünde ich unter Drogen.

»Wollen Sie denn gar nicht hinsehen?«, fragte er verwundert.

Ich blinzelte. *Hinsehen? Wo denn hinsehen,* dachte ich. Dann wurde mir klar, dass er den kleinen Bildschirm meinte, der mein, der *unser* Kind zeigte.

Ich schluckte trocken und hob den Blick. Vorsichtig wanderten meine Augen hinüber zu dem grauschwarzen Muster auf dem Monitor. Dann sah ich es. Sah das kleine Lebewesen in meinem Bauch, die klitzekleinen Ärmchen und Beinchen und wie sie zappelten. Das kräftige, gleichmäßige Pochen des winzigen Herzchens …

Ich sah hin, und in diesem Moment wusste ich, dass ich dieses Kind liebte – von seinem ersten Herzschlag an bis zu meinem letzten.

353

KAPITEL 26

Die Zeit vergeht. Sekunden werden zu Minuten, Minuten werden zu Stunden, Stunden zu Tagen und Tage zu Wochen. Die Zeit vergeht. Unerbittlich. Immer im gleichen Rhythmus. Sie schert sich einen Dreck darum, wie es dir dabei geht. Manchmal mögen dir Sekunden vorkommen wie Stunden, und manchmal vergehen ganze Tage so schnell wie Minuten. Die Zeit kümmert das nicht. Für jeden von uns tickt die Uhr gleich schnell. Oder langsam. Je nachdem, wie wir es in diesem Moment empfinden.

Der Kellner stellte mir ein Bier hin. Ich hielt es für einen Scherz und lachte mühevoll. Er gehörte wohl zu der Kategorie *besonders witziger Kellner*. Als er nicht zu verstehen schien, deutete ich auf meinen kugelrunden Bauch.

»Ist doch kein Problem«, sagte er, als hätte ich mich gerade mit einem unbeholfenen Lachen dafür entschuldigt, dass ich hochschwanger ein Bier bestellt hatte.

»Ich habe ein kleines Wasser bestellt«, entgegnete ich trocken.

»Wirklich?« Er schien verwundert. Nervös blickte er auf seinen Zettel. »Dann war das für Tisch vier ... Ein kleines Wasser, sagten Sie?«

»Ein kleines Wasser«, wiederholte ich und überlegte schon, ob ich einfach gehen sollte. Als ob es nicht schon unangenehm genug wäre, als hochschwangere Frau ganz alleine essen zu gehen. Hatte etwas von Zirkusattraktion.

Kommen Sie ran, kommen Sie ran! Für einen Dollar sagt Ihnen die Schwangere, warum sie ganz alleine hier sitzt! Für zwei Dollar erfahren Sie, was mit ihrem Mann passiert ist! Und für nur drei Dollar dürfen Sie ihr an den Bauch fassen!

Es war ein Trauerspiel. Aber zu Hause hatte ich es einfach nicht mehr ausgehalten. Ich hatte die letzten Wochen liegen müssen, da durch den ganzen Stress ein stark erhöhtes Frühgeburtsrisiko bestand. Tapfer hatte ich mich an die Anweisungen meines Arztes gehalten und war lediglich zum Pinkeln, Duschen und Essen kurz aufgestanden. Aber nun fiel mir die Decke auf den Kopf. Ich musste raus. Außerdem waren es nur noch drei Wochen bis zum errechneten Entbindungstermin, und meinetwegen konnte das Baby ruhig kommen.

Die Lust an meinem Restaurantbesuch war mir vergangen. Ich schlang meine Nudeln hinunter, bezahlte und ging. Wahrscheinlich war es mir bei dieser Aktion eher darum gegangen, mir selbst zu beweisen, dass ich niemanden brauchte. Doch in Wahrheit fand ich es einfach nur doof, mit einem dicken Bauch allein im Restaurant zu sitzen und mich von allen Seiten mitleidig anstarren zu lassen, als wäre ich der Paradefall für einen Spendenaufruf im Fernsehen. Oder eine schräge Reality Show.

In den vergangenen Wochen war Grace fast täglich mit Gabriel vorbeigekommen. Sie hatte meinen Haushalt geschmissen, während ich Gabe etwas vorgelesen oder mir mit ihm einen Disney-Film angesehen hatte. Sie war für mich da – und obwohl ich mich fast schämte, schon wieder bei ihr auf der Matte zu stehen, stand ich nun vor ihrer Haustür und klingelte.

»Ja?«, fragte sie über die Gegensprechanlage.

»Hi, Gracie«, ein verlegenes Räuspern folgte, »ich bin es.«
Das Summen des Türöffners ertönte. Ich ging nach oben.

»Annie!«, rief Grace überrascht. Sie kam mir entgegen und half mir die letzten Stufen hoch. »Ist alles in Ordnung?«

»Ja. Ich musste nur mal raus. Ich hoffe, ich störe nicht.«

»Nein, natürlich nicht«, beteuerte sie, doch ich wurde das Gefühl nicht los, dass das nicht ganz der Wahrheit entsprach.

»Ist Gabe schon im Bett?«, fragte ich, als ich ihn in der Wohnung nirgends entdeckte.

»Er ist übers Wochenende bei meiner Mom«, erklärte sie und blickte dann auf den Boden.

Misstrauisch sah ich sie an. Erst jetzt fiel mir auf, wie gut sie aussah. Rote Lippen, perfekter Lidstrich, kleines Schwarzes. So hatte sie sich seit Wochen nicht rausgeputzt.

»Hast du ein Date oder so?«

»Ein Date?«, wiederholte sie, als hätte sie nicht die leiseste Ahnung, wovon ich sprach.

»Grace.« Mit hochgezogenen Augenbrauen sah ich sie an.

»Es ist kein richtiges Date«, rückte sie nun endlich mit der Sprache raus. »Ein … Freund kommt übers Wochenende zu Besuch.« Sie schluckte. »Du kennst ihn sogar.«

»Ach ja?« Ich bekam das Grinsen gar nicht mehr aus dem Gesicht.

Grace kratzte sich am Hinterkopf.

»Wer ist es?«, wollte ich wissen.

»Colin. Maison«, antwortete sie, ohne mich anzusehen.

Ich riss die Augen auf. »Colin? Der Colin aus Lakewood? Der Bruder meiner Freundin Corinne?«

»Äh, ja, der. Willst du was trinken?« Sie drehte sich um und wollte gerade in die Küche.

»Moment.« Ich hielt sie am Arm fest. »Woher kennt ihr euch denn?«

Grace schnaufte. »Von der Beerdigung«, antwortete sie kleinlaut, und da fiel es mir wie Schuppen von den Augen. Colin war dort gewesen. Er hatte mich gehalten, als ich zusammengebrochen war. Ich glaubte sogar, ihn im Krankenhaus auf dem Gang gesehen zu haben.

»Du und Colin«, sagte ich. Mehr zu mir selbst. »Und wie lange geht das schon?« Nicht, dass Grace sich vor mir irgendwie rechtfertigen müsste. Es interessierte mich einfach.

»Wie lange?« Graces Stimme klang viel zu hoch.

»Jetzt sag schon. Du brauchst dich dafür doch nicht zu schämen, oder was es auch immer sonst ist, warum du dich so komisch benimmst.«

Grace atmete geräuschvoll aus, dann sprach sie mit ihrer normalen Stimme.

»Seitdem du im Krankenhaus warst, telefonieren wir regelmäßig. Und das ist jetzt das dritte Mal, dass er mich besuchen kommt.«

»Wow. Dann seid ihr zusammen? So richtig?«

Grace schluckte. »Ich weiß es nicht. Darüber wollten wir dieses Wochenende reden. Wie es mit uns weitergeht und so.«

Ich war sprachlos. Meine Studienfreundin und der Bruder meiner Highschool-Freundin. Damit hätte ich im Leben nicht gerechnet.

Als es klingelte, lief Grace feuerrot an. »Das muss er sein.«

»Soll ich gehen?«

Grace schien einen Moment hin und her gerissen. »Nein. Bleib hier.«

Während sie zur Tür eilte, einen hektischen Blick in den Spiegel warf und dann nach unten stürmte, um Colin in Empfang zu nehmen, setzte ich mich aufs Sofa.

Als die beiden ein paar Minuten später durch die Tür kamen, hatten sie beide gerötete Wangen. Ob von einer leiden-

schaftlichen Begrüßung oder aus Aufregung, mir gegenüberzu-
treten, konnte ich nicht beurteilen.

»Annie«, begrüßte mich Colin und kam schnellen Schrittes
auf mich zu. »Wie schön, dich zu sehen.«

Viel zu abrupt fuhr ich hoch. Ich stand noch nicht richtig,
als ich dieses seltsame Reißen in meinem Inneren spürte. Im
nächsten Moment ergoss sich ein Schwall Flüssigkeit über Graces frisch gewischten Holzfußboden.

»Meine Fruchtblase ist geplatzt!« Entsetzt starrte ich die beiden an. Eine Sekunde standen wir einfach nur da. In Schockstarre. Dann brach Hektik aus. Colin rannte zu mir und stützte
mich, während Grace zum Telefon stürzte und den Krankenwagen rief. Darin hatte sie ja mittlerweile etwas Übung.

Wenn man ein Kind zur Welt bringt, gibt es da diesen Moment.
Diesen einen Moment, in dem du denkst, du schaffst es nicht.
Du stirbst jetzt einfach hier auf diesem beschissenen Kreiß-
bett … und dann … dann hörst du den ersten Schrei deines
Kindes – und die Welt steht still. In diesem einen Moment hört
die Erde auf sich zu drehen, dein Herz hört auf zu schlagen,
und alles um dich herum hört auf zu existieren. Es gibt nur
diesen einen kleinen Menschen, der von jenem Augenblick an
das Zentrum deines Universums ist.

Sicher kennt ihr die Redewendung *Da geht einem das Herz
auf.* Ich habe das immer für eine hohle Phrase gehalten, die
hauptsächlich von alten Leuten benutzt wird, wenn sie einen
Welpen streicheln oder Besuch von ihren Enkeln bekommen.
Und doch, je länger ich darüber nachdenke, desto mehr erscheint
es mir, dass es keine passendere Bezeichnung gibt, um dieses
Gefühl zu beschreiben. Es ist, als wäre mein Herz gefangen gewesen. Als hätte es in Ketten gelegen. In schweren eisernen Ketten. Und allein dieses kleine wunderliche Wesen hat die Macht,
sie zu sprengen. Und genau in dem Moment, in dem du diesem

winzigen Menschen, der über Monate in deinem Körper herangewachsen ist, zum allerersten Mal in die Augen siehst, wird all die Liebe, die du schon immer in dir getragen hast, aber so lange Zeit in ein eisernes Gefängnis gezwängt war, mit einem Schlag freigesetzt. So gewaltig, dass du das Sprengen der Ketten beinahe hören kannst. Ich wusste nicht, zu wie viel Liebe ich fähig bin, bis ich zum ersten Mal in die Augen meines Kindes blickte. Aber das ist noch nicht alles. Denn das Allerschönste am Muttersein ist, dass diese Liebe erwidert wird. Meine größte Angst während der Schwangerschaft war nicht etwa, mein Kind könne behindert zur Welt kommen oder mir den letzten Nerv rauben. Nein. Meine allergrößte Angst war, mein eigenes Kind könnte mich nicht lieben. *Danke, Mom!* Ernsthaft. Ich habe damals Tage und Wochen damit zugebracht, was ich tun kann, um die Liebe meines Kindes für mich zu gewinnen. Und dann war mein kleines Mädchen da. Sie legten sie auf meinen Bauch, sie öffnete – zum allerersten Mal in ihrem Leben – die Augen und sah mich an. Sie sah mich an, und ich sah die Liebe in ihren großen blauen Augen. Und in diesem Moment verstand ich, dass Liebe bedingungslos ist. Sie hätte mich auch geliebt, wenn ich hässlich, dumm oder pleite gewesen wäre. Sie hätte mich geliebt. Einfach, weil ich ihre Mutter bin und sie mein kleines Mädchen ist.

EPILOG

»Warum weinst du, Mama?«

Hastig wische ich mir die Tränen vom Gesicht und hebe mein kleines Mädchen hoch.

»Bist du wieder traurig wegen Daddy?«, fragt sie, während ich ihr über das sonnengelbe Haar streichle.

Ich nicke und versuche den dicken Kloß in meinem Hals runterzuschlucken.

»Heute ist sein Geburtstag, weißt du?«, antworte ich, sobald ich sicher bin, nicht laut zu schluchzen, wenn ich den Mund öffne.

Sie nickt traurig, schlingt die Arme um meinen Hals und drückt mich ganz fest. »Du musst nicht traurig sein«, sagt sie schließlich und sieht mich wieder an, »Daddy ist jetzt im Himmel. Grandma sagt, da ist es total schön, und da gibt es sogar Engel.«

Ich freue mich einen kurzen Moment darüber, dass meine Mom eine so viel bessere Grandma für Sophie ist, als sie für mich eine Mutter war. »Ich bin nur traurig, dass du ihn nie kennengelernt hast«, sage ich.

»Ich auch«, sagt sie.

Heute ist kein guter Tag.

Aber so ist das eben. Es gibt gute Tage, es gibt schlechte Tage, und es gibt Tage, an denen ich glaube, an meinem Schmerz zu ersticken.

Morgen ist ein neuer Tag. Übermorgen wieder ein neuer. Und so lebe ich weiter, setze einen Fuß vor den anderen und hoffe, dass irgendwann die guten Tage überwiegen. Nur eines wird sich niemals ändern. Denn nach allem, was geschehen ist, kann ich eines mit Gewissheit sagen: Holden ist die Liebe meines Lebens. Und ich trage ihn in meinem Herzen.

Für immer.

DANKSAGUNG

Vielen, vielen, vielen Dank, Karina, dass du mir in der heißen Phase den Rücken freigehalten hast. Ich bin so froh, dass du dich am ersten Schultag beim Essen neben mich gesetzt hast. Du bist wirklich eine Freundin fürs Leben.

Außerdem danke ich euch, Jessi, Marie-Theres, Janine und Brunhilde, für eure seelische und tatkräftige Unterstützung. Monsterhüten inklusive.

Ich danke dir, Holger, für all die Gefühle, ob die schönen oder schmerzlichen, die ich durch dich erleben durfte. Es war wirklich nicht immer einfach in den letzten fünfzehn Jahren, aber – wer hätte gedacht, dass wir beide in der Lage sind, etwas so Wunderbares zu erschaffen. Und das gleich zweimal ;-)

Mein Dank gebührt auch allen anderen, die mich auf meinem Lebensweg begleitet haben. Manche nur ein Stück, andere bis heute. Ihr seid die Inspiration für diese Geschichte.

Von ganzem Herzen möchte ich mich bei den Lektoren, Korrektoren, Coverdesignern und Marketingleuten von Montlake

Romance bedanken, die so viel Arbeit in dieses Buch gesteckt haben.

Und natürlich geht ein fettes Dankeschön an meine Leser. Gäbe es euch nicht, hätte ich niemals durchgehalten.

Playlist

1. Phillip Poisel – Liebe meines Lebens

2. Tim Bendzko – Am seidenen Faden

3. Andreas Bourani – Ultraleicht

4. Ed Sheeran – Photograph

5. Justin Bieber – Love yourself

6. Andreas Bourani – Auf anderen Wegen

7. Damien Rice – The Blower's Daughter

8. Johannes Strahte – Ich mach meinen Frieden mit mir

9. Sarah McLachlan – Angel

10. Coldplay – The Scientist

11. David Guetta – Hey Mama

12. DJ Snake / Lil Jon – Turn down for what

13. Ed Sheeran – I see fire

14. Janine Devi – Ich bin ein Kind

15. Ingrid Michaelson – The way I am

Zeitfracht Medien GmbH
Ferdinand-Jühlke-Straße 7
99095 Erfurt, Deutschland
produktsicherheit@kolibri360.de

Druck:
CPI Druckdienstleistungen GmbH
im Auftrag der
Zeitfracht Medien GmbH
Ein Unternehmen der Zeitfracht - Gruppe
Ferdinand-Jühlke-Str. 7
99095 Erfurt